Kathleen Flynn

JANE AUSTEN

Jagd nach dem verschollenen Manuskript

Roman

Aus dem Amerikanischen von
Sabine Schilasky

HarperCollins®
Band 100139

1. Auflage: Mai 2018
Copyright © 2018 by HarperCollins
in der HarperCollins Germany GmbH
Deutsche Erstveröffentlichung

Titel der amerikanischen Originalausgabe:
The Jane Austen Project
Copyright © 2017 by Kathleen Flynn
erschienen bei: HarperCollins USA

Umschlaggestaltung: Bürosüd, München
Umschlagabbildung: www.buerosued.de
Redaktion: Constanze Suhr
Satz: GGP Media GmbH, Pößneck
Printed in Germany
Dieses Buch wurde auf FSC®-zertifiziertem Papier gedruckt.
ISBN 978-3-95967-188-0

www.harpercollins.de

Werden Sie Fan von HarperCollins Germany auf Facebook!

Für Jarek

Geht, nun geht schon, sprach der Vogel: Der Mensch
Verträgt nicht sehr viel von der Wirklichkeit.
Zeit Vergangenheit und Zeit Zukunft
Was gewesen wäre und was gewesen ist
Verweisen aufs Gleiche, nämlich das, was ist.

T. S. Eliot, »*Burnt Norton*«

KAPITEL 1

5. September 1815
Leatherhead, Surrey

Welcher Verrückte reist denn bloß durch die Zeit?
Das sollte ich mich noch mehrfach fragen, ehe es vorbei war, nie jedoch mit solcher Vehemenz wie in dem Moment, in dem ich auf der feuchten Erde zu mir kam. Gras kitzelte mich im Nacken; ich sah den Himmel, sah Baumkronen und roch Erde und Moder. Mich überkam ein Gefühl wie nach einer Ohnmacht oder einer langen Reise, wenn man in einem fremden Bett aufwacht: Doch ich fragte mich nicht nur, wo ich mich befand, sondern auch, wer ich war.

Während ich dort lag, erinnerte ich mich, dass ich Rachel hieß. Körper und Geist fanden zusammen, und ich setzte mich auf, um blinzelnd meine Umgebung zu betrachten. Zunächst war sie unscharf und in Grautönen gehalten, weshalb ich mir irritiert die Augen rieb. In Gedanken ging ich die Nebenwirkungen von Ausflügen durch Wurmlöcher durch: Herzrasen, Arrhythmie, Kurzzeitamnesie, Stimmungsschwankungen, Übelkeit, Synkopen, Alopezie. Sichtveränderungen waren nicht aufgetreten. Vielleicht war das neu in der Wissenschaft.

Wind raschelte im Laub und lieferte einen Kontrapunkt zum repetitiven Zirpen eines Insekts, das in meiner eigentlichen Zeit längst ausgestorben sein musste. Ich bestaunte die Atmosphäre des Jahrs 1815, feucht und dichtgepackt mit Gerüchen, für die ich gar keine Worte hatte. Mich erinnerte es an die Glasgewölbe im Brooklyn Botanic Garden, wohin wir früher Schulausflüge unternommen hatten. *Einst, Kinder, war die ganze Welt wie dies hier.*

Liam befand sich ungefähr einen Meter von mir entfernt, genauso wie in der Luftschleuse, nun jedoch bäuchlings und unheimlich reglos. Arrhythmie kann die Herztätigkeit hinreichend stören, sodass sie vollständig zum Stillstand kommt. Und was dann? Sollte ich tatsächlich das Pech haben, meinen Kollegen gleich zu Beginn eines Einsatzes zu verlieren? Dann müsste ich mich als Witwe ausgeben, denn das wäre die Rolle, in der mir hier ein gewisses Maß an Achtung und Schutz zukäme …

»Geht es dir gut?«, fragte ich. Er antwortete nicht. Ich rutschte näher und streckte eine Hand aus, um nach seiner Halsschlagader zu tasten. Immerhin war da ein Puls. Seine Atmung ging schnell und flach, seine Haut war klamm von kaltem Schweiß. Hinter ihm schimmerten weiße Bäume, deren Namen längst vergessen worden waren, im dämmrigen Licht. Mir dagegen hämmerte das Herz in der Brust. Ich atmete langsam ein und blickte zu den weißen Bäumen.

Birken! Und noch ein Wort fiel mir ein: Zwielicht. Etwas, was man in meiner Zeit kaum noch wahrnahm, wo alles durch Elektrizität beleuchtet war. Natürliches Licht. Wir hatten die passenden Wörter gelernt, genauso wie zunehmender, abnehmender, Sichel- oder vorspringender Mond und die wichtigsten Sternbilder. Im Gedächtnis sah ich wieder die stahlgrauen Korridore des Royal Institute for Special Topics in Physics – das Königliche Institut für Spezialthemen der Physik – vor mir, und das Jahr, das ich dort verbracht hatte, rauschte wie ein Video im Schnellvorlauf an meinem geistigen Auge vorbei: die Tanz- und Reitstunden, die Bewegungs- und Musikstunden, das endlose Lesen. Unser Gang zur Zeitschleuse, die letzten Checks, der feierliche Handschlag von den anderen im Jane-Austen-Projektteam.

Ich war hier. Wir hatten es geschafft.

»Geht es dir gut?«, fragte ich wieder. Liam stöhnte, rollte sich aber herum und setzte sich auf, um die Umgebung von Feldern, Birken und Hecken zu begutachten. Die Portalöffnung war gut gewählt. Hier war niemand weit und breit.

»Es dämmert«, erklärte ich. »Deshalb sieht alles so aus.« Er drehte sich zu mir um und zog fragend die Augenbrauen hoch. »Nur, falls du dich wunderst.«

»Tue ich nicht«, antwortete er leise, sehr verhalten. »Aber danke.«

Ich sah ihn prüfend an und versuchte zu erkennen, ob er sarkastisch war, was ich hoffte. Während unserer gemeinsamen Vorbereitungszeit im Institut war mir etwas an Liam immer rätselhaft geblieben. Er war zu reserviert, und man wusste nie, was mit solchen Leuten los war.

Mit einem leichten Schwindelgefühl stand ich auf, richtete meine Haube und ging steif einige Schritte, während ich mir Erde und Gras von meinem Kleid klopfte. Dabei fühlte ich die vielen Stoffschichten ebenso deutlich wie das Bündel Banknoten unter meinem Korsett.

Liam hob den Kopf und schnupperte. Er streckte sich und stand mit überraschender Geschmeidigkeit auf – meiner Erfahrung nach bewegten sich große Männer oft schlaksig –, reckte die Arme in die Höhe, rückte seine wuschelige Arztperücke zurecht, blickte nach rechts und erstarrte. »Ist das da wirklich das, wonach es aussieht?«

Als meine Augen sich angepasst hatten, sah ich eine Straße: ein Weg so breit wie ein Wagen, der sich ein Stück weiter gabelte. Und in der Mitte der Gabelung befand sich ein hoher Galgen. An dem hing ein mannsgroßer Eisenkäfig, ähnlich einem finsteren Vogelbauer, in welchem ... »Oh.«

»Dann waren die wirklich überall«, sagte Liam. »Oder haben wir nur Glück?«

Nun, da ich eine Komponente dessen identifiziert hatte, was ich roch, blickte ich unglücklich zu dem Leichnam, der mir aus leeren Augenhöhlen entgegenzustarren schien. Nicht frisch verwest, aber auch noch keine ausgedorrte Hülle, sondern irgendwo dazwischen, obgleich das in diesem Licht nicht genau auszumachen war. Vielleicht war er ein Wegelagerer gewesen. Die Menschen hier stellten ihre Verurteilten nahe den Schauplätzen ihrer Verbrechen aus, was anderen eine Warnung sein sollte. Und eventuell endeten wir wie er, sollte der Einsatz schiefgehen.

Ich hatte vergessen zu atmen, doch der Gestank verharrte in meiner Nase. Seit der medizinischen Hochschule hatte ich mit Leichen zu tun gehabt, hatte sie obduziert. Aber so etwas war mir bisher nicht begegnet. Einmal nur, während meines Freiwilligeneinsatzes in der Mongolei, war jemand falsch identifiziert worden und musste exhumiert werden …

Bei diesem Gedanken wurde mir übel. Ich beugte mich vor und griff mir an den Hals, von trockenem Würgen geschüttelt. Als es vorbei war, wischte ich mir die Tränen ab, richtete mich wieder gerade auf und stellte fest, dass Liam mich stirnrunzelnd betrachtete.

»Ist alles in Ordnung?« Seine langen Hände, die blass aus den dunklen Jackenärmeln ragten, hoben sich flatternd im schwindenden Licht, als überlegte er, mich zu berühren, wüsste jedoch nicht, wo. Schulter? Ellbogen? Unterarm? Welches war der am wenigsten intime Körperteil, den man bei einer Kollegin berühren durfte, wenn diese in Not war? Da er sich offensichtlich nicht entscheiden konnte, ließ er die Hände wieder sinken, und trotz des entsetzlichen Kadavers hätte ich fast lachen müssen.

»Mir geht es gut«, sagte ich. »Hervorragend. Verschwinden wir von hier.« Wir hatten uns beide von dem Galgen abgewandt. Ich bin nicht abergläubisch, doch ich hoffte, dass unser Weg zum Gasthaus nicht an ihm vorbeiführte. »Norden. Wenn die Sonne dort drüben untergeht« – in einem Bereich schien der Horizont heller –, »müsste es da entlanggehen.«

»Ja schon, denn da ist Venus, nicht wahr?«

»Venus?«

»Der helle Himmelskörper im Westen?«

Ich bemühte mich, nicht verärgert zu sein, weil ich es nicht bemerkt hatte. »Ja, stimmt!«

Wir wandten uns ab, gingen einige Schritte, dann blieb Liam stehen und wirbelte herum.

»Heilige Mutter Gottes, die Portalmarkierung!«

Ich murmelte einen Fluch, als ich mich gleichfalls umwandte. Hatten wir wirklich beinahe etwas so Wichtiges vergessen? Zwei Vertiefungen im Gras, die nur als Umrisse menschlicher Körper gedeutet werden konnten. Liam zog einen Metallmarker aus der Innentasche seiner Jacke und schob ihn so weit, wie es ging, zwischen den beiden Abdrücken in die Erde. Es war nur noch knapp die blaue Spiralspitze zu sehen.

»Spectronanometer?«, fragte er.

Ich kramte nach meinem Gerät, das einem kleinen Bernstein ähnelte und an einer Silberkette um meinen Hals hing, und drückte. Vibrierend erwachte es zum Leben und meldete mit einem Piep, dass es das Signal des Markers empfing. Als ich es ausschaltete, zitterte ich. Das Portal war präzise in puncto Zeitfenster und Geopositionierung; zufällig hätten wir es nie wiedergefunden. Liam hatte sein Spectronanometer aus einer anderen Tasche geholt, und es sah wie eine kleine Schnupftabakdose aus, die allerdings nicht aufging. Nun drückte er es. Nichts geschah. Vor sich hin murmelnd schüttelte er das Gerät und versuchte es erneut.

»Gib her.« Ich nahm ihm das kleine silberne Ding ab, umfing es mit einer Hand und drückte langsam zu. Es vibrierte und piepte. Nachdem ich es wieder ausgestellt hatte, gab ich es ihm zurück. »Die sind launisch.«

»Offensichtlich.«

Es wurde dunkler und kühler; Zeit zu gehen. Dennoch standen wir schweigend da, vor der letzten Verbindung zu unserer

Herkunft. Wie viel würde geschehen, bevor wir wieder hier standen, vorausgesetzt, wir schafften es jemals zurück?

»Komm«, sagte ich schließlich. »Gehen wir.«

Auf der Straße machte Liam größere Schritte als ich, sodass ich zurückfiel, obwohl ich eigentlich eine schnelle Geherin war. Doch bisher hatte ich diese Halbstiefel – handgefertigt von der Kostümabteilung – nur in Innenräumen getragen, und die Sohlen waren so dünn, dass ich jeden Kieselstein fühlte. Hinzukam die Intensität von allem um uns herum: der Geruch nach Gras und Erde, der ferne Schrei einer Eule, ja, das musste eine Eule sein. Die ganze Welt schien zu brummen vor Leben, ein schimmerndes Netz von Biomasse zu sein.

The Swan ragte als weiß getünchter Bau vor uns auf, angestrahlt von flackernden Lampen an der Fassade und mit einem Bogendurchgang zum Hof und dem Stall dahinter. Als wir näher kamen, hörte ich Männerstimmen, Pferdewiehern und Hundegebell. Angst jagte mir schwindelerregend den Rücken hinauf. Ich blieb stehen. *Ich kann das hier nicht. Ich muss es tun.*

Auch Liam war stehen geblieben. Er schüttelte sich und holte mehrmals tief Luft. Dann packte er meinen Ellbogen unerwartet fest und führte mich zur Tür unter dem Holzschild mit einem Schwan darauf.

»Denk dran, überlass mir das Reden«, sagte er. »Hier machen das die Männer.«

Und wir waren drinnen.

Es war wärmer, aber dämmrig. Eine holzvertäfelte Decke, die Luft rauchgeschwängert, flackerndes Licht von zu wenigen Kerzen und ein großer Kamin. Eine Männergruppe stand am Feuer, andere saßen an Tischen, wo sie Brot, Bierkrüge und

Platten mit Braten, Schinken, Geflügel und anderen, weniger klar erkennbaren Speisen vor sich hatten.

»Sieh dir all das Fleisch an«, flüsterte ich. »Verblüffend.«

»Schhh, nicht gaffen.«

»Siehst du jemanden, der aussieht, als würde er hier arbeiten?«

»Schhh!«

Und da war er auch schon: ein kleiner Mann in einem kastenförmigen Anzug und einer schmutzigen Schürze wischte sich die Hände an einem dreckigen Lappen ab und musterte uns finster von oben bis unten. »Sind Sie eben angekommen? Hat sich jemand um Ihre Pferde gekümmert?«

»Unsere Freunde haben uns in ihrer Kalesche mitgenommen und ein Stück entfernt abgesetzt.« Liam hatte die Schultern gestrafft und überragte den Mann deutlich. »Wir bräuchten Zimmer für die Nacht und morgen eine Kutsche in die Stadt.« Seine Sprachmelodie hatte sich verändert, sogar die Stimme. Da war ein arrogantes Dehnen der Vokale sowie ein näselnder höherer Ton. Wir hatten bei der »Vorbereitung« weidlich improvisiert, doch noch nie hatte Liam mir dieses unheimliche Gefühl gegeben, das ich jetzt gerade hatte, als wäre er ein vollkommen anderer Mensch geworden.

»Eine Kalesche?«, wiederholte der Mann. »Ich habe hier keine vorbeikommen gesehen.«

»Wäre sie hier vorbeigekommen, hätten sie uns vor der Tür abgesetzt.«

Es schien logisch, aber der Mann beäugte uns abermals, und sein Stirnrunzeln vertiefte sich. »*À pied*, ja?« Ich brauchte einen Moment, bis ich begriff, was er meinte; nichts hätte weniger französisch klingen können. »Und nicht mal eine Tasche dabei? Nein, wir haben keine Zimmer.« Eine Gruppe von drei Männern in der Nähe – schäbige schwarze Anzüge, verrutschte Perücken – hatte das Essen unterbrochen, um uns zu beobachten. »Sie können noch essen, bevor Sie weiterziehen.« Er schwenkte seine Hand zum Raum hinter sich. »Allerdings will ich zuerst das Geld sehen.«

War unser Vergehen die vermeintliche Armut, weil wir ohne Pferde erschienen waren, oder stimmte etwas anderes nicht an unserem Auftreten, unserer Kleidung, uns? Und wenn die erste Person, der wir begegneten, es sah, wie hoch standen dann unsere Überlebenschancen, von den Erfolgsaussichten ganz zu schweigen? Liam war so blass geworden und schwankte leicht, dass ich befürchtete, er könne ohnmächtig werden. Eine bekannte Nebenwirkung des Zeitreisens.

Meine Furcht machte mich wagemutig. »William!«, jammerte ich, zog an Liams Ärmel und hakte mich bei ihm ein, um ihn zu stützen. Seine Augen wurden größer, als er zu mir herabsah. Ich hörte, wie er nach Luft schnappte. Nun verlegte ich mich auf ein Bühnenflüstern, ohne den Mann eines Blickes zu würdigen. Und obwohl mein Mund ausgetrocknet war, war mein Akzent tadellos: »Ich habe dir doch erzählt, dass Papa gesagt hat, dieses Gasthaus wäre furchtbar. Und wenn sie keine Zimmer haben, haben sie vielleicht Pferde. Draußen scheint der Mond! Ein kleiner Wagen mit vier oder auch zwei Pferden, und wir werden bis zum Morgengrauen dort sein. Ich sagte, dass ich Lady Selden umgehend besuchen würde, wenn wir in der Stadt sind. Und das hätte letzte Woche sein sollen, nur kann ich Sir Thomas nichts abschlagen, wo den Armen doch die Gicht so plagt.«

Liam sah von mir zu dem Mann und erklärte: »Der Wunsch meiner Schwester ist mir Befehl, Sir. Sollten Sie eine Kutsche und Pferde haben, zeige ich Ihnen mit Freuden das Geld und verlasse dieses Gasthaus auf Nimmerwiedersehen.« Er holte eine Goldmünze hervor, eine unserer echten Guineas aus dem späten achtzehnten Jahrhundert, warf sie in die Luft und fing sie wieder auf.

Ich hielt den Atem an. Was wäre, wenn es hier weder Pferde noch überzählige Kutschen gab? Das kam vor, wenn die Tiere und die Wagen ständig von einer Kutschenstation zur anderen wechselten. Und nun, da Liam mit Gold herumspielte, waren wir auch noch begehrte Beute für Räuber.
Der Mann sah von mir zu Liam und wieder zurück zu mir. Ich richtete meinen Blick gen Himmel, was hoffentlich überhebliche Verachtung signalisierte.
»Ich rede mal mit dem Burschen draußen. Möchten Sie und die Dame sich setzen?«

Es war kälter geworden, und der zunehmende drei viertel volle Mond stand hoch am Himmel, bis wir in der Postkutsche saßen. Es handelte sich um einen winzigen gelb gestrichenen Wagen, der nach dem feuchten Stroh auf dem Boden sowie nach Schimmel und Pferd roch. Wir hatten in der Ecke des Schankraums einen muffigen Rotwein getrunken und eine Fleischpastete von unheimlich lediger Konsistenz gegessen, die Blicke der anderen gespürt und nicht zu glauben gewagt, dass es eine Kutsche geben würde, bis ein Diener gekommen war und uns zu ihr geführt hatte.

Unser Postillion schwang sich auf eines der Pferde, und ein großer Mann mit zwei Pistolen und einem Posthorn nickte uns zu, ehe er hinten auf die Kutsche stieg. Er hatte zusätzlich gekostet, beinahe den Preis verdoppelt, doch heute Nacht sollten wir tunlichst keinen Wegelagerern begegnen.

»Du warst gut vorhin«, sagte Liam in seiner üblichen Stimme und so leise, dass ich mich zu ihm beugen musste, um ihn zu verstehen, als wir den Hof des Wirtshauses verließen. Die eine Sitzbank in Fahrtrichtung war breit genug für drei schlanke Menschen. Durch die zugigen Fenster sah man die Laternen zu beiden Seiten, nach vorn die Straße nach London und die muskulösen Hinterteile der Pferde. »Schnell reagiert. Zwar hatte ich dir gesagt, dass du nicht reden sollst, aber ...«

»Eine aussichtslose Bitte. Du müsstest mich inzwischen besser kennen.«

Er gab einen Laut von sich, der zwischen einem Hüsteln und einem Lachen siedelte, und nach einer kurzen Pause sagte er: »Und du hast wirklich noch nie Theater gespielt? Ich meine, früher?«

Ich dachte an die Workshops, die wir zusammen bei der Vorbereitung gemacht hatten: Stell dir vor, du triffst erstmals Henry Austen oder kaufst eine Haube. »Warum sollte ich?«

Wir fuhren rumpelnd die Straße entlang, wo der Mond über den schwarzen Baumsilhouetten zu sehen war und die Welt jenseits des Laternenscheins schaurig eintönig und unermesslich tief wirkte, dafür aber reich an Gerüchen. Unsere Anweisung vom Projektteam lautete, dass wir die erste Nacht nahe dem Portal in Leatherhead verbringen sollten, um uns vom Zeitwechsel zu erholen, ehe wir uns die Stadt vornahmen. In London zu materialisieren, wo es von Gebäuden und Leben wimmelte, war riskant. Bei Nacht zu reisen gleichfalls, trotzdem waren wir hier. Ich fragte mich, was sonst noch nicht nach Plan verlaufen würde.

Ich weiß nicht, wie lange ich geschlafen hatte, als ich fröstelnd erwachte. Liam lehnte schnarchend mit dem Kopf am Fenster, die Perücke ein wenig zur Seite gerutscht. Ich zog meinen Schal fester um mich und beneidete ihn um seine Weste, das Halstuch und den Gehrock – leicht, aber aus Wolle – und auch um die hohen Reitstiefel mit den Troddeln oben.

Auch ich trug mehrere Schichten, nur mangelte es ihnen an der Schwere von Männerkleidung: ein Hemd, dann ein kleines Vermögen in Münzen und gefälschten Scheinen nebst einigen Kreditbriefen in einem Beutel, der mir um den Oberkörper gewickelt worden war, darüber ein Korsett, ein Unterkleid, ein Kleid und ein Schal, bei dem es sich um eine synthetische Nachahmung eines Kaschmir-Paisleys handelte. Ich hatte ein dünnes Spitzentuch um die Schultern gelegt, gestrickte Baumwollstrümpfe bis über die Knie gezogen, zarte Handschuhe aus künstlichem Wildleder und eine Strohhaube an, aber keine Unterhose; die würden erst später in diesem Jahrhundert aufkommen.

Die Dunkelheit ließ nach. Ich blickte nach draußen; wann würde es städtischer werden? Wir hatten über alten Karten, Gemälden und Kupferstichen gebrütet, detaillierte Luftaufnahmen in 3-D hatten die großen Leinwände im Institut beleuchtet. Doch nichts davon hätte mich hierauf vorbereiten können: den Geruch von Kohlrauch und Vegetation, das Knarzen der Kutsche, die Hufschläge der Pferde im Takt meines Herzens. Und noch etwas, wie eine Energie, als wäre London ein fremder Planet, dessen Schwerkraftfeld mich einsaugte.

Im Regency-London konnte einem alles Erdenkliche passieren. Man konnte von einer Kutsche überrollt werden, bei der die Pferde durchgingen, sich mit Cholera anstecken, ein Vermögen bei einer Wette verlieren oder seine Tugend nach einem unklugen Durchbrennen. Wir hofften, es weniger gefährlich zu treffen, indem wir uns eine Wohnung in einer vornehmen Gegend suchten und uns als wohlhabende Neuankömmlinge ausgaben, die Rat, Freunde und lukrative Anlagemöglichkeiten brauchten – alles mit dem Ziel, uns in das Leben von Henry Austen zu Ereignissen, von denen wir wussten, dass sie sie beide diesen Herbst erwarteten, einen Weg zu schmuggeln, dem geselligen Londoner Bankier und Lieblingsbruder von Jane. Und durch ihn zu ihr zu finden.

Ich rückte näher zu Liam, der einzigen Wärmequelle in der kalten Kutsche. Meine Erleichterung, vom Swan fortzukommen, wich Nervosität angesichts allem, was vor uns lag. Von der Kutschenfahrt, dem Gestank nach Pferd und Schimmel in meiner Nase, dem Galgen, der Fleischpastete und der Unverschämtheit des Wirts war mir so gehörig mulmig, dass mir das Jane-Austen-Projekt überhaupt nicht mehr reizvoll vorkam. Was ich so dringend gewollt hatte, stellte sich jetzt wie eine längere Gefängnisstrafe dar: fürchterliche Hygienezustände, endloses Schauspielern, physische Gefahr. Was hatte ich mir nur gedacht?

Das Royal Institute for Special Topics in Physics – das Königliche Institut für Spezialthemen der Physik – war keine Einrichtung, von der jemand wie ich wissen würde. Mich trennten Welten von den Old British, dem alten britischen Zirkel aus Analysten, Wissenschaftlern und Spionen. Rein zufällig hatte ich davon erfahren, im Bett in der Mongolei.

Norman Ng, obwohl ein gewissenhafter Kollege und durch und durch Mensch, war indiskret. Er mochte es, Geheimnisse zu haben, hütete sie jedoch nie, was ich hätte begreifen müssen, ehe ich mit ihm ins Bett gegangen war und festgestellt hatte, dass ich zum Thema schlüpfrigen Klatsches im gesamten Hilfsteam geworden war. Wobei es mich eventuell nicht abgehalten hätte. Nach dem Erdbeben war die Mongolei dunkel, kalt und trostlos gewesen, der schlimmste Ort, für den ich mich je gemeldet hatte. Oder der beste, wenn man menschliches Leid lindern wollte; an dem herrschte kein Mangel.

Eines späten Abends, in friedlicher postkoitaler Stimmung, erzählte mir Norman von seinem Schulfreund, einem Dr. Ping, der heute in einem wenig bekannten Forschungszentrum der Regierung in East Anglia arbeitete.

»Willst du mir erzählen, dass die Engländer …? Nein, das ist verrückt. Das denkst du dir aus.«

»Sie haben das Zeitreisen hinbekommen«, wiederholte er.

Der Wind heulte, und die Jurtenstangen knarrten. »Die sind weit voraus, Rachel. Die Leute verstehen das nicht, aber das werden sie noch. Wenn sie die Ergebnisse sehen, werden alle drängeln, bei ihnen mitmachen zu dürfen, noch mehr als jetzt schon. Die Chinesen werden uns die Opiumkriege verzeihen. Die Amerikaner ... nein, ihr habt euch schon für die Unabhängigkeit entschuldigt, ich vergaß.« Norman war Engländer mit Cambridge-Abschluss und vornehmen Vorfahren, die kurz vor der Übernahme durch die Chinesen am Ende des zwanzigsten Jahrhunderts aus Hongkong gekommen waren. Doch ihm gefiel es, den Außenseiter zu spielen.

»Das ist irre. Ausgeschlossen.«

»Kennst du den Prometheus-Server?«

Ich gähnte, denn ich war seit dem Morgengrauen auf. »Gigantische Energiequelle, Superrechner, was auch immer.« Mit anderen Worten: noch mehr von dem, womit unsere Welt schon überfüllt war.

»Wie lässig du klingst! Eine Größenordnung jenseits früherer Technologie! Mit hinreichend Energie und Daten, um alles zu berechnen, einschließlich Wurmlöcher, Wahrscheinlichkeitsfelder. Und um jedes mögliche Szenario zu simulieren. Sobald man das kann ...«

»Okay, nehmen wir mal an, dass es stimmt. Was fangen sie mit dieser fabelhaften Fähigkeit an?«

»Sie forschen.«

Er sagte es so bedeutungsschwer, dass ich lachte. »Geht das auch genauer?«

»Ich weiß nicht, wie ihre einzelnen Missionen aussehen.« Im Dunkeln konnte ich sein Gesicht nicht sehen, doch er klang beleidigt. »Ich kann dir allerdings erzählen, dass sie eine planen – und wegen der komme ich darauf. Einzelheiten kenne ich nicht, aber sie hat mit Jane Austen zu tun. Die ist irgendwie wichtig für die Geschichte, warum, weiß ich nicht ...«

»Weil sie ein Genie war«, unterbrach ich ihn. Norman wusste, wie ich zu Jane Austen stand. Jeder wusste es.

»Und wegen Eva Farmer. Du weißt doch, wer sie ist, oder?« Der Name kam mir bekannt vor, auch wenn ich ihn nicht sofort zuordnen konnte. »Die den Prometheus-Server mit erfunden hat? Anscheinend ist sie auch ein großer Jane-Austen-Fan. Sie sitzt in der Institutsleitung, und ich … ich weiß nicht genau. Sie ist riesig. Und sie hat ein persönliches Interesse an dieser Jane-Austen-Sache.« Ich rollte mich auf die Seite, näher zu Norman. Auch wenn es mir immer noch schwerfiel, ihm zu glauben, wurde ich neugierig. »Und da gibt es eine medizinische Komponente. Sie werden einen Arzt brauchen.«

Hierauf sagte ich längere Zeit nichts, lauschte nur dem Wind, den knarzenden Stangen und meinem Atem. Etwas in mir regte sich: ein eisiger Schauer, eine dunkle Ahnung, gleich einem kalten Finger an meinem Schlüsselbein.

»Norman«, sagte ich schließlich. »Stellst du mich deinem Freund vor?« Bei den Old British hielt man eine Menge von Empfehlungen; da kreuzte niemand einfach auf und warb für sich selbst oder so. Und die Welt funktionierte nun mal nach ihren Regeln.

Rhythmisches Rumpeln der Kutsche, knirschender Kies, Hufgeklapper, Nachtgerüche, Schlaf. Beim Aufwachen sah ich, dass die Sonne gerade aufgegangen war – Morgengrauen – und etwas, was nur die Themse sein konnte, ein von Booten gesprenkeltes Silberband, eine Brücke weiter vorn. Auf der anderen Seite blieb die Gegend ländlich idyllisch. Wir passierten einen Obstgarten, eine Schafherde, ein großes Backsteinhaus mit einer runden Auffahrt. Dann begannen die Häuser, dichter zu stehen, die Straßen wurden enger, die Anzahl der Leute vervielfachte sich. Die staubige Luft füllte sich mit menschlichen

Stimmen, und ein Durcheinander von Fuhrwerken verstopfte die Straßen zusammen mit abgerissenen Fußgängern, die sich unter ihren diversen Lasten krümmten: einem Tuchstapel, einer Kohlenladung, einem halben Schwein.

Welche Irre reiste durch die Zeit? Ich war dreiunddreißig, als ich ins Jahr 1815 ging, Single und kinderlos, hatte Hilfseinsätze nach Katastrophen in Peru, Haiti und zuletzt der Mongolei hinter mir. Zwischen diesen Einsätzen hatte ich in der Notaufnahme des Bellevue-Hospitals in New York gearbeitet und war in meiner Freizeit gern durch die Berge gewandert oder in eiskaltem Wasser geschwommen, und das in allen Winkeln der Erde, in denen so etwas noch möglich war. Meine Liebe zum Abenteuer mochte in einem seltsamen Widerspruch zu meiner Begeisterung für Jane Austens Witz und Subtilität stehen, doch zusammen ergaben sie mich. Was Norman mir in jener Nacht enthüllt hatte – Jane Austen, Zeitreisen –, war nicht mehr und nicht weniger als das, worauf ich mein Leben lang gewartet hatte. Unbewusst natürlich, denn wer könnte sich schon so etwas Verrücktes vorstellen?

»Wir sind da«, flüsterte Liam. Ich hatte nicht bemerkt, dass er wach war. »Es ist real. Unglaublich.«

Nun tauchten Gebäude auf, die ich erkannte. Wir kamen am Hyde Park vorbei, fuhren die Piccadilly hinunter, und es gab so vieles zu sehen. Wir rollten auf einen großen Platz mit einer eingezäunten Pferdestatue und zu unserem Reiseziel, dem Golden Cross Inn. Die Kutsche hatte kaum angehalten, als ein Livrierter fragte, was er für uns tun könne. Bevor wir die Treppe hinauf und einen dunklen Korridor entlang in einen privaten Kaffeesalon mit Blick auf den Platz gescheucht wurden. Hier gab es heißes Wasser zum Waschen, ausschweifende Versprechungen, dass gleich jemand käme, um Liam zu rasieren, und endlich Frühstück.

Der Kaffee wurde in einer großen silberlegierten Kanne serviert, und sein Duft ließ meinen Optimismus hinsichtlich des Lebens im Jahr 1815 aufs Neue erwachen. Er schmeckte sogar noch besser, heiß und stark wie Espresso. Vor allem spülte er den Staub von der Straße aus meiner Kehle. Ich schlang die Hände um die Tasse und erschauerte genüsslich.

Liam griff nach einem Brötchen, roch daran und nahm einen Bissen. »Hmm.« Und noch einen.

Ich probierte eines. Es schmeckte vollkommen anders als alles, was ich bisher gegessen hatte, und ich kaute langsam, hin- und hergerissen zwischen Analyse und sinnlichem Genuss: noch warm, angenehm elastisch, würziges Aroma, ein Hauch von Salz.

Ich unterdrückte ein ekstatisches Stöhnen und sagte: »Vielleicht sind wir nur in einem guten Wirtshaus gelandet. Und haben Glück, denn wer weiß, wie lange es dauert, bis wir etwas zum Wohnen finden.« Kaum dachte ich an diese und all die anderen Herausforderungen, die uns erwarteten, schwächelte meine von Brötchen und Kaffee befeuerte Euphorie. »Schwer zu sagen, wo wir anfangen sollen.«

Ich meinte es eher ganz allgemein, aber Liam sagte: »Ich denke, mit Kleidung. Das wird Zeit brauchen.« Er strich sich etwas Schmutz vom Ärmel. »Es ist schwierig, sich als Gentleman auszugeben, wenn man nur ein einziges Hemd besitzt.«

»Laut unseren Anweisungen sollen wir als Erstes zu einer Bank gehen. Das ist wichtiger.« Solange wir unser Falschgeld nicht bei einer Bank deponiert hatten, mussten wir es mit uns herumtragen. »Das war eine klare Ansage vom Projektteam.«

»Aber es steht uns frei, zu improvisieren, auf unerwartete Entwicklungen zu reagieren. So wie du es getan hast, als es im Swan keine Zimmer gab.«

»Inwiefern ist dein Entschluss, zu einem Schneider anstelle zu einer Bank zu gehen, eine unerwartete Entwicklung? Und überhaupt kannst du keine Maße nehmen lassen, wenn du all das Geld an dir hast.«

Er stand auf und zog seine Jacke aus. »Einiges ist hier in die Schultern eingenäht – aber dies hier bemerken sie sicher«, sagte er, knöpfte seine Weste auf und zog sein Hemd hoch, sodass ich flüchtig auf seinen straffen, blassen und leicht behaarten Bauch sehen konnte. Ich senkte den Blick gerade rechtzeitig, als er sich umdrehte und einen Gürtel wie meinen auf den Tisch warf: seidiger Stoff, winzige Reißverschlüsse, schwer und dick vom Inhalt aus Hadernpapier. »Macht es dir etwas aus, das vorerst an dich zu nehmen? Ein Damenschneider misst gewiss nicht deine Taille.« Das stimmte. 1815 hatten die Kleider eine nach oben versetzte Taille, direkt unterhalb der Brust. Darunter war alles weit und fließend.

»Ich kann nicht so viel mehr unter mein Korsett schnüren!«

Es entstand eine Pause, bevor er sagte: »Nur heute, bis wir bei einem Schneider waren.«

»Ich verstehe nicht, warum du es für eine solch gute Idee hältst, in diesem Punkt vom Plan abzuweichen. Mich macht es nervös, mit unserem gesamten Vermögen am Leib herumzulaufen.«

Nachdem er sich das Hemd wieder in die Hose gestopft, alle Knöpfe geschlossen und seine Kleidung glatt gezogen hatte, kehrte Liam an den Tisch zurück, setzte sich und stützte den Kopf auf eine Hand. Sein langes Gesicht war auf grobe Art unschön mit zu viel Kinn, einem immerfort grimmigen Ausdruck und einer leicht krummen Nase. Er war so etwas wie ein Schauspieler gewesen, bevor er zur Akademie gekommen war – mit ein Grund, weshalb man ihn für diese Mission ausgewählt hatte –, doch sein Aussehen konnte seine Karriere unmöglich beflügelt haben. Einzig die Augen vielleicht. Ich musste zugeben, dass er schöne Augen hatte, hübsch konturiert und von einem leuchtenden Blau. Nun waren sie direkt auf mein Gesicht gerichtet.

»Mich auch. Aber der Gang zur Bank nicht minder. Ich bin nicht bereit, mich dem heute zu stellen, Rachel. Meine Kleidung könnte falsch sein, mein Timing ist durcheinander, und ich brauche ein Bad.«

Ich schwieg. Liam war während der Vorbereitung ausnahmslos frostig formell gewesen: höflich, ohne irgendwas preiszugeben. Dies könnte das persönlichste Geständnis sein, das er je gemacht hatte, und ich schwankte zwischen Mitgefühl und Widerwillen, mir noch mehr Geld umzubinden, während er fortfuhr.

»Es ist das Schwierigste, was wir zu tun haben, zumindest bis wir Jane Austen kennenlernen, vorausgesetzt, dass wir es jemals so weit bringen. Nichts darf eine Bank misstrauisch machen. Wenn sie herausfinden, dass wir Fälscher sind, werden wir in Ketten nach New South Wales geschickt. Oder gehängt.« Flüsternd ergänzte er: »Und wir sind Fälscher.«

Ein wenig mehr Zeit, bevor wir uns eine Bank vornahmen, war eventuell keine solch schlechte Idee. Ich sah hinunter auf den Tisch mit dem Geldgürtel und ging im Geiste die Schritte durch, mit denen ich ihn an mir verbarg. Mit ein bisschen Hilfe wäre das Auskleiden leicht, doch ich zögerte, Liam zu bitten. Nur verlieh meine unangebrachte Keuschheit diesem Moment nicht ein Gewicht, das ihm nicht zukam? Als würde ich zu angestrengt vorgeben, dass wir ins Jahr 1815 gehörten? Während ich darüber nachgrübelte, löste ein Klopfen an der Tür mein Problem. »Der Barbier ist hier, Sir. Wenn Sie den Flur hinunterkommen wollen, wird es mir eine Freude sein, Sie zu rasieren.«

Liam stand auf, den Blick nach wie vor auf mich gerichtet. »Kommst du zurecht? Verriegle die Tür.« Dann war er fort.

Das Kleid war einfach. Ich erreichte die drei Knöpfe hinten und zog es mir über den Kopf. Danach wand ich mich aus dem Unterrock und löste das Korsett: mit Walknochen verstärkte Fächer vorn und hinten, die meine Brüste so fest nach oben drückten, dass sie an ein unschönes Regal gemahnten, und meinen Rücken starr hielten. Damit ich mich anfangs ohne Hilfe an- und auskleiden könnte, hatte mir das Kostümteam ein Modell entworfen, das vorn verschnürt war. Über dem Hemd umfing mein Geldgürtel meinen Brustkorb. Ich schnallte Liams darunter um und zog das Korsett wieder an. Um Platz zu schaffen, schnürte ich es lockerer, stellte dann jedoch fest, dass der Miederteil des Unterkleides nun nicht mehr über meine weniger zusammengepressten Brüste passte. Ich stieß einen tiefen Seufzer aus – den vorerst letzten – und schnürte mich strammer ein.

Blinzelnd standen wir in der staubigen Luft vor dem Gasthaus. War bei unserer Ankunft halb London wach gewesen, befand sich nun die andere Hälfte gleichfalls auf den Beinen und machte so viel Lärm wie irgend möglich.

Eine Reihe von Droschken wartete in der Nähe. Auch mehrere Sänftenträger in speckigen Anzügen standen mit verschränkten Armen neben ihren Sänften. Dies waren kleine Kästen, in die man sich hineinsetzte, um von zwei Männern getragen zu werden, die den Kasten vorn und hinten auf langen federnden Stangen balancierten.

»Wollen wir gehen?«, fragte Liam. Ich beneidete ihn um seinen rosigen, frisch rasierten Schimmer. Ich hatte mir Gesicht und Hände gewaschen, roch aber immer noch wie das Innere der Kutsche. »Dann können wir uns alles besser ansehen.«

Ich stimmte zu, dass es eine gute Idee wäre, blickte in die falsche Richtung und trat auf die Straße. Liam packte meinen Arm und riss mich zurück von einem verschwommen schwarzen Streifen und einem Schwall Pferdegeruch, als eine hohe Kutsche vorbeiraste, in der ein Mann mit schimmernd heller

Hose und Stiefeln so schwarz und glänzend wie sein Pferd stand.

Ein echter Regency-Junggeselle! Dann wurde mir bewusst, dass ich hätte sterben können. Ich stellte mir einen komplizierten Bruch, Amputation, Blut, Sägespäne und den Gestank von Wundbrand in einem dämmrigen Raum vor. Man würde mich hier in 1815 begraben – unter einem Kreuz, was die gerechte Strafe dafür wäre, dass ich mich als Heidin ausgab –, und später würde Liam meine betrübte Mutter besuchen und ihr meine letzten Stunden schildern. Sie war an meinen riskanten Lebensstil gewöhnt, auch wenn sie ihn nie befürwortet hatte. Man könnte jederzeit überall sterben; warum erschien mir dies hier so viel schlimmer? Ich sah zu Liam. Sämtliche Farbe war aus seinem Gesicht gewichen.

Er hatte mich losgelassen, hielt mir nun aber seinen Ellbogen hin. Zögernd blickte ich zu dem dunklen Ärmel, bevor ich näher trat und eine von einem Handschuh verhüllte Hand in die Beuge hakte. Ich kam mir albern, aber sicherer vor.

Dank der Einsätze in Katastrophengebieten und der Notfallmedizin kannte ich Chaos, dennoch hatte ich nie etwas gesehen, was mit dem hier vergleichbar war. Die Kreuzung Charing Cross und Strand war Furcht einflößend, und wir standen mit offenem Mund da, während ich zu begreifen begann, warum Menschen Sänften nahmen.

Im tiefen Morgenlicht war der Staub gut zu sehen: Partikel von Kohlenrauch und getrocknetem Pferdemist, Fragmente von Backstein, Eisen, Farbe, Porzellan und Leder. Sie weichten die Konturen der Gebäude auf, aufgewirbelt von den Rädern vorbeirauschender Gefährte – Heukarren, Postkutschen, offene Zweispänner. Zerlumpte Gestalten spielten mit dem Tod, indem sie sich zwischen den Wagen hindurchdrängten, während Straßenhändler an den Seiten standen und ihre Waren in einem Singsang anpriesen: Blumen, Bier, Schnecken, Milch,

Noten zu den neuesten Balladen. Es roch nach frischem Brot, vergammelndem Essen, Kohlenfeuer und ungewaschenen Körpern. All das erfüllte mit dem Scheppern von Eisenrädern auf Kopfsteinpflaster und den Rufen der fliegenden Händler die Straßen. Die überlappenden Vibrationen von Leben auf dichtestem Raum. Das Läuten der Kirchenglocke übertönte neun Schläge lang allen anderen Lärm.

Ein Seemann mit einem Papagei auf der Schulter kam uns gesenkten Hauptes entgegengeeilt, stieß mit uns zusammen und verlangsamte kurz, um sich zu entschuldigen, wobei er moosgrüne Zähne bleckte, während der Papagei empört seine schillernd grünen Flügel spreizte. Von dem Seemann zusammengedrängt, standen wir dicht beieinander und nutzten eine Lücke im Verkehr, um uns bei den Händen zu fassen und über die Straße zu preschen. Auf der anderen Seite lehnte ich mich an die kühle Mauer des nächsten Gebäudes. Ich hielt den Kopf geneigt, da mir schwarze Punkte vor den Augen tanzten. Der Krach der Stadt wurde im Takt meines Pulses mal lauter, mal leiser.

»Geht es dir gut?«, rief Liam mir ins Ohr. Ich nickte.

Eine Dame wurde in einer Sänfte vorbeigetragen, gefolgt von einem winzigen afrikanischen Diener, Kind oder Pygmäe, dem wiederum ein nackter schmutziger Mann folgte, der in eine Wolldecke gehüllt war und etwas vom Jüngsten Gericht brüllte. Es gab mehr Bettler, als ich zählen könnte, einschließlich eines einbeinigen Armee-Veteranen in Uniform und eines Mannes ohne Arme, der einen Korb für Almosen um den Hals hängen hatte und traurig seine Stümpfe nach vorn streckte. Liam und ich wechselten einen entsetzten Blick, und ich ließ eine Münze in den Korb fallen. An den Straßenecken wichen uns alt aussehende kleine Jungen aus, die mit Fetzen von Besen den Pferdedung aus dem Weg fegten und uns ihre Hände entgegenreckten.

Ich wurde das Gefühl nicht los, dass hier jeder kostümiert war, als hätten wir uns zu einer gruselig realistischen Halloweenparty mit Regency-Motto eingefunden. Es gab eine Milchmagd, die ein Joch mit Milchkannen schleppte, einen Diener aus reichem Haus in blauer Livree, weißen knielangen Strümpfen und gepuderter Perücke, einen mehlbestäubten Bäcker mit einem Korb voller Brotlaibe.

Der Tuchhändler im Grafton House war eine Oase der Stille. Bogenfenster zur Straße und ein Oberlicht erhellten das Innere, wo kunstvoll abgewickelte Stoffballen auf Holztresen drapiert waren. Wir stellten uns an und beobachteten, wie die Kunden die Stoffe befühlten und Tratsch austauschten. Die Verkäufer riefen sich gegenseitig Anweisungen zu und neigten sich zu ihren Kunden. Die beiden direkt vor uns hatten Mühe, sich einig zu werden, und ich schlich mich näher, um zuzuhören, weil ich auf Tipps hoffte, wie man richtig einkaufte, und fasziniert von diesem kleinen Einblick in ihr Leben war.

»Ich weiß nicht, ob der Clarissa gefallen würde«, sagte die ältere Frau. »Sie hat sich seit der Heirat so verändert, dass ich kaum zu erraten wage, was ihr noch gefällt.«

»Sie wird ja wohl kaum einen Musselin von guter Qualität verachten, Mama.«

»Meinst du nicht, die Streifen könnten ihr zu frivol sein?«

»Es sind geschmackvolle Streifen. Sehr dezent. Man sieht sie kaum«, erwiderte die jüngere Frau leise, bevor sie etwas lauter wurde, als sich der Verkäufer ihnen zuwandte. »Sieben Meter von diesem.« Sie fuhr fort: »Und wenn sie ihn nicht mag, wird sie es sagen. Dann nehme ich ihn.«

»Sie wird es nicht sagen. Seit der Heirat vertraut sie sich mir nicht mehr an.« Ihre Tochter seufzte leise und wechselte zu dem Thema »Bänder«.

Aus dem Nichts tauchte ein Verkäufer auf und fragte Liam etwas.

»Nein, wir brauchen das und noch eine Menge anderes«, sagte er in einem ebenso überheblichen Ton, wie er ihn im Swan benutzt hatte. Der Mann begann, diverse Leinenballen aufzurollen. Es war die gängige Ware, die ballenweise für Hemden und Laken eingekauft wurde, welche dann zu Hause genäht wurden, hauptsächlich von der Dame des Hauses, und das selbst in wohlhabenden Familien. Liam ließ sich Zeit, bevor er den teuersten Stoff auswählte, zu dem ihn der Verkäufer beglückwünschte. Unterdessen beobachtete ich alles schweigend, amüsiert von seiner neuen Persönlichkeit als textilerfahrener Dandy und ein wenig beleidigt, weil ich ausgeschlossen wurde. Nach einer längeren Diskussion über die besten Materialien für Westen, Jacken und Hosen hatte sich ein beachtlicher Berg Stoff auf dem Tresen aufgetürmt, und wir konnten uns meinem Bedarf an Kleidung zuwenden. Ich wählte rasch acht Musselin-Arten für Kleider aus und war froh, endlich etwas zu tun und nicht bloß zuzuschauen.

Wir vereinbarten, dass der Großteil unseres Einkaufs zu unserem Gasthaus geliefert wurde, und nahmen nur einiges mit, um damit Schneider aufzusuchen. Der Verkäufer, der alles auf einem langen Bogen Papier zusammengerechnet hatte, blickte auf. »Und wie wünschen Sie zu bezahlen, Sir? Haben Sie bereits ein Konto bei uns, oder möchten Sie eines einrichten?«

Ich war so von der Aufgabe gefesselt gewesen, dass ich vergaß, Angst zu haben. Die stellte sich nun prompt ein. Liam zögerte und zog einige Banknoten aus der Innentasche seiner Jacke, löste eine davon und reichte sie über den Tresen. Es waren zehn Pfund, ausgestellt auf die Bank of Scotland. Mein Herz pochte, als der Verkäufer sie ins Licht hielt, seinen Daumen befeuchtete und an der Tinte in der Ecke des Scheins wischte, das Papier befingerte und schließlich Liam zunickte.

»Einen Moment bitte.« Er verschwand durch eine Tür in ein Hinterzimmer.

Das Projektteam war sicher gewesen, dass niemand die gekonnte Fälschung erkennen würde: relativ kleine Beträge, verteilt über viele Banken, in Tinte und Papier exakt den noch erhaltenen echten Banknoten nachempfunden. Nun jedoch hing unser Leben auf eine Weise von den Artefakt-Produzenten ab, die mir bis zu diesem Moment nicht recht bewusst gewesen war. Ich blickte zu Liam auf, der zu der Tür sah, durch die der Verkäufer verschwunden war. Seine Miene gab nichts preis. Er könnte irgendjemand sein, der auf sein Wechselgeld wartete.

Während sich die Minuten dehnten, rann mir Schweiß zwischen die Brüste und wurde unterhalb von dem Geldgürtel gebremst. »Wenn er nicht wiederkommt, renne ich weg«, flüsterte ich. Wohin würde ich laufen? Käme ich überhaupt aus dem Geschäft? Inzwischen war es voller geworden, und wir waren an dem Tresen eingekeilt. Ich roch Tabak und ungewaschene Haare.

»Denk nicht mal dran«, raunte Liam und ergänzte lauter: »Denk dran, dass wir nach Schneidern fragen müssen, wenn er zurückkommt.«

Der Mann kam wieder, nicht, um uns verhaften zu lassen, sondern um sich zu entschuldigen. Sie hatten Probleme gehabt, Wechselgeld zu finden. Dann schrieb er uns die Adressen von Schneidern auf einen Fetzen braunes Einwickelpapier. Der auf Jacketts spezialisierte Schneider war berühmt; er saß in der St. James's Street, und die Werkstatt führte kein Geringerer als Beau Brummell persönlich, der sich aus obskuren Umständen zur Instanz in Sachen Männerbekleidung emporgearbeitet hatte. Im Grunde hatte er die Herrenmode des Regency erfunden. Ein anderer Schneider, beinahe genauso berühmt, war auf Hosen spezialisiert, und dann gab es noch mehrere Schneiderinnen für mich.

»Was ist mit Hemden?«, fragte ich. »Kann jemand von diesen Leuten ein Hemd schneidern? Ich nähe nicht sehr schnell.« Der Verkäufer sah mich an, kratzte sich am Kopf und schrieb noch etwas auf.

Bis wir zum Golden Cross zurückkehrten, waren die Lampenanzünder bereits am Werk. Wir hatten den Hemdenschneider, den Hosenschneider, den Jackenschneider und eine Damenschneiderei aufgesucht. Wir hatten Strümpfe, Hüte, Schuhe, Handschuhe und zwei Truhen gekauft, um alles darin zu verstauen. Außerdem besorgten wir Schreibfedern, Tinte, Papier, Zahnputzstöckchen aus Eibischwurzel und eine Erstausgabe von »Mansfield Park«. Dabei hatten wir mehrere Fünfpfundscheine der Bank of Ireland ausgegeben.

In meinem Zimmer stellte ich fest, dass alle Münzen aus meinem Retikül, einer Art Handbeutel, verschwunden waren. Dabei hatte ich es fest verschnürt und immer dicht bei mir gehabt, oder zumindest glaubte ich das. Es war nicht mal ein Pfund gewesen, dennoch erschreckte mich der Verlust. Ich versuchte mich damit zu trösten, dass mein Taschendieb das Geld nötiger hatte als ich, was mich indes auf einen schlimmeren Gedanken brachte: Was ist, wenn der Umstand, dass er dieses Geld hat, den Lauf der Geschichte veränderte?

Die Anweisung des Instituts lautete, dass wir so wenig Kontakt wie möglich zu irgendjemandem außer unseren Zielpersonen haben sollten, da man fürchtete, dass wir das Wahrscheinlichkeitsfeld stören und eventuell auf unvorhersehbare und schädliche Weise makrohistorische Ereignisse beeinflussen könnten. Andererseits besagte die McCauley-Madhavan-Theorie, dass das Feld einige Störungen überstehen könnte – sonst wäre unsere Mission gar nicht denkbar. Von den vorherigen sechsunddreißig Einsätzen in der Vergangenheit waren siebenundzwanzig Teams mehr oder minder unversehrt zurückgekehrt, während bei sechsen einige Erinnerungsmodifikationen erforderlich gewesen waren und drei überhaupt nicht wiederkamen. Bisher hatte keine Mission die Geschichte maßgeblich verändert. Unsere jedoch war insofern beispiellos, als sie erforderte, dass wir unseren Zielpersonen sehr nahekommen mussten.

»Ihr müsst der Versuchung widerstehen, euch zu sehr einzulassen«, hatte Dr. Ping gesagt, der Leiter des Projektteams. »Es ist eine verführerische Epoche, ungeachtet der vielen ekelhaften Aspekte.« Doch wie sollten wir unbeteiligt bleiben und trotzdem – was? Uns Geld stehlen lassen? Einen Hemdenschneider engagieren, der aussah, als wäre er kurz vorm Verhungern? Vielleicht hatten wir heute mit Liams Bestellung von einundzwanzig Hemden sein Leben gerettet.

Ich betrachtete mein Kleid im fahlen Licht und entschied, es auszuziehen. Wir waren fast wieder hier gewesen, als ein vorbeifahrendes Fuhrwerk durch eine Pfütze in der Nähe gerollt war und einen Sprühregen aus Schlamm aufgestoben hatte, der unten auf mein Kleid und das Unterkleid darunter sowie auf Liams Stiefel getroffen war. Ich konnte das nur in meinem Waschwasser ausspülen und auf das Beste hoffen.

In dem Wirtshaus hatten wir einen Salon neben unseren beiden Schlafzimmern. Ich vergewisserte mich, dass niemand auf dem Flur war, ehe ich in Korsett und Hemd nach draußen huschte. Erst als meine Hand den Türknauf berührte, fiel mir ein, dass ich meinen Schal hätte mitnehmen können, aber ich lief nicht wieder zurück. Die Aussicht, in Unterwäsche vor meinem Kollegen zu erscheinen, hatte mich heute Morgen noch erschreckt. Jetzt war ich zu müde, als dass es mich scherte. Hatte ich etwa nicht laufend im Fitnessraum des Instituts trainiert und dabei weniger angehabt? Und mir wurde klar, woher meine frühere Sorge gerührt hatte: Ich hatte die Einstellung von 1815 angenommen, mich in unserem Narrativ bewegt – oder es zumindest geglaubt. Darauf sollte ich in Zukunft achten.

»Was für ein Tag, was?« Ich musterte das Angebot auf dem Tisch neben dem Kaminofen, in dem ein Kohlenfeuer brannte: eine Scheibe Fleischpastete, ein Stück Brühfleisch, gekochter Kohl zu gekochten Kartoffeln und eine Art gekochter Pastete, mit Bacon drapiert. Und Wein, zum Glück.

Liam stand am Fenster und sah nach draußen. Von hier blickte man in eine dunkle Seitengasse. Liams Stiefel waren fort – er musste sie zum Putzen gegeben haben – und er hatte seinen Gehrock ausgezogen. Sein Halstuch und die Perücke waren gleichfalls verschwunden, und er schien seinen Kopf kurzerhand in seine Waschschüssel getaucht zu haben.

»Hier«, sagte ich und gab ihm seinen Geldgürtel. Während er ihn nahm, warf er einen Blick auf meinen Aufzug. Und einen zweiten, bevor er sich abwandte. Er sagte nichts, wurde jedoch rot und setzte sich an den Tisch, wo er den Kopf in die Hände stützte.

»Ist alles in Ordnung?«, fragte ich reumütig. Wir mussten lange Zeit eng zusammenarbeiten, da sollte ich vorsichtig sein, was Grenzen betraf, die Tabus anderer berücksichtigen. Viele der Old British sind prüde, was noch so ein wiederbelebtes Ding aus glorreichen viktorianischen Tagen ist.

Er hob den Kopf und schenkte uns Wein ein. »Es war ein recht anstrengender Tag, aber – vielleicht gewöhnen wir uns daran. Möchtest du etwas hiervon? Ich kann nicht erkennen, um welches Tier es sich handelt, aber es ist gründlich durchgekocht.«

Unsere eigene Welt ernährte sich notgedrungen vegan, und die Nahrung war Produkt der Technologie, nicht der Natur. Man konnte synthetisch etwas Fleischähnliches herstellen, doch das war unbeliebt, Teil der verlorenen Welt vor dem Großen Sterben, jener Ära von Chaos und egoistischen Fehlern, an die niemand erinnert werden wollte. Wir hatten es allerdings im Zuge der Vorbereitung gegessen, um uns damit vertraut zu machen.

Ich nahm einen Bissen von dem gekochten Pasteten-Ding, das weich und zugleich unnachgiebig war, und kaute und kaute, zwang mich zu schlucken. Das Kunstfleisch in der Vorbereitung war vollkommen anders gewesen. Mein Messer fühlte sich schwer und kalt an; meine Gabel war stumpf wie Zinn und besaß nur zwei Zinken. Trotzdem machte ich mich entschlossen über das Essen her. Und den Wein.

Während wir schweigend aßen, ging ich im Geiste die Ereignisse des Tages durch. Ihre Intensität verblasste dank Feuerschein, Stille und Alkohol. »Es war klug, mit dem Ausgeben der Banknoten zu beginnen. Ein Test. Hätte eine davon Verdacht erregt, hätten wir vorgeben können, selbst Opfer eines Betrugs zu sein. Was mit ein paar Tausend Pfund in einer Bank weit schwieriger sein dürfte.« Ich stocherte mit meiner Gabel in dem gekochten Ding. Warum war das so federnd? »Und du warst wunderbar ruhig.« Liam schüttelte den Kopf. »Warst du nervös?«

»Du nicht?«

»Man hat es dir nicht angemerkt.«

»Würde man alles zeigen, was man empfindet«, sagte er und machte eine Pause, solange er denselben Happen gründlich kaute, bevor er einen Knorpel ausspie und ihn auf seinen Tellerrand legte, »wäre es nicht die Welt von Jane Austen, oder?«

»Sehr richtig.« Ich erhob mein winziges Weinglas auf seine Feststellung, leerte es und schenkte uns nach. »Aber du warst früher Schauspieler, stimmt's? Das muss helfen. Du sprichst so gut wie nie darüber.« Er sprach insgesamt nicht viel über sich. Dies war eine gute Gelegenheit, mehr zu erfahren, ehe wir ununterbrochen von Bediensteten umgeben waren und in unseren Rollen bleiben mussten.« Was ist dein Lieblingsstück von Shakespeare? Was für ein Schauspieler warst du?«

Liam sah misstrauisch aus. »Die übliche Sorte, die keine Arbeit findet.«

»Aber du warst auf einer Schauspielschule?«

»Ja.«

»In London?«

»In London.«

Ich stockte, weil ich nicht recht weiterwusste. »Und hat es dir Spaß gemacht?«

»Meistens.« Er wurde wieder rot. »Mehr Spaß als die medizinische Hochschule, stelle ich mir vor.«

»Mir hat die medizinische Hochschule Spaß gemacht.«

»Schön für dich.«

»Aber ich hätte auch gerne Schauspiel studiert. Es fasziniert mich. Ich sehe den großen Widerspruch zwischen Kunst und Wissenschaft nicht, auf den die Leute immer pochen. Warum kann man nicht beides mögen?«

»Dafür gibt es keinen Grund.« Er lehnte sich auf seinem Stuhl zurück, neigte seinen langen Kopf zur Seite, sah mich an und drehte das leere Glas in seinen Händen. »Bist du deshalb hier gelandet? Aus Liebe zur Literatur?«

»Ja, die Kurzversion. Meine Liebe zu Jane Austen.«

»Sie ist ein Wunder.« Wir beide dachten einen Moment nach, und Liam fuhr leiser fort: »Und sich vorzustellen, dass sie lebt. Jetzt! Und dass wir sie treffen könnten und – Gott bewahre, dass wir es vermasseln ...«

»Werden wir nicht.«

»Du klingst sehr sicher.«

»Ich mache das alles nicht durch, um zu scheitern.« Liam sagte nichts. Ich servierte uns ein Stück Fleischpastete und hoffte, dass sie besser war als die im Swan. Ginge schlechter überhaupt?

»Was ist die lange Version?«
»Wie bitte?«
»Du sagtest …« Er blickte nach unten zum Tisch. »Also …«
»Ich hatte Beziehungen, kannte jemanden. Ich meine, sonst wäre ich wohl nicht die erste Wahl gewesen, als Amerikanerin und so – aber ich war die Beste, und am Ende waren sie so klug, es einzusehen. Jane-Austen-Nerd ohnegleichen, daran gewöhnt, unter primitiven Bedingungen zu praktizieren, nachweislich mutig, was auch immer.« Ich unterbrach. »Und du?«
»Nicht nachweislich mutig, nein.«
»Wie bist du …?«
»Ich hatte Glück.«
Falsche Bescheidenheit geht mir auf die Nerven. Liam hatte eine Biografie über Beau Brummels Kammerdiener geschrieben, die bewies, dass er über einen eleganten Prosastil und einen klugen Humor verfügte, zumindest auf dem Papier. Er fuhr fort: »Herbert Briand war mein Professor. Mein Mentor eigentlich.« Ich musste verwundert ausgesehen haben. »Er fand den Brief.«
»Ah, richtig.« Nachdem alle erhaltenen Briefe von Jane Austen aufgetaucht sein sollten und der kommentierte Sammelband in seiner elften Auflage gewesen war, hatte man noch einen weiteren in einer längst aussortierten Ausgabe von Ivanhoe in einem Bibliothekslager in Croydon entdeckt. Er war 1815 an Jane Austens Freundin Anne Sharpe geschrieben worden, und der Inhalt erwies sich als explosiv. Ein angefangener und vermeintlich aufgegebener Roman, ungefähr 1804 datierend und Jahrzehnte später als Fragment mit dem Titel »The Watsons« erschienen, war tatsächlich fertiggestellt worden. In dem Brief erklärte Jane Austen, warum sie den Roman nicht veröffentlichen wollte und ihn zu vernichten plante. Zu persönlich, schrieb sie, zu düster. »Er hat dich ermuntert, dich zu bewerben?«

»Er hat es möglich gemacht.«

»Sicher spielten auch deine eigenen Verdienste eine Rolle. Aber das war sehr großzügig von ihm. Man sollte meinen, dass er selbst reisen wollte.«

»Er ist ein alter Mann und nicht gesund.«

»Trotzdem ist es nett von ihm, dich zu unterstützen. Es wird riesig für deine Karriere sein, oder?« Zeitreisen waren geheim; sollten wir Erfolg haben und mit »The Watsons« zurückkehren, würde sich das Institut eine Geschichte über eine Gelehrtenentdeckung ausdenken. Es wäre ein Riesending, denn die Old British beteten Jane Austen an und betrachteten ihr kurzes Leben und das kleine Werk als eine Tragödie von ähnlicher Tragweite wie die Zerstörung der Bibliothek von Alexandria.

»Ich wäre ein gemachter Mann«, sagte Liam in solch feierlichem Ton, dass ich mir ein Lachen verkneifen musste. »Das Leben kann anfangen, du weißt schon, nach dem hier.«

»Ich denke, das Leben hat bereits angefangen.« Ich schwenkte eine Hand durch den Raum. »Das ist verrückt, hier, 1815. Wenn dies nicht Leben ist, was dann?« Mein Schock von vorhin war verklungen; ich brannte darauf, dass es losging. Sie zu treffen, sie kennenzulernen. Das Jane-Austen-Projekt würde fantastisch werden. Ich erschauerte trotz des Feuers; es würde außerdem kalt werden.

»Du hast recht. Ich habe mich falsch ausgedrückt.«

»Aber du hast etwas damit gemeint. Vielleicht kannst du das Manuskript zur Veröffentlichung vorbereiten.« Ich füllte unsere Gläser nach. »Stell dir vor. Ihre Handschrift lesen! Ihre Streichungen, ihre Ersetzungen zu sehen!«

»Das hätte etwas.« Er klang, als wäre ihm die Idee nie gekommen. Dabei wusste ich, dass er irgendwann nach der Schauspielschule in Oxford gewesen war. Sein Buch war auf der Longlist für irgendeinen Preis gewesen; sein Mentor hatte ihn für das Projekt vorgeschlagen. Und da war noch etwas anderes, aber diese Erinnerung entglitt mir wieder. Ich verschränkte die Arme vor der Brust, um mich warm zu halten.

»Ist es das, was dich antreibt?« Mir wurde bewusst, dass ich ein wenig betrunkener war, als ideal wäre. Doch hier lauerte ein Rätsel, und dies war ein günstiger Zeitpunkt, es zu lösen. »Weltliche Ambitionen? Akademischer Ruhm?«

Liam sah mich an. »Möchtest du meine Jacke? Ist dir nicht kalt?«

Da mir sehr wohl kalt war, nahm ich die zu große Jacke an und krempelte die Ärmel auf, bis ich meine Hände wiedergefunden hatte. Es entstand eine Pause, in der ich hoffte, dass er keine Bemerkung darüber machte, wie klein ich war. Er tat es nicht, und ich sagte: »Ich hatte versucht, mein Kleid zu säubern. Von dem Schlamm.«

»Dann hatte ich richtig vermutet.«

»Es war nicht mein Plan, nur teilbekleidet durch 1815 zu ziehen.« Ich hatte auf ein Lachen gehofft, doch er nickte bloß.

Ich erhob mein Glas. »Auf die Mission.«

»Auf Jane Austen.«

»Auf ›The Watsons‹.«

Wir stießen an. Ein Windstoß drang durchs offene Fenster herein und wirbelte durch das Zimmer, sodass das Feuer flackerte und Schatten warf. Wieder fröstelte ich. Ich hatte das Gefühl, hier zu sein und auch wieder nicht, als würde ich die Szene von ferne beobachten, als wäre die Zeit ins Stottern geraten, ausgegangen und wieder angesprungen, wie eine vorübergehende Störung des Herzrhythmus. Manchmal sehe ich uns heute noch dort, ganz unschuldig und ahnungslos, mit allem noch vor uns.

KAPITEL 2

23. September
33 Hill Street, London

Überraschend schnell fing die Fremdheit von 1815 an, sich normal anzufühlen. Mithilfe von Zeitungsannoncen, einem Hausmakler und flüssigen Mitteln kamen wir zu einem angemessenen Haus – vollständig möbliert, Toilette im Haus, vornehme West-End-Adresse –, das wir für sechs Monate mieteten. Wir hatten drei Bedienstete eingestellt, noch mehr Kleidung in Auftrag gegeben und mit der unheimlichen Aufgabe begonnen, das Falschgeld zu deponieren. Es gab so viel zu tun, und wir durften keine Zeit verlieren.

Routine stellte sich ein; Gewohnheiten entstanden. Ich setzte mich täglich unten mit Mrs. Smith zusammen, unserer Köchin und Haushälterin, um die Speiseplanung und die Einkäufe durchzugehen und alle Kosten zu prüfen. Sie war eine stämmige Frau mit sanften dunklen Augen und Pockennarben, und sie hatte eine behutsame Art, mir Dinge zu erklären, die ihr sehr offensichtlich scheinen mussten.

Eines Morgens allerdings präsentierte sie mir eine neue Herausforderung, kaum dass ich mich in ihrer kleinen Kammer auf halbem Weg zur Küche hingesetzt hatte. »Grace sagte mir, dass der Kamin im Salon qualmt, Miss.«

»Tut er das? Nun, vermutlich wird sie es wissen.« Grace war das Mädchen.

»Ist es Ihnen nicht aufgefallen?« Ich hatte keine Ahnung. Kohlenrauch war eines der Dinge, nach denen das Haus roch, neben Bienenwachskerzen, dem Terpentin und Essig in den Reinigungsmitteln und dem Lavendelduft, mit dem die Bettlaken beträufelt waren. »Als Sie mit dem Hausmakler sprachen, hat er Ihnen da gesagt, wann die Schornsteine zuletzt gereinigt wurden? Ich glaube, das Feuer in der Küche zieht auch nicht so, wie es sollte.«

»Müssen wir die reinigen?« Ich dachte an Oliver Twist und die Szene, in der Oliver nur knapp dem Schicksal entging, der Helfer eines Schornsteinfegers zu werden, der in die Schornsteine klettern musste.

Mrs. Smith blinzelte langsam, was ihre Art war, ihre Verwunderung ob meiner Unwissenheit zu unterdrücken. Das Institut hatte sich überlegt, weil wir uns in einem England bewegen würden, in dem sich in den feinen Kreisen jeder zu kennen und alle nicht allzu entfernt miteinander verwandt wären, wäre die Lösung, weshalb wir keine Familie, keine Freunde und keine Bekannten aufweisen würden, uns zu verwaisten Geschwistern zu machen, den Kindern eines jamaikanischen Plantagenbesitzers. Es war keine ideale Biografie, könnte aber eine Menge erklären, wie etwa, dass ich nichts über Schornsteine wusste.

»Wenn Sie wünschen, Miss, schicke ich Mr. Jencks los, einen Schornsteinfeger zu holen.« Ich musste immer noch verwirrt ausgesehen haben, denn sie fügte hinzu: »Um diese Zeit sind sie draußen unterwegs und bieten ihre Dienste an.«

»Aber sagen Sie ihm, er soll einen holen, der Bürsten benutzt, nicht einen kleinen Jungen in den Schornstein schickt.«

Sie blinzelte. »Bürsten?«

»Einige haben diese Bürsten mit langen Stielen, mit denen sie von oben alles erreichen.«

»Das habe ich ja noch nie gehört.«

»Dennoch gibt es sie.« Da war ich mir sicher. »Vergessen Sie es nicht, wenn Sie mit Jencks sprechen.« Ich selbst redete so wenig wie möglich mit Jencks, dem Diener. Meine Begegnungen mit ihm waren immer unerfreulich. »Er mag mich nicht«, hatte ich mich bei Liam beschwert. »Wenn ich ihn bitte, irgendwas zu tun, sieht er mich nur spöttisch an und findet einen

Grund, weshalb es nicht geht.« Liam hatte skeptisch ausgesehen. Ihm gegenüber war Jencks stets kriecherisch höflich.

Später im Green Park dachte ich über Jencks und die seltsame Notwendigkeit nach, Bedienstete zu haben. Der Morgenspaziergang war zu einer festen Einrichtung geworden, denn dann konnten wir Dinge besprechen, ohne fürchten zu müssen, dass wir belauscht wurden. An jenem Tag jedoch hatten wir nicht viel geredet, waren nur schweigend eine Platanenallee hinuntergegangen. Es war sonnig, aber kalt mit einer leichten Andeutung von Herbst in der Luft. Eine Windböe hatte fallendes Laub eingefangen und verwirbelte es in der Luft über uns.

»Es wird Zeit, dass ich Henry Austen schreibe«, sagte Liam unvermittelt. »Meinst du nicht?«

Ich sah ihn staunend an. »Äh, doch.«

Dazu drängte ich ihn beinahe schon, seit wir hier angekommen waren, allemal seit wir das Haus in der Hill Street bezogen und eine vornehme Adresse hatten, von der aus wir schreiben konnten. Liam hatte mich immer wieder vertröstet, behauptet, wir müssten noch mehr recherchieren. Wir hatten lange Spaziergänge in Parks oder eleganten Einkaufsstraßen unternommen, waren zu Kunstausstellungen und ins Theater gegangen, besessen davon, das Benehmen und die Haltung der vornehmen Leute zu studieren, welche Worte sie benutzten und wie sie die aussprachen.

In gewisser Weise verstand ich Liams Zögern. Wir hatten eine einzige Chance, einen guten Eindruck auf Henry Austen zu machen; ein Scheitern würde den Verlust unserer besten Chance bedeuten, seine Schwester kennenzulernen. Und in gewisser Weise machte es mich rasend. Es war keine Zeit zu verlieren, und leider war Liam für diesen Teil zuständig, nur weil er ein Mann war. Ich konnte nicht an Henry Austen schreiben.

»Na gut.« Liam nickte mir zu, und erst jetzt fiel mir ein, wie nervös ihn dieser Schritt machen musste. Sogar ängstigen. Doch wir durften keine Zeit an Furcht vergeuden. Mitte Oktober sollte Jane Austen in London bei Henry sein, und dann würden sich Dinge ereignen, in die wir eingebunden sein mussten. Es war, als wollten wir auf einer bestimmten Welle surfen und waren schon spät dran.

»Es wird schon. Du kannst das«, sagte ich zu ihm. Ich fragte mich jedoch, ob er es wirklich konnte.

Wir waren eben wieder im Haus, als wir einen Schrei, gefolgt von einem Knall hörten. Wir sahen einander an und gingen dem Geräusch nach die Treppe hinauf und in den Salon, aus dem der Lärm gekommen war. Ein schwarzer Lappen hing vor dem Kamin, aus dem ein nackter menschlicher Fuß lugte. Hinter dem Tuch fand ich einen kleinen Jungen, reglos und schmutzig. Ich kniete mich hin, um ihn mir genauer anzusehen. Seine Atmung war schnell und flach; er stank nach Ruß. Ich rüttelte an seiner Schulter.

»Kannst du mich hören?«

Er öffnete die Augen und sah zu mir auf. Die Iris war von einem warmen Braun, und das Weiße bildete einen krassen Kontrast zum rußgeschwärzten Gesicht. »Kannst du mich hören?«, fragte ich wieder. Er nickte und versuchte, sich zu bewegen, doch ich hielt ihn fest. »Fühlst du das?« Ich drückte erst einen, dann den anderen Fuß. »Und das?«

»Ja, Ma'am«, sagte er würgend und hustete rasselnd.

»Kannst du bitte mal mit den Zehen wackeln? Was ist mit deinen Fingern?«

Er konnte. Ich tastete seine Wirbelsäule durch die Lumpen ab und fand keine Anzeichen von einer Verletzung.

Ich hockte mich auf die Fersen zurück, betrachtete den Jungen und zog an der Klingelschnur neben dem Kamin. Doch

Jencks stand bereits in der Tür und sah erstaunt aus. »Könnten wir etwas Tee bekommen?«

Er grinste spöttisch. »Woher sollen wir heißes Wasser nehmen, wenn der Schornsteinfeger da ist und alle Feuer aus sind?«

»Ich fange an zu verstehen, was du meinst«, murmelte Liam, der hinter mich getreten war, ohne dass ich es bemerkt hatte. Er fuhr lauter fort: »Dann eben Porter, Jencks! Bringen Sie uns ein halbes Pint. Wenn wir keines dahaben, holen Sie welches.«

»Ja, Sir.« Und er war fort.

Der Junge hatte sich aufgesetzt und rieb sich die Augen mit seinen schmutzigen Händen.

»Lass das«, sagte ich strenger als beabsichtigt. Er erstarrte, und ich hielt ihm mein Taschentuch hier. »Hier, nimm das. Du darfst nicht noch mehr Ruß in deine Augen bekommen. Das macht sie nur schlimmer.«

Doch er starrte das Tuch nur an. Ich bemühte mich, einen sanfteren Ton anzuschlagen. »Es macht nichts, wenn es schmutzig wird. Ich habe mehr. Tut dein Kopf weh?«

»Nee.«

»Wie heißt du?«

»Tom.« Es war kaum ein Hauchen.

Ich stand auf. »Ich bin Miss Ravenswood. Kommst du mit mir in die Küche, Tom? Vielleicht können wir dich ein bisschen waschen.« Ich hielt ihm meine Hand hin, und er überraschte mich, indem er sie nahm. Als er aufstand, wobei schwarzer Staub von ihm rieselte, ging er mir kaum bis zur Taille, und ich fühlte, wie sich etwas in meiner Brust verkrampfte.

Ich fand Mrs. Smith in der befremdlichen kühlen Küche, wo sie die Gewürzbestände prüfte; Grace polierte Silber.

»Ich hatte um einen Schornsteinfeger gebeten, der keinen Jungen in den Rauchfang schickt.« Beide Frauen drehten sich erschrocken um und blickten von Tom zu mir und zurück zu Tom.
»Miss, ich hatte Ihre Anweisung weitergegeben.«
»Sie können Feuer machen. Heute werden keine Schornsteine mehr gereinigt.« Von Toms Hand übertrug sich ein winziges Erschaudern auf meine. »Grace, ich brauche heißes Wasser für ein Bad.«
Sie starrte immer noch Tom an. »Bringe ich die Wanne nach oben auf Ihr Zimmer?«
Ein Bad bedeutete eine größere Inszenierung, zu der eine theoretisch tragbare Kupferwanne und viele Eimer heißes Wasser gehörten. »Nein, lassen Sie die Wanne in der Waschküche. Das Bad ist für den kleinen Tom hier. Ich denke, es wird ihm besser gehen, wenn er gebadet und etwas gegessen hat.«
Ein Geräusch bewirkte, dass wir uns umdrehten und einen Mann erblickten, bei dem es sich offensichtlich um den Schornsteinfeger handelte. Klein, drahtig und in einem gigantischen Anzug, der für jemand Größeren gemacht war. Er könnte zwischen zwanzig und sechzig gewesen sein; nur wirkte er, im Vergleich zu seinem Angestellten, sauber.
»Was ist hier los?«, knurrte er, sobald er Tom sah. Er drängte sich an Liam vorbei, betrat die Küche und stürzte sich auf den Jungen, der sich mit einem Aufschrei hinter mich duckte. »Was soll das?« Als er näher kam, hob ich eine Hand, um ihn aufzuhalten.
»Hier ist das Problem«, begann ich. Aller Augen richteten sich auf mich, und ich war nicht sicher, was ich sagen sollte. Jencks erschien neben Liam in der Tür, einen Bierkrug in der Hand und die Stirn gerunzelt. »Ihr Junge ist gestürzt, Mr. … Wie ist Ihr Name?«
»Brown«, krächzte er.

»Ihr Junge ist gestürzt, Brown, und braucht Zeit, sich zu erholen. Da es auf unserem Besitz geschah, denke ich ... Wir lassen ihn hier ausruhen. Wir werden Ihnen den vereinbarten Betrag zahlen, aber Ihre Dienste benötigen wir heute nicht mehr.« Oder jemals wieder, ergänzte ich im Geiste.

Niemand sprach, und ich dachte, es könnte funktionieren. »Danke, Jencks. Würden Sie ihn bitte bezahlen und zur Tür begleiten?« Ich streckte meine Hände vor, um den Bierkrug entgegenzunehmen.

Jencks ignorierte meine Geste und sah Liam an. »Sir?«, fragte er. »Die Arbeit ist noch nicht beendet.«

»Bezahlen Sie ihn, und bringen Sie ihn zur Tür«, entgegnete Liam in jenem gelangweilten Ton, den er immer gegenüber den Bediensteten anschlug, und nahm Jencks das Bier ab.

Brown lief hinter mich und packte Toms Ellbogen. Der Junge wimmerte und schrie auf, als Brown ihm den Arm umdrehte und irgendetwas Unverständliches, aber eindeutig Bedrohliches zischte.

»Lassen Sie ihn los!«, sagte ich.

»Ich gehe nicht ohne den Jungen.« Er schüttelte Tom. »Komm schon, sei mal munter.« Tom hatte den Kopf gesenkt. Seine Miene war unmöglich zu deuten, weil sein Gesicht rußbedeckt war, doch seine Haltung signalisierte nacktes Elend. Sein einer Arm war komisch verdreht in Browns Griff, der Rest von ihm in sich zusammengekrümmt, als versuchte er, sich so klein zu machen, wie es irgend ging – oder gar nicht zu existieren.

»Sie haben keine Wahl«, erwiderte ich. »Gehen Sie jetzt. Jencks ...«

»Ich habe für den hier fünf Scheine beim Armenhaus bezahlt, und das ist kein Jahr her. Jetzt soll ich ihn hierlassen? Sind Sie verrückt geworden?« Als er begann, Tom am Arm aus der Küche zu zerren, stellte ich mich ihm in den Weg. Brown blieb stehen. Er malmte mit dem Kiefer und atmete schnell, schien sich indes nicht zu trauen, mich zur Seite zu schubsen.

»Ich gebe Ihnen fünf Pfund für ihn«, sagte ich. Alles verstummte. Grace stand wie eingefroren an der Tür zur Waschküche; Jencks und Liam in der Tür zum Flur. Die Einzige, die sich bewegte, war Mrs. Smith, die ein Feuer im Herd machte; allerdings spürte ich, dass sie aufmerksam lauschte. »Fünf Pfund und was immer für das Schornsteinreinigen vereinbart war. Solch ein Angebot bekommen Sie nicht jeden Tag.«

Brown starrte mich lange genug an, dass ich Zeit hatte, mich zu fragen, was ich tat.

»Zehn. Ich habe den mit viel Mühe ausgebildet. Und er hat mir die Haare vom Kopf gefressen, oh ja.«

»Sechs.« Ich verschränkte die Arme vor der Brust und starrte meinerseits ihn an. »Sechs, bevor ich es mir anders überlege.«

»Sieben.«

»Abgemacht.«

Er pfiff. »Himmel auch! Die feinen Herrschaften und ihre Launen.« Er ließ den Jungen los und stieß ihn ein wenig. »Wenn die dich in die Gosse schmeißen, Tom, du weißt ja, wo du mich findest. Wenn du Glück hast, nehme ich dich zurück.«

Nach dem Bad stellte sich heraus, dass Tom hellbraunes Haar hatte, das ihm wie die Borsten eines Stachelschweins zu Berge stand, ein niedliches, ängstliches Gesicht, Narben an Knien und Ellbogen und überall blaue Flecken. Schüchtern beharrte er, zehn zu sein, obwohl ich ihn auf sechs Jahre schätzte. Wir zogen ihm eines von Liams Hemden an, wickelten ihn in eine Decke und setzten ihn in die Küchenecke nahe dem Herd, wo Mrs. Smith ihm Porter gab, gefolgt von Brot, Milch und Schinken. Als ich mich umdrehte, um nach oben zu gehen, folgte sie mir hinaus auf den Flur.

»Darf ich Sie kurz sprechen, Miss?«
Wir gingen in den kleinen Raum, in dem wir unsere Morgenbesprechungen abhielten.
»Was wollen Sie mit dem Jungen machen?«, fragte sie, sobald sie die Tür hinter uns geschlossen hatte.
»Was würden Sie empfehlen?« Sie antwortete nicht. »Denken Sie, es war falsch von mir?«
»Er ist aus der Fürsorge, müssen Sie wissen. Das meinte er, als er sagte, dass er ihn dem Armenhaus abgekauft hat. Er könnte eine Waise sein, in Sünde geboren.«
»Was wohl kaum sein Verschulden sein dürfte.«
»Das sagt ja keiner, Miss.«
Wir standen stumm da.
»Dann lassen wir ihn ausruhen, und danach? Vielleicht kann er bleiben. Wir könnten eine weitere Hilfe gebrauchen, oder nicht?«
»Sehr gut sogar. Doch er ist knapp aus dem Gängelband.«
»Er wird wachsen. Vor allem, wenn man ihn füttert.«
»Dafür sind Jungen bekannt.« Gänzlich unerwartet lächelte sie.

Oben fand ich Liam am Fenster in der Bibliothek vor, wo er mit verschränkten Armen stand und allem Anschein nach auf mich wartete. »Bist du wahnsinnig?«, fragte er in einem scharfen Flüstern. »Bist du vollkommen irre?« Für einen Moment fehlten mir die Worte. Ich schloss die Tür hinter mir, ging zu dem großen dunklen Schreibtisch und lehnte mich dagegen. Ich versuchte ja selbst noch zu erfassen, was ich getan hatte, und ausgeschimpft zu werden half nicht. »Willst du unbedingt die Geschichte verändern?«
»So ist das nicht.«
Er blickte zu mir herab, die blauen Augen blitzend, der Atem hörbar, das Gesicht gerötet. »Und dieser ... Brown ...

nimmt unser Geld und kauft sich das nächste Kind im Armenhaus! Denkst du, dass du jeden Schornsteinfegerjungen in London retten kannst?«

»Hältst du das für ein Argument gegen die Rettung von einem?« Er antwortete nicht, starrte mich nur weiter an, und seine Wut schien zu verblassen. Er sah gequält aus. »Was sollte ich denn tun? Ihn mit diesem entsetzlichen Mann weggehen lassen?«

Abrupt wandte er sich ab, setzte sich an den Schreibtisch und rieb sich das Gesicht, bevor er den Kopf auf die Hände stützte, sodass seine nächsten Worte gedämpft waren. »Was du tun solltest, war, dich nicht einzumischen. Wie wir beide wissen.«

Die größte Gefahr bei Zeitreisen, abgesehen von den physischen Risiken, welche die Reisenden eingingen, war die, dass man tiefgreifend genug auf die Vergangenheit einwirkte, um die Zukunft zu verändern, aus der man selbst kam, sozusagen eine Art Großvater-Paradoxon in Gang setzte. Am Institut war man geteilter Meinung, ob das möglich war. Vorherige Missionen hatten kleine Veränderungen ausgelöst, die jedoch nichts als winzige Turbulenzen an den äußersten Rändern zur Folge gehabt hatten. Eine Statue des Dichters Randolph Henry Ash, die lange auf einer Verkehrsinsel in Hampstead gestanden hatte, war über Nacht verschwunden, zusammen mit sämtlichen Aufzeichnungen zu ihrer Entstehung. Eine kurze Straße mit Reihenhäusern aus King Georges Zeit in Westlondon, die im neunzehnten Jahrhundert für ein Kaufhaus planiert worden war, das seinerseits während des Blitzkriegs zerstört und in einen Miniaturpark umgewandelt worden war, tauchte eines Wintermorgens wieder auf, leer und heruntergekommen, aber ansonsten unversehrt. Das hatte der verdutzten Öffentlichkeit als Kunstprojekt verkauft werden müssen. Dennoch konnte das Institut nicht alles wissen.

Welche Veränderungen könnte es noch gegeben haben, die nicht mit Stein und Mörtel, sondern mit den stillen Fakten des Privatlebens der Menschen zu tun hatten? Diese Fragen beunruhigten mich manchmal, wenn ich in den frühen Morgenstunden wach lag.

»Ein Jahr großen Mengen von Kreasot ausgesetzt, ein Leben lang unterernährt ...« Ich meinte, dass Tom nicht alt werden, sich nicht fortpflanzen, keinerlei Spuren auf dieser Welt hinterlassen würde, geschweige denn das Wahrscheinlichkeitsfeld verändern und damit die Geschichtsaufzeichnungen. Doch ich stellte fest, dass ich es nicht aussprechen konnte. Die Ungerechtigkeit dessen machte mich sagenhaft wütend. »Also was habe ich verändert? Muss jeder Tag seines kurzen, erbärmlichen Lebens voller Leid sein?«

Liam nahm die Hände von seinem Gesicht. »Rachel«, murmelte er. Ich wartete, dass er mehr sagte, aber das schien alles zu sein. Er sah fragend zu mir auf.

»Na und? Du hättest mich aufhalten können. Du bist der Mann, kontrollierst das Geld, hättest meinen Anweisungen widersprechen können. Nichts hätte Jencks mehr beglückt. Also warum hast du nicht? Du bist auch mitschuldig.« Er sagte nichts. »Tu nicht so, als seist du's nicht.«

»Rachel«, sagte er wieder, und diesmal durchfuhr mich ein Schauer beim Klang seiner Stimme, als wäre mein Name ein Kosewort. Ich erinnerte mich, dass er Schauspieler gewesen war; für einen Moment erwartete ich einen Monolog. Stattdessen kam langes Schweigen, während wir uns nur ansahen. Etwas war eben passiert, nur war ich nicht sicher, was.

»Vielleicht sollten wir an Henry Austen schreiben«, sagte er.

»Ja.«

Er schloss die Schreibtischschublade auf und nahm einen Bogen Papier heraus. Dann öffnete er eine andere Schublade, der er eine Schreibfeder, ein kleines Messer, ein Tintenfläschchen und Schreibsand entnahm, den man benutzte, um die Tinte zu trocknen. All das arrangierte er vor sich, nahm die Feder und das Messer auf und begann, den Kiel zu spitzen.

»Ich habe mich immer wie Shakespeare gefühlt, wenn wir mit denen geübt haben«, sagte ich. Ich war froh, das Thema wechseln zu können.

»Immer kurz davor, ein Sonett zu verfassen … Oh, ich habe die ruiniert.«

»Moment, lass mich mal sehen. Gib mir das Messer.«

Ich nahm die Feder mit ans Fenster, um mehr Licht zu haben, schnitt einen neuen Kanal in die Mitte und brachte sie zurück. Dann beugte ich mich über den Schreibtisch, um kopfüber zu lesen.

33 Hill Street, 23. September

Sehr geehrter Herr …

Er stockte. Ein Tintentropfen kleckste auf das Papier, und Liam stöhnte. »Das habe ich bei der Vorbereitung nie gemacht.«

Er blies das Papier trocken und fuhr in einem krakeligen Schwung fort.

Ich bin so kühn, Ihnen zu schreiben und das beigefügte Empfehlungsschreiben zu schicken, nebst der Geschichte über die Verbindung meiner Familie zu den Hampsons in Jamaika, der Insel, auf der ich geboren bin, da ich nun in London eintraf und nur wenige Bekannte hier vorweisen kann.

Er unterbrach und las das Geschriebene.

Nach dem Tod meines Vaters ...

Liam runzelte die Stirn. »Ich erinnere mich.« Er schrieb weiter.

Nach dem Tod meines Vaters, des Erben einer großen Kaffeeplantage, der sein ganzes Leben, Vermögen und seine Ehre der menschlichen Behandlung seiner Sklaven und deren schrittweiser Befreiung verschrieben hatte, ebenso wie der Verbreitung des Evangeliums unter der unwissenden Inselbevölkerung ...

»Wird er irgendwas davon glauben?« Mir kamen Zweifel. »Es ist absurd. Wer lässt seine Sklaven frei?«

Liam, der immer noch schrieb, antwortete nicht sofort. »Eine fette Lüge ist nicht schwerer zu glauben als eine kleine. Es geht darum, sie sehr überzeugend zu erzählen.«

»Ich frage mich immer noch, warum sie uns zu Sklavenhaltern gemacht haben. Die stinken nach Blut. Auch Exsklavenhalter.«

»Solange man Geld hat, riecht man gut.«

Wenn es Ihnen nicht widersteht, mich in Ihrem Haus zu empfangen ...

»Diesen Satz habe ich immer gehasst. Als wollten wir ihn an Mr. Collins erinnern!« Das kam direkt aus dem Brief, mit dem uns der eingebildete Pfarrer in »Stolz und Vorurteil« vorgestellt wurde.

»Er könnte hoffen, sich an meinen Absurditäten zu erfreuen.« Liam las, was er geschrieben hatte.

»Aber ernsthaft. Bist du sicher, dass wir das schreiben wollen?«

Liam stockte und sah mich an, den Kopf leicht zur Seite geneigt. »Schlägst du vor, vom Skript abzuweichen und unseren eigenen Brief zu schreiben?« Die Frage klang ruhig, barg aber eine gewisse Spitze. Ich fühlte, wie sich etwas in mir veränderte, als mir klar wurde, dass wir unseren Streit über Toms Rettung nicht hinter uns gelassen, sondern uns lediglich auf eine andere Form verlegt hatten.

»Nein, das meinte ich nicht. Fahr fort.«

Ich schlage vor, dass ich Sie am 28. September um vier Uhr nachmittags aufsuche. Bis dahin verbleibe ich, geehrter Herr, mit hochachtungsvollen Grüßen ...
Doktor William Ravenswood.

Er verfasste noch zwei Briefe, bevor er zufrieden war. Unterdessen arbeitete ich mit anderer Tinte und einem ungewöhnlichen Papier an einem anderen Vorstellungsbrief. Wie der an Henry Austen war auch dieser vom Projektteam entworfen worden, und wir beide hatten uns alles eingeprägt. Dieser kam vermeintlich von Sir Thomas-Philip Hampson, dem Besitzer eines großen Anwesens in Jamaika und einem entfernten Verwandten der Austens.

Ein dreister, genialer Zug. Die fünften und sechsten Hampson-Baronets hatten die meiste Zeit ihres Lebens in Jamaika verbracht. Der siebte, gegenwärtige, wurde dort 1763 geboren, verließ Jamaika allerdings, um in England zur Schule zu gehen, wo er sich danach niederließ. Die Zeiten änderten sich: Im frühen neunzehnten Jahrhundert waren die Besitzer der großen westindischen Ländereien beinahe allesamt nicht mehr dort. Das Klima war extrem, die Tropenkrankheiten waren tödlich, und die Brutalität, die erforderlich war, um das System aufrechtzuerhalten, war etwas, was die vornehmen Leute lieber nicht aus der Nähe bezeugten. Die Gewissenhaften jedoch –

oder Habgierigeren – nahmen die gefährliche Überfahrt auf sich, um nach allem zu sehen wie Sir Thomas Bertram in »Mansfield Park«.

Recherchen ergaben, dass der siebte Baronet vor mehreren Jahren zuletzt in Jamaika gewesen war, als er uns hätte begegnen können. Besser noch, er war jetzt dort, und das für Monate. Ein Brief von Sir Thomas-Philip Hampson war ein Türöffner von jemandem, der plausibel, wichtig und mit den Austens verbunden war und bei dem wir keine Gefahr liefen, ihm in England über den Weg zu laufen, sollte alles nach Plan gehen.

Ich musste meinen Brief nur ein einziges Mal abschreiben und war mit meiner Handschrift zufrieden: spitz, ausladend und entschlossen. Ihn richtig zu falten und dann in Liams Brief zu fügen wurde ein neues Abenteuer. Als wir fertig waren, sah der Schreibtisch wie ein Schlachtfeld aus. Überall Löschsand, zerkrümelte Siegeloblaten, Fetzen von hartem Wachs und verworfene Ausfertigungen. Allesamt wurden im Kamin verbrannt, damit keine Beweise blieben.

Eine Antwort kam zwei Tage später. Sie wartete an der Kaffeekanne lehnend auf uns, als wir uns zum Frühstück setzten: Ein festes Stück Hadernpapier, lose zusammengefaltet, das wir nur anstarrten. Deutlicher als bisher, deutlicher als in jenem Moment, in dem ich in Leatherhead meine Augen geöffnet hatte, empfand ich das, was ich tat, als befremdlich. Wir hatten uns in die Geschichte eingemischt. Wir hatten Henry Austen einen Brief geschickt, den es damals nie gegeben hatte. Er hatte ihn gelesen, sich hingesetzt, um ihn zu beantworten, und damit Zeit verbracht, die er sonst anderem gewidmet hätte. An einem sonnigen Nachmittag aus dem Fenster geschaut? Leise vor sich hin gesummt und sich im Spiegel betrachtet? Ich vermutete, dass er eitel war, was sein Aussehen betraf; das würde zu dem passen, was wir über seinen Charme wussten, seine

Unfähigkeit, Geheimnisse für sich zu behalten, seinen Widerwillen, einen Beruf zu wählen und dabeizubleiben.

Ich nahm den Brief, brach das Wachssiegel und faltete ihn auseinander – perfekte Drittel. Die Handschrift war makellos. Keine Tintenkleckse, die Linien schnurgerade, die Wörter allesamt gleich groß. Wir verbrachten viel Zeit mit den technischen Aspekten der Schrift, einem wesentlichen Indikator für eine gewisse Gesellschaftsschicht. Der Brief, den wir an ihn geschrieben hatten, war gut gewesen, aber nicht so gut wie dieser.

23 Hans Place, 25. September

Geehrter Herr,
Ihr Brief vom 23. des Monats wurde hier angenehm erfreut aufgenommen, und es ist mir selbstverständlich ein Anliegen, Ihre Bekanntschaft zu machen. Wollen Sie mir die Ehre erweisen, mich in meinem Club zu treffen, am Mittwoch, dem 27., um sechs Uhr am Abend?

»Demnach widerstrebt es ihm, dich in seinem Haus zu empfangen.«

»Wahrscheinlich kennt er eine Menge Leute, die er nicht bei sich zu Hause haben will.«

»Er muss dich überprüfen.«

»Ein Kolonialherr, Sklavenhalter und Bekannter einiger entfernter Cousins?« Er studierte den Brief. »Ich hoffe, in dem Club sind keine Ärzte, die ich aus meiner Studienzeit in Edinburgh kennen sollte.«

»Da mogelst du dich durch«, sagte ich mit mehr Zuversicht, als ich besaß. »Vielleicht haben die Jahre in den Tropen deinen Teint vorzeitig altern lassen, dein Aussehen verändert?« Ich sah ihn an: faltenfreie blasse Haut mit einer zarten rosigen Note. »Oder so.«

An dem großen Tag probierte Liam alles an, was er sich seit unserer Ankunft hier an Kleidung zugelegt hatte, und ließ die verworfenen Teile verstreut in seinem Schlaf- und dem Ankleidezimmer liegen. Er lief vor sich hin murmelnd auf dem Flur im dritten Stock umher, kam in mein Zimmer, um sich unzufrieden im einzigen großen Spiegel zu betrachten, und befragte mich zu jedem einzelnen Outfit. »Ich muss reich wirken, aber auf stille Art. Wie ein Gentleman, aber nicht wie ein Geck. Was ist mit dieser Weste?«

»Ich denke, du solltest lieber etwas konservativ wirken.«

»Da könntest du recht haben.« Er verschwand in seinem Zimmer, rief mich aber bald herein, um bei der Hosenwahl zu helfen. Er hatte eine neue Perücke bestellt, die morgens eingetroffen war, zusammen mit einem Mann, der sie locken und leicht pudern sollte. 1815 waren Perücken schon aus der Mode; einzig sehr alte Männer und Vertreter gewisser Berufe – einschließlich Doktoren – trugen sie noch.

Der letzte Coup: ein Bad. Der saubere Duft eilte ihm voraus, als er nach unten in den Salon kam, wo ich an einem Hemd nähte oder es versuchte; seine Aufgeregtheit hatte mich angesteckt, und ich war außerstande, mich auf irgendetwas zu konzentrieren.

»Nun?« Liam machte eine Pirouette – anders konnte man das nicht bezeichnen – vor mir. Nach all dem Drama war sein Aufzug perfekt, schmeichelte seiner hochgewachsenen, breitschultrigen Statur. Er war von einer Präsenz, die ich bis zu diesem Moment gar nicht wahrgenommen hatte, in dem mein Blick gedankenverloren auf ihm ruhte. Er war nicht mein Typ, doch ich wusste, wie es war, wenn Menschen gemeinsam in Extremsituationen steckten. So geschehen in der Notaufnahme und ganz besonders während meiner humanitären Einsätze. Bevor ich nach Peru gegangen war, hatte es tatsächlich eine informelle Sitzung zu dem Thema gegeben, die, wie wir scherzten, verheirateten Teilnehmern schon mal im Vorwege die Schuldgefühle nehmen sollte, falls sie ihre Ehepartner betrogen. *Es ist nicht real, was du fühlst.* Liam war ein kalter Fisch, von der für die Old British typischen Förmlichkeit und ohne Bezug zu seinen eigenen Emotionen. Ich vermutete, dass er auf mich herabsah, weil ich Amerikanerin war, und meine Witze verstand er selten. Im Bett wäre er furchtbar. Entsprechend schätzte ich die Wahrscheinlichkeit, dass ich vor dem Ende dieser Mission mit ihm schlief, auf siebzig Prozent.

»Selbst Beau Brummell wäre beeindruckt.«

»Aber es wirkt nicht, als würde ich mich zu sehr anstrengen?« Er richtete seine Perücke, zog seinem Spiegelbild über dem Kamin eine Grimasse und strich sich etwas vom Revers.

»Brummell strengt sich nie zu sehr an. Das ist sein Geheimnis.«

»Oh nein.« Ich versuchte, nicht darüber zu lachen, wie sehr er in seine Selbstbetrachtung vertieft war. »Der Look ist vollkommen. Aber weißt du, was du sagen willst?«

Er riss sich von seinem Spiegelbild los und drehte sich zu mir um. Unsere Blicke begegneten sich. Es entstand eine Pause, als mir klar wurde, dass er noch genauso nervös war wie vorher, es nur ein wenig besser verbarg. Er rollte die Schultern, holte tief Luft und atmete aus. »Ich denke mir etwas aus.« Meine Zuversicht schwand.

Vom Fenster aus beobachtete ich, wie Liam in eine Sänfte stieg und davongetragen wurde. Er verschwand im dichten Verkehr. Ich stellte mir vor, wie er beim Club ankam, einem Mann an der Tür seinen Namen nannte und nach drinnen geführt wurde. Doch was danach kam, konnte ich mir beim besten Willen nicht ausmalen. Ich saß mit meinem vergessenen Nähzeug auf dem Schoß da und starrte blind an die Wand.

Matt beleuchtete holzvertäfelte Räume? Rauch und Schatten, erhellt von Hunderten von Wachskerzen in Kronleuchtern, wie in den Geschäften in der Bond Street? Trinken? Kartenspiele? Im Geiste beschwor ich Männerzirkel herauf, grölend vor Lachen oder auf die Vorzüge irgendeiner Schauspielerin anstoßend. *Henry Austen in einer Ecke, nicht allein; solch ein Mann ist nie lange allein; Liam wird zu ihm gebracht. Sie schütteln sich die Hände ...*

Ich stellte es mir so lebhaft vor, dass mir der Kopf wehtat, dennoch konnte ich nicht sehen, was als Nächstes kam. Ich wünschte, ich könnte dort sein; Liam schien dem auf sich allein gestellt nicht gewachsen. Aber die Anweisung des Projektteams war klar gewesen: Ein erstes Treffen musste unter Männern stattfinden, die ungezwungener miteinander verkehrten. Falls William Ravenswood als Gentleman durchging, würde man annehmen, dass seine Schwester eine Lady war, die zu kennen sich für Henry Austen lohnte, sie womöglich sogar als gute Partie erachtete, da ich wohlhabend und ungebunden war. Sollte er uns mögen, könnte er uns mit seiner Schwester bekannt machen. Könnte vielleicht; würde vielleicht.

Seufzend stand ich auf und ging ans Fenster. Die Dunkelheit im Zimmer machte mich unsichtbar, sodass ich so ungeniert gaffen durfte, wie ich wollte: ein Austernverkäufer, ein Lampenanzünder, eine Kutsche rumpelte vorbei, ein Blinder mit einer Harfe, der von einem kleinen Junge geführt wurde.

Erste Begegnungen waren kurz und zeremoniell. Ich konnte Liam also jeden Moment zurückerwarten. Dennoch schlug die Uhr acht, und er war nicht erschienen. Beinahe wollte ich, dass er nicht so bald zurückkehrte; ich fürchtete zunehmend, dass das Treffen gescheitert war. Solange er nicht zurück war, hatte er nicht versagt, existierte in einem unentschiedenen Zustand, wie Schrödingers Katze.

Die Uhr schlug neun.

Vielleicht war es ein Desaster gewesen, und Liam wanderte durch London, zögerte den Moment hinaus, in dem er mir die schlechte Nachricht überbringen musste. Oder etwas war passiert, nachdem er den Club verlassen hatte. Er war von einem herabfallenden Gegenstand getroffen worden – einem fallen gelassenen Nachttopf, einer losen Dachschindel – und lag bewusstlos auf einer verdreckten Straße. Oder man hatte ihn nahe den Docks schanghait, seine Beteuerungen, er sei ein Gentleman, mit einem unverschämten Lachen abgetan. Ihn niedergestochen, getreten, ausgeraubt und halb tot liegen gelassen. Nein. Das war lächerlich. Henry Austen hatte sich verspätet; er schien wie jemand, bei dem das vorkam. Oder Liam hatte ihn für sich gewinnen können, und sie redeten immer noch miteinander; auszuschließen wäre es nicht. Er war gut mit den Bediensteten, ließ sich nie anmerken, dass etwas eigenartig daran war, mit Menschen zu leben, die ihm sein Essen kochten, sein Bett machten oder heißes Wasser drei Treppen nach oben schleppten, damit er sich waschen konnte. Mir fiel es nach wie vor schwer, diese Dinge natürlich zu finden.

Ich ging im Salon auf und ab, während sich meine Gedanken überschlugen. Sollte das Treffen wie geplant verlaufen sein, würde Liam dezent unser Vermögen durchblicken lassen – wir hatten kürzlich eine große Kaffeeplantage verkauft – und dass wir nach guten Anlagemöglichkeiten suchten. Henry Austen sollte bereitwillig reiche Kunden umwerben wollen, doch es war eine Gratwanderung. Wir wollten nicht nur Kunden sein; wir mussten auch gesellschaftlich interessant für ihn sein, sonst würden wir nie seine Schwester kennenlernen. Außerdem würde seine Bank in wenigen Monaten in Konkurs gehen, was bedeutete, dass alles Geld, das wir bei ihm anlegten, für immer verloren wäre. Wir mussten ihm genug geben, um seine Aufmerksamkeit zu erregen, aber nicht zu viel. Mittlerweile war es uns gelungen, das meiste unseres Falschgelds auf ein Dutzend Banken und Regierungsanleihen zu verteilen. Es sollte reichlich für unsere Zeit hier sein, aber wenn es weg war, war es weg.

Die Uhr schlug zehn.

Falls das Treffen schlecht verlaufen war, mussten wir sofort Plan B aktivieren. London verlassen, ein Haus irgendwo in der Nähe von Jane Austen in Hampshire finden und uns beim Landadel einschmeicheln, um sie auf die Weise kennenzulernen. Was kein Ding der Unmöglichkeit war. Die feinen Leute auf dem Lande besuchten sich dauernd gegenseitig, vermutlich aus Langeweile. Doch es barg Nachteile. Jane Austen führte ein ruhiges Leben im Chawton Cottage, wo sie mit ihrer Mutter, ihrer Schwester und einer Freundin wohnte. Wir könnten sämtliche Nachbarn von ihr kennenlernen, ohne dass sich jemals unsere Wege kreuzten. Und da sie bald Henry besuchen käme und bis Mitte Dezember in London bliebe, hätten wir keine Chance mehr, sie vorher in Hampshire kennenzulernen. Danach wäre Winter die schlechteste Zeit für Besuche, und wir würden Monate mit nutzlosem Warten vergeuden.

Nicht unähnlich dem, was ich jetzt tat. Ich kehrte ans Fenster zurück, starrte hinaus und wollte, dass Liam auftauchte. Tat er nicht.

Wir müssten so oder so irgendwann nach Hampshire, denn dort befand sich das Zielobjekt. Das Manuskript zu »The Watsons« musste noch in Jane Austens Besitz sein, und wo sollte sie es haben, wenn nicht in ihrem Haus? Dann waren da die Briefe an ihre Schwester Cassandra. Auf besonderen Wunsch von Eva Farmer sollten wir auch die beschaffen: ein unschätzbarer Fundus an Klatsch und biografischen Informationen, die Cassandra größtenteils vor ihrem Tod vernichtete und nur wenige Dutzend als Andenken für einige Lieblingsnichten verschonte. Und bei Eva Farmer hieß es, was sie wollte, bekam sie auch. Wie Norman Ng gesagt hatte, war sie der Kopf hinter dem Jane-Austen-Projekt.

Ich dachte an unsere einzige Begegnung, als sie Wochen vor der Abreise ins Institut gekommen war. Sie gab sich gern als »Mensch wie du und ich«, weshalb sie angewiesen hatte, dass keine besonderen Maßnahmen für ihre Ankunft getroffen würden; im Institut sollte der normale Betrieb weitergehen. Was Blödsinn war. Wie könnte er, wenn Eva Farmer erwartet wurde? Dennoch erschien sie genau so, winzig und adrett mit einem weißen Bob und einem kleinen Trupp Sicherheitsleuten beim Reittraining in der Sandhalle.

Pferde waren in unserer Welt rar. Bevor ich für das Projekt ausgewählt worden war, hatte ich noch nie eins aus der Nähe gesehen. Doch bis dahin hatte ich mich an ihren Geruch und ihre Größe gewöhnt, und so konnte ich trotz meiner Überraschung relativ elegant aus meinem Damensattel steigen, meinem Reitlehrer die Zügel übergeben und einen Knicks machen. Uns war empfohlen worden, bei der Begegnung mit ihr in der Rolle zu bleiben; und überhaupt verbrachten wir so unsere Tage.

»Dr. Katzman.« Dunkle Augen musterten mich eindeutig zustimmend. »Wie froh ich bin, Sie endlich persönlich kennenzulernen!« Ihre Stimme hob und senkte sich, und sie dehnte das letzte Wort, als wollte sie es nicht recht loslassen.

Mir wurde schwindlig. Noch nie war ich jemandem begegnet, der so berühmt, so wichtig, so reich war. Die Energie im Raum veränderte sich, zog alles in einem Strudel zu ihr, wie die Aura von einem van Gogh. Sie besaß einen Glanz, der sich teils teurer Garderobe und Pflege, teils schlicht ihrer Person verdankte.

Ich fragte mich, ob mein richtiger Name bedeutete, dass ich als ich selbst anstatt als Mary Ravenswood, meiner Rolle im Jahr 1815, antworten könnte, beschloss jedoch, weiter Mary zu spielen. »Die Ehre ist ganz meinerseits, Madam.«

»Ich habe Ihre Kandidatur beinahe von Anfang an unterstützt.« Sie hatte eine Art, zu betonen und wahllos einzelne Silben zu verlängern, dazu noch einen Old-British-Akzent, von dem ich ziemlich sicher war, dass sie ihn sich antrainiert hatte. Schließlich war sie als Tochter eines Zahnarztes in Saskatoon aufgewachsen, und nichts als ihr Genie und ihre Entschlossenheit hatten sie so weit gebracht. »Ja, das habe ich. Andere waren weniger sicher, doch ich war unerbittlich.«

»Wofür ich Ihnen dankbar bin.« Ich neigte den Kopf leicht und fühlte mich gleichzeitig verführt und albern. »Wäre es impertinent zu fragen, warum?«

»Ich war äußerst fasziniert von Ihrer Biografie, Ihren Reisen und den Leben, die Sie gerettet haben.« Sie machte eine Pause. »Und von etwas, was Sie in Ihrem Essay schreiben, darüber, die Welt zu reparieren.« Wieder legte sie eine Pause ein und sah mich erwartungsvoll an. »Der Ausspruch ist aus der Kabbala, nicht wahr? Isaak Luria? Ich habe sie studiert, aber das ist lange her.«

Ich war unsicher, was ich sagen sollte. Eva Farmer war eine Rarität in unserem spezialisierten Zeitalter, eine wahre Universalgelehrte: eine Physikerin, deren Arbeit zum Prometheus-Server geführt hatte, eine Bridge-Spielerin auf Turnierniveau, Autorin einer viel gepriesenen Jane-Austen-Biografie und eines Buches über den Alltag im frühen neunzehnten Jahrhundert. Sie spielte Cembalo und besaß eine beachtliche Sammlung alter Musikinstrumente. Aber die Kabbala? Allen Ernstes?

»Ich glaube, ja«, sagte ich schließlich. »Ich hatte es allerdings im weiteren Sinne benutzt, im Hinblick auf unsere Pflicht gegenüber den Mitmenschen, in dem Maß für Verbesserungen zu sorgen, in dem wir es können.« Meine Worte klangen absurd, als ich in meiner von Militäruniformen inspirierten Regency-Reitkluft dastand und immer noch die Gerte umklammerte, die ich in einer Million Jahre bei keinem Pferd benutzen würde. Ich hatte diese Dinge ernst gemeint, als ich sie schrieb, und ich tat es noch. Aber ich hatte in Seuchenzonen praktiziert, war nach einem katastrophalen Erdbeben vor

Ort gewesen. Unsere Welt war so voller Leid, und ich zog ins Jahr 1815, um nach einem Manuskript und einigen Briefen zu suchen?« Vielleicht hat es wenig mit Jane Austen zu tun«, folgerte ich aus meinen Gedanken.

»Alles hat mit ihr zu tun«, entgegnete Eva Farmer in einem Tonfall, der keine Widerrede duldete. »Und aus jedem Satz Ihres Essays sprach Ihre Liebe zu – ja, man könnte von Verehrung sprechen – Jane. Als ich es las, wusste ich, dass Sie die Person sind, auf die ich zählen kann, alles zu tun, was nötig ist.« Sie beendete den Satz mit einem abrupten Nicken und einem Hochziehen ihrer makellosen Augenbrauen. »Ich denke, wir verstehen einander, Dr. Katzman.«

Das dachte ich nicht. Doch es blieb keine Zeit, mehr zu fragen. Hinter mir hörte ich Hufschläge. Liam, noch am anderen Ende der Halle, als sie mit den anderen hereingekommen war, stieg aus dem Sattel und neigte sich tief über Eva Farmers ausgestreckte Hand.

»Professor Finucane, welche Freude, Sie wiederzusehen.«

Sie kannten sich? Sie begannen, über gemeinsame Bekannte zu sprechen, und meine Audienz war vorbei. Ich war nicht sicher, ob ich es bedauerte oder erleichtert war.

Als die Uhr elf schlug, verspürte ich den dringenden Wunsch, etwas zu tun, nur was? Ich konnte schlecht losziehen und Liam suchen. London war chaotisch und gefährlich, vor allem für eine Frau, vor allem nachts. Nicht einmal in der Droschke wäre ich allein sicher, gewiss nicht um diese Zeit. Das bedeutete ... was? Jencks mitnehmen? Nein, es blieb nichts zu tun, außer zu warten. Sollte Liam bis zum Morgen nicht zu Hause sein, würde ich die Bow Street Runners aufsuchen, die Vorläufer von Scotland Yard, oder selbst an Henry Austen schreiben und – nein. Wenn er bis morgen früh nicht zu Hause war, konnte er nur tot sein. Oder zwangsrekrutiert.

Könnte er einfach mit Henry Austen in der Stadt unterwegs sein? Für einen Mann mit Geld bot London eine endlose Auswahl: Spielhöllen, Tavernen, Theater, Bordelle in jeder Preisklasse. Nein. Ich weigerte mich zu glauben, dass Jane Austens Lieblingsbruder, ein angesehener Bankier und künftiger Pfarrer, einen Besuch in einem Freudenhaus vorschlagen würde. Ebenso wenig konnte ich mir vorstellen, dass Liam mit ihm ginge; er hatte sich errötend abgewandt, als er mich an unserem ersten Abend in London in Unterwäsche gesehen hatte. Spielen war eher denkbar, auch wenn mich der Gedanke erschaudern ließ. Jane Austen hatte vor dem Verkauf ihres ersten Buches nie einen Cent besessen, während ihr Bruder in seinem offenen Zweispänner durch London fahren und Geld an Spieltischen verprassen könnte.

Dennoch war es eine von Männern regierte Welt, in der alles auf ihre Bequemlichkeit und ihr Vergnügen ausgerichtet war, wie ich mit jedem Tag besser begriff. Vielleicht waren sie in ein Theaterstück gegangen oder tranken noch im Club; in dieser Epoche wurde viel getrunken.

Liam musste wissen, wie besorgt ich war, wie beunruhigt ich wartete. Und trotzdem ...

Die Uhr schlug zwölf, als ich ins erlöschende Feuer blickte. Die Zeit war eine Streckbank, auf die man mich gespannt hatte.

Ein längeres Klopfen weckte mich, dann das Schlurfen von Schritten und männliches Murmeln, das Klappern des Riegels, das Knarren der Tür. Und Jencks: »Guten Abend, Sir.«

»William!« Ich stürzte auf den Flur und hinunter in die Diele, obwohl eine Treppe hinunterzurennen nie eine gute Idee war, am allerwenigsten im Dunkeln und in einem langen Rock. Ich war beinahe unten, als ich in den Saum trat, stolperte und mit den Armen fuchtelnd gegen Jencks fiel, wobei ich um ein Haar die Kerze löschte, die er in der Hand hielt.

Schatten sprangen auf, als er rückwärts torkelte. »Jencks! Verzeihung!«

»Ich bitte um Verzeihung, Madam«, sagte er frostig.

»Nein, ich muss mich entschuldigen.« Warum war er noch auf? Aber das musste er ja sein: Seine letzte Aufgabe bestand darin, sich zu vergewissern, dass alle Türen verriegelt waren, um Einbrecher, Aufwiegler und was London sonst noch zu bieten hatte, draußen zu halten.

Ich wandte mich zu Liam, der leicht schwankend an der Tür stand. Sein Gesicht und das Hemd vorn waren schmutzig, seine Perücke saß schief, und er hatte glasige Augen. Jencks gab ein fast mütterliches Schnalzen von sich, als er vortrat, einen kleinen Zweig von Liams Schultern schnippte und hinter ihn langte, um die Tür zu verriegeln.

»Soll ich Sie auf Ihr Zimmer bringen, Sir?«, fragte er erstaunlich sanft. »Stützen Sie sich auf mich, falls nötig.«

Ich trat vor. »Danke, Jencks, aber ich kümmere mich um meinen Bruder. Ich hatte ohnehin beabsichtigt, auf ihn zu warten. Es tut mir leid, dass ich Sie nicht früher für heute entlassen habe. Das war unbedacht von mir. Aber dürfte ich Ihre Kerze haben?«

Er reichte sie mir mit einem tadelnden Blick und begann, die Treppe hinauf zu seinem Zimmer ganz oben im Haus zu gehen. »Dann gute Nacht, Sir. Madam.«

Bei näherem Hinsehen entpuppte sich der Schmutz auf Liams einer Gesichtshälfte und dem Hemd vorn als Schlamm, nicht Blut; er hatte einen Kratzer auf der anderen Wange, der geblutet hatte, aber bereits verschorft war. Ich roch den Alkohol an ihm. »Wo warst du denn?«, fragte ich leise; Jencks war noch nicht weit genug weg. »Ich war krank vor Sorge.«

Liam stürzte nach vorn, wir stießen zusammen. Da ich kleiner war, bekam ich mehr Wucht ab. Es war, wie gegen eine Mauer zu laufen. Ich ließ meine Kerze fallen, die prompt ausging. »Oh, Verzeihung«, murmelte er.

Ich tastete auf dem Boden nach der Kerze, vereinte sie wieder mit ihrem Halter und stand auf. Meine Augen passten sich an. Durch das Fenster über der Tür fiel ein wenig Laternenschein von draußen herein, was knapp ausreichte, um sich zurechtzufinden.

»Gehen wir.« Ich nahm seinen Ellbogen und lenkte ihn zur Treppe, während ich zu deuten versuchte, wie schlimm es gewesen sein mochte.

Liam übersah die erste Stufe, stolperte und landete auf Händen und Knien. »Ups.« Mühsam richtete er sich auf.

»Du kannst krabbeln, wenn du willst. Das ist vielleicht sicherer. So kannst du nicht fallen.«

»Meine liebe Rachel, wie beschämend wäre es, meine eigene Treppe hinaufzukrabbeln.« Sein Akzent schien verändert: betonter und mit weicheren Vokalen. Hatte er nicht gesagt, er sei aus London? »So hinüber bin ich auch nicht.«

»Gut, halt dich an mir fest.« Ich streckte einen Arm aus; er zögerte, nahm ihn aber.

In stummer Konzentration stiegen wir die Stufen hinauf. Je weiter wir uns von der Diele und dem Türoberlicht entfernten, desto dunkler wurde es. Im dritten Stock, wo unsere Schlafzimmer waren, tastete ich mich die Wand entlang. Ich brachte Liam in sein Zimmer und zum Bett, wo er sich seufzend auf die Kante setzte. Ich wartete an der Tür und überlegte, ob er noch klar genug war, mir sinnvolle Informationen zu liefern, und war schockiert, dass er sich inmitten der Gefahren Londons rücksichtslos betrunken hatte. Vor allem aber war ich froh, dass er es überlebt hatte.

»Kommst du zurecht?«, fragte ich. »Brauchst du irgendetwas? Wasser?«

Er beugte sich vor und stützte den Kopf in die Hände. »Willst du mich gar nicht fragen, wie es war?« Er klang irisch, wobei ich zugeben muss, dass ich keine Akzentexpertin bin.

Amüsiert lehnte ich mich in den Türrahmen. »Naaaa, wie war es?«

Er setzte sich wieder auf. Im Dunkeln konnte ich seine Umrisse ausmachen. »Es war nicht die totale Katastrophe, die man zu Recht erwarten durfte.«

»Und was ist passiert? Was hast du gemacht?« Außer eine Menge getrunken.

»Da war diese, diese Punschschale.« Er stockte. »Ein gefährliches Zeug. Alkohol dürfte nicht gut schmecken. Einige seiner Freunde kamen, einschließlich eines Arztes ungefähr in meinem Alter, der auch in Edinburgh studiert hatte.« Liam stockte abermals, um die Worte wirken zu lassen. Dann lachte er tief und lange. »Der sich aus den Anatomievorlesungen an mich erinnerte!«

»Wow.« Ich trat ein Stück weiter ins Zimmer. »Glück gehabt! War er schon betrunken?«

»Und dann schlug jemand vor, dass wir alle ins Theater gehen. Aber zuerst mehr Punsch. So viel mehr Punsch, dass sich unsere Theaterpläne in Wohlgefallen auflösten. Wir haben geredet und geredet – und später, ich weiß nicht, wie, spazierten Austen und ich über die Westminster Bridge und unterhielten uns.« Noch eine Pause folgte, bevor er leiser fortfuhr: »Es war so wunderschön. Die Lichter der Schiffe auf dem Wasser.«

Er verstummte, und ich schwieg auch, neidisch auf die Freiheit der Männer.

»Da müssen wir abends mal hin, meine liebe Rachel«, sagte er und gähnte.

»Bedauerlicherweise sind die einzigen Frauen, die sich nach Einbruch der Dunkelheit in London bewegen dürfen, die Dirnen.«

»Oh, wo du es erwähnst, von denen waren viele da.«

Wieder trat eine Pause ein.

»Und, wie war er? Erzähl mir alles.«

»Er ist wunderbar. Er ist Jane Austens Lieblingsbruder – wie kann er da etwas anderes als wunderbar sein? Aber du kannst dir selbst ein Bild machen, denn wir sind nächste Woche zum Dinner eingeladen.«

»Ist das dein Ernst? Wir beide? Ich fasse es nicht.« Eine Dinner-Einladung war ein großes Ding. Ich wäre schon mit weniger glücklich gewesen: einem Höflichkeitsbesuch am Vormittag, einer Einladung zum Tee.

»Kann ich auch kaum.«

Hier wurde ich stutzig. »Aber es ist passiert? Er hat dich eingeladen? Uns?«

»Hat er«, antwortete Liam auf einmal vorsichtig.

»Und warum freust du dich dann nicht mehr? Das verstehe ich nicht.«

»Ich freue mich ja.« Er hatte angefangen, an seinen Stiefeln zu zerren, um sie auszuziehen. »Ich freue mich so sehr, dass ... ich nicht mal ... oh Gott!« Er gab es auf. »Jencks macht das normalerweise.«

Widerwillig ging ich zu ihm hinüber. »Komm, gib mir einen Fuß.« Ich packte seinen Stiefel am Knöchel und riss, während Liam sich auf das Bett zurücklehnte. Diese Mischung von Unterwürfigkeit und Vertrautheit beunruhigte mich, denn das hier war Liam. Mit jemand weniger Zugeknöpftem wäre es witzig gewesen. »Normalerweise verlange ich einen Aufschlag für diesen Service«, scherzte ich, wobei ich an mich als Ärztin dachte. Dann jedoch fiel mir ein, dass wir eben über Huren gesprochen hatten. Sein Stiefel glitt plötzlich von seinem Fuß, sodass ich das Gleichgewicht verlor und mit dem Stiefel in beiden Händen auf dem Boden aufschlug. Zunächst waren wir beide stumm vor Schreck, ehe wir in Gelächter ausbrachen. Wir hielten uns die Hände vor den Mund, um die schlafenden Bediensteten nicht zu wecken.

Vielleicht fünfundsiebzig Prozent, dachte ich.

KAPITEL 3

3. Oktober
23 Hans Place

Am Tag des Dinners nahm ich ein Bad und verbrachte mehr Zeit als sonst mit Überlegungen zu meinem Aussehen, auch wenn ich nicht alles anprobierte, was ich besaß. Inzwischen hatte ich drei Kleider für den Abend und nur eines, das mir gefiel: weiße Seide mit dezenten Punkten, ein schlichter Entwurf, den ich im Spiegel bewunderte, als die spätnachmittägliche Sonne von ihm zurückgeworfen wurde. Dank Grace mit ihrem Lockenpapier hatte ich einen ordentlichen Haarknoten am Hinterkopf und züchtige Korkenzieherlöckchen am Haaransatz anstelle meiner üblichen wilden Krause. Südländisch dunkler Teint, braune Augen unter einer breiten Stirn, ein spitz zulaufendes Kinn, ein voller Mund und eine sehr gerade Nase. Meine Nase hatte ich schon immer gemocht, an diesem Nachmittag jedoch betrachtete ich sie mit einem Anflug von Sorge und fragte mich zum ersten Mal im Leben: Sehe ich zu jüdisch aus?

Besser gesagt, würde Henry Austen einen Verdacht hegen? Ich kniff die Augen zusammen und versuchte, mein Spiegelbild mit dem Blick eines Fremden zu sehen. Aus der Karibik zu sein war exotisch und zweifelhaft. Es bot Leuten eine Leinwand, auf die sie nach Lust und Laune alles projizieren konnten: maurisch, Mulattin, sephardisch, was auch immer. Während ich mein Selbststudium fortsetzte, sagte ich mir, dass Kontext Tarnung war, und den bot Liam. Groß, blass und kantig, wie er war, sah er britisch aus, hatte Henry Austen bereits überzeugt, ein Gentleman zu sein – andernfalls wären wir nicht eingeladen worden –, und ich wurde als seine Schwester vorgestellt.

So vieles hing von diesem Abend ab. Ein vorsichtigerer Mensch wäre verängstigt gewesen, doch ich war aufgeregt. Obwohl ich im Laufe des Tages ein Liderzucken entwickelt hatte und sich die holprige Mietkutschenfahrt nach Chelsea anfühlte, als würde ich auf einem Karren zur Exekution gebracht. Liam war noch schweigsamer als üblich, hatte die Arme verschränkt und blickte starr aus dem Kutschenfenster.

»Denk dran«, sagte er, als wir in den Hans Place einbogen, »sei freundlich, aber reserviert.«

Was meinte er? »Klar, ist gebongt.«

Er verzog das Gesicht. »Und kannst du vielleicht ein bisschen mehr in der Rolle bleiben, auch wenn wir allein sind? Dir darf kein Ausrutscher unterlaufen, falls dich irgendetwas überrascht. Und manchmal klingst du so amerikanisch. Wie eben gerade.«

Ich betrachtete sein langes Gesicht und versuchte, den Geist dahinter zu ergründen. Den Akzent beherrschte ich aus dem Effeff; wenn es etwas gibt, was einen Arzt auszeichnet, dann ist es die Fähigkeit, sich Dinge zu merken und auf Anhieb parat zu haben. Im Kopf hörte ich Mary Ravenswoods Stimme, benutzte ihr Vokabular und ihre Syntax – in Gedanken wie laut – mühelos. Und das Schräge daran bescherte mir oft den Drang, meine Äußerungen mit Medizinerjargon, einer Obszönität, einem Amerikanismus oder einem saftigen Ausdruck aus dem Jiddischen zu würzen, der inoffiziellen Amtssprache in New York. Alles, um nicht in der Rolle einer Jane-Austen-Protagonistin unterzugehen. »Gewiss doch«, sagte ich makellos britisch. »Ich danke dir, dass du mich an meine Pflichten erinnerst.«

Es mochte den Anschein erweckt haben, dass unsere Unterhaltung in der Nacht, als Liam von dem Treffen mit Henry Austen zurückgekehrt war, uns einander nähergebracht hätte. Doch er sprach sie nie wieder an, und ich fand von jeher, dass

Dinge, die Menschen betrunken äußerten, nicht gegen sie verwendet werden durften. Und überhaupt, was hatte er gesagt? Nichts Wichtiges. Es war eher ein Gefühl, und Gefühle sind per se flüchtig.

Henry Austen erschien in sehr weißem Leinen mit einer Krawatte, die sich in gebleichten plusternden Rüschen von textiler Vollkommenheit um seinen Hals bauschte. Als Liam uns vorstellte, war ich gebannt von dem Licht- und Schattenspiel. Da eine Frau entschied, ob es zu einem Händedruck kam, streckte ich meine Hand hin. Ich brauchte die Versicherung seiner physischen Existenz in dem irrealen Moment. Seine Haut war glatt und weich, seine Hand angenehm warm. Sie umfing meine mit einem festen Griff, als hätte sie ein Anrecht darauf. Ein Mann, der weiß, was er will, dachte ich und empfand ein wohliges Kribbeln. Erregung? Furcht?

»Es ist mir fürwahr eine Ehre, Sie kennenzulernen, Miss Ravenswood.« Er beugte sich über meine Hand und machte die Förmlichkeit der Geste mit einem verschwörerischen Lächeln wett. Mittelgroß, anständig gebaut, exquisit gekleidet und mit seinem eigenen Haar sowie der typischen Austen-Nase aus den Porträts, sah er genauso aus, wie ich es erwartet hatte, als wäre er aus meinen Gedanken marschiert. Oder vielleicht ein wenig besser. »Nach allem, was Ihr Bruder mir über Ihre Originalität und Ihren Charme erzählt hat ... Doch ich habe das Gefühl, dass er nicht übertrieb.«

Er hatte strahlende braune Augen und einen direkten Blick, und ich hatte den Eindruck, gemustert zu werden – diskret, auf Gentleman-Art, aber gemustert –, während ich antwortete: »Dann sind Sie mir gegenüber im Vorteil, weigerte er sich doch, mehr als ein Wort über Sie zu sagen. Ganz gleich, wie sehr ich bettelte und flehte.« Am Tag nach ihrem Treffen hatte der merklich angeschlagene und schweigsame Liam nicht mehr sagen wollen, außer dass sie angenehm diniert hätten – die zeitgemäße Umschreibung dafür, sich sinnlos zu betrinken –, um dann zu wiederholen, dass Henry Austen wunderbar sei und wir beide zum Dinner eingeladen seien.

Henry sah zu Liam, der eine Augenbraue hochzog und auf eine Weise mit der Schulter zuckte, die meinen Vorwurf nicht leugnete, bevor er sich abwandte und in einen großen Atlas schaute, der aufgeschlagen auf einem Tisch in der Nähe lag.

»Ihr Bruder ist die Diskretion in Person, nicht wahr? Er wollte wohl nicht berichten, sosehr es der Wahrheit entspricht: ›Ach, dieser Mr. Austen ist steinalt, hat einen Hang zur Nörgelei und steht mit einem Fuß im Grab, dennoch müssen wir freundlich zu ihm sein, weil Sir Thomas-Philip uns mit einem Empfehlungsschreiben zu ihm schickte …‹«

»Ich erkenne bereits, dass Sie nichts von alledem sind, Sir.«

»Lassen Sie uns sagen ›distingué‹. Alles klingt auf Französisch weniger schmerzlich.«

»Kennen Sie Frankreich?«

»So gut, wie man es dieser Tage kennen kann. Meine werte Gemahlin« – sein Blick, der bisher ausschließlich auf mich gerichtet gewesen war, schweifte zum Kaminsims ab und kehrte zu mir zurück – »wurde dort erzogen. Ihr erster Ehemann war Franzose, der arme Mann.« Auf meinen verwirrten Blick hin ergänzte er: »Ein Graf, guillotiniert. Furchtbare Sache.«

»Oh, wie entsetzlich.« Ich blickte in die Richtung, in die er gesehen hatte, und sah eine Miniatur auf dem Kaminsims, zwischen einem Porzellanspaniel und einem Kerzenkästchen. »Ist das ihr Porträt?«, fragte ich, obgleich ich es bereits wusste. Eliza Hancock als junges Mädchen: riesige dunkle Augen, keilförmiges Kinn, Elfenlächeln und eine Menge Achtzehntes-Jahrhundert-Haar. Sie war eine eifrige Briefeschreiberin gewesen und flirtete gern. Als Witwe war sie von zweien ihrer Cousins umworben worden. Henry war letztlich erfolgreich gewesen, der Pfarrer James weniger, was selbst in einer so harmonischen Familie wie jener der Austens für einige seltsame Situationen gesorgt haben dürfte.

»Sie ist schon seit zwei Jahren tot.« Er nahm das winzige Gemälde und legte es in meine Hände. Ich betrachtete das Porträt. »Ihr Verlust tut mir sehr leid.« Ich sah zu ihm auf und merkte an der hastigen Art, wie er den Blick hob, dass er auf meine Brust gestarrt hatte. Zu seiner Verteidigung sei angeführt, dass die schwerlich zu übersehen war. Das Dekolleté stand in der Mode von 1815 im Mittelpunkt, was Abendgarderobe anging, und die Brüste wurden mal wieder vom Korsett nach oben gedrückt. Doch im Gegensatz zur Tageskleidung waren die Wölbungen abends nicht von Fichus oder Spenzern verhüllt.

Amüsiert und verlegen zugleich gab ich ihm mit einer kleinen Verneigung das Porträt zurück und blickte mich in seinem Salon um, verzweifelt nach einem neuen Thema suchend. Was ich hier antraf, war inszenierte Schäbigkeit aus unterschiedlichen Ledermöbeln, Bücherstapeln und einem abgelaufenen, aber wichtig aussehenden türkischen Teppich. »Ihr Heim liegt sehr charmant, richtig rustikal.« Zu jener Zeit war Chelsea noch eher ein Dorf, kein Londoner Viertel. »Leben Sie schon lange hier?«

Liam hatte sich zurückgezogen, schien in den Atlas vertieft. Von dort, hinter Henrys Rücken, wählte er diesen Moment, um aufzusehen und lächelnd zu nicken. Machte er sich über meine Konversationsbemühungen lustig, oder bestärkte er sie? Warum half er mir nicht?

»Kaum zwei Jahre, dennoch habe ich mich gut eingelebt. Ich hoffe, dass ich nicht so bald wieder umziehen muss.« Henry hatte dieses Haus nach Elizas Tod bezogen, vielleicht um all den traurigen Erinnerungen an seiner früheren Adresse zu entkommen. Ich wusste, dass er wieder umziehen würde –

bald. Mit dem Konkurs seiner Bank würde er dieses Haus mitsamt dem Inventar verlieren und London für immer verlassen. Keine Dinnerpartys mehr, keine Theaterbesuche, keine Besuche seiner Verwandten vom Lande. Er würde Pfarrer werden und stets knapp bei Kasse sein. Es fühlte sich seltsam an, seine Zukunft zu kennen, lenkte ab und stimmte melancholisch.

»Ah, die anderen müssen hier sein.« Er wandte sich zu den Stimmen um, die aus der Diele zu hören waren. »Eine sehr ruhige Gesellschaft, die Ihnen hoffentlich zusagt. Nur Mr. und Mrs. Tilson. Sie sind meine Nachbarn und nahezu wie Angehörige für mich. Meine Londoner Familie. Meine eigene ist so sehr dem Land verhaftet. Mit Ausnahme meiner Schwester Jane. Sie würde hier leben, wenn sie könnte.«

»Wie ungewöhnlich«, sagte ich. »Wie kommt es?«

Er schien überrascht. »Sie genießt es, Leute zu beobachten. Und hier gibt es eine solch reichhaltige Auswahl.«

»Haben Sie dann je in Erwägung gezogen, sie hier bei sich aufzunehmen, nach dem traurigen Ableben Ihrer Gemahlin?«, fragte ich, denn ich war neugierig, auch wenn es eine viel zu persönliche Frage an jemanden war, den ich eben erst kennengelernt hatte. Ich ergänzte: »Aber das war anmaßend von mir, Verzeihung. Sie wird ihren eigenen Haushalt haben.«

»Sie ist unverheiratet«, sagte er. »Aber, ja, sie lebt mit meiner Mutter und einer anderen Schwester in Hampshire, also hat sie durchaus einen Haushalt, um den sie sich kümmern muss. Ich würde nie auf die Idee kommen, sie zu entwurzeln, und das würde auch keine von ihnen gutheißen. Indes kommt sie recht oft her. Sie wird bald wieder hier sein. Vielleicht möchten Sie sie kennenlernen?«

Ich neigte den Kopf und hoffte, dass er es ernst meinte, doch ehe ich antworten konnte, kamen die Tilsons herein.

Die Tilsons waren ungefähr in Henrys Alter, wirkten jedoch älter. Mr. Tilson war ruhig, rotgesichtig und fett. Mich erstaunte, wie viel er aß, als wir uns zum Dinner setzten. Eben noch war sein Teller voll gewesen, im nächsten Moment leer, dabei hatte er nichts Hastiges oder Gieriges, sondern wirkte sehr gesetzt. Mrs. Tilson war schmal, blass und sah so erschöpft aus, wie man es von einer – wie ich wusste – Frau mit elf Lebendgeburten erwartete. Ihr jüngstes Kind musste etwa zwei Jahre alt sein.

Bei der Begegnung mit uns zeigten sie sich weder kühl noch warmherzig. Erstmals erlebte ich, was ich später für das übliche Benehmen vornehmer Engländer halten sollte, und erstmals ahnte ich, dass Henry nicht wie andere war.

Er und Liam bestritten die Unterhaltung während des Dinners. Angespornt von Henry, erzählte Liam peinliche Geschichten über unsere Reise von Jamaika: Seekrankheit, Stürme, knapp Piraten entkommen, auf dem Weg von Bristol her von Gastwirten ausgenommen, unsere Verblüffung, wie groß und prächtig London war. Während er entspannt, ernst, beinahe naiv, aber auch witzig berichtete, wurde mir klar, dass ich Liams Improvisationstalent gewaltig unterschätzt hatte.

Das Dinner bestand aus zwei Gängen im Stil von King George. Eine Tafel voller unterschiedlicher Gerichte, von denen sich jeder selbst nahm, was immer in der Nähe war, bis er genug hatte. Danach räumte der Diener den Tisch ab und brachte eine neue Auswahl an Gerichten, ähnlich den vorherigen, nur nicht ganz so fleischhaltig und mit Weißwein anstelle von rotem Wein serviert. Der Einzige am Tisch, der viel trank, war Mr. Tilson, obwohl ich keine Wirkung bei ihm feststellen konnte, außer dass er noch röter wurde.

Nachdem der zweite Gang abgeräumt war, erschien eine Flasche Portwein nebst kleinen Schalen mit Trockenfrüchten und Nüssen, und wir blieben sitzen. Inmitten der Diskussion, ob ein Krieg mit den Vereinigten Staaten notwendig wäre – Henry und Mr. Tilson fanden, ja, Liam argumentierte dagegen –, warf Mrs. Tilson mir einen flüchtigen Blick zu und stand auf. Es war Zeit, sich zurückzuziehen und die Männer mit dem Alkohol allein zu lassen.

»Mögen die Herren ruhig über Krieg oder Frieden entscheiden«, sagte Mrs. Tilson, neigte den Kopf und schwebte aus dem Raum. Ich folgte ihr zurück in den Salon, wo ich den Abend begonnen hatte.

Sie setzte sich auf einen der Stühle nahe dem Kamin, und ich tat es ihr gleich.

Die Pause, die nun folgte, fühlte sich sehr lang an. Beim Dinner hatte sie fast nichts gesagt, sodass ich keine Ahnung hatte, was für ein Mensch sie war oder wie ich ein Gespräch mit ihr beginnen könnte. Schlimmer noch, ich hatte keinen Schimmer, was für ein Mensch ich war. Als Dr. Rachel Katzman hätte ich gern über eine Million Dinge mit ihr gesprochen: Geburtsabläufe, Säuglingspflege, Hygiene, Kindersterblichkeit. Als Miss Mary Ravenswood saß ich mit gefalteten Händen da, und mir fiel nichts ein.

»Ihr Bruder ist recht drollig, nicht wahr?«, sagte Mrs. Tilson. Ich war nicht sicher, ob das etwas Gutes war, doch ihr zartes Lächeln beruhigte mich. »So gut habe ich mich nicht mehr unterhalten, seit ich das Theater aufgab.«

»Was meinen Sie damit, dass Sie es aufgegeben haben?«

»Ich habe aufgehört hinzugehen.«

»Und warum das?«

»Mir schien es zu frivol. Es vertrug sich nicht mit meinen Pflichten als Christenmensch.«

Ich wusste, dass Jane Austen sie mochte und dass Mrs. Tilson streng gläubig war. Ich wusste außerdem, dass Jane Austen ihre Religion zwar ernst nahm, aber dennoch ins Theater ging, wann immer es ihr möglich war. »Ich hoffe, Sie denken nicht schlecht von mir, Madam, wenn ich gestehe, dass ich mich darauf freue, ins Theater zu gehen, nachdem ich so viele Jahre keine Gelegenheit dazu hatte.«

»Meine liebe Miss Ravenswood! Sie müssen Ihre Zeit in der Stadt genießen. Aber gewiss müssen Sie das.«

»Und dennoch möchte ich meine Pflichten gegenüber meinem Erlöser nicht vernachlässigen«, murmelte ich.

Mrs. Tilson strahlte. »Wir lesen die Heilige Schrift und sprechen über sie, meine Schwester und meine ältesten Töchter und ich, jede Woche.« Sie ergänzte: »Vielleicht möchten Sie sich zu uns gesellen?«

»Sehr gern.« Ich fragte mich, ob sie höflich war oder es tatsächlich dazu kommen sollte.

Wir lächelten einander an. Bevor mir ein anderes Thema einfiel, sagte sie:

»Habe ich Dr. Ravenswood richtig verstanden, dass dies Ihr erster Besuch in England ist? Dass Sie Ihr ganzes Leben bisher in Jamaika verbracht haben?«

»Ja, es ist mein erstes Mal. Mein Bruder hingegen hat in Edinburgh studiert und war ein- oder zweimal in London.«

»Natürlich war die Reise über den Atlantik so gefährlich.« Der lange Krieg mit Frankreich, der jede Reise von den britischen Inseln kompliziert gemacht hatte, war erst seit diesem Sommer zu Ende. Die Leute schienen sich immer noch schwerzutun, an den Frieden zu glauben. Sie blickte mich an, und ich spürte eine unausgesprochene Frage. »Und Ihre Eltern hielten das Klima nicht für ungesund?«

»Unsere Kaffeeplantage lag in den Bergen, dort ist das Klima gemäßigt.« Ich stockte. »Oder meinten Sie das moralische Klima?«

»Miss Ravenswood!« Sie wandte den Blick ab. »Jedwede Respektlosigkeit liegt mir fern.«

»Mich freut Ihre Offenheit.« Sie hatte mir mein Stichwort

gegeben.«»Ich will es erklären. Mein Vater war noch ein junger Mann, als er von einem Cousin, den er kaum gekannt hatte, den Besitz erbte und sich aufmachte, ihn anzusehen. Was er dort antraf, bewegte ihn, sein Leben der Aufgabe zu widmen, die Umstände der Sklaven zu verbessern, die in seine Obhut gefallen waren, und sie nach und nach zu befreien. Es war eine Arbeit, die sich über Jahre erstreckte. Nach seinem Tod entschieden mein Bruder und ich, das Land zu verkaufen und fortzuziehen. Falls Sie etwas über das Leben auf der Insel wissen, werden Sie sich vorstellen können, dass mein Vater sich mit seinen Bemühungen bei den anderen Grundbesitzern wenig beliebt gemacht hat.«

»Durchaus.« Ihre Reaktion war genau die, auf die ich gehofft hatte. Sie war sehr still und aufmerksam geworden. »Das hat Mr. Austen uns nicht erzählt.«

»Wir sind bemüht, alles so ruhig abzuwickeln, wie es irgend geht. Weder wünschen wir, dass jedermann davon erfährt, noch fürchten wir uns vor Verurteilung. Und doch ist ein solcher Schritt ...«

Sie ergriff meine Hände und sah mir in die Augen. »Miss Ravenswood! Ich verstehe Sie vollkommen.«

Die Tür zum Esszimmer ging auf, und die Herren kamen herein. Nun wurde das Gespräch wieder allgemeiner, und bald wurde der Tee gebracht. Mrs. Tilson, die de facto die Rolle der Hausherrin übernahm, servierte ihn.

»Nehmen Sie Zucker?«, fragte sie mich.

»Danke, von dem hatte ich hinreichend für ein ganzes Leben.«

Sie legte die Zuckerzange ab und schenkte mir einen bedeutungsschweren Blick. Zucker war das Hauptprodukt, das man mit der Karibik assoziierte, daher hatte es schon Aufrufe zum Boykott gegeben, aus Protest gegen die Bedingungen dort.

Henry, der sich nahe zu uns gesetzt hatte, drehte sich zu mir um. »Mir ist wohlbekannt, dass Zucker ein Laster ist«, sagte er. »Und doch fände ich es schwer, ohne ihn zu leben. Aber ich bin auch eine arme schwache Kreatur, ein Sklave meines Appetits, stimmt es nicht, Tilson?«

»Wie Odysseus, der an den Mast gefesselt ist«, pflichtete Mr. Tilson ihm bei.

»Ach nein, kein Laster.« Ich hatte einen Fehler gemacht. Was als versteckte Andeutung an Mrs. Tilson gemeint war, wurde von Henry als unhöflicher Verweis auf die Geopolitik aufgefasst. »Ein Genuss – ein Luxus –, aber kein Laster. Es war falsch von mir, so zu reden. Verschlimmern Sie meinen Irrtum nicht, indem Sie meine Narretei gutheißen, Mr. Austen.«

»Sie sind mein Gast, da würde ich weit augenfälligere Narreteien gutheißen.« Er neigte den Kopf. »Welch Glück, dass ich es nicht muss. Sie haben lediglich die Wahrheit gesagt, was auf dieser Welt schon selten genug geschieht.«

Ich bedankte mich mit einem Nicken, da ich ausgetrickst worden war. Als ich wieder aufsah, blickte er mich immer noch an, und Liam hatte begonnen, die Tilsons zu fragen, aus welchem Teil von Oxfordshire Mr. Tilson kam.

»Miss Ravenswood«, sagte Henry und beugte sich vor, um leiser mit mir zu sprechen, »ich hoffe, Sie werden sich in London bald heimisch fühlen.« Ich fing seine Duftnote nach frisch gebügeltem Hemd und etwas vage, nicht unangenehm Medizinischem ein. »Gewiss ist es anders als die Umgebung, die Sie gewohnt sind.«

Ich bejahte, dass es das sei, allerdings nicht auf unerfreuliche Art. »Und mein Bruder und ich werden uns auf Sie als unseren Vergil verlassen müssen, der uns in alledem den Weg weist.«

Er zog die Augenbrauen hoch. »Ich hoffe, Sie vergleichen London nicht mit Dantes Inferno, wenngleich es in einigen

Gegenden dem nicht unähnlich sein mag. Von denen müssen Sie sich fernhalten.«

»Ich erkenne bereits, dass ich dringend freundlicher Anleitung bedarf.« Ich neigte den Kopf zur Seite und lächelte ihn an. Wäre es zu dreist, ihn an sein Angebot zu erinnern, dass er mich seiner Schwester vorstellte?

»Nun?«, fragte Liam auf dem Rückweg in der Kutsche.

»Du warst fantastisch! Gut gemacht.«

»Aber was hältst du von ihm? Liebenswert?«

»Ist er.« Der Bruder, den Jane Austen am liebsten mochte, wäre schon allein dafür unwiderstehlich. Andererseits durfte man nicht vergessen, welche Figuren sie nach ihm benannte: Tilney, ihre charmanteste Schöpfung; Crawford, ihre widersprüchlichste. »Aber vielleicht eher im französischen denn im englischen Sinne.«

»Zu glatt und bestechend?«

»Kann sein.« Aber das war es nicht ganz. Was war es dann? Ich dachte wieder daran, wie er mich mit diesem dezenten Leuchten in den Augen angesehen hatte. »Ich glaube, dass er sehr geübt im Flirten ist.« Dass ich das sagte, überraschte mich selbst.

»Er ist Jane Austens Lieblingsbruder.«

»Demnach denkst du, dass sie auch gern flirtet?«

»Nicht direkt.« Aber er führte es nicht näher aus, sondern lehnte den Kopf in die Hände und atmete hörbar aus. »Ich mag ihn irgendwie. Wichtiger aber ist, dass du es tust.«

»Ich mag ihn gern genug.« Gern genug, meinte ich, um meine Rolle als mögliche gute Partie für jemanden zu spielen, der bald all sein Geld verlieren würde und die weiche Landung gebrauchen könnte, die ihm eine wohlhabende Ehefrau bot. Nicht mehr ganz jung, ein klein wenig fragwürdig wegen meiner karibischen Vergangenheit, da war ich möglicherweise gerade richtig für einen verwitweten vierundvierzigjährigen Bankier, der sein jugendliches Potenzial irgendwie nie ganz ausgeschöpft hatte.

Die Aussicht, ihm zugeteilt zu werden wie in einem Kartenspiel, war so schaurig wie urkomisch, als würde ich mich in einem bisher ungeschriebenen Jane-Austen-Roman bewegen. Das war die Idee und der Grund, warum wir hier als Bruder und Schwester auftraten. Damit er Interesse behielt, in der Nähe blieb, bis wir an Jane Austen, die Briefe und das Manuskript herankamen. Während mich die Kutsche durchrüttelte, wurde mir allerdings bewusst, wie erstaunlich gut es funktionierte. Alles schien so einfach, so schnell zu gehen.

»Ich selbst bin nicht gut im Flirten«, gestand ich und fragte mich, warum ich ihm das sagen wollte. Der Abend hatte mich auf eine Weise beunruhigt, die ich noch nicht recht begriff. »Zu zwiegespalten. Zu geziert.«

»Verkauf dich nicht unter Wert. Du hast da eben wie verrückt geflirtet.«

Falls das ein Kompliment sein sollte, dann keines, das ich mir wünschte. Mir war klar, dass mein Bild von mir darauf baute, nicht zu flirten, jemand zu sein, der unverblümt sprach und ebenso unverblümt mit seinem Verlangen umging. Und gerade jetzt war mein Verlangen, dass wir das Thema wechselten. »Also, Liam, woher bist du?«

»Aus London. Warum fragst du?«

»Dann bist du Old British? Oder kommst du ursprünglich woandersher?«

»Wir sind jetzt alle britisch.« Das war die offizielle Ansage, die jeder seit dem Großen Sterben aufsagte und an die alle sich halten mussten. Großbritannien war, da besser vorbereitet, zum Leitstern unter den Nationen geworden, einer Zuflucht für englischsprachige Menschen überall, und konnte in gewisser Weise sein Imperium des neunzehnten Jahrhunderts wiederauf-

bauen, wenn auch in anderer Form, da Imperien nun solche des Geistes waren. Menschliche Genialität und Vorstellungskraft waren die Dampflokomotiven und Kohleminen unserer Zeit.
»Aber einige sind britischer als andere.« Auch das sagte jeder. Es hatten sich Hierarchien gebildet, wie sie es stets tun.
»Bist du Old British?«
Zunächst blieb er stumm. »Was lässt dich zweifeln?«
»Ich arbeite jetzt seit über einem Jahr mit dir zusammen, und ich kam erst kürzlich darauf, mich das zu fragen. Wohingegen ich ... Man redet fünf Minuten mit mir und weiß, dass ich es nicht bin.« Er antwortete nicht, was in mir den Verdacht weckte, dass ich einen wunden Punkt berührt hatte. »Aber es ist nicht wichtig. Ich war bloß neugierig.«
»Was hat mich verraten?«
»Nein, so ist das nicht.«
»Ich frage mich nur, was es war.«
Er würde es nicht auf sich beruhen lassen. »In der Nacht, als du von dem Treffen mit Henry Austen kamst, hast du anders geklungen, sonst nichts.«
Eine Weile fuhren wir schweigend weiter, bevor Liam murmelte: »Ich bin aus Irland. Aber das habe ich vor Ewigkeiten verlassen. Ich identifiziere mich eigentlich nicht ...« Er beendete seinen Satz nicht.
»Na, kann ich nicht gut Akzente erkennen?«, sagte ich in der Hoffnung, das Gespräch in weniger heikle Bahnen zu lenken. Es ergab keinen Sinn, dass er es ungern eingestand. Dennoch widerstrebte es ihm, und ich fühlte seine Scham: ob seiner Heuchelei, ob meiner Entdeckung. Aber er hatte während der Vorbereitung eine solch glaubwürdige Vorstellung von Old Britishness geliefert, die noch dazu von seiner Freundin, Sabina, bestärkt wurde. Ich war ihr einige Male begegnet, wenn sie im Institut zu Besuch gewesen war. Eine große Blondine mit dem typisch gelangweilten aristokratischen Tonfall.

»Und es ist von solch wunderbarer Ironie. Erinnerst du dich, wie wir dieses Ding über die zeitgenössische Einstellung gegenüber Fremden gelesen haben und dort stand, dass die Engländer 1815 die Iren mehr hassten als alle anderen? Sogar mehr als die Franzosen!« Trotz des zwanzigjährigen Kriegs, den sie eben gegen sie geführt hatten.

Unsere Mietkutsche hatte zwei schmale Sitze, die einander so eng gegenüberstanden, dass wir immer wieder mit den Knien zusammenstießen und uns entschuldigten. Liam lehnte sich zurück, und seine Mundwinkel verbogen sich zuckend zu einem Grinsen. »Vielleicht haben sie uns sogar deshalb geschickt.«

»Weil wir die unterschiedlichsten Kandidaten waren?«

»In der Art.« Nach einer Pause fuhr er fort: »Um zu zeigen, wie offen sie sind. Die wahrhaft hochherzige Grundhaltung der Old Britishness. Einzig Verdienst entscheidet.«

Sein Ton war so sachlich, dass ich nicht sicher war, ob er es sarkastisch meinte. Nun gab es nur zwei Möglichkeiten: schweigen und ihn mysteriös sein lassen oder nachhaken, auch wenn es unangenehm wurde. Als würde man ein Furunkel aufstechen. Kaum hatte ich es im Geiste so formuliert, stand meine Wahl fest. »Entschuldige, wenn ich neugierig bin, aber ich verstehe nicht, was du … Es zählt nicht, wo du anfängst, sondern wo du am Ende bist, und für mich hat es den Anschein, dass du dich großartig machst.« Er sagte nichts. »Du hast ein wunderbares Buch geschrieben, wurdest für diesen Einsatz ausgewählt, hast eine schöne Freundin …« Hier regte er sich unbehaglich, und ich wechselte zu: »Du hast mir nie erzählt, wie ihr euch kennengelernt habt. Sabina ist keine Akademikerin, oder? Arbeitet sie nicht bei einem Auktionator?«

»Vor ewigen Zeiten, an der Highschool.«

»Ist sie auch Irin?« Ich beschloss, mich über nichts zu wundern.

»Selbstverständlich nicht.« Er stockte, und ich wollte schon

die nächste Frage abfeuern, als er sagte: »Wir waren zusammen in Crofton.« Ich wusste, dass es eines der vornehmsten Elite-Internate war, eine Bastion der Old Britishness.
»Eine Jugendliebe, die gehalten hat? Wie nett.« Solche Leute erstaunten mich immer schon. Waren ihre Persönlichkeiten mit sechzehn oder siebzehn Jahren bereits ausgereift gewesen, fest zementiert quasi?
»Oh nein! Damals wollte sie nichts mit mir zu tun haben.«
Ich überlegte. »Das war aber nicht sehr scharfsichtig von ihr, oder?«
Er antwortete nicht. Meine Worte hingen in der Luft, und erst als der Kutscher die Pferde mit lautem Rufen stoppte und an den Zügeln zog, bemerkte ich, dass wir die Hill Street und unser Zuhause erreicht hatten.

Am nächsten Morgen wachte ich beunruhigt auf, schon halb in einem Gedanken, als hätte ich mich im Schlaf durch alles durchgearbeitet. Ich musste Mrs. Tilson einen Vormittagsbesuch abstatten. Vor allem musste ich ein Dinner planen, um Henry Austens Gastfreundschaft zu erwidern. Und mir blieb nicht viel Zeit. Aber ein Dinner, wie er es uns geboten hatte, mit sieben Gerichten im ersten und sechs im zweiten Gang, war schwer vorstellbar.

Zwar setzte ich mich sonst erst nach dem Frühstück mit Mrs. Smith zusammen, doch heute konnte ich nicht so lange warten. Gleich nach dem Waschen und Ankleiden eilte ich die drei Treppen hinunter und fand sie mehlbestaubt bei der Arbeit an einigen Pasteten vor. »Wünschen Sie Ihren Kaffee, Miss? Warum haben Sie nicht geläutet?«

Es machte die Bediensteten nervös, wenn ich ohne Vorwarnung unten auftauchte, aber ich erfand laufend Gründe, genau das zu tun. Die Küche faszinierte mich: warm, duftend, Schauplatz mysteriöser, komplizierter Projekte.

»Wie lange vorher müssen Sie Bescheid bekommen, um ein großes und eleganteres Dinner als üblich zuzubereiten? Für vielleicht drei Gäste, zusätzlich zu meinem Bruder und mir.«

Mrs. Smith schürzte die Lippen und blickte ins Nichts. Sie hatte dunkle Augen, ein breites sanftes Gesicht und die kräftige, aber kleine Statur von jemandem, der schon in jungen Jahren zu arbeiten angefangen und zu wenig Proteine bekommen hatte. »An wie viele Gerichte hatten Sie gedacht? Und welche?«

»Sie sind sehr gute Esser. Nun, einer jedenfalls. Mindestens fünf Gerichte pro Gang? Ich verlasse mich auf Sie, Mrs. Smith. Was wird dieser Tage gereicht?«

Sie nickte. »Gut.« Dann hielt sie eine Hand in die Höhe und zählte die einzelnen Gerichte an den Fingern ab. »Zu Beginn eine Suppe – Mulligatawny zum Beispiel. Ente mit Erbsen ginge. Ein Kaninchen mit vielen Zwiebeln. Rindereintopf mit Kohl, den mag jeder. Rote Bete. Und als Nächstes ein schöner Fisch mit heller Soße. Gekochte Pastete. Ein Ragout mit Pilzen, das ist jetzt sehr modern. Salat. Räucheraal?«

»Das klingt alles gut.«

Mrs. Smith, der die Finger ausgegangen waren, blickte in die mittlere Ferne, ihre bemehlten Hände immer noch gereckt. »Ertrunkenes Baby! Das wird das Beste sein für den Nachtisch.«

»Hervorragend.« Ich fragte mich, welche morbide Fantasie sich diesen Namen für einen viel zu süßen Rosinenpudding ausgedacht hatte. »Wie viel Zeit bräuchten Sie, um solch ein Dinner zusammenzustellen?«

»Zwei oder drei Wochen sollten reichen.«

Ich sah sie unglücklich an. In zwei Wochen würde Henry Austen krank werden; seine Schwester wäre dann schon bei ihm. »Dauert es wirklich so lange?«

Sie baute sich zu ihrer gesamten Höhe auf und blinzelte mehrmals. »Sicher war es in Jamaika anders. Aber hier bin nur ich, und der kleine Tom hilft, so gut er kann. Es ist eine Menge

Arbeit, die Zeit braucht, und man findet nicht immer gleich alles von der Qualität auf dem Markt, die man möchte. Und das Kaninchen, nun, das muss einige Tage abhängen, um …«

»Wie wäre es in einer Woche? Oder in acht oder neun Tagen? Grace kann auch helfen.«

»Grace wird damit beschäftigt sein, alles zu schrubben. Und Ihnen beim Ankleiden zu helfen.« Sie sagte es freundlich, trotzdem war es mir peinlich. Da ich noch immer ohne Kammerzofe war, hatte ich mir vor dem Dinner mit Henry von Grace bei meinem Haar und meiner Kleidung helfen lassen. Und mich hatte nicht überrascht, wie gut sie das konnte. Grace war in allem gut, was sie anpackte. Indes hatte ich bisher nicht bedacht, dass sie mit allem anderen in Verzug geriet, wenn ich sie über Stunden für mich einspannte.

Mrs. Smith hüstelte. »Dabei fällt mir meine Schwester ein, Miss. Sie ist zurzeit nicht in Stellung, aber sie ist eine erfahrene Küchenhilfe. Sie hat unter einem französischen Koch in einem der besten Häuser in Kent gearbeitet. Und sie wäre die Richtige, um mir auszuhelfen.«

»Ihre Schwester?« *Nicht in Stellung* hieß, dass sie arbeitslos war, was sich kein Hausbediensteter länger leisten konnte. »Wenn sie nur ein wenig wie Sie ist, stelle ich sie sofort ein. Bitten Sie sie her, und ich spreche mit ihr.«

»Oh, vielen Dank! Ich schicke ihr Nachricht.«

»Aber glauben Sie, dass wir dieses Dinner früher als in zwei Wochen geben können?«

Sie strahlte noch ob der Aussicht, dass ihre Schwester zu ihr kam. »Oh, bei Gott, das hoffe ich. Ich werde sehen, was ich einkaufen kann.«

»Nächste Woche? Sagen wir, am Dienstag? Damit hätten wir fast eine Woche.«

Sie zögerte, ehe sie bejahte, dass es wahrscheinlich zu schaffen sei. Auf dem Weg zurück nach oben spielte ich mit dem

Spectronanometer an der Kette und dachte an alles, was ich zu tun hatte. Ein Diener. Wir brauchten einen Diener.

Der Frühstückssalon und das Esszimmer befanden sich beide im Erdgeschoss des Hauses, bei dem es sich um ein georgianisches Reihenhaus wie aus dem Bilderbuch handelte – drei Fenster breit, vier Stockwerke hoch, zuzüglich Untergeschoss mit Küche und anderen Haushaltsräumen. Ich ging ins Esszimmer und betrachtete es mit dem kritischen Blick meiner potenziellen Gäste. Ein großer Raum mit verputzter Decke, einem langen Tisch und sechzehn Mahagonistühlen mit Schnitzereien. Anfangs hatten Liam und ich hier zu Abend gegessen, aber bald nur noch den kleineren Frühstückssalon für alle unsere Mahlzeiten benutzt. Der Tisch dort eignete sich besser für zwei Personen, und das Zimmer war dichter an der Küchentreppe, was es für die Bediensteten leichter machte.

Der Esszimmertisch war so lang, dass schon absurd schien, nur fünf Leute dort zu platzieren. Wie schwer wäre es für das Projektteam gewesen, uns mit noch einigen weiteren gefälschten Empfehlungsbriefen nebst den vielen gefälschten Banknoten auszustatten? Wir waren neu in London, aber dennoch – kein einziger Cousin, kein Freund eines Freundes, kein Patenonkel, keine Patentante? Aber ich verstand es. Jeder Kontakt erhöhte die Wahrscheinlichkeit, auf jemanden zu treffen, der wirklich von Jamaika war, und damit unsere Bloßstellung. Wir durften uns nur so wenig wie irgend möglich in die Welt einschleichen.

Ich verschränkte die Arme und überlegte. Geschirr, Besteck, Tischwäsche – war das Geschirr ausreichend elegant? Ein Dinner wie dieses würde eine Menge Kerzen erfordern. Ich musste mehr bestellen.

War es eine gute Idee, Henrys Dinner-Einladung mit einem Dinner zu erwidern, oder würde Tee genügen? Für einen Moment war ich versucht: Tee im Salon, Kuchen und Obst wurden herumgereicht. Es war so viel weniger, was schiefgehen könnte. Aber nein. Ein Dinner würde beweisen, dass wir wussten, wie wir uns zu benehmen hatten, dass wir in diese Kreise gehörten. Immer vorausgesetzt, dass wir es nicht vermasselten.

Ich hatte vorgehabt, Mrs. Tilson zu besuchen, um unsere neue Freundschaft zu festigen, war dann jedoch so in die Planung vertieft, dass ich die Zeit aus dem Blick verlor, und war gleichermaßen froh wie beschämt, als Grace hereinkam, um mir mitzuteilen, dass Mrs. Tilson stattdessen gekommen war, um mich zu besuchen.

Wir saßen an den Fenstern im Salon, und sie wirkte noch zerbrechlicher und blasser als bei Kerzenschein. Ich fragte mich, ob sie anämisch war. Es war eine gängige Beschwerde unter Frauen, die so viele Geburten gehabt hatten wie sie. Wahrscheinlich hatte sie auch einige Zähne verloren.

»Ich hoffe, Sie und Mr. Tilson sind wohlauf?« Sie nickte.

»Und Ihre Kinder. Habe ich es richtig verstanden, dass Sie mit dem Glück gesegnet sind, viele zu haben?«

»Ich habe elf Kinder geboren.«

»Sie sehen mir kaum alt genug dafür aus, Madam. Ihre Kinder müssen noch sehr jung sein.« Sie konnte sich glücklich schätzen, noch zu leben. In dieser Epoche war Gebären wie russisches Roulette spielen. Von Jane Austens fünf verheirateten Brüdern verloren drei eine Frau durch Komplikationen bei der Geburt, was tragisch war, aber nicht ungewöhnlich.

Ich fingerte an der leichten Wölbung an meinem Arm, wo das Hormonimplantat saß, das mir kurz vor der Abreise eingesetzt worden war. Ich hatte auf der stärksten Version bestanden, um nicht nur einen Eisprung, sondern auch die Menstruation zu verhindern. Der konnte ich mich schlicht nicht in einer Welt voller dünner heller Kleidung und ohne Tampons stellen. Wie schafften die Frauen es?

»Mein Ältester, George, ist sechzehn und die kleine Caroline-Jane gerade zwei.«
»Ich wünsche Ihnen viel Freude mit ihnen. Sie sind alle gesund, hoffe ich.«
»William, den Armen, haben wir an die Halsbräune verloren, als er sechs war.« Gemeint war Diphterie. Ich hatte noch nie einen Fall gesehen und hätte gerne mehr erfahren, doch sie fuhr fort: »Und die kleine Georgiana lebte nur wenige Tage, der süße kleine Engel.«
»Das tut mir aufrichtig leid.«
Mrs. Tilsons Augen glänzten von Tränen, die sie wegblinzelte. »Aber die anderen sind gesund und munter.«
»Was für ein lebendiges Haus es sein muss«, sagte ich.
Die Unterhaltung geriet ins Stocken. Wie konnte ich das Gespräch auf Jane Austen bringen? »Wie ich gestern bemerkte, sind Sie schon lange mit Mr. Austen bekannt?«
»Oh ja. Ihm und Mr. Tilson gehört die Bank. Sie kennen sich schon ewig.«
»Und Sie sind Nachbarn, wie angenehm. Kennen Sie auch seine Familie?«
»Seine jüngere Schwester, der wir alle sehr zugetan sind, kommt dieser Tage recht oft in die Stadt. Nach dem Tod seiner Frau ist sie bemüht, ihn vor Trübsinn zu bewahren.« Sie unterbrach kurz. »Nicht dass er jemals sehr betrübt scheint. Seine Tapferkeit ist bewundernswert. Und wie hatte er Mrs. Austen angebetet! Die beiden hatten keine Kinder, was sehr traurig ist.«
»Ja, wirklich sehr traurig.«
Für einen Moment verstummten wir beide. »Und diese Schwester ... Ich nehme an, sie ist unverheiratet, dass sie jederzeit in die Stadt reisen kann?«
»Ja. Sie lebt mit ihrer Mutter und der älteren Schwester in Hampshire, in der Nähe eines anderen Bruders, der sehr wohlhabend ist. Er ist es, der ihnen das Cottage zur Verfügung ge-

stellt hat, in dem sie wohnen, und es ist ein angenehmes, bequemes Heim, wie man mir erzählte.«

»Ich kenne mich mit den englischen Gepflogenheiten nicht aus, aber ist das ungewöhnlich? Dass Damen allein leben?« Mrs. Tilson überlegte. »Nicht unziemlich, doch die wenigsten haben die Mittel. Und üblicherweise gibt es einen Junggesellen oder Witwer in der Familie, dem jemand den Haushalt führen muss, so wie bei Ihnen und Ihrem Bruder.« Abermals stockte sie. »Ich glaube, sie genießen ihr Leben, wie es ist.«

»Ach ja?« Ich versuchte, höflich interessiert zu wirken, nicht irrsinnig neugierig, und hoffte, dass sie mehr erzählte. Tat sie nicht. »Wie sind sie? Sind sie charmant wie Mr. Austen?«

Ihr Blick signalisierte mir, dass ich zu viel gesagt hatte. »Sind sie. Obwohl die ältere Schwester eher reserviert ist; die jüngere hat etwas von Mr. Austens Leichtigkeit. Aber Sie werden sie kennenlernen, sie kommt bald in die Stadt. Ein geschicktes kleines Geschöpf, sehr schnell.«

»Schnell in welchem Sinne?«

»In jedem erdenklichen. Mit der Nadel, dem Stift, dem Verstand.« Mrs. Tilson ergänzte leiser: »Sie schreibt Romane, müssen Sie wissen. Es soll ein großes Geheimnis sein, und sie veröffentlicht sie natürlich nicht unter ihrem Namen. Aber ihr Bruder erzählt es jedem, also darf ich es Ihnen wohl sagen. Ich bin keine Romanleserin, doch mir haben sie gefallen.«

»Ich frage mich, ob ich welche gelesen habe. Wie sind die Titel?«

Mrs. Tilson zählte die drei auf, die bis dahin erschienen waren. Ich musste mein Entzücken nicht spielen, als ich sagte, dass sie den Weg nach Jamaika gefunden hätten und ich sie alle geliebt hätte. »Sich vorzustellen, dass ich die Autorin kennenlernen werde! So etwas hätte ich mir nicht einmal zu erträumen gewagt, als ich entschied, nach London zu gehen.«

»Aber Sie dürfen nicht erwähnen, dass Sie es wissen, Miss Ravenswood. Sprechen Sie das Thema nicht an. Ich rate Ihnen, es ihr zu überlassen, falls sie es möchte.«

»Ja, ich verstehe. Ist sie, frage ich mich …? Eine Autorin! Oh, wie ist sie, Madam?«

»Sie hat rein gar nichts von einem kritzelnden Blaustrumpf. Vielmehr besitzt sie eine große Eleganz des Geistes. Und sie kann ausgesprochen gut mit Kindern umgehen.« Sie machte eine Pause. »Ihre Schwester, auch wenn ich sie nicht gut kenne, wäre eher diejenige, die man für eine Schriftstellerin halten würde.«

»Warum?«

»Eher Respekt einflößend« war alles, was Mrs. Tilson mir bot. »Dennoch bewundere ich auch sie sehr; eine sehr fromme Dame. Eine entzückende Familie. Zwei Brüder in der Marine, wissen Sie, und einer in der Kirche. Und der, der von seinen Verwandten angenommen wurde, um ein Vermögen zu erben.« Noch eine Pause, kürzer, dann berührte sie meine Hand. »Liebe Miss Ravenswood, wie froh bin ich, Ihre Bekanntschaft gemacht zu haben!« Sie war aufgestanden, sodass ich mich ebenfalls erhob. Als ich sie die Treppe hinunter in die Diele begleitete, blickte ich zur Uhr und sah, dass zwanzig Minuten vergangen waren. Die ideale Zeitspanne für solch einen Besuch. Mrs. Tilson war bereits abgewandt und fast an der Tür, ehe mir einfiel, sie wegen des nächsten Dienstags zu fragen.

»Dinner?« Liam stellte seine Teetasse ab. »Nächste Woche? Bist du sicher?«

»Mrs. Tilson hat bereits für sich und ihren Mann zugesagt, also muss es sein.«

»Sehr kurzfristig, um ein Dinner zu planen.«

»Das hat Mrs. Smith auch gesagt. Aber sie ließ sich umstimmen.« Ich verkniff mir die Bemerkung, dass Mrs. Smith die ganze Arbeit hätte, während Liam lediglich Einwände erhob. »Wir haben keine Zeit zu verlieren.« Er antwortete nicht, was ich als Zustimmung nahm. »Dir ist klar, was wir brauchen, nicht? Einen Diener. Kannst du dich darum kümmern?« Bedienstete wie Herren inserierten in den Zeitungen. So hatten wir unsere ersten drei gefunden. Es gab auch Vermittlungsbüros, doch die waren unzuverlässiger. Die Auswahl von Jencks, Mrs. Smith und Grace hatten wir gemeinsam getroffen, direkt nach unserem Einzug Bewerber empfangen und befragt, als das Mobiliar noch von weißen Laken verdeckt gewesen war, um es vor Staub zu schützen. Nun jedoch, da ich mit dieser Welt vertrauter war, wusste ich, dass wir eine klare Arbeitsteilung missachtet hatten. Männer stellten männliches Personal ein: Stallknechte, Diener und Kammerdiener. Frauen suchten die Haushälterinnen, die Küchenhilfen und die Wäscherinnen aus.

»Ich hatte vor, mich nach einer Kutsche umzusehen.«

»Das kann warten.« Auch wenn wir eine Kutsche und Pferde anschaffen müssten. »Aber wir können kein Dinner geben, ohne einen Diener zu haben.«

»Können wir nicht?«

»Mit nur Jencks zum Servieren? Ich glaube kaum.« Jencks war mürrisch, mittelgroß, hatte einen nordenglischen Akzent und ein herablassendes Auftreten, das er in besonders ausgeprägter Form für mich reservierte. Widerwillig und betont langsam führte er alle Pflichten eines Haus- und Kammerdieners aus, angefangen mit Liams Garderobe, die er in Ordnung hielt, bis hin zum Weinkellerschlüssel, den er hatte. »Er braucht ewig, um den Tisch abzuräumen, wenn wir nur zu zweit sind. Stell ihn dir mit Gästen und dreimal so viel Geschirr vor.« Ich schlug nicht vor, dass Grace aushalf; eine Frau, die beim Dinner bediente, hatte den Beigeschmack von Armut. »Geh zu dem Kaffeehaus, in dem sie alle Zeitungen führen, und sieh nach.«

»Hmm.« Liam schenkte sich Tee nach.

»Achte darauf, einen großen Mann zu wählen.« Diener inserierten ihre Körpergröße mit, denn die war ein Indiz für den Status ihrer Herren. Gleich zwei gut aussehende, gleich große Diener vorweisen zu können, zeugte von besonderem Prestige, auch wenn es für unseren Haushalt übertrieben anmuten dürfte.

»Soll ich auch auf gutes Aussehen achten?«, murmelte er, und ich befand, dass Liam eventuell doch Sinn für Humor hatte.

Wenige Stunden später überraschte mich Henry Austen mit einem Kurzbesuch. Wie er erklärte, war er auf dem Heimweg von der Bank und hatte zufällig ein Buch bei sich, von dem er glaubte, es könne meinem Bruder und mir gefallen.

»Wie überaus freundlich von Ihnen, an uns zu denken. Um welches Buch handelt es sich, Sir?«

Wir waren im Salon und standen an einem der Fenster mit Blick auf die Straße. Er hatte mich allein vorgefunden, und Liam war schon so lange fort, dass ich mir Sorgen zu machen begann.

»Ach«, sagte er, »es ist nicht mehr ganz neu, kam schon vor einigen Jahren heraus. Und dennoch hoffe ich, dass Sie auf den Westindischen Inseln nichts davon gehört haben und mir die Freude zukommt, Sie damit bekannt zu machen.«

»Sie klingen mysteriös.«

Es war nicht ungehörig, mit ihm allein zu sein, erzeugte indes eine gewisse Spannung: Die Luft vibrierte vor Möglichkeiten. Er schien beinahe schüchtern, ganz im Gegensatz zum gestrigen Abend.

»Ich bin das Gegenteil von mysteriös, fürchte ich. Eher die simpelste aller Kreaturen.« Die ganze Zeit hatte er das Buch hinter seinem Rücken verborgen, und nun überreichte er es mir, mittelgroß, in Kalbsleder gebunden. »Es ist nur ein Roman«, sagte er mit einem leisen Lachen.

»Nur ein Roman?« Ich sah es an und überlegte, wie ich reagieren sollte. »Ah, ›Stolz und Vorurteil‹.« Sollte ich zugeben, dass ich es gelesen hatte, und ihn um das Vergnügen bringen, mich damit bekannt zu machen? Falls ich vorgab, es nicht zu kennen, riskierte ich, später von Mrs. Tilson als Lügnerin entlarvt zu werden. Würde er zugeben, dass seine Schwester es geschrieben hatte? »Aber dies ist erst der erste Band.«

»Wenn er Ihnen gefällt, bekommen Sie von mir die anderen zwei.«

»Ich weiß bereits, dass er mir gefällt.« Ich sah zu ihm auf. »Ich muss offen sein, Mr. Austen, ich habe das Buch in Jamaika gelesen.« Enttäuschung spiegelte sich auf seinen Zügen, verschwand jedoch, als ich fortfuhr: »Und ich habe es geliebt. Silberfische haben meine Ausgabe angenagt, weshalb ich sie zurücklassen musste. Ich bin sehr, sehr dankbar, dieses Buch wiederzusehen. Es ist mir wie ein alter Freund.« Ich drückte es an meine Brust. Seine Augen wurden größer, und ich fragte mich, ob ich zu dick aufgetragen hatte. Doch jetzt war ich zu weit gegangen, um einen Rückzieher zu machen. »Es ist so wunderbar klug, so witzig und zugleich so vernünftig, was die moralische Unterweisung betrifft! Ich denke, wer dieses Buch geschrieben hat, muss beachtlich sein.« Henry Austens Augen strahlten, seine Lippen öffneten sich leicht. »Sagen Sie, glauben Sie, dass es wirklich von einer ›Lady‹ geschrieben wurde? Ich hoffe, Sie nehmen es nicht als Missbilligung meines eigenen Geschlechts, wenn ich vermute, dass hier eine männliche Hand die Feder führte. Solch eine Verve, solch eine Würde und doch solch eine Leichtigkeit!«

Für einen Moment war er sprachlos, brachte aber schließlich heraus: »Ich kann aus guter Quelle bestätigen, dass es sehr wohl von einer Lady geschrieben wurde.«

»Aus guter Quelle?«, fragte ich. »Welche wäre die?«
Er zögerte, grinste, wurde rot, sagte aber nichts.
»Wären Sie ihr begegnet, hätten ihr Werk mit ihr besprochen, würde ich vielleicht zugeben …«
»Sagen Sie nichts mehr. Ich wäre versucht, indiskret zu sein.«
Wir waren uns unterdes etwas näher gekommen, wie zwei Planeten, die es in die Umlaufbahnen des jeweils anderen lockte. Er hob eine Hand, den Zeigefinger gereckt, als wolle er mich anhalten, stillzuschweigen und ihn fortfahren zu lassen. Zu meinem Erstaunen legte er den Finger auf meinen Mund, als wolle er mir verbieten, mehr zu sagen. Unsere Blicke begegneten sich, und ich dachte, dass mich nichts in der Vorbereitung auf diesen Moment gefasst gemacht hatte. Und das intensive Lesen der Werke seiner Schwester und deren Zeitgenossen half auch nicht. Ich öffnete den Mund und stupste seinen Finger mit meiner Zungenspitze an.
Er rang nach Luft, zog seine Hand weg, und ich dachte, dass es ein Fehler gewesen wäre. Doch als ich wieder zu seinen Augen aufsah – amüsiert, hungrig –, lag die Vermutung nahe, dass es keiner gewesen war. Alles, was er sagte, war: »Miss Ravenswood, verzeihen Sie mir! Ich weiß nicht, was über mich gekommen ist …«
»Es gibt nichts zu verzeihen«, entgegnete ich und sah rechtzeitig aus dem Fenster, um Liam zur Tür kommen zu sehen. »Mein Bruder ist zurück. Wie erfreut er sein wird, Sie zu sehen!«
»Oh, in der Tat!« Und wir standen da, anständig und ruhig, aber immer noch dicht beisammen, als Jencks die Tür öffnete und Liam nach oben kam.

KAPITEL 4

10. Oktober
33 Hill Street

Im Salon ging ich alles noch einmal im Geiste durch. Mulligatawny. Ente mit Erbsen. Kaninchen mit reichlich Zwiebeln. Gedünstetes Rindfleisch. Rote Bete. Ein Gemüsekuchen. Ragout mit Pilzen. Salat. Räucheraal. Ertrunkenes Baby. Getrocknete Früchte. Walnüsse. Oliven. Weißer Rheinwein. Claret. Portwein für die Herren. Tee. Kuchen. Weingläser. Silberbesteck. Tischwäsche. Henry Austen. Mr. und Mrs. Tilson. Mr. Seymour. Mr. Jackson, ein Witwer, mit seinen beiden ältesten Töchtern. Die letzten vier hatten wir drei Tage zuvor beim Tee bei Henry Austen getroffen, und ich hatte sie auch eingeladen, weil ich an den langen Tisch und all die Stühle dachte. Als ich Mrs. Smith erzählte, dass noch mehr Leute kämen, hatte sie erstaunt aufgesehen, aber nur gesagt: »Wir werden tun, was wir können, Miss.« Danach schickte sie ihre Schwester los, noch ein Kaninchen und mehr Räucheraal zu besorgen.

»Habe ich auch wirklich nichts vergessen?« Ich lief im Zimmer auf und ab, nestelte an meinem Spectronanometer, sah hinunter zur Straße und widerstand dem Drang, mich abermals mit Mrs. Smith zu beraten. Sie hatte mich Stunden zuvor aus der Küche geworfen – höflich, aber streng und merklich erschöpft von meiner fortwährenden Einmischung.

»Hast du nicht«, antwortete Liam, obwohl auch er nervös war. Er trug ein neues Jackett und sah immer wieder seitlich an sich hinab, als müsse er überprüfen, dass die Säume gerade waren.«Es sind schon Leute zu Amazonas-Expeditionen aufgebrochen, die weniger Vorbereitungen trafen.«

Von unten war ein Klopfen zu hören. Ich sah aus dem Fenster und erblickte eine Kutsche, die unten gehalten hatte.

Die drei Jacksons, die beiden Tilsons und Mr. Seymour trafen vor Henry Austen ein. Während wir im Salon Konversation machten, wuchs meine Sorge, dass die Ente trocken gebraten werden könne, ins Unermessliche. Und mir fiel auf, wie verhalten die anderen miteinander sprachen. Mir kam der Verdacht, dass Henry der Faden war, der sie zusammenhielt, weshalb sie sich in seiner Abwesenheit wenig zu sagen hatten. Oder lag es daran, wie Leute waren? Liam tat sein Bestes, das Gespräch am Laufen zu halten, aber Henrys Verspätung war zum allgemeinen Thema geworden, bis er auftauchte. Und meine Sorge um die trockene Ente hatte sich bis dahin auf das gesamte Essen erstreckt.

Henry war elegant, doch wie immer ein wenig zerzaust, was seine Kleidung wie auch sein Benehmen anging. »Eine lästige Angelegenheit in der Bank, die sich nicht aufschieben ließ. Ich bitte um Vergebung.« Er wechselte einen Blick mit Mr. Tilson, bevor er sich mir zuwandte und sich über meine Hand neigte. »Besonders Sie, Miss Ravenswood, muss ich um Verzeihung bitten.« Unsere Blicke begegneten sich, und ich dachte an das letzte Mal, als wir uns in diesem Raum gesehen hatten.

»Es gibt nichts zu verzeihen«, sagte ich und wurde rot, weil ich mich erinnerte, dass ich genau das Gleiche gesagt hatte. Wie er mich ansah, legte nahe, dass er sich auch erinnerte. »Und warum wählen Sie mich aus, wo doch alle hier in Sorge um Sie waren?«

»Die anderen geben nicht ihr erstes Dinner in London, darum. Sie waren nicht verängstigt, dass irgendetwas nicht perfekt wirken oder der Hammelbraten nicht glorreich sein könnte.«

Unweigerlich musste ich lächeln. »Sollte ich ängstlich erscheinen, dann nur um Ihretwillen. Wir fürchteten, Sie hätten einen Unfall erlitten.«

»Und genau das ist der Grund, weshalb Sie mich reumütig sehen. Eine Gastgeberin hat ohnedies unzählige Details zu beachten, da dürfen ihre Gäste ihr nicht noch zusätzliche Last aufbürden.«

»Sie sind hier, was alles ist, worauf es ankommt.« Ich glaubte, eine gelbliche Note seiner Haut und im Weißen seiner Augen wahrzunehmen, aber das konnte auch am Licht liegen. »Und Ihre Gesundheit, Sir? Sind Sie recht wohlauf?«

»Sie sind ebenso sehr Arzt wie Ihr Bruder, vermute ich.«

»Vielleicht noch mehr. Aber Sie haben meine Frage nicht beantwortet.«

»Mir geht es gut, vielen Dank«, war alles, was ich bekam, und es wurde Zeit, zum Dinner zu gehen.

»Eine Kutsche anschaffen! Wie wunderbar!« Die Gentlemen hatten viele Fragen, deren Beantwortung ich mit Freuden Liam überließ, während ich mich unter meinen Gästen umschaute und mich fragte, ob ihnen das Essen zusagte – ich war viel zu aufgeregt, um etwas zu schmecken – und ob sich unser neuer Diener Robert mit der angemessenen Eleganz bewegte. Unter dem kritischen Blick von Jencks, der für den Wein zuständig war, räumte Robert zügig den ersten Gang ab und stellte für den zweiten alles exakt dorthin, wo ich es ihm gesagt hatte, während es ihm gelang, sowohl groß als auch gut aussehend zu sein; Liam hatte ihn gut ausgewählt. Keine Flüssigkeiten schwappten über Plattenränder, alles hatte in etwa die richtige Temperatur und war angesichts der Umstände nicht zu verkocht. Noch besser war, dass sich die Leute ungezwungener unterhielten als vor dem Essen.

Als Gastgeberin saß ich an der Spitze der Tafel, Liam an

deren Ende. Die Gäste wählten ihre Plätze selbst, wie es üblich war. Henry hatte den Platz zu meiner Rechten ergattert. Die ältere Miss Jackson, Eleanor, hatte sich ihm gegenüber hingesetzt, was faszinierend, aber auch komisch war. Immerhin wusste ich, dass sie 1820 Henry Austen heiraten würde, und konnte nicht umhin zu vermuten, dass sie bereits ein Auge auf ihn geworfen hatte. Ich war furchtbar darin, das Alter der Leute hier zu schätzen, nahm jedoch an, dass sie ungefähr in meinem Alter, höchstens ein wenig jünger sein dürfte, womit sie im Begriff war, zur alten Jungfer zu werden. Sie war attraktiv, hatte große dunkle Augen und ein hübsches Profil, das sie immerfort betonte, indem sie seitlich zu Henry sah. Das wiederum hatte den Effekt, dass mich abwechselnd ihr direkter kühler Blick traf oder sie mir ihren zarten Nacken präsentierte. Von ihrer Persönlichkeit gewann ich keinerlei Eindruck. Meine Fragen beantwortete sie ausnahmslos so knapp wie möglich. Henry, der eindeutig ein wenig kränklich wirkte, sprach weiter mit mir und verfiel in untypische Schweigsamkeit, sobald Miss Jackson ihn seitlich ansah.

Auf der Suche nach Zerstreuung blickte ich mich an der Tafel um. Mr. Seymour, ein Rechtsanwalt und Freund Henrys, hatte begonnen, Liam nach den rechtlichen Abläufen bei der Befreiung von Sklaven zu fragen. Liam antwortete verblüffend detailliert, hatte indes Mühe, das Gespräch auf Themen von allgemeinerem Interesse zu lenken. Derweil wurde die stumme Mrs. Tilson ein wenig rot und verdrossen ob der bloßen Vorstellung von Sklaverei. Ihr Gemahl war auf das Essen konzentriert. Mr. Jackson, groß und leutselig, unterhielt sich mit Mr. Tilson über Einfriedungen, während die jüngere Miss Jackson, Henrietta, eine zierliche Frau mit rotem Haar, immer wieder bewundernde Blicke in Richtung Liam und Mr. Seymour warf. Ich fragte mich, ob sie beschlossen hatte, einen von beiden zu heiraten. Allerdings war Mr. Seymour füllig und deutlich über vierzig, und Liam war aus Gründen unerreichbar, die Henrietta sich nicht einmal vorstellen könnte. Wie furchtbar war es, hier eine Frau zu sein, dachte ich, als ich bemerkte, dass selbst ich, die es besser wissen müsste, schon begann, diese Frauen nur in Bezug auf die Männer zu sehen: welche sie heiraten würden oder welche sie eventuell heiraten wollten.

Robert räumte den zweiten Gang ab, und es folgten Portwein, Nüsse und Trockenfrüchte. Bald war der Moment gekommen, in dem ich aufstehen und die Damen nach oben in den Salon führen musste. Ich sah zu Mrs. Tilson unten an der Tafel, und sie lächelte mir mit einem verhaltenen Nicken zu. Ich stand auf. »Wenn ich die Damen bitten dürfte.« Sogleich wünschte ich, ich hätte etwas Bemerkenswerteres gesagt, aber es funktionierte.

Ich versuchte abermals, Miss Jackson in ein Gespräch zu verwickeln, nur war die jetzt sogar noch reservierter als beim Dinner. Ein weiteres Indiz, dass sie mich als ihre Konkurrentin sah. Da ich ihr unmöglich versichern konnte, dass sie am Ende gewinnen würde, gab ich es auf und wandte mich Mrs. Tilson zu. Sie war plötzlich gesprächig, da wir nur unter uns Damen waren, und fing an, mir von einer Freundin zu erzählen, einer erklärten Gegnerin der Sklaverei, die zu der erstaunlichen Ehre gekommen war, vor wenigen Tagen William Wilberforce kennenzulernen, seines Zeichens bekanntes Parlamentsmitglied im Kreuzzug gegen die Sklaverei.

»Und wie war er, Ihr Mr. Wilberforce? Würde Ihre Freundin ihn als angenehm beschreiben? Oder strahlt er eher etwas Fanatisches aus?« Sofort hielt ich mir eine Hand vor den Mund. Wie Mrs. Tilson war auch Wilberforce Evangelist, einer der wiedergeborenen Christen, deren Glaubenseifer die weniger feurigen Frommen oft abschreckte. Hatte ich soeben angedeutet, dass sie ebenfalls eine Fanatikerin war?

Mrs. Tilson richtete nur den Blick gen Himmel. »Was für ein Mann! Ich kann ihn kaum beschreiben. Solche Liebenswürdigkeit, solche Redegewandtheit, und zugleich doch von solch moralischem Ernst und Glauben. Zumindest sagte das Mrs. Seagrave.«

»Vielleicht werden Sie selbst ihm eines Tages begegnen, Madam.«

»Oh, daran wage ich nicht einmal zu denken.«

Nach einiger Zeit hörten wir Stimmen, Lachen und Schritte auf der Treppe: die Herren. Ich saß mit dem Rücken zur Tür, spürte jedoch, wie Henry hereinkam, weil Miss Jacksons Blick in die Richtung wanderte, bevor sie ihn senkte. Sie unterhielt sich ein Stück weiter weg von Mrs. Tilson und mir mit ihrer Schwester. Würde Henry auf sie zugehen?

Nein, er kam zu mir. »Ich möchte mich nochmals für meine Verspätung entschuldigen.«

»Bitte, sprechen wir nicht mehr davon. Ich habe es bereits vergessen.« Ich fühlte, dass Miss Jackson uns beobachtete, aber vielleicht bildete ich es mir auch nur ein. Ich würde jedenfalls nicht hinsehen. »Ich hoffe, in der Bank steht alles zum Besten und dass, was immer geschieht, nicht den Besuch Ihrer Schwester beeinträchtigt. Sie wird doch bald in der Stadt erwartet, nicht wahr?«

»Wie freundlich von Ihnen, sich daran zu erinnern. Ja, sie wird bald hier sein.« Er verstummte kurz und sah mich an. »In ihrer gegenwärtigen Lebensphase geht sie nicht mehr viel aus, doch ich werde dafür sorgen, Ihnen mit ihr meine Aufwartung zu machen.«

»Mir wird es eine Ehre sein, ihr meine Aufwartung zu machen.« Ein erster Besuch unter neuen Bekannten war ein heikler Eiertanz in puncto Status, und seine höfliche Andeutung, dass ich irgendwie Jane Austen überlegen wäre, kam mir absurd vor.«Und was meinen Sie mit ›in ihrer gegenwärtigen Lebensphase‹? Ihre Schwester ist doch gewiss nicht alt, Sir. Ist sie nicht jünger als Sie?«

»Ich meinte lediglich, dass sie dieser Tage ein ruhiges Leben führt und nicht sehr bestrebt ist, neue Bekanntschaften zu machen. Aber für Sie wird sie eine Ausnahme machen, seien Sie sich dessen gewiss.«

»Ich möchte nicht, dass sie etwas tut, was ihren Wünschen widerspricht.« Er schien mir allzu erpicht, sie herumzukommandieren, aber vielleicht maß ich dem auch zu viel bei. Dies war nun mal kein Thema, bei dem ich sehr vernünftig reagierte. Ich musste aufhören, davon zu sprechen, ehe meine Obsession offensichtlich wurde.

»Oh, das tut sie selten, keine Sorge. Doch was ist mit Ihnen, Miss Ravenswood? Haben Sie London noch weiter erkundet, seit ich Sie zuletzt sah?«

»Ich fürchte, dass ich seitdem hauptsächlich dieses Dinner geplant habe.«

»Oh ja! Solche häuslichen Pflichten können überwältigend sein, nicht wahr? Ich begreife nicht, wie all das zu schaffen ist. Frauen sind wahrlich das stärkere Geschlecht. Ohne meine treue Haushälterin, Bigeon, würde ich wohl innert zwei oder drei Tagen nichts mehr essen oder ein sauberes Hemd finden.«

»Gewiss unterschätzen Sie Ihre eigenen Fähigkeiten, Sir.«

»Vielleicht nur ein wenig.« Er lächelte und hielt meinen Blick.

Als sich die Tür hinter unserem letzten Gast schloss, drehten Liam und ich uns zur Treppe um, und ich stieß einen Seufzer aus. Allzu bald wollte ich kein Dinner mehr geben. Es war ein Erfolg gewesen, hatte jedoch einen hohen Preis an Stress gefordert. Ich hoffte, dass ich es nicht müsste und dieses seinen Zweck erfüllt hatte, unseren neuen Freunden die Ehre zu erweisen und ihnen zu zeigen, dass wir uns zu benehmen wüssten.»Es lief aber gut.«

»Keine großen Katastrophen.« Liam lockerte seine Krawatte, als wir in den Salon zurückkehrten. »Henry Austen war eindeutig bezaubert von dir.«

»Ist das gut oder schlecht?« Von zwei Stockwerken unter uns hörte ich das Klappern von Geschirr, das abgespült wurde, bevor ich die Tür schloss.

»Das hängt davon ab, ob man Miss Jackson ist oder nicht.«

»Dann ist es dir auch aufgefallen? Ich dachte, dass ich es mir vielleicht nur einbilde.«

Wir standen vor dem Kamin. Ich fühlte mich ruhig und entspannt, als sei mir eine enorme Last von den Schultern genommen. »Deine kleine Ansprache über Sklavenbefreiung – ich glaube nicht, dass ich all das auf Anhieb erinnert hätte.«

»Wie gut, dass du es nicht musstest.« Er streckte die Arme, knackte mit den Fingerknöcheln und rieb sich die Augen, als wolle er all die aufgestaute Anspannung des Abends loswerden.

»Hast du jemals das Gefühl …?« Ich brach ab.

»Was?«

»Es klingt verrückt, ich weiß. Manchmal kommt es mir vor, als würde ich mein eigenes Leben komplett vergessen. Als wäre es etwas, was jemand anderem passiert ist. Und dass wir wirklich in der Karibik waren, mit einem Schiff hergekommen sind und …« Ich stockte. Und Bruder und Schwester sind, hätte ich beinahe gesagt, stellte jedoch fest, dass ich den Teil nicht glaubte. Ich bin ein Einzelkind, trotzdem bin ich mir sicher, wenn ich einen Bruder hätte, würde ich ihn besser verstehen als Liam, der mir ein Buch mit sieben Siegeln blieb.

»Das passiert Schauspielern immerzu. Selbst in einer normalen Situation, wenn man das Make-up entfernt, seine üblichen Sachen anzieht und zwischen den Vorstellungen nach

Hause geht.« Liam nahm seine Perücke ab, ließ sie auf den Kaminsims fallen und fuhr sich mit den Händen durch das kurze dunkle Haar. »Bei diesem Ding habe ich immer das Gefühl, ich hätte Läuse. Und es ist seit zwanzig Jahren aus der Mode.«
»Ich war neun Monate in der Mongolei, bei einem Hilfseinsatz nach dem Erdbeben. Es war der längste. Und am Ende schien mir mein Leben auch unwirklich, nur nicht so.«
»Weil du noch du selbst sein durftest.«
»Kann sein, dass das der Unterschied war.«
Nach einer Pause sagte er: »Als sich die Damen zurückzogen, fing Henry Austen an, mir eine Investition in ein Kanalprojekt in Cornwall schmackhaft zu machen. Praktisch sichere zwanzig Prozent im Jahr, sagt er.«
»Also darüber reden Männer, wenn wir gehen? Über Geschäftliches? Na großartig. Aber gib ihm nicht zu viel.«
»Keine Angst.«

Mit zwei hübschen Braunen, einem Kutscher, der gleichzeitig als Stallbursche fungierte, und einem gebrauchten Halblandauer stiegen wir in eine gänzlich neue gesellschaftliche Sphäre auf, nämlich die der Leute, die nichts Besseres zu tun hatten, als Spazierfahrten zu unternehmen: zum Vergnügen in die Parks oder zweckgebundener durch die verrückten Straßen Londons. Wir hatten eine Menge eingekauft – Kleidung, Vorräte, Schreibutensilien, Sonnenschirme, Retiküls, Fächer, Schleifen, ein Haus zur Miete –, und immer war es mit Nervosität verbunden gewesen, weil so vieles schiefgehen konnte. Die Kutsche hingegen war pures Vergnügen. Ich fand die Geschwindigkeit berauschend in einer Welt, in der die Standard-Fortbewegungsmethode Gehen war und die Gefahr Furcht einflößend, aber auch aufregend.

Die Bediensteten blieben eine Herausforderung. Der Lebensstil, den wir demonstrieren sollten, erforderte, dass wir mehr brauchten; zwei Frauen und ein Mann waren alles, was die Dashwoods in »Gefühl und Verstand« hatten, als sie nach Devonshire zogen, um von fünfhundert Pfund im Jahr zu leben, der Inbegriff des gesellschaftlichen Abstiegs.

Sicher, Tom, der Exschornsteinfegerjunge, hatte umgehend sehr gut auf richtige Nahrung angesprochen und sprang ein, wo er konnte. Er half Mrs. Smith bei Küchenpflichten, wie Töpfe schrubben oder den Bratspieß drehen, und Grace gleichfalls. Aber er war ein kleiner Junge, und Grace hatte eindeutig zu viel zu tun. Anscheinend erledigte sie das Staubwischen nicht gut, oder zumindest hörte ich eines Morgens, wie Jencks es ihr leise, aber in einem giftigen Ton vorhielt. Die Kohlenkübel waren manchmal leer, und ein- oder zweimal versäumte sie, mein Bett zu machen, also begann ich, es selbst zu machen.

Ich beschloss, sie zur Kammerzofe zu befördern und nach einem anderen Hausmädchen zu suchen. Ich mochte Grace, die fleißig und ehrgeizig war, anscheinend entschlossen, das Beste aus ihrem finsteren Leben zu machen: Sie hatte schon als Dienstmagd gearbeitet, nachdem sie mit elf Jahren verwaist war. Ich konnte nicht weiterhin versuchen, mich allein anzukleiden, mir das Haar selbst zu machen und meine wachsende Garderobe in Ordnung zu halten, und mir bei diesen intimen Dingen von Grace helfen zu lassen war besser, als eine Fremde einzustellen. Dass sie keine Erfahrung als Kammerzofe hatte, schien ein Pluspunkt zu sein; sie würde mich nicht mit anderen Damen vergleichen, wie es fraglos eine erfahrenere Zofe täte. Grace – oder North, wie ich mir merken musste, sie dann zu nennen, weil Kammerzofen mit dem Nachnamen angesprochen wurden – präsentierte ihre kleine Schwester Jenny als Hausmädchen-Kandidatin. Jenny hatte zuvor als Magd für alles bei einem Tuchhändler in Cheapside gearbeitet, wo man sie nicht nett behandelte, wie North mir anvertraute.

Mrs. Smiths Schwester Sarah, die bei den Dinner-Vorbereitungen geholfen hatte, blieb als Küchenhilfe und Hausmädchen. Die beiden neuen männlichen Bediensteten, Robert, der Diener, und Wilcox, der für die Kutsche und die Pferde zuständig war, pflegten eine anstrengende Politik der Beschwichtigung mit Jencks. Er war nun der oberste männliche Bedienstete, rein theoretisch der Butler, konzentrierte sich jedoch auf seine Zweittätigkeit als Liams Kammerdiener, sodass der hübsche Robert einen Großteil der übrigen Haushaltspflichten übernahm. Ich mochte Robert und hatte Vorbehalte gegenüber Jencks, den ich verdächtigte, an Türen zu lauschen, und von dem ich sicher war, dass er mich nicht mochte. Wie er mich ansah – oder, häufiger noch, es vermied, mich anzusehen – und sein Ton bedeuteten mir, dass er mich für minderwertig erachtete, während er sich Liam gegenüber respektvoll und aufmerksam bis hin zur Unterwürfigkeit gab.

Acht Bedienstete waren ungefähr das richtige Maß für die Leute, die zu sein wir vorgaben, allerdings auch recht viele. Sie zu beschäftigen war, als würde man ein kleines Unternehmen führen, in dem die Arbeiter nie nach Hause gingen. Und hatten wir vorher schon wenig Privatsphäre gehabt, blieb nun gar keine mehr. Wollten wir nicht belauscht werden, mussten Liam und ich flüstern, Spaziergänge machen oder mit der Kutsche ausfahren: zum Hyde Park oder weiter weg, hinauf nach Hampstead Heath, wo London aufhörte und das Land begann. Das Haus war unseres und auch wieder nicht, und manchmal fehlte mir das Informelle und Chaotische der Zeiten mit drei Bediensteten, die schon jetzt lange her schienen.

Das Dinner war ein Erfolg gewesen, oder zumindest dachte ich es, bis Henry Austen von der Bildfläche verschwand. Zuvor hatte er uns nach seinem Dinner zum Tee eingeladen und Liam zu Tattersalls begleitet, um ihn beim Pferdekauf zu beraten, zusätzlich zu dem erinnerungswürdigen Nachmittag, als er mit »Stolz und Vorurteil« vorbeigeschaut hatte. Danach nahm er eine Einladung zum Tee an und sagte sie mit einem höflichen Brief wieder ab, in dem er erklärte, dass ihn unerwartete Bankangelegenheiten nötigten, die Stadt zu verlassen. In dem Brief versprach er, uns bald zu besuchen. Er tat es nicht.

Da ich wusste, dass ihn bald eine mysteriöse Krankheit befallen würde, die ihn über Wochen aus dem Verkehr ziehen sollte, begann ich mich zu fragen, ob er bereits krank war. Oder hatten wir etwas falsch gemacht, irgendeine subtile Höflichkeitsregel verletzt? Es gab niemanden, den ich fragen konnte, und ich konnte nur abwarten. Nachdem er versprochen hatte, uns bald besuchen zu kommen, schien es ein Verstoß gegen die Etikette, ihn vorher aufzusuchen. Zumindest befürchteten wir das. Ich erinnerte mich an eine Figur aus einem Jane-Austen-Roman, womöglich Anne Elliot, getrennt von der Person, die ich am dringendsten sehen musste, und angewiesen auf die Handlungen anderer, damit sie uns zusammenführten. Wir tranken Tee bei den Jacksons, fuhren im Park aus, und nie begegneten wir Henry Austen. Ich besuchte Mrs. Tilson so spät am Nachmittag, wie es die Höflichkeit erlaubte, in der Hoffnung, dass ich ihn von der Arbeit kommen sähe, was nicht geschah. Ich kaufte in der Henrietta Street nahe Covent Garden ein, wo sich seine Bank befand; nichts.

Wir hatten solche Fortschritte gemacht, doch nun schien alles zu stagnieren, und ich war nie gut im Warten gewesen.

KAPITEL 5

16. Oktober
33 Hill Street

An einem solch nebligen Morgen, der die Welt draußen zu einer diesigen Andeutung werden ließ, saßen wir beim Frühstück, als Jencks einen Brief von Henry Austen brachte.

»Wir sollen heute über diese Investition sprechen«, sagte Liam, während er das Siegel brach. »Ich hoffe, er sagt nicht ab.«

»Warte. Du solltest ihn sehen? Davon hast du nichts gesagt.«

»Doch, habe ich.« Ich war sicher, dass er es nicht hatte. Liam las. »Er wird nicht in der Bank sein. Er ist krank.« Er reichte mir den Brief.

Ich überflog ihn, hoffte auf ein Symptom, irgendwas. Aber da war nur auf einer halben Seite schöner Handschrift und feinster Ausdrucksweise ausgeführt, was Liam mir in zwei Sätzen gesagt hatte.

»Wir werden ihn trotzdem besuchen.«

»Er ist krank.«

»Deshalb gehen wir hin.« Vielleicht hatte ich zu viel Kaffee getrunken, aber ich bebte vor Ungeduld und einem Gefühl, etwas tun zu müssen. Die feuchte Kälte, die mich über Tage ans Haus gefesselt hatte, änderte nichts. »Du bist Arzt, sein Freund und willst helfen.« Wir sprachen unter uns, sehr leise und die Köpfe über den Tisch gebeugt. »Das war unsere Anweisung. Wir müssen hin.«

Liam richtete sich auf und sah mich an. »Ich meinte, ich gehe hin. Aber du nicht.«

Ich war verärgert, obwohl er recht hatte. Ich war hier nicht der Arzt, und Nichtmediziner statteten kranken Bekannten keine Besuche ab. Das alles wusste ich, genauso wie ich die Anweisungen des Projektteams für diese Einsatzphase kannte. Dennoch war es ärgerlich, dass ich erst aufgrund Henrys schriftlicher Absage von diesem Treffen erfuhr. Ich saß seit Tagen herum und grübelte über seine Abwesenheit nach, während Liam etwas gewusst hatte, es aber nicht für nötig befand, mir davon zu erzählen. Schweigsamkeit erreicht irgendwann einen Punkt, an dem sie sich feindselig anfühlt. Es war nicht bloß sein Unwille, über sich zu reden, sondern auch die Art, wie er auf Kommando eine neue Persönlichkeit hervorzaubern konnte, wie an jenem ersten Abend bei Henry. Dass er angedeutet hatte, Old British zu sein, obwohl er es nicht war. Er war ein Schauspieler, ein ehemaliger Schauspieler, also sollte ich wohl auf ein gewisses Maß an Täuschung gefasst sein. Nur gefiel es mir nicht. Als seine Kollegin verdiente ich ein besseres Gespür für den Menschen hinter der Rolle.

»Stimmt, das meinte ich auch«, sagte ich schließlich. »Versuch nur, alles für mich herauszufinden. Achte auf seine Hautfarbe. Frag ihn nach seinem Appetit und seiner Verdauung. Ob er irgendetwas Ungewöhnliches gegessen hat. Miss Fieber, und hör dir seinen Puls an.«

Und vielleicht war da noch ein anderes Problem. Liam war gut darin, einen Gentleman dieser Epoche zu spielen, aber konnte er auch ins Schlafzimmer eines Kranken gehen und überzeugend einen Arzt geben?

1815 hatten die Leute so gut wie nichts über Krankheiten oder den menschlichen Körper gewusst, sodass die Darstellung eines Arztes nur verlangen dürfte, nachdenklich auszusehen, sich ein wenig übers Kinn zu streichen und einige passende Wendungen auf Latein oder Griechisch zu äußern – als Gentlemen hatten Ärzte eine klassische Ausbildung genossen. Wir waren über den Stand der Medizin dieser Zeit unterrichtet worden, über die Theorie der Körpersäfte und den nach wie vor großen Einfluss Galens. Theoretisch war Liam bestens für dieses Stadium unseres Einsatzes gerüstet. Er musste sich nur doktorenhaft benehmen und darauf warten, dass Henry sich wieder erholte, was er letztlich würde.

Auch das fand ich problematisch: zu wissen, dass er sehr krank werden würde und es mir nicht erlaubt war, sein Leiden zu lindern.

Liam, der provozierend ruhig begonnen hatte, seinen Schinken zu essen, antwortete nicht. »Denkst du daran?«, fragte ich.

»Werde ich.«

»Sag mir noch mal, worauf du achten sollst.«

Er schenkte sich Kaffee nach. »Hautfarbe. Appetit. Verdauung. Was er gegessen hat. Fieber. Puls.«

»Und taste seinen Bauch ab, falls du darfst.« Von Ärzten, da Gentlemen, erwartete man nicht, dass sie ihre Patienten berührten. Die Hände zu benutzen kam Arbeit gleich, was nicht vornehm war. Manche modernen Vertreter der Zunft stellten das infrage, aber die wahre wissenschaftliche Revolution in der Medizin stand erst bevor.

Liam warf mir einen Blick zu, der amüsiert sein könnte. »Ich bezweifle, dass wir heute eine solche Stufe von Intimität erreichen.«

»Denk trotzdem daran.«

»Und wie sollte sich ein Bauch anfühlen?«

»Taste nach Ungewöhnlichem«, sagte ich und unterdrückte ein Seufzen. Hätte es das Projektteam umgebracht, einen Arzt mit Schauspielerfahrung zu suchen? »Verdickungen, Weichheit. Beim Perkutieren sollte es nur da dumpf klingen, wo man es erwartet …«

»Perkutieren?«

Diesmal seufzte ich. »Komm, ich zeige es dir.« Ich stand auf und legte mich auf das Sofa neben der Tür. »Komm her, knie dich hin. Nein. Warte.«

Ich erinnerte mich, dass ich ein Korsett trug – durch das man gar nichts fühlte. Also stand ich wieder auf und bedeutete Liam, sich auf das Sofa zu legen. Er riss die Augen weit auf, gehorchte aber. Seine blaue Jacke fiel auseinander, unter der er eine beige Weste über einem schneeweißen Hemd trug. Ich hockte mich auf die Sofakante, beugte mich über ihn und legte die Hände auf seinen flachen Bauch. Es fühlte sich gut an, wieder Ärztin zu sein, und sei es nur ganz kurz.

»Zuerst berührst du alles nur ganz leicht, überall – so – und dann mit ein wenig mehr Druck, nur leicht, wobei du deine Hände so hältst. Aber sieh nicht auf deine Hände, sondern zu seinem Gesicht. Wenn du eine empfindliche Stelle berührst, wird das Gesicht es dir verraten. Und dann merk dir, wo das war, damit du es mir erzählen kannst.«

Ungeachtet meiner eigenen Anweisung, hatte ich zu meinen Händen gesehen und blickte erst jetzt auf. Ich bemerkte winzige goldene Sprenkel im Blau seiner Iris, nebst der Breite seiner Schultern und dem zarten Duft nach Lorbeerseife, Kaffee und Schinken. Er rührte sich nicht, abgesehen vom leichten Heben und Senken seines Brustkorbs beim Atmen. Seine Miene war unleserlich, doch ich fühlte, dass er auf mich konzentriert war, wie Frauen es eben fühlen. Ich nahm meine Hände weg und sprang verärgert auf. Dieser Tag wurde immer schlimmer.

»Wahrscheinlich bekommst du sowieso keine Chance, das zu tun«, sagte ich und trat ans Fenster. Vom Frühstückssalon aus blickte man nach hinten, zu unserem überwucherten kleinen Garten und den Rückseiten der anderen Häuser.

»Wahrscheinlich nicht«, pflichtete er mir bei. Schnell kam er zu mir ans Fenster, doch ich sah ihn nicht an. Hatte er sich eingebildet, ich würde einen ungeschickten Annäherungsversuch unternehmen? Glaub mir, dachte ich, wenn ich das tue, wirst du es wissen.

»Fürs Erste besorg mir einfach nur eine Krankengeschichte. Frag ihn nach, na ja, nächtlichem Schwitzen, Kurzatmigkeit, Kribbeln in Armen und Beinen. Kopfschmerzen, Schwindel, Übelkeit, Punkten vor den Augen. Schmerzen, wenn er den Kopf bewegt, oder Schwierigkeiten beim Schlucken. Ob sein Urin dunkler ist als sonst. Ob sein Stuhl anders aussieht. Und Jucken! Frag ihn, ob er ein Jucken irgendwo hat.«
»Was glaubst du, was ihm fehlt?« Liam klang so erschrocken, dass ich lachte. Robert kam herein, um das Frühstücksgeschirr abzuräumen, und wir unterbrachen unser Gespräch.

Kurz nach dem Mittagessen machte sich Liam zu seinem Arztbesuch auf, und ich durfte wieder ziellos durchs Haus wandern. Meine Morgenbesprechung mit Mrs. Smith hatte ich hinter mir, mein Haar und meine Kleidung hatte Grace gerichtet. Ich hatte nichts als Zeit und die unglückliche Kombination von einem aktiven Verstand und untätigen Händen. Vom Salon aus blickte ich zur Straße und dachte über die Verschwendung von Humankapital nach, von dem ich nun ein Teil war. Magd, Mutter, Hutmacherin, Näherin, Hausfrau, Hebamme, Waschweib, Schankwirtin, Barmädchen, Hure. Das war es, abgesehen von der einen oder anderen Schauspielerin oder Autorin. Dennoch müsste es proportional genauso viele intelligente, tatkräftige Frauen geben wie in jeder anderen Epoche; so schnell veränderte sich die menschliche Natur nicht. Wie hielten die das aus? Warum wurden nur so wenige wahnsinnig?

Der Antwort auf diese Frage kam ich in meiner Zeit hier kein Stück näher. Ich nahm mein Nähzeug auf und setzte mich ans Fenster. Obwohl ich mit Freuden Schneider bezahlt hätte, um alles zu tun, verlangte die Illusion meiner vermeintlichen Identität einen Handarbeitskorb und einen Rückstand bei meinen Nähprojekten. Meine medizinische Ausbildung hatte meine Geschicklichkeit gefördert, doch Nähen war so langweilig, dass ich die Handarbeit ständig zugunsten eines Buches beiseitelegte. Wir hatten während der Vorbereitung reichlich Bücher aus dieser Zeit gelesen, bei der Ankunft indes festgestellt, dass eine Menge Romane in der Geschichte verlorengehen sollten. Oft waren es schreckliche Stoffe, die zu Recht in Vergessenheit geraten waren, trotzdem faszinierte es, was sie über ihre Zeit aussagten.

Bisher hatte ich zwei Kissenbezüge, vier Unterkleider und anderthalb Hemden für Liam gefertigt, wahrscheinlich das Wochenpensum einer normalen Frau. Ich nahm das halb fertige Hemd auf; der Teil, an dem der Ärmel an der Schulter befestigt wurde, war vertrackt, überforderte mich jedoch nicht, wenn ich mir Mühe gab. Seufzend fädelte ich ein und machte mich ans Werk.

Henry Austen war durch die mysteriöse Krankheit, die ihn im Herbst 1815 befiel, über Wochen ans Haus gefesselt und außerstande, im Namen seiner Schwester mit John Murray zu verhandeln, der bald »Emma« verlegen sollte. Es war gut möglich, dass seine Krankheit ihn auch davon abhielt, der Bank »Austen, Maunde and Tilson« die Aufmerksamkeit zukommen zu lassen, die in dieser kritischen Zeit nötig gewesen wäre. Überall in England gingen Banken infolge der mit dem Kriegsende einhergehenden wirtschaftlichen Erschütterungen in Konkurs.

Was ich wusste, hatte ich Jane Austens Briefen vom Hans Place an ihre Schwester Mitte Oktober entnommen, deren Lektüre zu meiner Vorbereitung gehört hatte. In einem berichtete sie von einem »Gallenfieberanfall«, der Henry frühzeitig aus der Bank und ins Bett zwang, und sie fügte hinzu: »Er nimmt Kalomel und ist daher auf dem Weg der Besserung.« Kalomel, oder Quecksilberchlorid, ist in kleiner Dosierung ein Abführmittel, und unter King George behandelten sich die Engländer sehr gern mit Quecksilber. Es half nicht. Als der Brief am nächsten Tag fortgesetzt wurde, lag Henry Austen immer noch im Bett: »Es ist ein Fieber – ein wenig gallig, aber hauptsächlich entzündlich.« Der Apotheker war schon zweimal da gewesen und hatte jedes Mal zwanzig Unzen Blut abgenommen. Aderlass war ein beliebtes Heilmittel. Letztlich war seine Krankheit nicht wichtig, denn er würde sich erholen. Könnten wir Teil seines Lebens werden, könnte Liam sein Vertrauen als Arzt und Freund gewinnen, wären wir in der Lage zu beobachten, wann Jane Austen Anfang 1816 Symptome dessen zu zeigen begann, was sie anderthalb Jahre später umbrachte. Unser anderes Ziel war zu ergründen, was es gewesen sein mochte. Man könnte einwenden, dass es Jahrhunderte später nicht mehr von Belang sei, doch ihr früher Tod plagte ihre Biografen und Fans schon seit Langem. Das Verlangen nach dieser Antwort war der Grund, weshalb das Projektteam einen Mediziner brauchte; deshalb war ich hier.

Henrys Krankheit war der Zugang, weswegen wir in diesem Moment und mit dieser Legende losgeschickt worden waren. Aber könnten wir sie nutzen?

Ich sprang auf, als es klopfte, und sah, dass die Kutsche vor dem Haus parkte und Liam an der Tür stand. »Ich dachte, wir könnten ein wenig ausfahren«, sagte er von unten zu mir. Ich griff nach meinem Spenzer und war rechtzeitig draußen, um zu hören, wie er Wilcox zurück zum Stall schickte. Wenn Liam selbst fuhr, konnten wir offen reden. Weshalb ich annahm, dass er etwas zu berichten hatte.

»Nun?«, fragte ich. Wir saßen auf dem Kutschbock und hatten den relativ ruhigen Hyde Park erreicht.

»Er sagte, dass er eine Art Anfall hatte, aber keine Einzelheiten. ›Eine schlimme Gallenkolik, mein lieber Freund‹, sagte er immer wieder.«

»Was wahrscheinlich bedeutet, dass er sich übergeben hat. Hat er das erwähnt? Wie wirkte er?«
»Schwach. Gelblich.«
»Lag er im Bett?«
»Er meinte, dass er später wieder aufstehen würde.«
»Hat er gesagt, ob seine Haut juckt?«
»Ja, das sagte er. Er schien überrascht, dass ich fragte.«
»Trinkt er viel, wenn sich die Damen zurückziehen?«
»Nicht mehr als alle anderen.«
»Aber ihr beide hattet bei eurem ersten Treffen sehr viel getrunken.«
»Untypisch. Wir hatten solch eine nette Unterhaltung, da führte eine Punschbowle zur anderen.«
»Also trinkt er gelegentlich zu viel.«
Ich dachte nur laut nach, aber Liam sagte: »Bei dir klingt es so pathologisch. Es ist nur das Leben, wie wir es jetzt führen.«
»War sein Urin dunkler als sonst? Hast du gefragt?«
»Habe ich nicht.«
»Ich vermute, er hatte Fieber. Fühlte er sich heiß an?«
»Ich habe ihn nicht angefasst.«
»Aber wirkte er fiebrig?« Liam antwortete nicht. »Er könnte verschwitzt ausgesehen haben, gerötet. Auch seine Augen wirkten wohl etwas seltsam. Glasig … Vielleicht ein bisschen rot«, murmelte er nach einer Pause. »Er war so gelblich, dass es schwer zu erkennen war.«
»Was ist mit seiner Verdauung? War seine Verdauung durcheinander?«
Liam sagte nichts.
»Und wie sieht sein Stuhl aus? Hast du das gefragt?«
Wieder Schweigen. Langes Schweigen.
»Mir ist nicht wohl dabei, einen Gentleman so etwas zu fragen«, antwortete Liam schließlich. Er redete leise, doch da war ein feindseliger Unterton. »Will sagen, ich vergaß Punkt elf auf

deiner langen Liste. Und selbst wenn ich daran gedacht hätte, hätte ich ihn nicht gefragt.« Er machte noch eine Pause, ehe er gereizter ergänzte: »Also, jetzt weißt du es.«

Wir waren im Park, fuhren Richtung Norden, doch bei der nächsten Gelegenheit, kurz hinter dem Reservoir, bog Liam nach links und wieder nach links. Ich bemerkte es, ohne weiter darüber nachzudenken, weil ich meinen eigenen Gedanken nachhing, die gespalten waren zwischen dem Versuch, Henry Austens Leiden zu diagnostizieren und mich über Liam zu wundern. Bei stillen Menschen wusste man nie. Dann blickte ich auf und stellte überrascht fest, dass wir den Park auf der Südseite verlassen hatten. Liam fuhr in Knightsbridge links und in die Sloane.

»Ist das nicht die falsche Richtung?«, fragte ich. Der Park war schöner für eine Ausfahrt als die Straßen. Hinterm Sloane Square wurde die Gegend trist: Dort befand sich das Royal Military Asylum, das Waisenhaus für Kinder von Soldaten, die gegen Napoleon gekämpft hatten; dahinter kam ein großes düsteres Hospital mit einem passenderweise nahe gelegenen Friedhof; danach folgte Ranelagh, ein ehemaliger Lustgarten, der heute stillgelegt war. Von hier war es weit zurück zur Hill Street. »Warum fahren wir hier entlang?«

Liam antwortete nicht, allerdings bekam ich eine Ahnung, als wir auf den Hans Place bogen. »Du willst doch nicht zurück zu Henry Austen?«

»Scheint ganz so, als wenn doch.«

»Für einen Besuch ist es zu spät – es muss fast fünf sein. Und du warst schon da.« Liam sah mich weder an, noch antwortete er, aber ich sah ihm seine Wut an der steifen Haltung seines Halses und seinen verbissenen Zügen an. Mir kam der Gedanke, dass er, sollte er mich in eine Irrenanstalt einweisen, mich zu Hause einsperren oder schlagen wollen, das Gesetz auf seiner Seite hätte. Und all unser Geld bei der Bank lief auf seinen Namen. Nicht dass ich glaubte, er würde irgendwas davon tun, doch die Vorstellung, dass er es könnte, jagte mir einen Schauer über den Rücken. Ich befand mich an einem Ort, an dem solche Dinge möglich waren. »Hey, sieh mich an.« Meine Stimme zitterte. »Was bist du, verrückt?«

Wir waren bereits vor Henry Austens Haus. Liam hielt die Pferde an und wandte sich mir endlich zu. Doch seine Miene war nicht wütend, wie ich erwartet hatte. Er schien Mühe zu haben, die richtigen Worte zu finden. Schließlich sagte er: »Die Sache ist die ... Wir müssen hier auf derselben Seite sein, Rachel, denn ...«

Er brach ab. In dieser Pause geschah etwas. Rückblickend würde ich sagen, dass dies der Moment war, in dem ich ihn erstmals richtig sah. Nicht meine Vorstellung von ihm, nicht die diversen Persönlichkeiten, die er zu bieten hatte, sondern ihn: seine Schüchternheit, sein merkwürdiges Charisma. Was hatte mich geritten, ihn derart zu provozieren?

»Ich weiß«, sagte ich. »Müssen wir. Tut mir leid. Die Hauptsache ist, ihn als Freund zu gewinnen, damit er dir vertraut. Und das tust du. Ich hätte nicht ...«

Die Haustür ging auf, und Henry Austens Diener Richard erschien. »Dr. Ravenswood!« Er schien entzückt. »Der Bursche kümmert sich sofort um Ihre Pferde. Ich werde nachfragen, ob der Herr im Hause ist.« Strahlend verschwand er wieder. Dennoch bezweifelte ich, dass unser Besuch von seinem Herrn ebenso begeistert aufgenommen würde. Ein Arzt mochte berechtigt sein, um diese Uhrzeit nochmals zu Besuch zu kommen. Er könnte sagen, dass er etwas vergessen hätte. Aber was war meine Ausrede? Ich fühlte, wie mir wieder eiskalt und dann heiß wurde vor erwartbarer Peinlichkeit.

»Meine Trinkgelder müssen zu hoch sein«, sagte Liam. »Vorhin dachte ich schon, er würde mir die Hand küssen, als ich ihm beim Gehen ein paar Münzen zusteckte. Hat er die

ganze Zeit die Straße beobachtet und gebetet, dass ich wiederkomme?« Trotz allem brachte es mich zum Lachen. »Und jetzt kann ich ihm nie weniger geben – sonst hasst er mich.«
»Das ist unsere geringste Sorge. Was willst du Henry Austen sagen?«
»Ich denke mir etwas aus.«

Ich konnte nur hoffen, dass Henry »nicht im Hause« war, doch Richard führte uns in den leeren Salon und versicherte, dass sein Herr gleich bei uns wäre. Wir standen am Kamin wie zwei Leute vor einem Erschießungskommando. Wie wollte ich dies hier durchstehen?

Ich hörte Liams leises Luftschnappen und blickte auf. Henry stand in der Tür, gelber, als ich gedacht hätte, und trug einen Morgenrock, eine elegantere Variante eines Morgenmantels, über Hemd und Hose. Hinter ihm war eine schlanke Frau, eher groß, aus deren Spitzenhaube nur wenige Locken lugten. Sie hatte seine Nase, braune Augen wie er, und auch der fragende Gesichtsausdruck passte. Dennoch konnte ich es nicht glauben, bis Henry ins Zimmer kam und sagte: »Doktor, mich ehrt ihr zweiter Besuch heute über alle Maßen – und Ihr erster, Miss Ravenswood, nicht minder. Da meine Schwester, Miss Austen, den Wunsch äußerte, Ihnen vorgestellt zu werden …«

»Die Ehre ist ganz unsererseits«, sagte Liam, trat vor und streckte schon die Hand aus, als ihm einfiel, dass es die Entscheidung der Dame war, ob sie die Hand reichen wollte, sodass er seinen Arm rasch zurückzog. »Ich bin … sehen Sie mich, ähm, als Ihren ergebensten Diener.« Er verneigte sich und wurde tiefrot.

Jane Austen betrachtete ihn mit unleserlicher Miene und bot ihm nicht die Hand an. Sie nickte verhalten und sah mich an. Ihre Augen leuchteten, ihr Blick war direkt. Ich dachte an meine Begegnung mit Eva Farmer: Es war das gleiche Gefühl, in Gegenwart einer außergewöhnlichen Intelligenz zu sein, von deren Macht die Luft um uns herum erfüllt war. Nach einem Moment der Stille, der sich immer länger zu dehnen schien, brachte ich mit viel zu hoher Stimme heraus: »Sehr erfreut.«

»Bitte«, sagte sie. »Nehmen Sie Platz. Wie freundlich von Ihnen zu kommen.« Ihre Stimme war rauchig, als würde sie eine Erkältung bekommen, mit einer drolligen Note, die ihren alltäglichen Worten eine zusätzliche Wirkung verlieh. Liam und ich setzten uns so abrupt wie Marionetten hin, und wieder trat längere Stille ein.

Henry rettete sie. »Meine Schwester ist erst seit wenigen Tagen hier. Ich war nicht in der Verfassung auszugehen, sonst hätten wir Sie schon aufgesucht, Miss Ravenswood, wie ich versprach. Dieses Versäumnis bedauere ich sehr.«

Jane Austen lächelte ihrem Bruder zu. »Du brauchst nicht um Verzeihung zu bitten. So, wie du es ausdrückst, sollte man denken, dass Mr. und Miss Ravenswood einzig in der Stadt sind, um meine Bekanntschaft zu machen.« Lächelnd wandte sie sich an uns. »Aber so ist Henry. Er denkt einzig daran, mein Glück zu befördern.«

»Dann sind Sie noch nicht lange in der Stadt?« Ich fuhr innerlich zusammen, weil diese Frage so banal war.

»Erst seit Freitag.«

»Und Ihre Reise verlief ereignislos, hoffe ich?«

»Recht ereignislos.« Sie stockte. »Teils hofft man schon auf eine Räuberbande – eine Aufregung –, und sei es, damit man etwas hat, woran man sich später in Ruhe erinnern kann.«

»Jane!«, rief Henry empört. Sie bedachte ihn mit einem Blick, dessen Bedeutung sich Außenstehenden nicht erschloss. Da es weit nach der Zeit war, zu der gewöhnliche Bekannte unangekündigt vorbeischauten – und sie sicher eine nette Zeit allein verbrachten, sich nach Monaten viel zu sagen hatten, fragte ich mich, warum er uns hereingelassen hatte, warum sie mitgekommen war, um sich vorstellen zu lassen, und ob es ihr jetzt leidtat. Wir boten wahrlich nicht viel an spritziger Konversation.

»Wie Ihr Bruder sagte, besuchen Sie die Stadt recht häufig«, sagte ich.

»So oft, wie ich kann.«

Wieder trat Stille ein. Liam war keine Hilfe; er starrte Jane Austen nur mit großen Augen an und biss sich auf die Unterlippe.

»Sie sind neu in London, Miss Ravenswood. Sagt es Ihnen zu?«

»Sehr sogar. Obgleich ich so viel von der Schönheit der englischen Landschaft gehört habe, dass ich gestehe, ich würde mir auch die sehr gerne ansehen.«

»Es ist wohl kaum etwas, was man einer Sünde gleich gestehen muss. Wenn ich fragen darf, was hält Sie ab?« Ich zögerte, da ich schlecht die Wahrheit sagen konnte, nachdem sie schon scherzhaft unterstellte, ich wäre einzig zu dem Zweck in London, um sie zu treffen. »Ich hoffe, es ist keine Frage der Mittel oder der Zeit.«

Diese Worte schienen Liam aus seiner Trance zu reißen. Er sprang auf und sagte: »Falls die Damen gestatten, würde ich gern mit Mr. Austen allein sprechen. Ich kam her, um noch einige Fragen zu seiner Gesundheit zu stellen, und möchte mich nicht erdreisten, seine Gastfreundschaft zum zweiten Mal heute länger als nötig zu beanspruchen.«

Henry blickte auf. »Mir missfällt jede Form von Aufhebens. Es geht mir besser. Und ist es etwas, wofür wir in ein anderes Zimmer gehen müssten?« Ich hatte ihn kaum wahrgenommen, weil mich seine Schwester so sehr ablenkte, doch nun sah ich ihn mir genauer an. Obwohl er so gepflegt und frisch rasiert wie immer war, in schimmerndes Leinen gekleidet, sah er müde und ernstlich gelb aus.

»Ziehen wir uns kurz zurück, Sir, und ich werde Sie selbst urteilen lassen.«

Henry zögerte stirnrunzelnd, aber die Höflichkeit siegte. »Na dann, wenn ich bitten darf ...« Er stand auf und schwenkte eine Hand elegant zur Tür. Liam ging voraus auf den Flur, und ich blieb allein mit Jane Austen und meinem ungläubigen Staunen. Wie lange hatte ich mich auf diesen Tag gefreut, auf ihn hingearbeitet, ihn herbeigesehnt! Und nun empfand ich vor allem Furcht. Ich hätte alles gegeben, stattdessen zu Hause zu sein und eines ihrer Bücher zu lesen. Wie könnte ich denn jemals Eindruck auf Jane Austen machen?

Ich saß wie gelähmt da, während sie ein Taschentuch aus ihrem Ärmel zog und sich die leicht gerötete Nase tupfte. Mir wurde bewusst, dass ich wahrscheinlich in der Konversation scheiterte, ganz gewiss jedoch, wenn ich schwieg. Also nahm ich meinen Mut zusammen und sagte:

»Um Ihre Frage zu beantworten: Ich denke, meine Unentschlossenheit ist vor allem dem Umstand geschuldet, dass ich nicht weiß, wohin ich als Erstes sollte. Was empfehlen Sie? Den Lake District? Derbyshire?«

Nachdenklich neigte sie den Kopf zur Seite. Sie schien weniger verspielt, und ich erkannte, dass ihr wahres Publikum ihr Bruder war; er war es, den sie zum Lachen zu bringen versuchte. »Kent ist sehr schön. Nach meinem eigenen County kenne ich es am besten.«

»Sie haben dort einen Bruder, nicht wahr?«

»Ja.« Mehr sagte sie nicht dazu. »Oder Sie könnten es mit Lyme Regis an der Küste von Dorset versuchen.«

»Warum?« Ich fragte mich, ob sie schon einen Teil von »Überredung« geschrieben hatte; in dem Roman reisen ihre Figuren dorthin. Vielleicht arbeitete sie gerade daran.

Ihr leichtes Hochziehen der Augenbrauen verriet mir, dass meine Frage zu schroff gewesen war. »Es ist sehr malerisch.«

Wieder trat eine Pause ein. »Dann nehme ich Ihren Rat mit Freuden an. Aber ist Oktober nicht zu spät für eine Reise an die Küste? Sollte ich damit vielleicht bis zum Frühling warten?«

»Manche halten den Herbst dort für die schönste Zeit. Aber es ist natürlich kühler.« Sie legte eine Pause ein. »Es wird bereits früh dunkel.«

Ich neigte den Kopf. »Eine melancholische Zeit, ohne Frage.«

»Henry sagte mir nur, dass Sie neu in London sind. Woher kommen Sie, dass Ihnen ganz England fremd ist? Aus Irland?« Ihre Nasenflügel zuckten, als wäre sie ein wenig angeekelt. Oder dachte sie an Thomas Lefroy, den Jurastudenten aus Limerick und künftigen Oberrichter, mit dem sie 1796 bekanntlich geflirtet hatte? Dachte sie oft an ihn?

»Wir sind aus Jamaika. Von den Westindischen Inseln.« Ich verstummte beschämt. »Verzeihen Sie, Miss Austen, ohne Zweifel ist Ihnen geläufig, wo das ist, und ich wollte keineswegs so anmaßend sein, Sie in Geografie zu belehren.«

Zum ersten Mal sah sie mich mit einem Aufflackern von Amüsement an. »Ich weiß es, und doch taten Sie recht, es nicht vorauszusetzen. Sind Ihnen hier schon viele Leute begegnet, die nicht wussten, wo es ist? Antworten Sie nicht! Es könnte zu Ungunsten meiner Landsleute ausfallen. Ich traf erst letzte Woche eine junge Dame in Alton, die sicher war, Elba befände sich im Roten Meer. Ich weiß wirklich nicht, wie sie auf diese Idee kam.« Sie verstummte kurz. »Aber Sie sind nicht in Jamaika aufgewachsen.«

»So ungern ich Ihnen widerspreche, bin ich es.«

»War Ihr Vater in der Kolonialverwaltung?«

»Er erbte eine Kaffeeplantage von einem entfernten Verwandten.«

»Verstehe.«

»Aber, Sie müssen wissen, dass er kein Befürworter des Sklavenhandels war, ebenso wenig wie mein Bruder und ich, seine Erben. Wir haben unsere Angelegenheiten dort abgewickelt und werden nicht zurückgehen.«

»Ach nein?« Ihr Blick war von einer verstörenden Intensität. »Und, haben Sie Heimweh?«

Niemand hier hatte mich das gefragt. Welche Antwort würde mich als guten, sensiblen Menschen ausweisen? Sie schrieb rührend über die Beziehung zum eigenen Ort, was nahelegte, dass sie Heimweh kannte. Die Westindischen Inseln hingegen – berüchtigt, blutgetränkt, voller tropischer Krankheiten wie der, die Cassandras Verlobten 1797 in San Domingo dahinraffte –, durfte man solch einen Ort vermissen?

»Man ist einem Ort nicht weniger zugeneigt, weil man dort gelitten hat«, begann ich vorsichtig.

»Ein interessanter Gedanke.« Sie betrachtete mich weiter. »Und – verzeihen Sie meine zweifellos impertinenten Fragen, doch ich kann nicht anders – war Ihr Vater Engländer?«

Für einen Augenblick trat Stille ein, während wir uns ansahen. »Seit William dem Eroberer«, antwortete ich und war abermals unsicher, ob es die richtige Antwort war. Eventuell hätte uns etwas Exotisches interessanter gemacht. Hugenottisch vielleicht, wie Thomas Lefroy. Nachfahren polnischer Adelsflüchtlinge aus Zeiten des Aufstands. Ich wäre alles gewesen, was sie sich wünschte, wenn ich nur wüsste, was es war.

»Erscheine ich Ihnen fremdländisch, Miss Austen?«

Sie lächelte nicht, auch wenn sich ihre Miene erhellte. »Vielen Dank. Eine direkte Frage ist das Beste, um eine impertinente abzuwehren. Henry hat, wie Sie wissen, einen sehr großen Bekanntenkreis.« Mich amüsierte, wie sie meine Frage lobte, ohne sie zu beantworten. Aus dem Flur hörten wir Liam und Henry zurückkehren. Sie fuhr fort: »Ich hoffe, wir können uns bald wieder unterhalten. Gern würde ich mehr über das Leben dort erfahren. Ich reise eher wenig und erwarte auch nicht, es künftig mehr zu tun.«

Ich neigte den Kopf. »Es wäre mir ein Vergnügen.«

Die Unterhaltung auf der Rückfahrt war recht wirr, denn Liam und ich waren so aufgeregt wie betrunkene Ziegen.

»Worüber habt ihr gesprochen? Wie ist sie, wenn sie nur mit dir zusammen ist?«, fragte Liam.

»Na ja, du weißt schon. Angst einflößend.«

»Ja, weiß ich. Ich konnte nicht ... ich war schlicht ...«

»Du warst sprachlos. So habe ich dich noch nie erlebt.«

»Meinst du, ich rede zu viel?«

»Nein! Du sagst in Gesellschaft immer das Richtige. Eine echte Ein-Mann-Talkrunde. Ausgenommen eben.«

»Oh mein Gott, es war beschämend!« Er stockte und fügte hinzu: »Und dieses Ding, das er anhatte? Ich brauche so eines. Gleich morgen gehe ich zum Schneider.«

Seine Flucht in die Mode amüsierte mich mehr, als ich durchblicken ließ. »Sein Hausrock? Der war hübsch. Aber was viel wichtiger ist, du Schlauberger, hast du es gewusst? Wusstest du, als wir wieder hinfuhren, dass ...?«

»Dass du Jane Austen treffen würdest?«

»Genau.«

Er antwortete nicht direkt. »Etwas, was Henry vorher gesagt hatte, verriet mir, dass sie im Haus war. Aber falls deine Frage ist, ob ich damit gerechnet hatte – nein.«

»Sie sagte, dass sie sich wieder mit mir unterhalten möchte. Aber ich weiß nicht, ob sie es ernst gemeint hat.« Ich überlegte. »Glaubst du, sie hat einen Verdacht ...?« Ich brach ab, weil ich dachte, dass meine Frage bloß verrückt klang.

»Dass wir Zeitreisende aus der Zukunft sind? Nein.«

KAPITEL 6

17. Oktober
33 Hill Street

Beim Aufwachen tat mein Kiefer weh, als hätte ich im Schlaf die Zähne fest zusammengebissen, und ich erinnerte mich an einen Traum von Isaac of York, dem emotional überdrehten Geldverleiher in Ivanhoe. Ich musste mich nicht anstrengen, um es zu verstehen: Isaac personifizierte meine Angst vor dem, was ich Liam gestern auf dem Heimweg nicht gefragt hatte. Aber würden sie einen Juden überhaupt erkennen? überlegte ich noch mit geschlossenen Augen. Oder stellten sie sich die eher wie die hakennasigen Karikaturen aus satirischen Drucken vor? Konnte man im London von 1815 als Bankier tätig sein und nie …?

Aber ich hatte drängendere Probleme. Gestern kam mir die Begegnung mit ihr wie ein riesiger Erfolg vor, heute erkannte ich, wie viele Klippen noch blieben. Wir mussten uns einen Grund ausdenken, in Chawton zu sein, und einen Weg finden, nicht bloß in ihr Haus eingeladen zu werden, sondern in das Schlafzimmer der beiden Schwestern zu gelangen, wo sich wahrscheinlich die Briefe und »The Watsons« befanden. Ihr Vertrauen zu gewinnen und sie so gut kennenzulernen, dass sie uns Einzelheiten ihrer Krankheit verriet. Zugleich war klar, dass sie, anders als ihr Bruder, Menschen nicht auf Anhieb oder ohne Weiteres mochte und keinen Grund hatte, sie aus geschäftlichen Motiven zu umwerben. Was hatte ich anzubieten? Meine offene Bewunderung würde sie nur abschrecken. Mein Wissen um ihre Zukunft, ihren posthumen Ruhm – was nützte es mir? Wie könnte ich es einsetzen?

Vielleicht mittels tieferen Verständnisses. Was ich an Jane Austen liebte, waren nie die Liebesgeschichten; die Suche nach einem Ehemann in ihren Romanen war mir von jeher suspekt gewesen. Sogar als ich jünger und leichtgläubiger gewesen war, hatte ich dieses Element immer für eine lustige Einlage oder zumindest eine Metapher gehalten. Ich hatte stets den Verdacht gehegt, dass sie ihre Bücher auch genauso verstanden wissen wollte. Viele Leute aus meiner Welt fanden es seltsam, sogar tragisch, dass die Autorin solch emotional erfüllender Liebesgeschichten anscheinend nie selbst die große Liebe erlebt hatte, aber ich nicht.

Zum einen war sie ein Genie mit einem brennenden Verlangen, unsterbliche Kunstwerke zu erschaffen, kein gemütliches Heim für Mann und Kinder. Zum anderen beschrieb sie die Welt, die sie kannte, und was ihrer Meinung nach die Leser ansprechen würde. Die Liebesgeschichte war vor allem insofern interessant, als sie die Herzen ihrer Figuren beleuchtete und was sie auf dem Weg zum Altar über sich selbst erfuhren. Dabei ging es ihr durchgängig um größere Fragen. Wie man gute Menschen von überzeugenden Lügnern unterschied, was uns ein moralisch einwandfreies Leben abverlangte; wie problematisch es war, eine intelligente Frau in einer Welt zu sein, die keine Verwendung für ihre Begabungen hatte. Könnte ich mit ihr über ihre Bücher sprechen und ihr klarmachen, dass ich das verstand – vielleicht würde sie dann erkennen, dass ich nicht wie jede andere war, und ich müsste »The Watsons« nicht stehlen. Sie würde mir das Manuskript von sich aus zeigen.

Ich war irrsinnig neugierig auf dieses Buch; was enthüllte es über sie, dass sie glaubte, es vernichten zu müssen?

Die ersten fünf Kapitel, alles, was in meiner Zeit noch erhalten war, erzählten die Geschichte von Emma Watson, neunzehn Jahre alt, aufgewachsen bei ihrem vermögenden liebevollen Onkel und ihrer Tante in elegantem Wohlstand und mit Aussicht auf eine anständige Erbschaft. Zu Beginn der

Handlung war der Onkel gestorben, die Tante hatte sich unklug wiederverheiratet, und Emma wurde mittellos aus dem Haus geworfen, um zu Geschwistern zurückzukehren, an die sie sich kaum erinnerte, und einem freundlichen, aber kranken Vater, dessen bevorstehendes Ableben die ohnedies prekäre Finanzlage der vier unverheirateten Schwestern noch verschlimmerte.

Warum Jane Austen dieses Buch angeblich nie beendete, war eine Frage, die Gelehrte seit Langem plagte. James-Edward Austen, der Neffe, der im hohen Alter die erste Biografie seiner Tante schrieb, mutmaßte versnobt, sie hätte den Fehler begangen, den Roman unter zu niederen Leuten spielen zu lassen. Andere hatten argumentiert, die Darstellung des grausamen Klassensystems und der Geldnot wären zu schmerzlich realistisch gewesen, als dass sie hätte weiterschreiben können. Aber ich hatte das nie geglaubt, schon bevor ich den Anne-Sharpe-Brief entdeckt hatte. »Gefühl und Verstand« eröffnete ähnlich bitter mit dem Wegfall einer Erbschaft und dem wirtschaftlichen Abstieg; wäre uns das glückliche Ende nicht bekannt, würden wir anders über das Buch denken.

Später am Morgen, als ich zum Besuch bei Mrs. Tilson eintraf, begrüßte sie mich mit den Worten: »Miss Ravenswood, was für gute Neuigkeiten: Mr. Austens Schwester ist in der Stadt!«

»Ja, ich war mit meinem Bruder dort – weshalb ich Ihren gestrigen Besuch versäumte – und hatte das Vergnügen, sie kennenzulernen.«

»Haben Sie ihn gesehen? Mr. Tilson sagt, dass er sehr krank ist und seit Tagen nicht in der Bank war.«

»Mein Bruder war um seine Gesundheit besorgt, daher fuhr er vorbei, um nach ihm zu sehen.«

»Und?«

»Und dort hatten wir das Vergnügen, mit Miss Austen bekannt gemacht zu werden.«

»Oh, sie ist ein entzückendes Geschöpf! Aber was ist mit Mr. Austen? Ist er wirklich sehr krank?«

Ich zögerte. »Mein Bruder denkt, dass er sich wieder vollständig erholen wird.«

»Der arme Mann. Er hat schon genug gelitten. Der Verlust seiner Frau ...«

»Ja, sehr traurig.« Ich überlegte noch, wie ich das Gespräch zurück auf seine Schwester lenken könnte, als es sich erledigt hatte: Der Diener erschien und kündigte sie an.

Heute Morgen hatte Liam beschlossen, wieder nach Henry zu sehen, während ich zum Hans Place mitkam, um nach nebenan zu Mrs. Tilson zu gehen, der ich einen Besuch schuldete. Ich hatte mich nicht bereit gefühlt, Jane so bald wiederzusehen. Obwohl ich eigens deshalb nach 1815 gekommen war, war es überwältigend gewesen. Ich musste das Erlebnis erst einmal verarbeiten, mir angemessene Gesprächsthemen ausdenken, die ich bei der nächsten Begegnung wie spontan ansprechen könnte. Dass sie bei Mrs. Tilson auftauchen könnte, hätte ich ahnen müssen, hatte ich aber nicht.

Sie trug dasselbe hellblaue Kleid wie gestern, und ihr warmherziges Lächeln schwand ein wenig, als sie das Zimmer betrat und feststellte, dass Mrs. Tilson nicht allein war. Sie mag mich nicht, dachte ich und war schlagartig pessimistisch. Aber warum sollte sie auch?

»Meine liebe Jane!« Mrs. Tilson stand auf, ergriff Jane Austens Hände und küsste sie auf die Wangen. »Wie geht es deinem Bruder? Besser, hoffe ich.«

Sie brauchte einen Moment, ehe sie antwortete, immer noch Mrs. Tilsons Hände haltend. »Er sagt, dass er wieder in die Bank will, ist aber bisher noch nicht aufgebrochen. Er lässt herzlich grüßen.« Sie nahm mich mit einem kurzen Blick zur Kenntnis.

»Miss Ravenswood erzählte mir, ihr Bruder ist zuversichtlich, dass er schnell wieder genesen wird.«

Jane sah wieder zu mir. »Wird er? Ein Trost fürwahr.«

»Ich bin nicht sicher, ob er ›schnell‹ sagte.« Ich kam mir pedantisch vor, weil ich Mrs. Tilson korrigierte, doch Liams Ruf als Mediziner stand auf dem Spiel. »Er ist sicher, dass er wieder vollkommen gesund wird. Doch es könnte ein wenig dauern.«

»Es ist sehr freundlich von Ihrem Bruder, ein solch lebhaftes Interesse an jemandem zu zeigen, den er erst seit Kurzem kennt.«

Das schmerzte, auch wenn ich nicht sicher war, ob es beabsichtigt war. »Mr. Austens Warmherzigkeit und Freimütigkeit lassen ihn als einen weit älteren Freund scheinen, als er es ist«, antwortete ich. Sie neigte zustimmend den Kopf. »Erscheint er heute Morgen wohler?«, fuhr ich fort. »Weniger gelb.«

Sie runzelte die Stirn. »Er war nicht so gelb, denke ich.«

»Gelb?« Mrs. Tilson hielt sich eine Hand vor den Mund. »Sie erwähnten nicht, dass er gelb war. Es kann doch kein Gelbfieber sein, oder? Sollten Sie dann ein Haus besuchen, in dem Kinder leben?«

»An so etwas hatte ich nicht gedacht …«, begann Jane.

»Er hat kein Gelbfieber«, unterbrach ich rasch, bevor das weiterging.

Beide sahen mich an. »Wie können Sie so sicher sein?«, fragte Mrs. Tilson.

»Bin ich einfach.« Es schien sie nicht zufriedenzustellen. Deshalb erklärte ich: »Ich habe Gelbfieber in Jamaika gesehen; das ist es nicht, was Mr. Austen hat. Und selbst wenn er es hätte – was nicht der Fall ist –, ginge keine Ansteckungsgefahr von ihm aus.«

»Warum nicht?«, fragte Jane.

Ich zögerte. Gelbfieber wurde durch Mücken übertragen, doch das wusste 1815 niemand. »Es ist nur in den Tropen ansteckend. Die wenigen seltenen Fälle, die man in gemäßigterem Klima gesehen hat, zeigten nie diese Eigenschaft.«

»Sie scheinen sich sehr sicher zu sein.« Mrs. Tilson klang ungläubig.

»Ich habe meinem Bruder oft in der Klinik, die wir auf der Plantage einrichteten, geholfen.«

»Ach ja?«, sagte Mrs. Tilson. »Sie sind eine wahrhaft mildtätige Frau. Ich hoffe, Sie finden hier in London ähnliche Gelegenheit, gute Werke zu tun.«

»Soweit ich es bisher gesehen habe, herrscht kein Mangel an Elend und Verzweiflung, die es zu lindern gilt.« Ich blickte zu Jane, die ein Gähnen unterdrückte. Mrs. Tilson würde mich wieder zu einer Bibellesung einladen, wenn das hier so weiterging. »Aber ich möchte mich nicht zu einer Art Heiligen stilisieren, Miss Austen. Verstehen Sie mich bitte nicht falsch.«

»Was für eine erschreckend papistische Metapher. Das hoffe ich doch nicht.« Ihre Augen blitzten amüsiert auf. »Henry hat mir versichert, dass Sie und Ihr Bruder sehr liebenswürdig und eine willkommene Bereicherung seines Kreises sind. Obwohl er gestern recht wenig zu sagen hatte. Ist der Doktor grundsätzlich nicht geneigt, zu reden?«

»Oh doch!«, antwortete Mrs. Tilson.

»Vielleicht überwältigte ihn die Begegnung mit Ihnen«, sagte ich.

Für einen Moment sah sie verwundert aus, dann lächelte sie. »Sie sind grausam. Ob ich je im Leben einen Gentleman sprachlos vor Bewunderung gemacht habe, lasse ich andere entscheiden. Aber ich werde es gewiss nie wieder tun.«

»Ach Jane!« Mrs. Tilson überraschte mich, indem sie lachte, während ich noch versuchte, den Worten einen Sinn abzuringen. »Miss Ravenswood, lassen Sie es sich gesagt sein, sie war eine große Schönheit ...«

»Und furchtbar kokett«, ergänzte Jane.

»... und brach in ihrer Jugend die Herzen zu Dutzenden. Und zufällig weiß ich, dass sie immer noch ...«

»Still, kein weiteres Wort!« Nun lachte auch Jane.

Mittlerweile war ich seit fünfundzwanzig Minuten hier, was schon beinahe zu lange war. Also machte ich mich bereit, einige höfliche Bemerkungen fallen zu lassen und zu gehen, obwohl dies hier gerade erst interessant wurde. Bevor ich es konnte, kam der Diener wieder ins Zimmer.

»Ein Dr. Ravenswood, Madam«, sagte er zu Mrs. Tilson. Beide Frauen waren sichtlich überrascht; Vormittagsbesuche waren zumeist den Damen vorbehalten. Auch ich wunderte mich, hatten Liam und ich doch verabredet, uns nach unseren Besuchen draußen an der Kutsche zu treffen, wo Wilcox wartete. Vielleicht hatte Henry erwähnt, dass seine Schwester hier war, und Liam hatte beschlossen, die Chance zu nutzen, um einen besseren Eindruck auf sie zu machen als gestern. Ich hoffte, er könnte, und wurde schon bei dem Gedanken nervös.

In dem Moment, in dem Liam den Raum betrat, seine Miene demütig, seine Haltung indes selbstbewusst, sah ich, dass er schon wieder eine andere Rolle für den Anlass eingenommen hatte und entschlossen war, sich nicht einschüchtern zu lassen. Er schüttelte Mrs. Tilson die Hand, nickte Jane zu und setzte sich mit einem Ausdruck von Bescheidenheit. »Ich würde mich nicht aufdrängen, Mrs. Tilson«, begann er, »wäre es nicht mein Wunsch, Miss Austen zu versichern, dass mir ihr Bruder heute Morgen deutlich wohler erscheint.«

»Ja, ich vermutete es bereits«, sagte Jane.

»Ihr medizinischer Scharfsinn beschämt mich, Madam«, murmelte er. »Doch ich bin noch nicht sicher, dass er gänzlich außer Gefahr ist. Ich muss Sie daher bitten, ein Auge auf ihn zu haben und ihn möglichst davon abzuhalten, sich zu überanstrengen. Seine Nerven – Mr. Austen kommt mir gemeinhin nicht wie ein nervöser Mann vor, er muss in jüngster Zeit jedoch unter erheblicher Anspannung gestanden haben, nicht wahr?« Er sprach leise, in einem vertraulichen Ton, und als er Jane ernst anblickte, fürchtete ich, dass es zu viel war, dass er sie verärgerte, indem er eine Vertrautheit suggerierte, die es zwischen ihnen nicht gab. Doch ich irrte mich; es schien zu funktionieren. Sie neigte den Kopf leicht zur Seite und blinzelte mehrmals. Konnte es sein, dass sie rot wurde?»Also ist es ein Glück, dass Sie nun hier bei ihm in der Stadt sind«, fuhr Liam fort.»Ich weiß, dass er Ihr Urteil ebenso hoch schätzt wie Ihren Verstand.« Schamlose Schmeichelei, unschuldig geäußert. Könnte sie sich so leicht den Kopf verdrehen lassen? Doch falls sie ihn lächerlich fand, verbarg sie es gut. Andererseits hätte ich auch nichts anderes von ihr erwartet.»Darf ich morgen wiederkommen, Madam? Nur um nachzusehen, wie es ihm geht?«

Ihre Antwort ließ ein klein wenig zu lange auf sich warten.»Wir hatten vor dieser jüngsten Episode einige Freunde zum Tee geladen. Gesellen Sie sich doch bitte zu uns, Sir, sofern Sie verfügbar sind.« Ihr Blick fiel auf mich, als würde sie plötzlich wieder gewahr, dass ich noch da war.»Und Sie natürlich auch, Miss Ravenswood. Gegen sieben, falls es Ihnen recht ist.«

Am nächsten Abend fanden wir am Hans Place eine recht große Gesellschaft vor: die Tilsons, Mr. Seymour, die beiden Miss Jacksons mit ihrem Vater, ein französischer Emigrant, dessen Namen ich nicht mitbekommen hatte, ein Freund von einem der beiden Austen-Brüder in der Royal Navy. Jane übernahm mit pflichtbewusster Miene die Rolle der Gastgeberin an der Teetafel, und Liam positionierte sich in ihrer Nähe, hielt seine Tasse und Untertasse lässig elegant, bedachte sie mit ernsten Seitenblicken und machte hin und wieder eine kurze Bemerkung. Von meiner Warte auf der anderen Seite des Raumes sah es seltsam aus, zumindest anfangs. Ihre Oberkörper begannen, sich mehr zueinander zu lehnen; ich sah, wie sie lächelte und sich eine lose Locke aus dem Gesicht strich. Ihre kurzen Dialoge wurden länger.

Ich war versucht, hinüberzugehen und mich an ihrer Unterhaltung zu beteiligen, fürchtete jedoch, Liam Unglück zu bringen. Wenn er so offen flirtete wie am gestrigen Vormittag, könnte ich im Weg sein. Außerdem musste ich an Henry denken. Er hatte mich so herzlich begrüßt, und obwohl er unter seinen Gästen hin und her wanderte, kehrte er stets zu mir zurück. Diese Bevorzugung veranlasste Miss Jackson, uns dezidiert den Rücken zuzuwenden. Ich fand, dass Henry besser aussah als beim letzten Mal, aber immer noch nicht gesund. Seine Augen waren bedenklich glasig, und das Weiße darin hatte nach wie vor einen Gelbstich. Bei unserer ersten Begegnung hatte mich seine perfekt geschneiderte Garderobe beeindruckt; nun schien seine Kleidung an ihm zu hängen, als hätte er Gewicht verloren. Ich bemühte mich, diese Dinge möglichst unauffällig zu registrieren, auch wenn die visuelle Einschätzung ausschlaggebend in der Diagnostik war. Ich konnte nur hoffen, dass mein diskretes Mustern auf ihn bewundernd wirkte, nicht komisch. Und es war auch bewundernd, stellte ich fest, als mein Blick nicht aus rein medizinischen Gründen auf ihm verharrte. Ein gut aussehender und kluger Mann, der sich nicht im Geringsten anstrengte, seine Bewunderung zu verbergen, war nie zu verachten.

Er nahm unser Thema von vor wenigen Tagen wieder auf, das Reisen, und sprudelte über vor Ideen, wohin mein Bruder und ich unbedingt reisen sollten und wohin nicht.

»Niemand besucht mehr Bath, ausgenommen gichtgeplagte ehemalige Admiräle und Witwen, die keinen gesellschaftlichen

Umgang wünschen. Cheltenham aber ist sehenswert – reizend unverdorben. Ich überlege, selbst für einige Tage hinzureisen, sofern wir eine kleine Gesellschaft zusammenbekommen.«
»Das scheint mir ein hervorragender Plan.« Er rückte ein wenig näher und sagte leise: »Vielleicht möchten Sie und Ihr Bruder sich uns anschließen.«
Ein seltsam intimer Vorschlag von jemandem, den ich noch nicht lange kannte, aber eventuell schlugen vornehme Leute solche Dinge vor, ohne sie ernst zu meinen. »Ich wäre entzückt. Ist es ein Heilbad?«
»Das Wasser dort ist berühmt für seine wohltuenden Kräfte.«
»Dann kann es Ihnen vielleicht helfen.«
Er stutzte. »Ich bin vollständig genesen. Und Cheltenham hat viele Vorzüge, nicht nur für Invalide.«
»Gewiss doch – und niemand würde Sie als Invaliden bezeichnen, Mr. Austen.« Er verneigte sich. »Dennoch sind mein Bruder und ich in Sorge um Ihre Gesundheit. Ich hoffe, Sie gestatten ihm, Sie weiterhin häufig zu besuchen.«
»Ich bin stets erfreut, Sie beide zu sehen. Aber nicht, um Aufhebens um mich zu machen; ich habe mich zur Gänze erholt.«
»Das hoffe ich. Trotzdem bereitet mir etwas an Ihrem Aussehen Sorge.« Ich senkte den Blick, nachdem ich ihn zu offen betrachtet hatte. »Verzeihen Sie, dass ich offen spreche. Es geschieht einzig aus Besorgnis.«
»Ihre freundliche Sorge ehrt Sie. Man sieht sie so selten in dieser Welt, in der die Menschen leider zumeist nur an sich selbst denken.«
»Sind Sie ein Zyniker, Mr. Austen?«
»Nicht, wenn Sie damit jemanden meinen, der menschliche Güte nicht anerkennt«, murmelte er. »Ich habe deren Beweis vor mir.« Er sah mich freundlich und unschuldig an. Nein,

nicht unschuldig. Plötzlich hatte ich eine Vorstellung, wie er im Bett wäre – verspielt, furchtlos, zu allem bereit –, und ich wurde rot ob meiner Gedanken und meiner Mutmaßungen, was seine anging. »Genießen Sie ›Stolz und Vorurteil‹?« Er hatte mir die beiden Bände kurz nach unserer Unterhaltung geschickt.

»Ja, womöglich noch mehr als die vorherigen Male.«

»Ja, der Roman gewinnt durch wiederholtes Lesen. Und denken Sie immer noch, dass er von einem Mann geschrieben wurde?«

Unsere Blicke wanderten zu Jane, die weiterhin mit Liam sprach, jetzt allerdings lebhafter. »Ihr Argument war so überzeugend, dass ich ... schwanke.«

Er sah mich bedeutungsvoll an, und mir kam in den Sinn, dass Flirten vielleicht nicht so schwierig war, tat man es mit der richtigen Person.

»Nun?«, fragte Liam auf dem Heimweg. Wir saßen in der Kutsche, und Wilcox war vorn auf dem Bock. »Henry Austen schien förmlich an deiner Seite zu kleben. Das ist gut. Er hatte mir heute Morgen alle möglichen vielversprechenden Fragen gestellt, als ich ihn in der Bank sah.« Sie hatten noch ein Gespräch zu den Investitionen in das Kanalprojekt in Cornwall geführt – fünfhundert Pfund, von denen wir uns für immer verabschieden konnten.

Mir behagte nicht, dass sie über mich gesprochen hatten, auch wenn es mir nichts ausmachen dürfte; genauso sollte es sich ja entwickeln. »Welche? Was hat er gefragt? Was hast du ihm erzählt?«

»Dass du tugendhaft, vermögend und ungebunden bist. Stimmt das nicht?«

Liam parierte meine Bemühungen, mehr zu erfahren, bis ich es aufgab. »Und wie war deine Unterhaltung mit ihr?«

»Kein absolutes Desaster, Gott sei Dank.« Sein Ton war so ernst, dass ich lachte, und er sah mich erschrocken an. Wenn ich mich vergesse, habe ich ein Lachen wie eine Irre, ein Gackern, das nicht aufhören will. Ich hatte daran gearbeitet, mein Lachen dem Jahr 1815 anzupassen, nur ist Lachen wie Niesen – nicht immer kontrollierbar. »Was?«

»Du hast hemmungslos geflirtet. Zumindest hast du es gestern, daher nehme ich an, dass du es heute Abend auch getan hast, obwohl ich nichts hören konnte.«

Er betrachtete mich nachdenklich. »Ich habe mein Bestes gegeben«, sagte er, und diesmal verkniff ich mir ein Lachen.

»Worüber habt ihr gesprochen?«, fragte ich stattdessen.

»Hauptsächlich über Bücher.«

»Ihre?«

»Unter anderem.«

»Wie konntest du das wagen?«

»Ich habe nicht gestanden, dass ich um ihre Autorenschaft wusste, was es leichter machte, von ihnen zu schwärmen. Es war ein natürlicher Übergang von Fanny Burney und Samuel Richardson. Realismus, Komödie, Liebesgeschichte.«

Ich dachte darüber nach und versuchte zu entscheiden, was ich davon hielt. Einerseits war sein Erfolg auch meiner. Andererseits ... warum schien ihm all das so leichtzufallen? Ich fand es unfair.

»Ich nehme an, du konntest das Gespräch nicht auf ›The Watsons‹ bringen.«

»Und wie würdest du ...?«, begann er, begriff jedoch, dass ich nur scherzte, und grinste. »Daran arbeite ich nächstes Mal.«

Meistens erinnere ich mich nicht an meine Träume, und wenn doch, finde ich sie nicht sehr interessant. Gewöhnlich nähe ich in ihnen eine endlose Reihe von Traumapatienten zusammen oder suche vergeblich nach wichtigen verlorenen Sachen. Doch im Jahr 1815 anzukommen und Jane Austen zu begegnen, hatte anscheinend etwas mit mir gemacht. Erst war da der Traum von Isaac of York, der mich bewegte, mir mehr Mühe damit zu geben, mich anzupassen, wie er es 1194 nie konnte, und dann, in der Nacht nach dem Tee, ein Traum über Henry. Ich bin mit ihm in seinem Zweispänner, und wir fahren an einem eigenartig sonnigen Morgen durch den Hyde Park. Ich sollte es genießen; stattdessen war ich verwundert und dachte, das könne nicht richtig sein. Ich gehöre hier nicht her. Und dann veränderte sich die Szene. Wir waren nicht mehr im gepflegten Park, sondern in der zerklüfteten Landschaft eines Ann-Radcliffe-Romans. Ein bewaldeter Hügel, ein rauschender Wasserfall. Der Weg vor uns machte eine Biegung, und man sah nicht, was danach kam. Alles führte comichaft steil bergab, beängstigend. Henry schien unbekümmert, hielt die Zügel locker und lächelte mir zu, gesprenkelt von dem Sonnenlicht, das durch das Laub über uns drang.

»Meinen Sie nicht«, sagte ich, »wir sollten aussteigen und zu Fuß gehen? Der Weg ... die Pferde ...«

Wir wurden schneller. Es war so spät. Es gab kein Halten, ehe wir nicht unten waren, weit unten. Ich war von Angst erfüllt, oder vielleicht war es auch Verlangen, und ich dachte: Bin ich möglicherweise nie dem richtigen Mann begegnet, weil er Jahrhunderte vor meiner Geburt starb? Aber diesen Unsinn verwarf ich sofort, während er in seiner angenehmen, ironischen Stimme sagte: »Ein Übermaß an Vorsicht, Miss Ravenswood, kann fataler sein als deren Gegenteil.«

Ich öffnete die Augen. Fahles Morgenlicht fiel herein, und Regen war zu hören. Ich hatte mein Fenster offen gelassen, sodass kühle Luft hereindrang, zusammen mit dem Geruch von Kohlenrauch und den Klängen des erwachenden Londons.

Mein Traum – Henry Austen, eine Kutsche, ein Wasserfall – entglitt mir, und ich ließ ihn erleichtert von dannen ziehen. Es stimmt jedoch, dachte ich, immer noch halb schlafend und als wollte ich einem imaginären Zuhörer antworten oder mich rechtfertigen, möglicherweise Jane selbst. Ich bin noch nie verliebt gewesen.

Ich mochte mich nicht festlegen oder mich selbst belügen, wollte mich nicht auf die Kompromisse der Paarexistenz einlassen, der Illusion vom »Glücklich bis ans Ende ihrer Tage« nachjagen. Die Ehe meiner Eltern war glücklich bis zum frühzeitigen Tod meines Vaters gewesen, also konnte ich nicht behaupten, mir würden Rollenmodelle fehlen.

Ich begehrte unpassende Männer, war gelangweilt von der Aufmerksamkeit anderer unpassender und hatte so oft Sex, wie ich konnte. Alberne Schwärmereien, stürmische Affären, anstrengende Beziehungen und enge Freunde, mit oder ohne gewisse Vorzüge: Elemente, die nie miteinander verschmolzen.

Vielleicht war ich nie dem Richtigen begegnet; vielleicht würde ich es nie. Das bedeutete nicht, mit mir würde etwas nicht stimmen.

KAPITEL 7

21. Oktober
33 Hill Street

Nach dem Tee in Hans Place war meine Stimmung vorsichtig optimistisch. Henry war sehr zugewandt, Jane noch nicht direkt für uns gewonnen, schien uns aber ein wenig zu mögen. Am nächsten Morgen schrieb Liam an Henry, wiederholte sein Versprechen, vorbeizukommen und sich nach seiner Gesundheit zu erkunden, wann immer es erwünscht war. Angespannte achtundvierzig Stunden vergingen ohne Antwort.

»Kann es sein, dass der Brief verloren ging?«, fragte Liam. Er schritt in kleinen Kreisen durch die Bibliothek und blieb stehen, um nach draußen zum trüben Wetter zu blicken. Ich sollte eigentlich ein Hemd nähen, vergaß es aber immer wieder zwischendurch. »Oder wir haben ihn beleidigt. Ich habe etwas falsch gemacht.«

»Das reicht«, sagte ich. »Lass die Kutsche anspannen. Wenn er wohlauf ist, müsste er schon in der Bank sein, und dann sehen wir sie. Und das allein ist es doch auch wert.«

Ich spürte sofort, dass etwas nicht stimmte, als wir ins Haus kamen. Richard, der sich wie immer freute, uns zu sehen, aber müde wirkte, führte uns in den Salon.

Jane war allein, stand da und wrang ein Taschentuch in den Händen. »Oh«, sagte sie. »Ich bin sehr froh, dass Sie gekommen sind, Dr. Ravenswood.« Mich begrüßte sie mit einem Blick, ehe sie sich wieder Liam zuwandte. Sie war so sorgsam gekleidet wie üblich, aber ihre Augen waren gerötet und von dunklen Ringen umgeben, die neu waren. »Meinem Bruder ging es so viel besser an dem Abend, als Sie zum Tee hier waren, und seitdem geht es ihm empfindlich schlechter. Ich war recht besorgt.«

»Zu besorgt, um Hilfe zu rufen?«, fragte Liam sanft. »Ich wäre viel früher gekommen. Warum haben Sie nicht nach mir geschickt, Miss Austen?«

»Darf ich Ihre Freundlichkeit ausnutzen und Sie bitten, nach ihm zu sehen? Er hat seit vorgestern nicht mehr das Bett verlassen.«

»Ich bitte Sie, es ist mir eine Ehre.« Er verneigte sich.

»Sie sind gütig, Sir. Richard bringt Sie nach oben. Richard?« Er erschien aus dem Flur, um Liam nach oben zu begleiten, und Jane wandte sich mit einem matten Lächeln zu mir. »Ihr Bruder ist überaus freundlich. Aber das brauche ich Ihnen wohl nicht zu sagen.«

»Kommen Sie, und setzen Sie sich«, sagte ich. »Verzeihen Sie die Bemerkung, aber Sie sehen müde aus.«

Sie wirkte überrascht, setzte sich aber. Ich nahm ebenfalls Platz und betrachtete sie. »Haben Sie richtig geschlafen, oder waren Sie die halbe Nacht auf, um Ihren Bruder zu umsorgen?« Ihre Miene gab mir die Antwort. »Und haben Sie gegessen? Wann hatten Sie zuletzt eine richtige Mahlzeit?«

»Ich habe ...«

»Aber Sie müssen essen, und Sie brauchen Schlaf. Sie werden Ihrem Bruder keine Hilfe sein, wenn Sie vor lauter Sorge um ihn krank werden.« Ich berührte das Klingelband. »Haben Sie gefrühstückt?«

»Ich kann in solch einer Zeit nicht an Essen denken.«

»Das verstehe ich als Nein.« Als Richard so schnell erschien, dass ich annahm, er hatte vor der Tür gestanden und alles mit angehört – was ich mir merken musste –, sagte ich: »Könnten wir etwas Tee bekommen?« Ich drehte mich zu Jane um. »Oder bevorzugen Sie Kaffee?«

»Tee«, antwortete sie leise.

»Und ... etwas Essen. Was immer die Küche bereit hat. Gibt es vielleicht kalten Braten, Richard? Eventuell könnte die

Köchin ein Roastbeef-Sandwich für Miss Austen zubereiten? Und dürften wir Sie auch bitten, ihr ein Ei zu kochen? Gibt es Kuchen?«

Richards verwunderter Blick wanderte von mir zu Jane und verharrte auf ihr. Sie nickte ihm kaum merklich zu. »Sehr wohl«, sagte er und verschwand.

Wir sahen einander für einen Moment an. »Verzeihen Sie, Miss Austen, nur eine Frage noch. Haben Sie sich die Hände gewaschen, nachdem Sie das Krankenzimmer verließen? Es ist sehr wichtig, nur bedenken es die Leute nicht immer.«

Sie zog die Augenbrauen hoch. »Sie sind heute recht bestimmt.«

»Einzig aus Sorge um Sie.«

»Ich werde gehen und sie mir waschen.«

Als ich allein im Salon war, stand ich auf und ging rastlos im Zimmer umher. In einer Ecke fiel mir ein Reisesekretär auf – eine Art Kasten mit Fächern – der offen auf einem Tisch stand. Ihrer. Zuletzt hatte ich ihn hinter Glas in der British Library gesehen, zusammen mit ihrer Drahtgestellbrille und dem Manuskript eines Kapitels aus »Überredung«, das sie am Ende nicht verwandt hatte. Ich blieb stehen und starrte hin. Von allem Verblüffenden in diesem Jahr 1815 schien mir dies das Erstaunlichste: ihr tatsächlicher Sekretär. Einige Bögen Papier lagen teils unter dem Sekretär, ein Blatt voll geschrieben mit ihrer unverwechselbaren winzigen, aber präzisen Handschrift: womöglich einer der Briefe an Cassandra, die ich stehlen sollte. Als ich Schritte draußen hörte, eilte ich zu meinem Platz zurück und setzte mich gerade rechtzeitig, bevor Jane wieder hereinkam.

»Es war so freundlich von Ihnen zu kommen«, sagte sie in einem nun auf einmal förmlichen Ton, während sie sich setzte. Sie nahm eine Näharbeit aus ihrem Korb, sah sie an und ließ sie wieder fallen. »Nicht notwendig, aber freundlich. Ich bin ge-

wiss, dass es ihm bald besser gehen wird. Gestern war der Apotheker hier und hat ihn zur Ader gelassen. Das sollte helfen.«
»Oh, sehr sogar.« Es gelang mir nicht, ohne einen Anflug von Ironie zu sprechen.
Sie sah mich prüfend an. »Er verfügt über profunde Kenntnisse.« Ich hörte ein Klopfen, gefolgt von Richards Schritten, die sich zur Haustür bewegten. »Das könnte er sein. Er sagte, dass er heute wiederkommen wolle. Mr. Haden. Er ist sehr gewissenhaft.«
Entschuldigend hob sie eine Hand und verließ das Zimmer. Gleich darauf hörte ich ihre leise Stimme auf dem Flur und die eines Mannes, konnte jedoch nicht verstehen, was gesagt wurde. Dann entfernten sich Schritte nach oben, und Jane kam wieder herein.
Der schlaue und liebenswürdige Mr. Haden wurde während Henrys Krankheit und Genesung zu einer festen Institution am Hans Place. Mindestens ein Biograf vermutete, dass Jane mit ihm geflirtet hatte, obwohl er zehn Jahre jünger gewesen war als sie. Andere stimmten zwar zu, dass es einen Flirt gegeben hatte, allerdings zwischen Mr. Haden und Fanny Knight, einer Nichte von Jane und Henry. Auf jeden Fall war ich neugierig auf ihn und wollte ihn gerne sehen. Tja, das Glück hatte Liam jetzt.
Jane setzte sich und sagte: »Ich erwäge, meiner Schwester und meinen Brüdern zu schreiben, um sie über Henrys Verfassung zu informieren. Andererseits möchte ich sie nicht unnötig beunruhigen.« Sie stand wieder auf und schritt durch das Zimmer.
»Warum warten Sie nicht, was mein Bruder zu sagen hat?«
»Ja, das sollte ich wohl.« Abermals setzte sie sich. »Sie sind heute Morgen voller hilfreicher Ideen, Miss Ravenswood.«
Eine Bedienstete, die ich noch nie zuvor gesehen hatte, eine junge Frau mit trübseliger Miene, schlurfte herein und

stellte ein großes Tablett mit Teegeschirr und anderem vor uns ab: Brot, Butter, eine Platte dünn geschnittenes Fleisch, ein Stück Kümmelkuchen. Jane betrachtete alles stirnrunzelnd. Ich schenkte eine Tasse ein und gab sie ihr. »Hier«, sagte ich. »Lassen Sie mich Ihnen ein Stück von dem Kuchen geben. Er sieht exzellent aus.«

»Ich habe keinen Hunger.« Sie trank einen Schluck Tee.

»Sie müssen essen«, sagte ich und fügte impulsiv hinzu: »Sie mögen den Körper verachten, es für etwas unter Ihrer Würde, gar leicht grob erachten, einen zu haben. Aber bedenken Sie Folgendes: Wo sonst sollen Vernunft und Vorstellungsvermögen wohnen?« Ich legte ein Stück Kuchen auf einen Teller und reichte ihn ihr. »Sollte das Wetter morgen besser sein, würde ich Sie gern zu einer Ausfahrt einladen. Sie brauchen frische Luft. Versprechen Sie mir, dass Sie mitkommen?«

Ihre Augen waren immer größer geworden, während ich sprach. »Ich verspreche, darüber nachzudenken«, sagte sie und nahm einen Bissen Kuchen, dann noch einen.

Sie hatte ihn beinahe aufgegessen, als wir Schritte die Treppe herunterkommen hörten. Rasch wischte sie sich den Mund und stand auf.

»Dr. Ravenswood«, sagte sie mit fragender Miene, als er hereinkam.

»Sie haben recht. Es geht ihm schlechter. Doch ich bin nach wie vor zuversichtlich, dass er wieder vollständig genesen wird. Gegenwärtig bewegt sich alles auf eine Krise zu. Die Leber ist sehr angegriffen.« Ich unterdrückte ein Grinsen, weil er es so sehr überzeugend herausbrachte.

»Sollte ich schreiben – wären Sie in meiner Lage –, also, halten Sie es für ratsam, meine Schwester und meine Brüder herzurufen, falls die Gefahr besteht, dass er …«

Zu meiner Überraschung legte Liam ihr für einen Moment die Hand auf die Schulter. »Ach, Miss Austen, wie tapfer Sie sind! Sie können all das unmöglich allein bewältigen. Es wäre ein Trost, sie hier zu haben, nicht wahr? Zögern Sie nicht, schreiben Sie ihnen.«

»Das werde ich, da Sie es für ratsam halten, nicht für eine unnötige Beunruhigung. Wenn Sie mich bitte entschuldigen, werde ich es sofort tun.«

Sie ging zum Tisch, rückte sich einen Stuhl zurecht und setzte sich vor ihren Reisesekretär. Ich versuchte, nicht hinzustarren, als sie ein frisches Blatt hervornahm, ihr Tintenfläschchen öffnete, zwei Federn musterte, bevor sie eine dritte wählte, sie eintunkte und eine Zeile rasch und sicher schrieb, bevor sie innehielt und zu Liam aufblickte. »Ist Mr. Haden noch bei Henry?«

»Er wird bald nach unten kommen. Wir haben einige Gedanken zu dem Fall ausgetauscht; er wird sie Ihnen mitteilen. Ich möchte mich nicht aufdrängen. Mr. Haden ist derjenige, der Ihren Bruder behandelt. Ich möchte lediglich beraten.« Ich wünschte, Liam würde die Behandlung übernehmen und dem Aderlass sowie den Quecksilberdosen ein Ende machen. Ein Arzt, der sich vor einem Apotheker zurücknimmt! Doch Jane schien diese Antwort zu gefallen, denn sie betrachtete Liam mit einer Warmherzigkeit, die ich noch nie bei ihr gesehen hatte, als er fortfuhr: »Und sollte es etwas geben, ganz gleich, was, das ich tun kann, zögern Sie nicht, mich zu rufen, zu jeder Stunde.« Er verneigte sich. »Wir lassen Sie nun Ihre Briefe schreiben.«

»Und?«, fragte ich, als wir nach Hause fuhren. Wilcox hatten wir heute daheim gelassen, sodass wir offen sprechen konnten.

»Er sieht höllisch aus. Viel gelber. Und er klagt über Übelkeit und Erbrechen. Er sagt, dass er seit dem Abend, an dem wir ihn zuletzt sahen, nichts außer Tee und Gerstenwasser bei sich be-

halten hat. Und es wird dich freuen zu hören, dass ich einen Blick auf seinen Nachttopf werfen konnte.« Er stockte, als hoffte er, so meine Spannung zu steigern. »Sehr dunkler Urin.«
»Alles deutet auf die Leber hin. Wasch dir gründlich die Hände, wenn wir zu Hause sind. Falls es ein Hepatitis-Stamm ist, der oral-fäkal übertragen wird ...«
»Ich habe nichts Fäkales berührt.« Liam sah besorgt aus.
»Behalte einfach die Hände weit weg von deinem Mund und deinen Augen, ehe du sie waschen kannst. Wir können uns nicht erlauben, eine Hepatitis zu bekommen.«

Am nächsten Tag kam die Sonne heraus. Wir kehrten zum Hans Place zurück, wo Liam sofort nach oben geführt wurde, als wäre es bereits zur Routine geworden, während man mich in den leeren Salon brachte und mir sagte, Miss Austen wäre bald bei mir. Mein Blick fiel auf ihren Sekretär, doch diesmal war er fest verschlossen. Ich konzentrierte mich darauf, ruhig und anständig dazusitzen, nicht in der falschen Haltung zu erscheinen, sollte sie unerwartet hereinkommen. Dabei sah ich zu meinen Händen, kräftig, aber klein; einst hatte ich damit Patienten zusammengenäht, jetzt durfte ich sie nur zum Nähen von Hemden benutzen. Ich dachte daran, wie unsere Zellen kontinuierlich starben und sich neue formten und dass ich, je länger ich hierblieb, umso mehr zu einem Produkt von 1815 wurde. Zumindest auf Zellebene. Ich glaubte nicht, dass sich meine Gedanken und Gefühle verändert hatten. Aber würde ich das überhaupt bemerken?

Nach ungefähr zehn Minuten, als ich mich zu fragen begann, ob es ein Missverständnis gegeben hätte, kamen Schritte die Treppe herunter und kündigten mir die Ankunft von Jane Austen an.

»Miss Ravenswood«, sagte sie. Erstmals nahm sie meine Hand, wobei sie sagte: »Keine Sorge, ich habe sie mir gewaschen. Bitte verzeihen Sie, dass ich Sie warten ließ. Ich habe mit Ihrem Bruder gesprochen.«

»Sie können es wiedergutmachen, indem Sie mit mir ausfahren. Es ist ein schöner Tag, und Sie scheinen mir dringend frische Luft zu benötigen.« Heute sah sie besser aus als gestern, jedoch immer noch müde. Auf meine Worte hin lächelte sie verhalten.

»Ich kann in dieser Zeit nicht an derlei denken. Mein Bruder ...«

»Befindet sich in den fähigen Händen meines Bruders. Kommen Sie. Heute habe ich nicht nur einen Kutscher, sondern auch meinen Lakaien dabei, sodass wir in aller Form ausfahren.«

»Ihren Lakaien! Ich muss schon sagen.« Lakaien waren ein Luxus; Henry selbst hatte keinen.

»Er hatte einige Erledigungen zu machen und wollte uns nicht begleiten, doch ich bestand darauf, weil es mein Wunsch war, Sie auf eine Ausfahrt einzuladen, und ich wusste, Sie würden nicht zustimmen, sollte kein Lakai dabei sein. Sehen Sie, er ist draußen und sieht recht melancholisch aus.« Mit meinem unsinnigen Gerede hatte ich sie ans Fenster gelockt; ich konnte nicht zulassen, dass Liam als Einziger seine Rolle mit solch offensichtlicher Leichtigkeit spielte.

»Eine sehr schöne Equipage«, sagte Jane, und an ihrem Ton erkannte ich, dass sie mitkommen würde.

Ich hatte überlegt, mit ihr zum Einkaufen zu fahren; was wäre unübertrefflicher, als mit Jane Austen in eine Buchhandlung zu gehen? Am Ende jedoch blieben wir im Park, genossen den seltenen Sonnenschein und die Leute von der Kutsche aus zu beobachten, deren Verdeck zurückgeklappt war, um unser Vergnügen zu maximieren.

»Dort ist der stadtbekannte Mr. Manwaring, in jener Gig«, sagte Jane. »Ich kenne ihn von Henrys Gesellschaften. Er sieht

her … er sieht mich an, versteht aber nicht, wie ich in solch einer edlen Kutsche fahren kann, mit einer Dame, die er nie gesehen hat, und einem Lakaien. Geben Sie acht, ich werde ihm zunicken, zu spät, als dass er reagieren kann. Das wird ihm zu grübeln geben.«
»Genießen Sie die Gesellschaften Ihres Bruders? Seine Worte schienen mir anzudeuten, dass Sie Stille vorziehen.«
»Ich bin jetzt alt.« Das verneinte ich mit einem Kopfschütteln. »Und auch Henry ist nicht mehr so wie früher. Als seine Frau noch lebte, fanden die großen Gesellschaften statt. Mit Musikern, Eis und vielen französischen Émigrés, von denen jeder unvorstellbare Geschichten über seine Flucht erzählen konnte. Diese Tage sind lange vorbei, Miss Ravenswood.« Ihre Worte mochten nostalgisch sein, aber ihr Ton war forsch und ihr Blick amüsiert, als sie zur sonnenbeschienenen Landschaft vor uns blickte. »Doch man darf nicht in der Vergangenheit leben. Und ich würde es auch nicht wollen. Manchmal habe ich das Gefühl, der interessanteste Teil meines Lebens hätte jetzt erst begonnen.«

Ich fröstelte, wusste ich doch, wie wenig vom Leben ihr noch blieb. »Und was glauben Sie, warum dem so ist?«

Sie schenkte mir ein rätselhaftes Lächeln, antwortete aber nicht.

»Vielleicht«, sagte ich vorsichtig, »beschert Ihnen Ihr literarischer Erfolg eine gewisse Genugtuung?«

Ich versuchte, ihren Blick zu sehen, doch sie wandte sich ab, schien etwas in der Ferne zu betrachten, wo der Park in die graue Stadt überging. Schließlich sagte sie: »Ach, Henry konnte noch nie ein Geheimnis bewahren.«

»Genau genommen war es Mrs. Tilson«, platzte ich heraus, und Jane lachte. Es war ein kehliges schelmisches Kichern.

»Noch besser! Ich muss aufhören, stets ihn zu verdächtigen. Aber es war amüsant, dass ich erst kürzlich abends Ihren Bru-

der mit solch ahnungsloser Bewunderung über mein Werk reden hörte.« Sie zuckte mit den Schultern. »Ich hatte vermutet, dass er es wusste – und auch wusste, dass ich wusste, dass er es wusste ... Er ist ein ziemlich geübter Schmeichler, nicht wahr? Nein, vergeben Sie mir, so sollte ich nicht vor Ihnen reden.«
Ich versicherte ihr, dass sie unbedingt so mit mir reden sollte. »Allerdings hoffe ich, dass Sie ihn nicht für eine Art eitlen Geck halten.«
»Ich? Oh nein.«

Am selben Tag, an dem sie Liams Rat einholte, hatte Jane ihrer Schwester Cassandra sowie ihren Brüdern James und Edward geschrieben, um ihnen mitzuteilen, dass Henry schwer krank sei. Und das musste sie auf solch ernste Weise getan haben, dass sie alle nach London eilten. Wobei »eilen« eher relativ gemeint war.

Tags darauf unternahmen wir unsere Ausfahrt im Sonnenschein. Am nächsten Tag war es wieder bedeckt, dennoch kam Jane erneut mit mir. Wir besuchten Hatchards, wo ich mehrere Bücher kaufte, an denen Jane Interesse bekundet hatte, und anschließend eine Konditorei, in der wir Eis aßen; ich bestand darauf, zu bezahlen. Am dritten Tag regnete es, sodass wir nicht ausgingen, sondern im Salon blieben, uns unterhielten und lachten, während Liam und Mr. Haden bei Henry waren. Liam berichtete, dass sein Zustand eher unverändert sei, eventuell ein klein wenig besser.

Jane begann unterdes, sich in meiner Gegenwart wohler zu fühlen, obwohl jedes Mal, wenn Liam am Ende seines Krankenbesuchs nach unten kam und sich verabschiedete, offensichtlich wurde, dass sie ihn vorzog. Waren wir zu dritt in einem Raum, bannte er ihren Blick, hing sie an seinen Lippen. Ich versuchte, mich nicht daran zu stören. Schließlich waren wir beide ein Team.

Am vierten Tag brachte Richard Liam nicht sofort zu Henry, sondern uns beide in den Salon, wo Jane stand und aus dem Fenster blickte. Sie begrüßte uns herzlich, wirkte indes besorgt.

»Ich glaube, heute geht es ihm besser«, sagte sie. Sie sah von mir zu Liam, auf dem ihr Blick verharrte. »Ich frage mich, ob Sie mir zustimmen werden, Doktor, oder es lediglich für die verstörte Fantasie einer Schwester halten.«

»Ich bin gewiss, dass Sie eine aufmerksame Beobachterin sind.«

»Ich werde Sie gleich bitten, zu ihm zu gehen und selbst zu urteilen, doch zunächst muss ich eine delikate Angelegenheit ansprechen.« Sie blickte mit geneigtem Kopf zu ihm auf, was sehr vertrauensvoll schien. »Mein Bruder Edward kam spät gestern Abend in der Stadt an und war so erschrocken ob Henrys Anblick, dass er insistierte, einen Arzt zu rufen, den er kennt. Ich erklärte ihm, dass wir bereits Sie zurate gezogen haben, ebenso wie Mr. Haden, doch er war nicht umzustimmen.«

»Nichts könnte natürlicher sein«, sagte Liam beschwichtigend. »Handelt es sich um einen Arzt, der von Freunden Ihres Bruders empfohlen wurde?«

»Oh ja! Dr. Baillie behandelt den Prinzregenten persönlich. Meiner Ansicht nach ist das keine Empfehlung, Edward hingegen empfindet anders.«

»Gewiss sollten Sie ihn hinzuziehen, wenn es Ihren Bruder beruhigt.«

»Sie sind nicht brüskiert? Henry fürchtete, Sie könnten es sein; er war sehr aufgebracht und hat Edward sogar angefahren.«

»Miss Austen, Aufregung sollte um jeden Preis vermieden werden.«

»Es soll nur kein Affront sein.«

»Ich bin in London nicht bekannt; nichts könnte natürlicher sein, als jemanden zu konsultieren, der es ist.« Er brach kurz ab. »Aber Sie werden mich doch weiterhin einen Blick auf ihn werfen lassen, nicht wahr? Als Freund? In beratender Funktion. Ich würde mir nicht anmaßen, mich in eine Behandlung einzumischen, die Dr. Baillie empfiehlt.«

Und falls Dr. Baillie noch mehr Aderlass empfahl? Quecksilber, Opium oder Schnecken? Unwillkürlich entfuhr mir ein Seufzen, doch keiner von ihnen bemerkte es.

»Sie brauchen wohl kaum zu fragen, als handelte es sich um einen Gefallen, den Sie erbitten. Ihre Freundlichkeit ...« Sie drehte sich wieder zum Fenster, dann eilte sie hin, sah nach draußen und lief auf den Flur. »Richard!«, rief sie. »Richard, rasch! Sie sind da!«

Ich trat an dasselbe Fenster und sah eine Kutsche vor dem Haus anhalten. Ein blasses Gesicht erschien aus dem dunklen Wageninneren, doch niemand rührte sich außer dem Kutscher, der seinen Platz verließ, um zwei Truhen aus dem Gepäckraum zu hieven und sie aus der Höhe auf die Straße fallen zu lassen. Richard huschte nach draußen, öffnete die Kutschentür und half zwei Personen heraus.

Die Dame, die einen braunen Mantel trug, war groß und kräftig von Statur, ohne fett zu sein; ihre Miene unter der gerüschten Spitzenhaube zeigte keinerlei Regung. Sie war die Treppe hinauf und außer Sicht, bevor ich mehr sehen konnte. Aus der Diele hörte ich:

»Meine arme Liebste!«

»Wie gut, dass ihr endlich da seid. Wie war eure Reise?«

Der Mann, der einen schwarzen Mantel und den Kragen eines Pfarrers trug, streckte seine Glieder und rieb sich die Augen. Er ließ eine Münze in die ausgestreckte Hand des Kutschers fallen, sagte etwas zu Richard und ging zum Haus. Ich drehte mich vom Fenster weg und sah Jane Arm in Arm mit dem weiblichen Neuankömmling hereinkommen. »Miss Ravenswood, darf ich Ihnen meine Schwester vorstellen, Miss Austen. Dr. Ravenswood, meine Schwester.«

Cassandra Austen neigte den Kopf ohne einen Anflug von Herzlichkeit und sagte nichts.

»Dr. Ravenswood war überaus hilfreich«, erklärte Jane, als der zweite Passagier in den Salon trat. Ohne von irgendjemandem Notiz zu nehmen, rief er den Flur hinunter: »Ein Glas Wasser, wenn Sie so gut wären. Ich ersticke vor Staub.«

James Austen, der er sein musste, warf die Mantelschöße auf, sank auf einen Stuhl und streckte seine langen Beine nach vorn. Dann lehnte er sich zurück und schloss die Augen. »Die letzten fünf Meilen sind immer die längsten, heißt es oft, doch mir hat sich die Aussagekraft dieses Aphorismus erst heute erschlossen. Liebe Jane, ich vergesse mich! Wie geht es Henry? Ist Edward eingetroffen? Was ist mit Fanny?« Er hatte eine angenehme, melodische Stimme, von der ich mir vorstellen konnte, dass seine Gemeinde sie schätzte, wenn sie seinen Predigten lauschte.

»Edward ist hier, aber Fanny muss vorerst in Kent bleiben. Ich hoffe, dass sie bald kommen kann. Edward musste in unabdingbaren geschäftlichen Angelegenheiten fort, wird aber bald zurückkehren. Was Henry betrifft ...«

»Sie sind nicht bei ihm in seinem Krankenzimmer?«, unterbrach Cassandra. »Du hast ihn doch nicht in seiner Verfassung allein gelassen?«

»Nur für einen Moment. Ich kam nach unten, um die Ravenswoods zu begrüßen.«

»Es wäre mir eine Ehre, jetzt nach Mr. Austen zu sehen«, sagte Liam. Cassandra sah ihn kurz, aber prüfend an.

»Das werden Sie ohne Verzug dürfen«, sagte Jane, was nicht ganz stimmte, da sie uns nun James Austen vorstellte. Mit einem leisen Seufzer – wir schienen eine weitere Unannehmlichkeit an einem von selbigen gespickten Tag zu sein – erhob er sich und ergab sich in das angemessene Prozedere.

»Der Doktor und seine Schwester sind erst seit Kurzem in der Stadt«, erklärte Jane. »Henry hatte sie wenige Wochen vor seiner Erkrankung kennengelernt, und Dr. Ravenswood ist eine große Hilfe. Sie sind von den Bermudas und kennen unseren Hampson-Cousin dort.«

»Jamaika«, sagte ich so leise, dass ich hoffte, nur sie würde es hören.

»Was haben Sie gesagt? Murmeln Sie nicht! Ich verabscheue Murmeln«, sagte James, wenn auch in einem etwas freundlicheren Tonfall.

»Wir sind aus Jamaika, nicht von den Bermudas, was indes keine große Rolle spielt«, antwortete ich.

»Jamaika. Mein Verstand lässt mich heute im Stich.« Jane schüttelte den Kopf und berührte ihre Stirn mit den Fingerspitzen.

»Ich bezweifle, dass er es jemals tut«, widersprach Liam.

Dies brachte ihm noch einen Blick von Cassandra ein. »Wären Sie von den Bermudas, Jane, kennten Sie die Palmers.« Sie sprach anders als ihre Schwester, langsamer und schärfer prononciert. Ihre Präzision hatte etwas Feindseliges. »Aber vielleicht kennen Sie sie trotzdem?«, ergänzte sie und fixierte mich.

»Leider hatte ich nie das Vergnügen.« Ich wusste, wen sie meinte. Charles, ihr jüngerer Bruder und Captain, hatte eine Tochter von John Grove Palmer geheiratet, dem ehemaligen Generalstaatsanwalt der Bermuda-Inseln. Sie war im Jahr zuvor an Komplikationen nach der Geburt ihres vierten Kindes verstorben.

»Wo bleibt mein Wasser?«, fragte James und riss am Klingelband.

»Jamaika ist nicht weit weg von den Bermuda-Inseln«, merkte Cassandra an. Ich spürte einen leisen Vorwurf, weil wir

die Palmers nicht kannten, doch ehe ich reagieren konnte, sagte Jane:
»Über tausend Meilen.«
»Was ist das schon? Bei günstigen Winden nicht mal eine Woche auf einem schnellen Kutter.« Ich konnte nicht erkennen, ob sie einander schalten oder es ihre Art zu scherzen war.
»Cass, du musst erschöpft sein. Möchtest du dir die Hände waschen? Vielleicht etwas Tee? Wir haben einen sehr wohlschmeckenden Kuchen da, den Henry kaum anrühren konnte.«
»Ich muss ihn sehen!«, entgegnete Cassandra, verließ den Salon und ging nach oben.
James hatte sich wieder hingesetzt und den Kopf nach hinten geworfen. »Mich dürstet verzweifelt nach meinem Wasser. Ich bitte dich, Jane, was für Bedienstete hat Henry hier? Weißt du, wo er sie auftut? Hast du die geringste Ahnung, woher er sie hat?«
Jane stand noch mitten im Zimmer, genauso wie Liam und ich. Sie wurde tiefrot und schien etwas sagen zu wollen, als wir ein Klimpern aus dem Flur vernahmen. Eine Bedienstete, die ich nie zuvor gesehen hatte, kam hereingeeilt, ein Tablett mit einem einzelnen Glas und einem Krug Wasser in den Händen. Sie war beinahe so klein wie ich, hatte ein faltiges Gesicht, aber den schmalen Körper eines jungen Mädchens. In ihre Spitzenhaube waren lila Bänder eingeflochten, und sie umgab eine Note von Lavendel. Ihr schwarzes Kleid war elegant in seiner Schlichtheit.
»Et alors!«, rief sie und stellte das Tablett ab. »Sie sind hier, Monsieur James! Ich wusste, dass Sie kommen würden!« Zu meinem Erstaunen stand James auf und umarmte sie.
»Wie geht es Henry?«, fragte er. »Ich zähle auf die unverblümte Wahrheit von Ihnen, Bigeon.« Natürlich: die langjährige Haushälterin, die schon für Henrys Frau gearbeitet hatte,

als die noch Eliza de Feuillide war, danach für das Paar und nun nur für Henry.

»Monsieur Henri, hélas«, sagte sie kopfschüttelnd, während James sich selbst ein Glas Wasser einschenkte und es sogleich austrank. »Man muss ihn sehen, um es zu glauben. Ich werde bald nach einer neuen Stelle suchen.«

»Madame Bigeon, schämen Sie sich«, entgegnete Jane.

»Mademoiselle Jane, Sie wissen, dass ich kein Blatt vor den Mund nehme.«

In der darauf folgenden Stille wechselten Liam und ich einen Blick, bevor er sich an Jane wandte.

»Darf ich ihn nun sehen?«, fragte er. »Es ist mir ein Herzenswunsch, Sie ein wenig zu beruhigen.«

Wieder mal überraschend für mich, leerte James ein zweites Glas Wasser und erhob sich. »Dann gehen wir, Doktor, und überzeugen uns selbst, nicht wahr?« Er hob eine Hand in Richtung seiner Schwester. »Bleib du, Jane. Du hast ihn lange genug umsorgt und bist sichtlich schlapp wie ein Lumpen. Cassandra ist jetzt hier; sie kann übernehmen.« Er trat mit einem überheblichen Armschwenk zurück, um Liam den Vortritt zu lassen, dann waren sie fort.

Madame Bigeon sah achselzuckend zu Jane, nahm das Tablett auf und ging ebenfalls.

Jane sank mit einem kleinen Seufzer auf einen Stuhl am Fenster. Sie verbarg das Gesicht in den Händen, und ihre Schultern begannen zu beben – vor stummem Lachen, wie ich mit einiger Verzögerung feststellte. Nachdem sie sich wieder gefangen hatte, blickte sie zu mir auf.

»Ach, Miss Ravenswood«, sagte sie. »Wie selten geschehen die Dinge so, wie wir es erwarten. Und wie öde wäre unsere Existenz, täten sie es.«

»Sie sind heute recht philosophisch gestimmt«, sagte ich und setzte mich neben sie.

»Gewiss, in Anbetracht der Ironie, dass man sich den Trost seiner Liebsten herbeisehnt, um dann, hat man sie gerufen und sie sind gekommen ...« Sie breitete die Hände aus. »Auf mein Wort, ich denke, Henry ist heute wohler. Nun jedoch habe ich eine solche Krise heraufbeschworen – alles aufgewirbelt, jeden in Unruhe versetzt. Jetzt muss er kränker denn je sein, um diese Plagen für alle zu rechtfertigen.«

»Aber bedenken Sie, wie Sie empfinden würden, hätte es sich anders entwickelt. Hätten Sie es Ihnen nicht erzählt, und er wäre ...«

»Sie haben die Logik und die Vernunft auf Ihrer Seite, beides Dinge, die ich nicht ertrage.« Sie lächelte. »Glauben Sie nicht, dass ich mein Handeln bereue; das tue ich selten.« Sie stockte. »Es ist amüsant, sonst nichts.«

»Und wie ging es ihm?«, fragte ich in der Kutsche. Wir hatten Wilcox wieder einmal zu Hause gelassen und fuhren den Umweg durch den Park zurück, denn auch wenn der Wind kalt und die Luft feucht war, gab es vieles zu bereden.

»Sie hat recht. Es geht ihm besser. Nicht großartig, aber ich sehe den Unterschied. Und er konnte einiges Essen bei sich behalten.«

»Was hältst du von Cassandra und James?«

»Hast du den Blick gesehen, mit dem Cassandra mich bedachte? Als wäre ich etwas, was sie sich eingetreten hätte.«

»Denkst du, Jane hatte uns in ihren Briefen erwähnt?« Bei diesem Gedanken erschauderte ich: Wie würde sie uns beschreiben? Es war zu metafiktional, dass wir in denselben Briefen auftauchen könnten, die für die künftigen Gelehrten zu stehlen wir hergekommen waren. Für Eva Farmer.

»Ich glaubte, dass sie verärgert waren, in solch einem Moment Fremde anzutreffen. Aber das ist ein interessanter Gedanke.« Schweigend blickten wir beide über den Park, wo totes Laub unter einem trübgrauen Himmel über die weiten Grünflächen wirbelte und nur wenige unverwüstliche Reiter ihrem Sport nachgingen. »Was könnte sie geschrieben haben, um Cassandra derart zu alarmieren?«

»Oder sie ist vielleicht per se immer ›alarmiert‹.«

»Aber wir müssen Cassandra für uns gewinnen. Sie ist entscheidend, denn sie hat die Briefe.«

In diesem Moment nahmen die Briefe – und das Manuskript – eine völlig neue Gestalt in meinem Denken ein. Sie waren nicht nur die Früchte von Jane Austens flüchtigen Gedanken und ihrer fehllosen Genialität, sondern physische Artefakte, kompakt und solide. Bewahrte Cassandra die Briefe in einer verschlossenen Schreibtischschublade auf? In einer Kassette unter ihrem Bett? Zu King Georges Zeiten liebten die Leute Schlösser: Tee und Zucker waren, abgesehen von Geld und Silberbesteck, Wertgegenstände, die es besonders zu sichern galt, und Schlösserknacken gehörte zu einer der Fertigkeiten, die wir uns in der Vorbereitung hatten aneignen müssen.

Mich fröstelte. Liam fuhr fort: »Und alles, was uns bei Henry und Jane geholfen hat – in seinem Fall Geld, in ihrem ein gewisser Charme, vermute ich –, unsere Exotik, wenn man es so nennen will, wird hier nichts nützen. Ganz im Gegenteil. Sie schien solche Dinge eher blankweg abzulehnen.«

»Also müssen wir herausfinden, was sie mag. Du musst hier der Henry Crawford sein, der gleichzeitig zwei Schwestern bearbeitet.« Henry Crawford, der schlaue und gerissene Schurke aus »Mansfield Park«, war eine von Austens verwirrendsten Schöpfungen; man hat das Gefühl, er könnte beinahe nett sein, als hätte sie beim Schreiben versucht, sich über ihn klar zu werden.

Liam warf mir einen Seitenblick zu, ein erstauntes blaues Blitzen. »So siehst du mich? Als eiskalten Zyniker?«

»Das habe ich nicht gesagt! Ihm ging es nur ums Spielen, wie du dich erinnern wirst.«

»Ich erinnere mich.«

Wir fuhren so lange schweigend weiter, dass ich mich schon fragte, ob ich ihn beleidigt hatte. Der Mann war wirklich nicht zu begreifen.

»Warum überrascht dich das?«, fragte ich schließlich. »Wir sind ein bisschen wie Henry und Mary Crawford, findest du nicht? Drängen uns mit unserem Geld und unseren fremdartigen Vorstellungen in ihr Leben, sorgen für Aufruhr? Versuchen sie zu verführen? Natürlich mit edleren Motiven.«

Liam sah mich an: lange, amüsiert. »Nein, der Gedanke ist mir bisher nicht gekommen.«

»Ich dachte früher immer«, begann ich, »wenn es überhaupt einen versteckten Hinweis auf die Person Jane Austen in ihrem Werk gibt, dann in Mansfield Park. In dieser Dualität zwischen Fanny und Mary. Pflichtbewusst und bescheiden oder witzig und unmoralisch – es ist wie der Kampf, der in ihr stattfand.«

»Und jetzt, da du sie kennengelernt hast?«

»Jetzt bin ich verwirrter denn je.«

Wieder schwiegen wir, diesmal weniger angespannt. »Wir müssen nur Cassandra für uns gewinnen«, sagte ich nach einer Weile. Im Moment schien das nicht unmöglich; wir hatten schon so viele Hürden genommen. »Ich glaube, Jane mag mich inzwischen ein wenig. Und dich mag sie eindeutig.«

Was zutreffender war, als ich eingestehen wollte. Ich dachte an den vertrauensvollen Blick, mit dem sie sich an Liam gewandt hatte, während sie ihm die merkwürdige Situation mit Dr. Baillie erklärte. Es war, als wäre ich nicht mal im Raum gewesen, so wie die beiden sich angesehen hatten. Vielleicht sollten die Biografen nie über ihre Flirtandeutungen zu Mr. Haden in den Briefen dieser Zeit rätseln, weil sie nicht mehr da waren. Vielleicht berichteten die Briefe stattdessen von einem Dr. Ravenswood und dessen gewissenhafter Betreuung Henrys während seiner Krankheit.

»Meinst du?«

Er klang so aufrichtig unsicher, dass ich nicht anders konnte, als zu lachen. Ausnahmsweise fürchtete ich nicht, bei undamenhaftem Gebaren ertappt zu werden, warf den Kopf in den Nacken und prustete. All die Anspannung loszulassen tat so gut, dass ich nicht aufhören konnte. Ein Lachen löste das nächste aus. Ich schnaubte und keuchte, verzog das Gesicht, bis mir der Bauch wehtat und bis Liam, der mich zunächst unglücklich angesehen hatte, ebenfalls lachte.

KAPITEL 8

26. Oktober
23 Hans Place

Als wir in Henrys Salon geführt wurden, fanden wir Jane dort mit noch einem Bruder vor, der uns vorgestellt wurde: Edward, dessen Nachname nun Knight lautete, weil er ein Vermögen von reichen kinderlosen Verwandten erbte, die ihn adoptiert hatten. Daher musste er ihren Namen annehmen. Das hatte mich schon immer fasziniert: Ein Junge wird aus seinem Elternhaus gerissen und steigt gesellschaftlich auf, wie Frank Churchill in »Emma«. Ich war gespannt, wie seine Geschwister darüber dachten. Waren sie froh, einen solch wichtigen Bruder zu haben, oder neidisch, weil sie nicht ausgewählt wurden? Hatten sie geweint, weil sie ihn vermissten, als er fort war? Hatte er um sie geweint?

Nach dem Empfang durch Cassandra und James am Tag zuvor war ich auf das Schlimmste gefasst, doch Edward Knight überraschte mich.

»Miss Ravenswood, ich bin entzückt, endlich Ihre Bekanntschaft zu machen!« Plötzlich war meine Hand in seiner – wie war das passiert? Er war blond, rosig und kräftig, scheinbar aus einem anderen Genpool als die Austens mit dem Olive-Teint und den strengen Nasen, die ich bisher kennengelernt hatte. »Jane hat mir so viel erzählt, wie freundlich Sie zu dem teuren Henry während seiner Krankheit waren.« Der Blick aus seinen blauen Augen war sanft, er sah mich an, als gäbe es zumindest in diesem Moment niemanden sonst auf der Welt. Ich begann zu verstehen, warum die Knights ihn ausgesucht hatten. »Und der gute Doktor – bezaubernd, bezaubernd«, sagte er und wandte sich zu Liam. »Ich muss Ihnen für all Ihre Mühe und Ihre Fürsorge danken.«

»Nicht doch, Sir, ich tue mit Freuden, was ich kann.«

»Nehmen Sie mir bitte nicht übel, dass ich darauf drängte, Dr. Baillie hinzuzurufen. Vor einigen Jahren rettete er einem Freund von mir das Leben, bewahrte ihn vor dem beinahe sicheren Tod. Seither habe ich eine sehr hohe Meinung von ihm, und als ich hörte, dass Henry so krank war, konnte ich nicht … Aber es sollte natürlich keine Respektlosigkeit Ihnen gegenüber sein.«

Liam neigte den Kopf. »Und so wurde es auch nicht aufgefasst. Ich bin sicher, dass wir einer Meinung sein werden. War der Doktor heute schon hier?«, fragte er Jane.

»Er ist es jetzt. Zusammen mit Mr. Haden, meiner Schwester und meinem Bruder James. Es ist kaum noch Platz für den Patienten im Krankenzimmer. Möchten Sie sich dem Gedränge anschließen?«

»Wie geht es ihm?«, fragte Liam sie.

»Weiterhin auf dem Weg der Besserung. Es ist beinahe ein gesellschaftlicher Anlass – ein Morgenempfang –, und Henry spielt die Rolle des Sonnenkönigs, als sei er dafür geboren.«

»Jane, welchen Unsinn du bisweilen redest. Unsere neuen Freunde werden denken, dass du es ernst meinst.«

»Nein, sie verstehen es schon richtig. Möchten Sie sich zu den anderen gesellen, Dr. Ravenswood?«

»Wenn Sie es wünschen.« Ihre Blicke begegneten sich, und Liam stand auf. »Ihr Wunsch ist mir Befehl.« Mit einer Verneigung verließ er den Raum.

Es entstand eine kurze Pause, in der wir einander ansahen. Dann sagte Jane: »Oh, ich vergaß – wenn Sie mich entschuldigen wollen, Miss Ravenswood …« Sie stand auf und eilte aus dem Salon hinter Liam her, sodass ich allein mit Edward Knight zurückblieb.

Er gab durch nichts zu erkennen, dass Janes abruptes Verschwinden eigenartig war, lächelte nur und sagte: »Jane erzählte, dass Sie in den Tropen aufgewachsen sind. Wie anders Sie da London finden müssen!«

»Auf angenehme Art, ja.« Ich studierte diesen Vertreter des Landadels, weil ich dachte, dass ich eventuell keine weitere Gelegenheit dazu bekomme. Edward hatte in gewisser Weise das literarische Leben seiner Schwester ermöglicht, da er das Cottage in Chawton zur Verfügung stellte, in dem sie heute lebte. Es war Janes erstes festes Zuhause nach einer unruhigen, mittellosen Dekade, in der sie erst im Ruhestand ihres Vaters mit den Eltern und der Schwester, später, nach dem Ableben des Vaters, mit Mutter und Schwester umhergezogen war: eine Saison in Bath, Aufenthalte am Meer, ausgedehnte Besuche bei Freunden und Verwandten. Es war kein Leben, das dem Schreiben zuträglich war. Sobald sich ein Alltag etabliert hatte, machte sie die verlorene Zeit wett, auch wenn ich mich immer gefragt hatte, warum Edward es nicht früher arrangiert hatte. »Sind Sie viel gereist?«, fragte ich ihn.

»Oh, als ich jung war! Heute habe ich zu viele Pflichten, um mich weiter von zu Hause zu entfernen.«

James, der kein bisschen zufriedener mit seinem Leben wirkte als gestern, kam herein, sank in einen Sessel, blickte zu Edward und nickte mir zu. »Miss Ravenswood.« Mit seinen stechenden braunen Augen musterte er mich von oben bis unten. Ich hatte das Gefühl, inspiziert zu werden wie eine exotische Kreatur in Astley's Amphitheatre.

Cassandra, die gleich nach ihm hereinkam, begrüßte mich weniger knapp als James, allerdings auch nicht herzlicher, und fragte: »Was ist mit Jane? War sie nicht hier?«

»War sie«, sagte ich, da niemand sonst geneigt schien zu antworten.

»Sie ist seltsam«, sagte Cassandra, setzte sich hin und blickte sich im Salon um. Dabei strahlte sie die gleiche Unzufriedenheit aus wie ihr Bruder. »Sind Sie schon lange in London, Miss Ravenswood?«

»Seit September.«

»Und wollen Sie sich hier niederlassen?«

»Das kann ich wirklich noch nicht sagen, Madam.«

»Haben Sie eventuell Angehörige, die Sie anderswo in England besuchen müssen?«

Da ich hierauf keine Antwort hatte, neigte ich nur den Kopf. Dieser Schwall unvermittelter Fragen war unverschämt, wie wir beide wussten. James wirkte boshaft amüsiert, während bei seinem Bruder nicht einzuschätzen war, was in ihm vorging.

»Ich denke ...«, begann Edward, doch Cassandra fuhr fort. »Jane konnte mir kaum etwas über Ihre Familie erzählen.«

»Was möchten Sie wissen?« Es war keine freundliche Frage, doch es war auch keine freundliche Bemerkung gewesen.

»Cass«, sagte Edward ruhig, aber bestimmt. Ich weiß nicht, was geschehen wäre, wenn nicht Jane und jemand, den ich noch nie gesehen hatte, hereingekommen wären. Die beiden unterhielten sich. Bei dem Fremden handelte es sich um einen älteren Herrn, der seiner ernsten Miene, dem altmodischen schwarzen Anzug, der Perücke und dem Gehstock mit Silberknauf nach zu urteilen, nur Dr. Baillie sein konnte. Kurz: Er sah exakt wie ein Arzt aus, anders als Liam, der nach seiner Begegnung mit Jane aufgehört hatte, seine krause Perücke zu tragen, und sich Koteletten wachsen ließ.

»Es wäre mir eine Ehre«, sagte Jane, die röter als sonst war. »Richten Sie Mr. Clarke bitte aus, dass ich meistens im Hause bin. Aber er wird gewiss schreiben, bevor er kommt.«

»Sie werden feststellen, dass er großen Wert auf Förmlichkeit legt.« Dr. Baillie lächelte ein wenig und nickte uns anderen zu.

»Möchten Sie sich einen Moment setzen, Doktor?«, fragte Jane. »Darf ich Ihnen vielleicht einen Tee anbieten?«

»Sehr freundlich, doch die Pflicht ruft, Madam – vielleicht ein anderes Mal.« Er verneigte sich und blickte sich um. »Ich bin froh, dass Ihr Bruder sich besser fühlt. Einen schönen Tag Ihnen allen.«

Dann war er fort und hinterließ nichts als Stille. »Nun«, sagte Jane, setzte sich neben mich und schaute uns alle an. »Anscheinend soll ich zu einer Führung durch die königliche Bibliothek in Carlton House eingeladen werden.« Sie stieß ein kleines schelmisches Kichern aus. »Zum Glück nicht, wenn Seine Majestät zu Hause ist. Es stellte sich heraus, dass er meine Arbeit bewundert …«

»Vielleicht sollten wir darüber später reden«, sagte Cassandra mit einem Blick zu mir.

»Oh, Miss Ravenswood weiß Bescheid«, erwiderte Jane; ich wollte sie umarmen. »Sie gehört beinahe schon zur Familie. Zumindest mehr als Dr. Baillie, dem Henry enthüllen musste, dass ich Autorin bin. Dann, als Dr. Baillie dem Prinzen erzählte, dass sein neuer Patient der Bruder der Dame war, die ›Stolz und Vorurteil‹ geschrieben hat, sagte der Prinz …« Sie lächelte achselzuckend. »Sein Bibliothekar wird mich bald aufsuchen, wie mir gesagt wurde, um den Besuch zu arrangieren.«

»Äußerst gnädig!«, sagte James, der heiterer aussah. »Ein wahrer Gunstbeweis.« Ich erinnerte mich, erfahren zu haben, dass er als das Schreibtalent in der Familie gegolten hatte, Verse für alle erdenklichen Anlässe schmiedete und mit Henry eine Zeitschrift gegründet hatte, als sie in Oxford gewesen waren.

»Aber du musst höflich zu ihm sein, Jane, und nicht zu erkennen geben, was du von dem Prinzen hältst«, warnte Edward.

»So dumm wäre sie nicht«, sagte Cassandra, was jedoch nicht überzeugt klang.

»Es ist eine Ehre«, sagte ich, »indes nicht mehr, als Sie verdienen. Ihre Arbeit hat vielen Menschen große Freude bereitet und wird es künftig noch mehr Lesern, da bin ich zuversichtlich. Und der Prinz verfügt über ästhetisches Urteilsvermögen, was immer wir sonst an ihm für betrüblich erachten.« Der Prinzregent und spätere George IV. war notorisch gefräßig und verderbt, womit er 1815 als Inbegriff für Exzesse aller Art stand.

In der kurzen Stille, die meinen Worten folgte, von denen ich fürchtete, sie wären zu ernst gewesen, hörten wir Schritte die Treppe herunterkommen. Liam betrat den Salon und setzte sich zu mir. Meine Erleichterung überraschte mich; all diesen Austens allein gegenüberzusitzen hatte mich nervös gemacht. Liam sah alle an, bevor sein Blick auf Jane verharrte.

»Wir sprachen gerade über meinen bevorstehenden Besuch in Carlton House«, sagte sie zu ihm. »Ich erwähne es nur, damit Sie verstehen, in welch exaltierter Gesellschaft Sie sich befinden und an welche Stellung und Bedeutsamkeit Sie sich gewöhnen müssen.«

Ich blickte zu Cassandra, die keine Miene verzog; einzig ein leichtes Zusammenkneifen der Augen deutete eine Gemütsregung an.

Liam verneigte sich. »Sie werden jede Halle schmücken, Madam«, sagte er in einem sanft schmerzhaften Ton, passend zu ihrem.

Nach einer Pause sagte Cassandra: »Da wir so offen über Privates sprechen, Jane, darf ich fragen, was mit Mr. Murray geschehen ist, seit du ihm zuletzt geschrieben hattest?« Soweit ich wusste, verhandelten John Murray und Jane Austen noch über die Veröffentlichung von »Emma«, was durch Henrys Krankheit unterbrochen worden war.

»Ah, ein Betrüger, aber ein zivilisierter. Er hat zugesagt, in zwei Tagen zu kommen, und ich hoffe, wir können die Angelegenheit dann mit ihm klären. Henry besteht darauf, dabei zu sein und mich bei dem Gespräch zu unterstützen.« Sie stockte. »Doch ich denke nicht, dass es nötig ist. Ich bin mir recht einig mit Mr. Murray.«

»Ich kann helfen«, bot Edward an. »Kann ein Buch zu verkaufen so anders sein, als mit Gerste oder Schweinen zu handeln? Wir müssen auf einem fairen Preis bestehen und daran festhalten. Ich bin Geschäftsmann, Jane; ich verstehe solche Dinge. Lass mich mit ihm verhandeln.«

»Ich bin nicht ganz überzeugt, dass ein Buch zu verkaufen dasselbe ist, wie ein Schwein anzubieten«, sagte James. »Zum einen ...«

»Vielleicht sollten wir diese Diskussion zu einem anderen Zeitpunkt abschließen«, unterbrach Cassandra. »Sie muss äußerst ermüdend für unsere Gäste sein.«

War sie nicht, doch es war klar, was sie meinte. Liam und ich wechselten einen Blick und standen gleichzeitig auf. Als wir uns verabschiedeten, wirkte Jane besorgt, unternahm jedoch keinen Versuch, uns zum Bleiben zu bewegen.

»Ich hatte Cassandra immer als Janes Verteidigerin gesehen«, sagte Liam. Es war spät; draußen war der Lärm Londons von kaltem stetem Regen gedämpft. Nach einem deprimierenden Dinner aus Taubenpastete und gekochten Kartoffeln saßen wir bei einem Claret, entmutigt und leicht angetrunken, und unterhielten uns so leise, dass wir uns über den Tisch beugen mussten, um uns zu verstehen. »Sie stand zwischen ihr und ihrer Mutter, egal was war. Und nicht nur der Mutter, der Welt, allem. Cassandra ist diejenige, die Einfluss auf Edward hat – sie brachte ihn dazu, ihnen das Haus in Chawton zu überlassen, damit Jane einen festen Wohnort hatte und schreiben konnte. Sie führt den Haushalt, damit Jane es nicht muss. Aber jetzt ...« Er brach ab.

»Jetzt?« Der Wein hatte Liam gesprächiger gemacht; mich machte er träge.

»Jane braucht sie nicht mehr. Sie hat etwas ganz für sich, nicht wahr? Ihre Bücher, ihr Londoner Leben bei Henry. Kann Cassandra sich nicht hinreichend wertgeschätzt fühlen, abgehängt? Sogar neidisch sein?«

»Meinst du?«

»Ihr Gespür für Richtig und Falsch wie auch die Liebe zu ihrer Schwester erlauben nicht, dass sie Jane verachtet, also verachtet sie alles andere. Was Jane von ihr fortbringt, sie ablenkt. London. Henry und seine weltlichen Freunde. Willkürliche Leute, von denen man nichts weiß.«

»Wie wir?«

»Genau.«

Ich schenkte uns nach. »Weshalb war sie dir nachgelaufen?« Liam sah mich an. »Du hattest Edward, Jane und mich im Salon zurückgelassen, um nach Henry zu sehen. Dann eilte sie raus, ich nahm an, dir nach. Hat sie irgendwas gesagt?«

»Ach so.« Er stützte das Kinn in die Hand. »Dass ich keine Angst vor Cassandra haben soll. Nicht wortwörtlich, aber sinngemäß. Dass sie sich um Cassandra kümmern würde.«

»Das heißt?«

Er zuckte mit den Schultern. »Als ich ins Krankenzimmer kam – sie kam nicht mit rein, sondern nur bis zur Tür, danach ist sie irgendwo anders hin –, standen Cassandra und James in der Ecke und flüsterten untereinander. Sie sahen mich sehr missbilligend an und flüsterten weiter.«

»Seltsam.«

»Wenigstens schien Henry erfreut, mich zu sehen.« Er schwieg einen Moment. »Aber nein, sie machen mir keine Angst. James spielt keine Rolle. Cassandra könnte ein Hindernis sein. Doch wir denken uns etwas aus.« Er klang, als wolle er sich selbst überzeugen.

»Das Schlimmste ist«, begann ich. »Nein, das hört sich lächerlich an.«

»Was?«

»Ich habe das Gefühl, dass sie mich ansehen und es wissen.«

Liam, der auf den Tisch geblickt hatte, sah auf und betrachtete mich. »Die Hauptsache ist, dass du keine Angst zeigst. Gib nichts preis. Biete ihnen keine Vorlage.«

In einem plötzlichen Geistesblitz, oder zumindest einer Illusion von Logik, wie sie Alkohol befördert, wurde mir bewusst, dass er mit sich selbst sprach: nicht nur auf den Einsatz bezogen, sondern generell. »Hast du es so hinbekommen?«

»Was?«

»Was immer du getan hast, um glaubwürdig als Old British zu posieren.«

Ich rechnete damit, dass Liam seinem Rat folgte und nichts preisgab, doch er lehnte sich zurück, verschränkte die Arme und lächelte mich an. Der flackernde Feuerschein verlieh seinen zerklüfteten Zügen etwas Statuenhaftes, und ich stellte fest, dass ich sein Gesicht mochte; ich hatte mich an die unschönen Winkel und Ebenen gewöhnt. »Ich bin so froh, dass du es glaubwürdig fandst.«

»Vielleicht solltest du dem nicht zu viel Gewicht beimessen. Ich bin Amerikanerin. Was weiß ich denn schon?«

Ich dachte zurück an unsere Anfangszeit im Institut und wie ich ihn gesehen hatte: seine Art zu sprechen, seine reservierte Förmlichkeit. Und dann diese Freundin. War Sabina bei ihm gewesen, als wir uns das erste Mal am Institut begegneten, vor den Interviews, den psychologischen Tests und den Rollenspielübungen, bei denen die Auswahl der Kandidaten von fünf auf zwei schrumpfte? Komisch, dass ich mich nicht erinnerte, aber alle meine Erinnerungen an das Institut kamen mir vage vor, wie eingerostet von zu seltenem Gebrauch. Mir blieb nur der Eindruck kühler Patriziergröße, ohne dass ich Einzelheiten hätte abrufen können.

»Sabina«, sagte ich, und sein Lächeln erstarb. »Sie ist aber Old British, oder?«

»Sehr.«

»Ich glaube, das half auch, mich zu überzeugen.«

»Lichthofeffekt?«

»Sie scheint eine nette Frau zu sein.« Schien sie nicht. »Und du hast sie in der Schule kennengelernt?« Ich wusste nicht, warum ich ihn das fragte. Sabina war der letzte Mensch, über den ich reden wollte. »Aber wie bist du da überhaupt hingekommen? Es kann nicht leicht sein, dort angenommen zu werden. Vor allem nicht ...« Ich brach ab, da mir kein taktvolles Ende für den Satz einfiel.

»Wenn man niemand ist, von nirgendwo kommt?«

»Das habe ich nicht gesagt, sondern du.«

»Ich hatte eine Prüfung bestanden.«

»Einfach so? Du hattest eine Prüfung bestanden?«

»Es war eine sehr schwierige Prüfung.«

Ein durchgeglühter kleiner Kohlenhaufen sackte mit einem sanften Fauchen in sich zusammen. Ich hörte den Ruf des Nachtwächters draußen und das Rumpeln eines fernen Karrens.

»Ein Lehrer schlug vor, dass ich mich für ein Stipendium bewerbe, und er wusste ein wenig darüber, wie es ging. Er sah in mir, was ich immer schon gefühlt hatte, dass ich dort nicht hineinpasste, in jene gottverdammte Stadt, jene gottverdammte Familie. Und zu jedermanns Erstaunen bestand ich.«

»Und bist nach England verschwunden. Wie alt warst du, vierzehn?«

»Dreizehn.« Er teilte den restlichen Wein zwischen uns auf.

»Und hattest etwas gefunden, wo du hineinpasstest.«

»Heilige Mutter Gottes, nein.« Er lehnte die Stirn in seine Hand. »Das habe ich nie gefunden. Vielleicht hier, in 1815? Mir gefällt es; es gibt Regeln, und an die hält man sich. Es wird mir fehlen, Dr. Ravenswood zu sein, wenn es vorbei ist. Ich bin nicht gut darin, ich selbst zu sein.«

»Du wirst dich verändert haben, wenn es vorbei ist«, sagte ich. Sein Geständnis verstörte mich. Und mir kam der Gedanke, dass möglicherweise auch dies Theater war; dass er eine Rolle für mich spielte. Aber wozu die Mühe? »Du wirst wichtig sein. Der Entdecker von ›The Watsons‹. Es wird großartig.«

»Stimmt«, sagte er in seinem alten, höflich neutralen Tonfall, und es war, als wäre mir eine Tür vor der Nase zugeschlagen worden. Mir wurde bewusst, dass ich sie gern wieder offen hätte, nur war ich nicht sicher, wie ich das erreichte. Dann räusperte er sich und sah verlegen aus. »Kurz vor der Abreise hat Sabina ... Wir haben uns verlobt.«

Ich brauchte einen Moment, ehe ich mein Glas erhob. »Gratuliere! Das ist wunderbar.« Die wenigen Male, die ich mit Sabina gesprochen hatte, waren mir kalte Schauer über den Rücken gelaufen. Und rückblickend nahm sich dieser Eindruck noch ungünstiger aus, weil sich meine Einstellung zu Liam geändert hatte. Vorher schienen sie ideal füreinander. Aber jetzt? Ich war merkwürdig enttäuscht von ihm. »Sicher werdet ihr sehr glücklich.«

So wie er auf den Tisch blickte, sah er nicht besonders glücklich aus; andererseits genoss er seine Erfolge nie übermäßig. Warum er diesen Augenblick gewählt hatte, um mir seine Neuigkeit mitzuteilen, war noch ein Rätsel. Vielleicht nur, weil wir selten so viel tranken; er war vertrauensseliger geworden. Und ich hatte das Thema aufgebracht.

Hätte er einfach nur gestrahlt und sich bedankt wie jeder normale verlobte Mensch, hätten wir das Thema wechseln können. Aber die Stille zog sich hin. Ich war nie verheiratet; ich war auch nie verlobt. Theoretisch bin ich nicht gegen feste Beziehungen, glaube jedoch, dass ich es in der Praxis bin. Eventuell mag ich Freiheit lieber. Eine Erinnerung an Sabina im Institut kam mir in den Sinn: neben Liam stehend auf einer kleinen Feier zum Ende der Vorbereitung, kurz vor unserer Abreise nach 1815. Sie war fast so groß wie er, hatte eine Hand auf seinem Arm und beendete seinen Satz für ihn. Worum war es bei der Unterhaltung gegangen? Ich wusste es nicht mehr. Was hatte einen solch unangenehmen Eindruck bei mir hinterlassen? Etwas an ihren langen eleganten Gliedmaßen, ihrem hochmütigen Gesichtsausdruck. »Ich hoffe, ihr werdet sehr glücklich«, sagte ich und bemerkte, dass ich das eben schon mal gesagt hatte.

»Das hoffe ich auch«, murmelte er. »Zumindest hat ihre Familie Zeit, sich mit dem Gedanken anzufreunden, solange ich fort bin.«

»Was ist denn das Problem mit ihrer Familie?« Aber ich hatte bereits einen Verdacht.

»Du weißt schon. Sie haben Geld. Doch das ist es nicht so sehr.« Er schwenkte vage die Hand. »Es war, als würde ich in eine Geschichte spazieren, als ich das erste Mal bei ihnen war. Ich begriff nicht, dass Leute außerhalb von Büchern tatsächlich so lebten. Mit Ölgemälden von Vorfahren und Möbeln, die jemand um 1800 gekauft hatte.«

Also hast du dich möglicherweise in ein Haus verliebt, dachte ich. *Vielleicht hast du dich in eine Vorstellung verliebt.* Aber ich sagte es nicht; was wusste ich über Liebe? Dennoch war da wieder diese komische Enttäuschung: Es könnte sein, dass er wie alle anderen war. Das überraschte mich, denn mir war nicht bewusst gewesen, dass ich etwas anderes gedacht hatte. Ich drehte eine Locke mit meinem Finger auf und versuchte, taktvoll zu antworten. »Sie werden einverstanden sein, wenn sie erkennen, dass es das ist, was Sabina will. Und wenn nicht – tja, zum Teufel mit ihnen.«

»Diese Einstellung ist genau der Grund, warum Leute Amerikaner lieben.«

»Tun sie das?«

»Wenn sie bei Verstand sind.«

Wir fuhren weiterhin fast täglich zum Hans Place. Henry ging es langsam besser, auch wenn noch beinahe zwei Wochen vergehen sollten, bis er gesund genug war, um nach unten zu kommen.

Cassandra hatte die Aufgabe als seine Hauptpflegerin übernommen, was mir ersparte, sie allzu oft zu sehen, und Jane für anderes freimachte. Wie Verhandlungen mit John Murray. Eines Tages bemerkte ich einen Stapel Papiere auf dem Pembroke-Tisch, als ich in den leeren Salon geführt wurde, und riskierte einen genaueren Blick, weil ich von Druckfahnen ausging, denn der Text war getippt, nicht von Hand geschrieben. *Emma Woodhouse, schön, klug und reich* … war alles, was ich zu lesen wagte, doch es genügte: Mit »Emma« ging es voran.

Dann war da der königliche Bibliothekar, James Stanier Clarke. Jane Austens Leben war erstaunlich eingeschränkt, bedachte man ihren gewaltigen späteren Ruhm. Sie korrespondierte nicht mit anderen Schriftstellern, versuchte nicht, welche kennenzulernen, und ihr Besuch im Carlton House war ihre engste Berührung mit der Geschichte. Ihre Biografen faszinierte und frustrierte es gleichermaßen, weil es keinerlei schriftlichen Bericht darüber gab. Was sie gesehen oder gedacht hatte, sowohl von dem opulenten Palast als auch von Mr. Clarke, dessen darauf folgende Briefe an sie ihn als Comic-Monster der Selbstverliebtheit ausgewiesen, einen lebensechten Mr. Collins.

Eines Morgens kamen Liam und ich zum Hans Place, wie an den meisten Tagen, um nach Henry zu sehen, und fanden Jane allein im Salon vor, in einem Kleid, das ich nie zuvor gesehen hatte. Da ich ihre Garderobe inzwischen kannte – sie war nicht sehr umfangreich –, schien es mir bemerkenswert.»Oh!«, sagte sie.»Sie sind es.«
»Erwarten Sie jemanden Formidableren?«, fragte Liam scherzhaft ernst und französisch betont, während er ihre Hand nahm und sie küsste. Obwohl ihr Flirten mittlerweile zur Gewohnheit geworden war, verblüffte es mich immer noch. Die Sicherheit, mit der Liam es tat, war seinen Schauspielkünsten geschuldet, aber was empfand sie? Das war ein Rätsel.

»Lediglich meine Nichte, Fanny Knight. Edward ist zurück nach Kent gefahren, um sie zu holen, und sie sind seit gestern in der Stadt. Sie ist mir sehr teuer, dennoch würde sie niemand als ›formidabel‹ bezeichnet, so kultiviert sie auch sein mag. Aber nein ...« Sie blickte lächelnd von Liam zu mir.»Ich fürchte, Sie haben den wichtigen Besuch des Tages versäumt. Mr. Clarke, der Bibliothekar des Prinzen, ging erst vor fünf Minuten.« Sie machte eine Pause.»Einem Mann von solchem Format begegnet man selten ... Ist das eine Kutsche, die draußen hält, was ich höre?«

Liam trat ans Fenster.»Ihre Aufmerksamkeit ist erstaunlich. Mr. Knight und eine junge Dame steigen aus einem Wagen.«

Der Bericht vom Besuch des königlichen Bibliothekars musste warten, während wir Edward begrüßten und Fanny vorgestellt wurden, seinem ältesten Kind. Sie war blond und rosig, eine zartere Version von Edward, mit einer würdigen Haltung, die sie älter als zweiundzwanzig erscheinen ließ. Sie war erst fünfzehn gewesen, als ihre Mutter aufgrund von Komplikationen nach der elften Entbindung gestorben war. Edward hatte nie wieder geheiratet, womit Fanny praktisch seitdem die Dame des Hauses war, viele Bedienstete befehligte und viele kleine Geschwister zu umsorgen hatte. Es würde sich als gutes Training für ihre spätere Ehe mit Sir Edward Knatchbull erweisen, einem Witwer mit sechs Kindern, dem sie noch neun weitere schenkte.

Fanny umarmte ihre Tante innig und begrüßte uns unterkühlt, doch Edward war so freundlich wie immer. »Nun, Jane«, sagte er, als wir uns alle gesetzt hatten, »und was hörst du vom Prinzen?«

Ihre Augen blitzten amüsiert. »Mr. Clarke war heute Morgen hier, Ned, du hast ihn eben verpasst. Ich hege große Hoffnungen für Mr. Clarke. Solche Selbstherrlichkeit, solch feierlicher Unsinn! Es ist ein Glück, dass ich ihn allein empfing, denn ich hätte unmöglich meine Contenance wahren können, wärt ihr alle hier gewesen.«

»Was hat er denn so Komisches gesagt?«, fragte Fanny.

»Es waren weniger die Worte, meine Liebe, als seine Art, sie vorzutragen. Jeder Satz zu lapidarem Glanz ausgeschmückt und abgewogen wie Gold auf einer Pfandleiherwaage.«

Edward sagte: »Jane, warst du jemals bei einem Pfandleiher? Es sei denn, du führst ein weit zügelloseres Leben hier in der Stadt bei Henry, als ich glaube, kann ich es mir kaum vorstellen.«

»Es ist der verderbliche Einfluss von Mr. Clarke; jener Gentleman hat meinen Verstand verwirrt, und meine Metaphern wüten wie Maschinenstürmer in Lancashire.«

Eine Bewegung in der Luft veranlasste mich, mich umzudrehen, und ich sah Cassandra in der Tür stehen. »Ah«, sagte sie, als sie uns alle ansah und ihr Blick auf Liam verharrte. »Dr. Ravenswood, Sie sind hier. Henry hatte es gehofft. Möchten Sie hinaufgehen zu ihm?« Ihr Ton war zwar nicht warmherzig, aber immerhin höflich. Sie nahm mich mit einem kurzen Nicken zur Kenntnis.

Liam stand sofort auf. »Ich kam in ebendieser Absicht, Madam. Führen Sie mich bitte zu ihm.«

»Ich denke, Sie kennen nunmehr den Weg zu seinem Schlafgemach. Also werde ich Ihr Orientierungsvermögen auf die Probe stellen«, erwiderte sie mit einem zweideutigen Lächeln und setzte sich auf den Stuhl, den er gerade frei gemacht hatte. Liam verneigte sich und ging nach oben, während ich noch zu entscheiden versuchte, ob diese Vertrautheit beleidigend war oder ein Zeichen, dass sie sich für ihn zu erwärmen begann. Liam hatte Cassandra in jüngster Zeit häufiger gesehen als ich, da sie beide oft bei Henry waren. Und etwas, was er gestern gesagt hatte, legte nahe, dass sie eventuell weniger feindselig wurde.

Ich bemerkte mit Schrecken, dass Cassandra mich in demselben kühl zivilisierten Ton ansprach, den sie Liam gegenüber benutzte.

»Henry sagt, dass er sich viel besser fühlt. Wenn er so weitermacht, möchte er gern morgen das Bett verlassen und Sie sehen. Könnten Sie und Ihr Bruder zum Tee kommen?«

»Nichts würde uns größeres Entzücken bereiten.« Ich sah, wie die Schwestern einen Blick wechselten, und fragte mich, ob die eine die Einladung wünschte und die andere sie aussprechen sollte. Diese Umkehr in ihrer üblichen Befehlskette, wie ich sie wahrnahm, war interessant. Und Henry nach so langer Zeit wiederzusehen dürfte gleichfalls interessant werden.

KAPITEL 9

7. November
23 Hans Place

Beim Tee am nächsten Abend trafen wir Cassandra, Henry und Jane an; auch Edward und Fanny Knight waren dort sowie Mr. Haden, der Apotheker, der in Janes Briefen aus dieser Zeit so häufig erwähnt wurde. Mr. Haden war beinahe so klein wie ich und von zarter Statur. Das, zusammen mit seinen beachtlichen Augen – so blau, dass sie fast violett waren, und mit den längsten Wimpern, die ich je bei einem erwachsenen Mann gesehen habe –, verlieh ihm etwas Knabenhaftes. Seine Verneigung mir gegenüber wirkte ein wenig linkisch, doch sein Auftreten war sanft, sein Wunsch zu gefallen offensichtlich. Er war Fanny gegenüber sehr aufmerksam, flirtete aber nicht mit ihr; das haben einige Biografen wohl missverstanden. Auch zwischen ihm und Jane nahm ich keinerlei Anzeichen wahr, dass sie einander zugetan waren. Sie flirtete nur mit Liam. Könnte unsere Ankunft verhindert haben, dass sich diese Freundschaft vertiefte?

Henry küsste meine Hand mit einer Intensität, dass ich mich errötend umschaute, doch keiner schien uns zu beachten. Liam hatte alle anderen um einen riesigen Atlanten auf dem Tisch versammelt und erklärte etwas über die Westindischen Inseln.

»Miss Ravenswood«, sagte Henry in einem Ton, der genauso ruhig und intensiv war, ohne die übliche Ironie. »Wie schön, Sie wiederzusehen. Ich habe Sie vermisst.«

Seine Haut und das Weiße seiner Augen waren nur noch blassgelb, aber seine Augen waren zu glänzend, und sein Gesicht war eingefallen. Er sah zwanzig Pfund leichter und zehn Jahre älter aus, verglichen mit unserer letzten Begegnung.

»Mich freut, dass Sie sich besser fühlen, Sir. Sie haben uns allen einen Schrecken eingejagt.«

»Man muss schließlich etwas tun, um die Aufmerksamkeit und das Mitgefühl der Damen zu gewinnen«, sagte er, was mehr wie er selbst klang. Sein Blick fiel auf meine Brust, als wäre die ein Anblick, den er sich nicht verwehren wollte. Dann sah er wieder in meine Augen, lächelte, neigte sich etwas näher und blickte erneut hin, bevor er sich wieder aufrichtete. Ich inhalierte seinen Geruch nach sauberem Leinen und spürte, wie sich Wärme in meinem Körper ausbreitete, deren Ursprung zwischen meinen Beinen lag. Das letzte Mal hatte ich in der Nacht Sex gehabt, bevor ich nach 1815 aufbrach, mit Ezra Inverno, einem der Codierer des Prometheus-Servers. Vor über zwei Monaten oder Jahrhunderten in der Zukunft; beides fühlte sich wie eine lange Durststrecke an. Andererseits hatte auch keiner behauptet, Zeitreisen seien einfach.

»Dieses Etwas von Ihnen war ein wenig extrem.« Während ich ihn im Kerzenschein betrachtete, merkte ich, wie meine Lust purem Mitgefühl wich. Kaum von einer gefährlichen Krankheit genesen, konnte er nicht wissen, was bald alles noch schiefginge: der Zusammenbruch der Bank, der Verlust seines Geldes und seines Heims.

»Nichts gewagt, nichts gewonnen.« Er unterbrach kurz. »Wie haben Sie sich die Zeit vertrieben, seit ich Sie zuletzt sah? Ich nehme an, Sie fanden viel in der Stadt zu unternehmen und haben viele neue Freunde gefunden.« Männliche Freunde, lautete der unausgesprochene Subtext, aber vielleicht bildete ich es mir auch nur ein.

»Keine, die ich so gern mag wie die alten neuen, wie Sie und Ihre Schwester.«

»Sie sind entschieden zu großzügig, sagen nur, was ich zu hören wünsche. Aber erzählen Sie mir, ist meine Familie freundlich zu Ihnen gewesen? Haben sie Sie behandelt, wie Sie es verdienen?« Sein Blick wanderte zu Cassandra, die sich am Fenster zur Straße mit Edward unterhielt.

Es kam nur eine Antwort infrage, und die gab ich: »Oh, aber gewiss!«

Doch was für eine komische Frage das war; ich hätte länger über sie nachgedacht, wäre sie nicht von seltsameren Dingen übertönt worden, die später geschahen.

Tee, Kümmelkuchen und Muffins waren herumgereicht worden, und wir unterhielten uns über das Theater. Irgendwie war »Das Kind der Liebe«, das eine bedeutende Rolle in »Mansfield Park« spielte, aufgekommen, und Fanny, die sich lebhafter als zuvor gab, saß mit einem Stück Kümmelkuchen vor sich da und berichtete amüsiert von einer besonders übertriebenen Vorstellung, die sie in Bath gesehen hatte. Sie schwenkte ihre Gabel durch die Luft und deklamierte: »Mir ist wohl – nur matt – ein Glas – guten Wein!« Da verstummte sie plötzlich und ließ ihre Gabel fallen. Sie landete scheppernd auf ihrem Teller.

»Was ist?«, rief ihr Vater. Doch sie sagte nichts. Ihre Augen waren weit aufgerissen, und sie hob beide Hände an ihren bleichen Hals.

»Fanny!«, schrie Cassandra.

Mein Blick war auf ihren oberen Thorax gerichtet, der modisch entblößt war, die Brüste vom Korsett nach oben gedrückt, was es leicht machte, die Atmung zu sehen. Fanny atmete nicht. Ich beobachtete es lange, wie mir vorkam, bis ich gewiss war, dass es stimmte. Dann stand ich auf.

»Ich trete jetzt hinter Sie und … und helfe Ihnen. Haben Sie keine Angst.« Sie war ebenfalls aufgestanden, und gleich würde sie wild im Zimmer umherstürzen, verzweifelt nach Luft ringend.

Ich schlug ihr mehrmals und mit zunehmender Kraft auf den Rücken, was keinerlei Wirkung zeigte. Jemand schrie: »Fanny!«

Nun schlang ich meine Arme um sie, ballte eine Hand direkt oberhalb des Nabels zur Faust und umfing sie mit der anderen, bevor ich beide Hände ruckartig nach hinten und nach oben riss. Der Schock jagte einen Schauer durch ihren Leib, doch die Blockade blieb. Ich wiederholte es. Nichts.

Noch einmal zog ich, diesmal fester – ich hatte befürchtet, sie zu verletzen, weil sie unter dem fließenden Musselin so zierlich wirkte und ich unterschätzt hatte, wie viel ihr Korsett einer Rüstung gleich abfing. Und nun wirkte es. Ein Stück Kümmelkuchen schoss aus ihrer Luftröhre und landete nahe dem Kamin. Sie holte zittrig Luft und hustete in ihr Taschentuch. Tränen glänzten in ihren Augen. Ich klopfte ihr sanft auf den Rücken und setzte mich wieder. Mir war ein bisschen schwindlig.

Fannys Gesicht war gerötet. Sie wischte sich die Augen, seufzte tief und sank auf ihren Stuhl zurück. Nach einer längeren Stille schenkte Cassandra ihr mehr Tee ein. Tasse und Untertasse klimperten in Fannys Händen, als sie einen Schluck nahm.

Schließlich sagte Henry leise: »Sie haben ihr das Leben gerettet. Woher wussten Sie, was zu tun war? Fürwahr, Sie sind noch beachtlicher, als Ihr Bruder sagte.«

»Es wäre wieder herausgekommen. Ich habe nur geholfen.«

»Nein, wahrhaft«, sagte Mr. Haden. »Ich habe so etwas nie gelernt, Dr. Ravenswood, würde es aber gern. Einmal ist ein Bauer vor meinen Augen gestorben, erstickt an einem Rübenstück. Ich hätte ihn retten können, hätte ich dies hier vorher gesehen! Wie haben Sie das nur gelernt? Werden Sie es mir zeigen?«

Er sprach Liam an, obwohl ich es gewesen war, die die lebensrettende Maßnahme durchgeführt hatte. Für einen Moment saß ich stumm und verärgert da, bis ich Jane bemerkte, die Mr. Haden ansah. Sie blickte zu mir – ein Augenverdrehen, ein sarkastisches Zucken der Mundwinkel –, nur für einen Augenblick, doch es genügte. Um als Frau hier zu überleben und nicht den Verstand zu verlieren, brauchte man ein waches Gespür für Lächerlichkeit; das hatte sie schon als sehr junges Mädchen begriffen. Sie war mir weit voraus; andererseits: War sie das nicht allen?

»Später«, sagte Liam. »Wir zeigen es Ihnen gern, doch nicht beim Tee. Ich denke, es war hinreichend Aufregung für einen Tag.«

»Aber, Miss Ravenswood, verraten Sie es uns«, sagte Cassandra. »Wo haben Sie so etwas gelernt?« Nun sahen alle zu mir, dieselbe unausgesprochene Frage in den Augen, ausgenommen Liam, der unsicher schien, wohin er blicken sollte, und sich für den Fußboden entschied. Ich zögerte. Wo könnte ich es gelernt haben?

»Meine alte Kinderfrau«, begann ich, »hat es einmal bei mir gemacht. Ich muss ungefähr zehn Jahre alt gewesen sein und hatte mich an einem Zuckerstück verschluckt. Erinnerst du dich, William?«

Liam warf mir ein merklich erleichtertes Lächeln zu. »Wie könnte ich es vergessen? Hinterher gabst du keine Ruhe, bis sie es dir beibrachte – sie sagte, es wäre ein Geheimnis der Ashanti, genauso wie der Zauber, mit dem man verhindert, dass Ziegenmilch sauer wird ...«

»Der wirkte indes nicht so gut ...«

»Und das Heilmittel für gebrochene Herzen«, sagte Liam, und ich fürchtete, unsere Improvisation war zu weit gegangen.

Jane brach die nun folgende Stille. »Konnten Sie es schon erproben, Sir?«

»Noch nie«, antwortete er, und die Unterhaltung wandte sich wieder normalen Themen zu.

Doch ich fühlte mich hinterher anders. Vielleicht nur innerlich, weil ich nach Wochen, in denen ich Hemden genäht, Tee getrunken und zugesehen hatte, wie Liam mit Jane flirtete, endlich etwas Sinnvolles getan hatte. Zu meinem Erstaunen setzte sich Cassandra neben mich, auf die andere Seite von Henry, und begann, mir leise zu erzählen, wie anstrengend es war, Madam Bigeon im Zaum zu halten, und wie sehr Jane sich an den Druckfahnen zu »Emma« abgemüht hatte. Cassandras Bericht nach war sie die Einzige am Hans Place, die verhinderte, dass eine leichte Unordnung in vollkommenes Chaos abrutschte. Lächelnd stimmte ich jedem ihrer Worte zu, während Henry uns sichtlich zufrieden beobachtete.

Edward, der nach dem Geschehnis den Tränen nahe schien, führte Liam zu einem längeren Gespräch in eine Ecke. Es sah ernst aus und endete mit einem energischen Händeschütteln.

»Was hat Edward zu dir gesagt?«, fragte ich, sobald wir in der Kutsche saßen und auf dem Heimweg waren.

»Nun«, antwortete Liam in dem vorsichtigen Tonfall von jemandem, der schlechte Neuigkeiten überbrachte, »anscheinend hat er uns gebeten, seine Gäste im Chawton Great House zu sein.«

Ich kreischte vor Freude und hüpfte auf dem Sitz auf und ab. Liam verzog das Gesicht und zeigte zu Wilcox draußen auf dem Kutschbock. »Aber das ist großartig. Wann sollen wir kommen?«, fragte ich flüsternd und stockte sofort. »Oder war er bloß höflich?«

»Er sagte, er wolle bald zu Besuch kommen, damit wir die Einzelheiten besprechen können.« Liam lehnte den Kopf in die Hände, als wäre er erschöpft von der Anstrengung, Dr. William Ravenswood zu mimen, und fuhr fort: »Er wollte dir ein Pferd schenken.«

Ich merkte, wie ein hysterisches Lachen in mir aufwallte, ähnlich wie ein Niesen oder ein Orgasmus, und schluckte es hinunter, weil ich an Wilcox denken musste. »Er wollte *was*?«

»Er hat mir lang und breit erklärt, dass er eine schöne Stute hätte, von der er glaubte, sie wäre sehr geeignet für eine Frau von deiner Statur.« Ich hatte den Eindruck, dass auch Liam sich ein Lachen verkneifen musste.

»War es ein Shetland-Pony?«

»Ich erzählte ihm, dass wir Pferde besitzen, wir jedoch noch nie das ländliche England gesehen hätten und gern mal aus London herauskämen – ob er jemanden kennte, der ein Haus in einer schönen Gegend vermieten würde. Also bestand er darauf, dass wir nach Chawton kommen, und sollte uns Hampshire zusagen, würde er uns helfen, ein eigenes Haus zu finden, doch vorerst wären wir seine Gäste.«

»Dann werden wir nur ein Stück weiter von Jane Austen wohnen.«

Und den Briefen. Und »The Watsons«.

Ich verarbeitete das alles noch, als Liam sagte: »Er war ganz wild darauf, sich irgendwie zu bedanken, dass du Fanny das Leben gerettet hast.« Es entstand eine Pause, als die Pferde die Sloane Street entlangklapperten, die hier und da von flackernden Lampen beleuchtet und seltsam still war, bedachte man, dass es noch relativ früh am Abend war. »Das hast du doch, oder? Sie wäre gestorben, wärst du nicht gewesen.«

Ich sah ihn unglücklich an, als mir klar wurde, worauf er hinauswollte. Wie hatte ich das übersehen können? »Ausgeschlossen. Sie heiratet einen Baronet, bekommt neun Kinder und lebt bis 1882.«

»Also hätte sie sich selbst gerettet, ohne deine Hilfe?«

»Sie hätte es müssen«, sagte ich nachdenklich und stellte mir Fanny in dem Moment vor, in dem sie die Hände an ihren Hals hob. »Hast du eine andere Theorie?«

»Vielleicht war unsere Anwesenheit beim Tee der Grund, aus dem sie sich verschluckte. Wir haben sie verunsichert.«
»Demnach sind wir sowohl das Problem als auch seine Lösung?«
»Das wäre eine nette Erklärung.« Er unterbrach. »Doch ich glaube sie nicht.«
»Du meinst, wir haben das Wahrscheinlichkeitsfeld gestört.« Liam lehnte die Stirn auf seinen Handballen. »Es scheint so, oder?«

Ich blickte aus dem Fenster zum vorbeirollenden London und sah vor meinem geistigen Auge die stahlgrauen Korridore des Royal Institute for Special Topics in Physics. Wie aufgeregt ich gewesen war, dort zu sein, wie fasziniert, dass ich nach 1815 reisen sollte. Hatte ich bedacht, dass dies hier geschehen könnte? Ich hatte es geglaubt, doch nun, da ich damit konfrontiert war, ging mir auf, dass ich es eigentlich nicht bedacht hatte.

Oben half North mir in mein Nachthemd und machte mir das Haar. Sie flocht es hinten lose zur Nacht und rollte es vorn auf Lockenpapier. Gewöhnlich genoss ich diesen privaten Abschnitt des Tages und Norths ruhige Präsenz. Doch sie musste gespürt haben, dass ich angespannt war, denn sie fragte, ob etwas vorgefallen wäre.

Nachdem ich ihr kurz von Fannys Erstickungsanfall berichtet hatte, schnalzte sie mit der Zunge. »Sie haben ihr das Leben gerettet, Miss! Das ist schon das zweite Mal, dass ich erlebe, wie Sie so etwas tun.« Wir saßen vor dem Spiegel, während sie mein Haar machte, und ich sah fragend zu ihrem Spiegelbild. »Tom. Was wäre sein Los gewesen, hätten Sie ihn nicht diesem Mann abgekauft? Was glauben Sie, wie lange solche Schornsteinkehrerjungen leben?«

Ich wandte den Blick ab.

Als North fertig und gegangen war, blieb ich noch lange an

meinem Frisiertisch sitzen. Ich dachte an Fannys Anblick, als sie keine Luft bekommen hatte, an Tom an dem Morgen, als ich ihn im Salon gefunden hatte. An die Münzen, die am ersten Tag in London aus meiner Tasche gestohlen worden waren. Geld besaß eine eigene Dynamik. Durch wie viele Hände war es inzwischen gegangen, wie viele Leben hatte es verändert? Doch die Intervention musste nicht dramatisch sein. Wir hatten schon durch unsere bloße Anwesenheit hier in den Lauf der Ereignisse eingegriffen, hatten Bedienstete eingestellt, die andere Jobs gefunden oder gehungert hätten, bewohnten ein Haus, das an jemand anderen vermietet worden wäre oder leer gestanden hätte. Der gesunde Menschenverstand legte nahe, dass solche Kleinigkeiten den Verlauf der Geschichte nicht ändern sollten, dennoch könnten sie es durch eine Kausalkette, die sich unmöglich zurückverfolgen ließe. Die Einsatzintensität und die Chance einer Störung des Wahrscheinlichkeitsfeldes wurde nach drei großen Variablen berechnet: wie weit zurück in die Vergangenheit man reiste, wie lange man blieb und wie sehr man sich mit anderen einlassen musste, um das Projektziel zu erreichen. Leute waren schon viel weiter zurückgereist als wir – aber sie blieben nie lange in der fernen Vergangenheit und taten selten mehr, als vorsichtig zu beobachten. Unser Einsatz lag bei 8,5 auf einer 10-Punkte-Skala. Das hatte ich gewusst; trotzdem war dieses Wissen bis jetzt abstrakt gewesen.

Ich betrachtete mein ängstliches Gesicht im Spiegel. Im schwachen Licht des erlöschenden Feuers und mit dem schimmernden Lockenpapier im Haar erschien ich mir wie eine vage bekannte Fremde. Dieselben dunklen Augen, dasselbe spitze Kinn und doch anders. Was soll ich tun? fragte ich mein unheimliches Spiegelbild. *Was soll ich tun?*

Ich zog die Überdecke vom Bett, wickelte mich hinein, nahm meine Kerze und schlich auf Zehenspitzen zum Flur.

Der Boden war eisig unter meinen nackten Füßen. Vor Liams Tür blieb ich stehen, ehe ich sie lautlos öffnete wie eine Einbrecherin, hineinschlüpfte und die Tür hinter mir wieder schloss.
»Bist du wach?«, flüsterte ich.
Sein Zimmer war dunkler und kälter als meines, und durch das einen Spalt weit offene Fenster drang Nachtluft herein. Ich hörte ein Rascheln, ein Knarren und ein Ringen nach Luft.
»Rachel?«
Ich hob meine Kerze an, um mich umzuschauen. »Ich wollte ...« In der Ecke stand ein Windsor-Stuhl. Den rückte ich näher ans Bett und setzte mich. Das Zimmer roch nach Nacht und etwas anderem leicht Vertrautem wie Lorbeerseife und Wolle; erdig, aber angenehm. »Ich wollte mit dir reden.«
Er setzte sich auf, rieb sich die Augen mit den Handballen und sah mich an. Sein Blick stockte bei meinem Lockenpapier.
»Was ist passiert?«
»Ich muss nur eine Minute reden. Habe ich dich geweckt? Tut mir leid.«
Zerzaust und blinzelnd, nun jedoch hellwach und die Arme um seine Knie geschlungen, neigte er den Kopf. Da war der Anflug eines Lächelns. »Schon gut.«
»Ich wusste, dass ich nicht schlafen könnte, weil ich an das denken muss, was du gesagt hast ...«
»Das ist der Unterschied zwischen uns beiden. Ich konnte nicht erkennen, wie Wachliegen etwas ändern würde.«
»Ich kann nicht auf Kommando einschlafen. So funktioniert der Verstand nicht.«
»Oh, aber man kann ihn trainieren.«
»Kannst du das?« Trotz allem war ich neugierig. »Das musst du mir irgendwann mal zeigen.«
»Ich kann es dir jetzt zeigen.«
»Wahrscheinlich erzählst du mir, dass ich atmen soll und an etwas Schönes denken. Es ist aber Zeit, panisch zu werden.«

Liam lachte leise und lange, irgendwie verschwörerisch, und ich fühlte mich besser. Im Gegensatz zu mir hatte er nicht das Lachen eines Irrsinnigen. »Na gut. Du zuerst.«

Ich lehnte mich zurück. Da meine Füße kalt waren, zog ich sie unter mich.

»Soweit ich mich erinnere, bestand bei unserer Mission eine Null-Komma-null-null-drei-Chance einer ›erheblichen‹ Störung des Wahrscheinlichkeitsfelds, was eine Störung von mehr als fünf Prozent des Feldes zu jedem beliebigen Zeitpunkt bedeutet.«

»Beruhigt dich diese Zahl?«

»Weißt du das nicht mehr?«

Es dauerte einen Moment, bis er antwortete: »Es scheint so weit weg, nicht wahr? Wie etwas, was jemand anderem widerfahren ist. Das Institut und alles.« Er hatte recht, doch ich wollte nicht zugeben, dass wir beide es dachten, und er fuhr fort: »Und was heißt das? Fünf Prozent von den Milliarden von, ich weiß nicht, kollidierenden Quarks, die einen gewöhnlichen Tag im Jahr 1815 ausmachen?«

»Es wäre ein Makro-Ereignis.« Ich blickte mich in dem dunklen Zimmer um und fragte mich, was ich hier tat. Wäre ich aufgewacht und hätte Liam in meinem Zimmer vorgefunden, hätte ich es nicht so ruhig aufgenommen. »Wie eine Person, die erstickt, obwohl sie 1882 noch leben soll.«

»Aber das ist sie nicht. Also ist es vielleicht, wie sie gesagt hatten. Das Wahrscheinlichkeitsfeld ist wie ein Maschennetz; es ist elastisch. Sie erstickt, aber sie stirbt nicht. Das Gleichgewicht ist wiederhergestellt.«

»Wie kannst du das so gelassen nehmen?«

»Weil es sinnlos ist, sich um Dinge zu sorgen, die man nicht kontrollieren kann?«

Ich war anderer Ansicht, aber dies war ein philosophisches Labyrinth, in das ich mich nicht begeben wollte. »Was ist mit

Tom? Du hast gesagt, es wäre eine schlechte Idee, ihm helfen zu wollen. Vielleicht war das der Punkt, an dem wir falsch gehandelt haben.« Da ich von meiner Brezelstellung einen Krampf zu bekommen drohte, streckte ich meine Beine aus und legte meine Füße auf das Bett.

Nach einer kurzen Pause sagte Liam: »Du denkst, Fanny Knight hatte sich an einem Kuchenstück verschluckt, weil du einen Schornsteinkehrerjungen gerettet hast?«

»Ich behaupte nicht, dass es einen direkten Kausalzusammenhang gibt. Aber wenn das Feld dynamisch ist – und das ist es –, können sich voneinander entfernte Handlungen in Quanten verbinden, auf unvorhersehbare Weise?«

Wieder herrschte längere Zeit Schweigen. Zwei Stockwerke tiefer schlug es Mitternacht.

»Es war richtig, was du an jenem Tag getan hast.«

»Aber selbst wenn ...«

»Jemand rettete mich einst. Sie hatten keinen Grund, es zu tun, ausgenommen menschlicher Anstand, und dadurch wurde mein ganzes Leben anders. Wenn das unser Fehler war, bei Tom – tja, Pech.«

»Wie wurdest du gerettet?«

Er ignorierte die Frage und sprach energischer weiter: »Und ich glaube es nicht. Ein Schornsteinkehrerjunge mehr oder weniger – solche Leute verändern den Lauf der Dinge nicht. Hätten wir hingegen Wilberforce mit unserer Kutsche überfahren, vielleicht.« Ich erschauderte, weil ich mich an meinen ersten Morgen 1815 erinnerte, als ich selbst beinahe überfahren worden wäre. »Kleine Leute spielen keine Rolle. Ausgenommen im Aggregat.«

»Sie mögen ihr Leben genauso sehr wie die großen.«

»Ich meine, sie verändern die Dinge nicht.«

Er sagte es mit solcher Überzeugung, dass ich für einen Augenblick sprachlos war. Ich wollte ihm glauben. Doch schließlich musste ich aussprechen, was ich begriffen hatte und warum ich in sein Zimmer gekommen war und ihn geweckt hatte. »Falls wir wirklich das Wahrscheinlichkeitsfeld gestört haben, was dann? Was ist, wenn wir zurückkehren und die Welt, wie wir sie kennen, ist weg, und wir müssen rektifiziert werden und vergessen, wer wir sind?« Nur die nichtkonformen Erinnerungen, ermahnte ich mich, was allerdings kein Trost war.

Nun war es an Liam, in Schweigen zu verfallen. Dann sagte er: »Wir sind dieses Risiko eingegangen, oder nicht? Zusammen mit allem anderen. Bereust du es jetzt?«

Im Haus war alles still, doch von draußen konnte ich den Wind in den Schornsteinen heulen hören, den Ruf des Nachtwächters und weit weg Hufklappern auf Kopfsteinpflaster. Es war, als würde ein Gedanke zwischen uns übertragen, leise wie ein Seufzen. »Nein«, sagte ich. »Tue ich nicht. Trotz allem.«

»Und was meinst du mit ›allem‹?«

»Falls alles fort ist. Wir kehren zurück und – ich weiß nicht …« Ich brach ab. »Aber das können wir nicht wissen, oder? Wie es überhaupt wäre? Als versuchte man sich vorzustellen, wie die Welt aussehen wird, wenn man tot ist. Man weiß, dass sie noch da sein wird, doch …« Abermals stockte ich. Mir gefiel nicht, wohin mich mein Gedankengang führte.

»Macht es dir Angst?«, murmelte Liam. »Ich weiß nicht. Mir gefiel die Idee immer schon, dass die Welt auch ohne mich weiterexistiert. Ich schätze, deshalb war ich so begeistert von Zeitreisen. Unsere Welt bewegt sich jetzt ohne uns weiter, und uns geht es nicht schlechter, weil sie es tut.«

»Weil wir am Leben sind, Dummkopf.«

»Ja, sind wir wohl.« Er lachte leise.

Wieder dachte ich, dass er ein nettes Lachen hatte. Es passte zu seiner wandelbaren Stimme, seinem eleganten Gang, seinen breiten Schultern und der Art, wie er seinen langen Kopf zur Seite neigte, während er meinen Blick hielt. Seinen Augen.

Die auf mich fixiert waren, glitzernd im Halbdunkel und mit einem Ausdruck, als wäre ihm eben etwas eingefallen. Verlegen senkte ich den Blick, sodass ich stattdessen auf seine Hände starrte, die immer noch um seine Knie geschlungen waren. Es half nicht sehr; sie sahen stark aus mit kräftigen Knöcheln und langen Fingern. Seine Ärmel waren bis über die Ellbogen hochgeschoben, sodass ich seinen Unterarm sah, den ich bei Tag nie zu Gesicht bekam: milchig blass mit sichtbarer Muskulatur und feinen dunklen Härchen, über die ich gern gestrichen hätte. Sie würden sich samtig weich anfühlen.

Und auf einmal wusste ich nicht, was ich tun sollte. Mein Herz raste, und ich vergaß zu atmen. Ich wollte eine Haarsträhne aufwickeln, fühlte jedoch nur Lockenpapier. Ich war in Lockenpapier hergekommen? Heilige Mutter Gottes, wie Liam sagen würde.

Rasch schwang ich meine Füße vom Bett, weil es mir jetzt viel zu anzüglich schien, kurz davor, unter seine Decken zu kriechen, und stand auf. Ich fühlte mich wie eine Fremde in meinem eigenen Körper, und meine Beine gehorchten meinem Verstand nur linkisch. Ich nahm meine Kerze auf.

»Ich gehe lieber. Danke, dass ich Luft ablassen durfte. Und entschuldige die Störung.«

Denn was wäre, sollte ich die Decke zurückziehen, neben ihm ins Bett schlüpfen, dicht genug, um seine salzige Haut schmecken zu können, seinen Atem beschleunigen zu hören? Nur um warm zu werden, würde ich sagen. *Lass uns das genauer besprechen.* Er würde mir nicht widerstehen, denn meiner Erfahrung nach können Männer das nicht. Oder tun es nicht. Eine direkte Herangehensweise scheiterte selten, sofern man es richtig anstellte.

Aber das konnte ich nicht. Ich war wie gelähmt.

Er blickte zu mir auf. »Hast du nicht.« Im Helldunkel meines Kerzenlichts sah er verwirrt und unschuldig aus.

»Ich war – jetzt geht es mir schon besser, nachdem wir geredet haben. Danke. Gute Nacht!«

Mein Mund war trocken, und ich bekam die Worte nur mit Mühe heraus, bevor ich mich so schnell umdrehte, dass die Kerzen erloschen und ich mir den Weg zur Tür ertasten musste. Es sollte eine Wohltat sein, nicht zu sehen oder gesehen zu werden. Doch die Dunkelheit fühlte sich noch intimer an, weil ich wusste, dass er darin war.

»Dann gute Nacht, liebe Rachel. Komm jederzeit wieder.«

Es folgten ein Knarren und ein Rascheln, als er sich wieder hinlegte. Blind ertastete ich den Türknauf.

Als ich im wässrigen Novembersonnenschein die Augen öffnete, ging mir immer noch alles im Kopf herum, was den Abend zuvor geschehen war, doch es machte mich nicht mehr sprachlos. Es war, als hätte sich mein Denken im Schlaf an diese neuen Gedanken angepasst, ähnlich wie Narbengewebe über einem kleinen Fremdkörper in der Haut wuchs. Störung des Wahrscheinlichkeitsfeldes. Eine Einladung nach Chawton. Und Liam. Ich blickte hinaus zu dem Flecken Himmel, den ich von meinem Fenster aus sah, und ließ meinen Verstand alles durchspielen.

Keiner hatte je geglaubt, dass wir nach 1815 reisen könnten und nichts verändern. Dennoch hatte Liam wahrscheinlich recht: Die Geschichte bestand aus großen Ereignissen und herausragenden Persönlichkeiten. Waterloo, Trafalgar und Borodino, Napoleon, Nelson und Kutusow. Jane Austen. Der Rest von uns trug auf unsere kleine Weise zur Geschichte bei, so wie die Wassertropfen einen Ozean bilden: gemeinsam mächtig, allein bedeutungslos. Dass Fanny Knight beinahe erstickt wäre, war so gesehen nicht wichtig. Sie war es nicht; das war die Hauptsache.

Und nun hatte ihr Vater uns nach Chawton eingeladen. Das

war riesig. Wahrscheinlich wäre es sonst nicht passiert; das heißt, wäre sie nicht um ein Haar gestorben. Mich überlief ein kalter Schauer, als ich das dachte. Es war, als hätte etwas – die Welt, die Zukunft – verlangt, dass sie es tat, damit der nächste Dominostein fallen konnte. Als hätte unsere Ankunft in 1815 mit einem Auftrag Dinge in Unruhe versetzt, die bis dahin ruhig gewesen waren, die Energie der Welt und den Ausgang der Geschehnisse verändert. Von diesen Gedanken bekam ich Kopfschmerzen, also wandte ich mich dem zu, was ich wusste.

Edwards Hauptanwesen war in Kent; der Besitz in Chawton in Hampshire war kleiner, kein Ort, an dem er viel Zeit verbrachte. Doch als er seiner Mutter und den Schwestern 1809 die Wahl zwischen zwei verschiedenen Häusern überlassen hatte, hatten sie Hampshire vorgezogen, weil es sich heimischer anfühlte. Chawton war nicht weit von der Pfarrei in Steventon, wo alle Kinder außer Edward aufgewachsen waren, wo Mrs. Austen ihr geschäftiges Leben als Pfarrersfrau mit einer Herde Milchkühe, einem großen Garten und einem Haus voller Jungen, die Reverend Austen unterrichtete, geführt hatte. Die Kühe und die Jungen waren fort, Mr. Austen seit zehn Jahren tot, doch in vielerlei Hinsicht war das Leben der drei Austen-Damen und ihrer ledigen Freundin Martha Lloyd in Chawton eine Rückkehr in frühere Zeiten: ruhig und eigenständig. Sie bauten ihr Gemüse an, brauten ihr Sprossenbier und hielten Hühner. Die Welt jenseits des Dorfs mit den Aufständen wegen Nahrungsmittelknappheit und Unruhen in den Webereien war fast nicht existent. So stellte ich es mir jedenfalls vor. Es wäre faszinierend, aus London zu kommen und es sich anzusehen. Und wie würde Cassandra darauf reagieren, dass wir Edwards Gäste waren? Sie müsste uns akzeptieren; ja, gestern Abend hatte es den Anschein gehabt, als finge sie schon damit an.

Doch es blieb das Liam-Problem. Was war passiert, woher war das gekommen, dass es mich so unvorbereitet traf? Ich war mit keinem anderen Gedanken zu ihm gegangen, als mit ihm zu reden: drohende Schlaflosigkeit, der Wunsch nach einem freundlichen Ohr. Und hinaus ging ich mit dem überwältigenden Wunsch, mit ihm zu schlafen.

Doch ich hatte nichts getan, was ein Rätsel war. Ich bin direkt; meine Bedürfnisse sind simpel. Ich habe gerne Sex, vorzugsweise mit Männern, obwohl ich Frauen nicht kategorisch ausschließe. Niemand muss gefesselt oder geschlagen werden, und niemand muss verliebt sein. Diese Herangehensweise des Nichtzergrübelns funktionierte immer gut, wie ich fand. Ich hätte mich auf sein Bett setzen, ihn lange ansehen, eine seiner schönen Hände nehmen sollen und sich die Dinge natürlich entwickeln lassen. Was ich stattdessen getan hatte, war, zu stammeln wie ein verknallter Teenager und wegzulaufen. Unerklärlich.

Sicher, wir steckten bis nächsten September und der Rückreisegelegenheit im frühen neunzehnten Jahrhundert fest und gaben uns als Bruder und Schwester aus. So wie wir lebten, bestand die Gefahr, in flagranti von einem Bediensteten ertappt zu werden. Und es gäbe kein Entkommen, sollte es schiefgehen und Liam sich als einer meiner Fehler entpuppen – düster, verklemmt, dysfunktional oder kompliziert. Was nicht unmöglich schien. Zudem war er verlobt. Ein verliebter Mann.

Lauter gute Gründe zu zögern, nur fielen sie mir erst hinterher ein. Letzte Nacht war mir keiner von ihnen in den Sinn gekommen. Also was stimmte nicht? Er hatte nie irgendwelche Anzeichen gezeigt, dass er sich von mir angezogen fühlte – vielleicht war ich nicht sein Typ –, aber das disqualifizierte ihn nicht. Wir waren nur menschlich. Ich bezweifelte, dass er eine eindeutige Avance abgelehnt hätte; und selbst wenn er es täte, wäre ich nicht schlechter dran als jetzt. Warum war ich trotzdem weggelaufen?

Im Geiste sah ich wieder sein Gesicht, wie er zu mir aufblickte, unmittelbar bevor ich aus dem Zimmer geflohen war. Da hatte etwas Argloses in seinem Gesichtsausdruck gelegen, was bewirkt hatte, dass ich mich meines Verlangens schämte. Die Old British waren prüde, erinnerte ich mich – und vergaß für einen Moment, dass er kein Old British war, sondern lediglich so tat. Er hatte nicht meine Erfahrung mit der Arbeit in entlegenen Gegenden und unter extremen Bedingungen. Er verstand nicht, wie sie sich auf Leute auswirkte. Vielleicht war er in diesem Punkt ein wenig naiv. Oder ihn plagten religiöse Skrupel. Nicht dass er jemals über Religion sprach. Oder sparte er sich womöglich für die Ehe auf?

Die Vorstellung von meinem siebenunddreißigjährigen Kollegen als Jungfrau traf mich mit solcher Wucht, traurig und zugleich komisch, dass ich schnaubend auflachte und mich besser fühlte. Ich rollte mich auf den Bauch und griff unter mein Nachthemd, genoss die Wärme und Glätte meiner Haut, die weiche Nachgiebigkeit meines Körpers. Ich stellte mir seine Hände anstelle von meinen vor und ließ mich für einen Moment vergessen, zumindest bis ich hier fertig war, dass ich eigentlich nichts gelöst hatte.

Wenige Tage später, als ich mich schon zu sorgen begann, dass Liam etwas missverstanden oder es sich der Herr von Chawton House anders überlegt hatte, kam Edward zu Besuch, während wir noch beim Frühstück saßen, um seine Einladung zu wiederholen. Seine Geschäfte würden ihn nötigen, länger in der Stadt zu bleiben, und anschließend müsste er für drei oder vier Wochen nach Kent. Danach aber würde er über Neujahr in Hampshire sein, mit kurzen Unterbrechungen. Wir dürften gern schon nächsten Monat kommen, sofern wir nicht auf den Frühling warten wollten, wenn das Wetter freundlicher wäre.

»Dezember«, sagten wir. Wir wünschten, so bald wie möglich aufs Land zu reisen, saubere Luft zu atmen und den verderblichen Einfluss Londons abzuschütteln. Liam drückte sich hier mit solcher Warmherzigkeit aus, dass Edward erschrocken dreinblickte und eine Woche in Cheltenham oder Weymouth vorschlug – die uns unbeschreiblich guttun würde. Was wir umgehend zu erwägen versprachen.

»Ich muss zum Schneider.« Liam trat ans Fenster, um auf die Straße zu blicken, als Edward Knight in seine Kutsche stieg. »Sicher wird gejagt. Da brauche ich passende Kleidung.«

»Was für ein Modegeck du bist. Hast du in unserer Zeit auch dauernd neue Sachen gekauft?« Ich hatte beschlossen, Liam genau wie vorher zu behandeln, mir eine Scheibe von ihm abzuschneiden und nichts preiszugeben. So weit lief es gut. »Ich vermute, ja.«

»Ich hatte nie Geld.«

»Ah, prima, dann kannst du jetzt alles nachholen.«

»Meinen lang gehegten Wunsch, Beau Brummell zu sein?«, murmelte Liam. »Manchmal kommt einem 1815 wie ein endloser Kostümball vor.«

»Oder ein Gentleman zu sein.«

Er warf mir einen strengen Blick zu. »Möchtest du mit mir zum Schneider kommen? Ich überlege, hinterher einen Spaziergang zu machen. Es wäre ein Jammer, den Tag zu vergeuden.«

Das untypisch milde Wetter hatte sich gehalten, und wir waren im Hyde Park, als ich Jane Austen in der Ferne sah. »Dort drüben«, sagte ich und versuchte, unauffällig hinzuzeigen, »am Rand der Gruppe? Dort – starr nicht hin, aber bei der Trauerweide, mit zwei anderen Frauen?«

Bis Liam sie sah, hatte sie uns auch schon entdeckt. Sie verabschiedete sich von den Frauen, mit denen sie spazieren gegangen war, und kam zu uns. Wir erkundigten uns nach Henry.

»Ihm geht es sehr gut. So gut, dass ich ihn auf einer Bank warten ließ – er wollte unbedingt mit nach draußen kommen –, damit ich ein wenig mit Miss East und Mrs. LaTournelle gehen konnte. Begleiten Sie mich zu ihm zurück?«

Der Wind hatte aufgefrischt, und es fühlte sich wieder wie November an. Jane begab sich zwischen uns, und wir gingen los. Sie begann, uns von dem neuen Buch zu erzählen, das sie abends lasen: »Guy Mannering« vom Autor von »Waverley«, doch sie fürchtete, dass es keinem so gut gefallen würde wie »Waverley«.

»Wie weit weg haben Sie Henry zurückgelassen?«, fragte ich schließlich.

»Irgendwo dort drüben.« Und dann sah ich ihn. Zu ihm hatte sich ein massiger Gentleman in einem blauen Uniformrock und mit einem großen Hut gesellt – das Gesicht wettergegerbt – und mit einem blonden Pferdeschwanz. Henry sah uns und hob eine Hand; der Marineoffizier verneigte sich, schüttelte Henrys Hand und ging.

»Hast du sie im Park gefunden, Jane? Wie kühn von dir!« Henry war munter, doch ich fand, dass er müde aussah.

Er stand auf, und wir machten uns langsamer auf den Weg nach Osten zur Sloane Street und dem Hans Place. Zunächst gingen wir alle vier in einer Reihe, aber Jane und Liam, die sich ernst unterhielten, waren schneller, sodass Henry und ich zurückfielen.

»Sind Sie schon bereit für einen Spaziergang von dieser Dauer?«, fragte ich. »Wir könnten uns ausruhen. Sehen Sie, hier ist eine Bank.«

»Miss Ravenswood, ich fürchte, Sie müssen mich für einen Invaliden halten.«

»Ich bin zu sehr daran gewöhnt zu sagen, was ich denke, ohne zu überlegen, wie es anmutet. Sie müssen mich für eine Wilde halten.«

»Nicht im Geringsten.« Er lächelte zu mir herab. »Ich bewundere ein offenes, warmherziges, leidenschaftliches Temperament. Wer stets zu vorsichtig ist und niemals riskiert, in ein Fettnäpfchen zu treten, erscheint mir langweilig. Für solch einen Charakter habe ich keine Verwendung.«

»Sie sind die Großzügigkeit in Person, meinen mangelnden Takt auf solch freundliche Weise zu deuten.«

»Ich möchte indes Ihren Eindruck korrigieren, was meine Gesundheit betrifft. Mir geht es mit jedem Tag besser, und ich erwarte, in wenigen Wochen wieder ganz genesen zu sein.«

»Das wünsche ich Ihnen sehr.«

Vor uns blieben Liam und Jane, die zu weit weg waren, als dass wir sie hören könnten, für einen Moment stehen und blickten sich zu uns um. Beide hatten den kühlen, abwägenden Blick von Leuten, die versuchten, einen Entschluss zu fassen. Dann drehten sie sich wieder um und gingen weiter.

»Aber wenn ich offen sprechen darf, als Freundin …«

Er ergriff meine verhüllte Hand und drückte sie auf sein Herz, was mein eigenes vor Schreck schneller schlagen ließ. »Ich wünsche, dass Sie nie anders zu mir sprechen.«

»Ich möchte Sie bitten, sowohl beim Essen als auch beim Trinken maßzuhalten. Nicht dass ich andeuten würde, Sie täten es derzeit nicht, aber Ihre Leber hat gelitten und wird für immer empfindlich bleiben. Nehmen Sie fettiges Fleisch, Spirituosen aller Art und Wein nur in kleinen Mengen zu sich.«

Ich blickte zur Seite, um zu sehen, wie er es aufnahm. Doch ich hätte ihm ebenso gut sagen können, dass er sich eine Schnur um den großen Zeh binden oder einen Trank aus zerstampften Perlen und Schnecken zu sich nehmen solle; mein medizinischer Rat schien sicher genauso willkürlich, zumal ich eine Frau war und mithin per definitionem nichts wusste. Ich wünschte, ich könnte irgendetwas tun, was ihm tatsächlich half. Auf mich machte er den Eindruck von jemandem, der fröhlich am Rand einer Klippe spazierte, und wieder empfand ich diese Mischung aus Mitgefühl und Verlangen, die mich an dem Abend ins Rätseln gebracht hatte, als Fanny fast erstickt war.

Er schmunzelte. »Was ist mit Tee?«

»Harmlos. Förderlich.«

»Das bedeutet, ich darf Sie und Ihren Bruder guten Gewissens am Dienstag zu uns zum Tee einladen. Cassandra wird an dem Morgen mit Edward nach Hampshire reisen, also wird der traurige Rest unserer Gesellschaft Aufmunterung brauchen.«

Ich war froh über die Einladung, doch deren Begründung schien mir wenig stichhaltig, denn bei unserer Ankunft fehlte es niemandem am Hans Place an Heiterkeit. Jane und Fanny waren alberner und lebhafter, als ich sie je gesehen hatte, saßen zu beiden Seiten von Mr. Haden mit Liam ihnen gegenüber und unterhielten sich leise, brachen immer wieder in Gelächter aus, neigten sich zueinander, bis sie sich beinahe mit den Nasen berührten wie Ponys, bevor sie in die nächste extravagante Konversation verfielen. Ich bekam nur Gesprächsfetzen mit, vermutete aber, dass sie über Mr. Clarke und Carlton House sprachen; Jane hatte endlich den versprochenen Besuch dort gemacht.

Ich war in eine Ecke gedrängt, Fannys geliehene Harfe zur einen Seite, Henry zur anderen. Wir waren bei der sagenhaften Gesellschaft in Burlington House gelandet, veranstaltet vom White's Club, um das Ende des Kriegs mit Frankreich zu feiern. Das war 1814, ein Jahr zuvor, gewesen, wie sich herausstellte. Dass Henry dort gewesen war, hatte ich bereits aus Jane Austens Briefen erfahren.

»Ich las in einer Zeitung, dass sie zehntausend Pfund gekostet hat. Stimmt das?«

»Oh, ich habe keine Ahnung! Mich dauert indes, dass sich der Zeitungsbericht zu solch einer vulgären Anmerkung herabließ.«

Ich fand es seltsam, dass ein Bankier den Preis von irgend-

was als vulgäre Frage abtat, anstatt es als interessant anzusehen. Vielleicht erklärte es seine Geschäftsprobleme.
»Woran ich mich erinnere, ist, dass ich noch nie so viele glückliche Menschen zur selben Zeit an einem Ort gesehen hatte.«
»Zu Recht. Bonaparte zu schlagen war das Werk einer ganzen Generation, nicht wahr? Ihrer.«
»Ich darf kaum Lob beanspruchen; das gebührt meinen beiden Brüdern, den Captains.«
»Ich hoffe, dass ich sie kennenlernen und ihnen für ihre Dienste für König und Vaterland danken kann.«
»Sie werden Frank kennenlernen; er ist in Chawton. Auf Charles müssen Sie noch warten.« Er unterbrach kurz. »Klingt es ungnädig, wenn ich sage, dass ich ihn bereits vermisse?«
»Ihren Bruder Charles?«
»Bonaparte.«
»Nicht ungnädig. Vielleicht unpatriotisch.«
»Doch ich würde ihn mir nie zurückwünschen – aus dem Exil entkommen, wieder an der Spitze einer Armee – oh nein.«
»Nicht einmal die Franzosen könnten mehr von solcher Aufregung ertragen.«
»Dennoch sehnen sich Frank und Charles schon nach einem neuen Krieg; in Friedenszeiten bieten sich so wenige Aufstiegsmöglichkeiten. Und noch weniger, eine Auszeichnung zu erwerben.«
»Weil die Leute vor ihnen auf den Listen in Friedenszeiten nicht schnell genug sterben?«
Er lachte. »Miss Ravenswood, Sie sind schlimmer als Jane!«
»Ich kann nur wünschen, halb so viel Scharfsinn zu besitzen wie sie.«
»Ja, sie ist eine besondere Person.« Er blickte hinüber zu ihr. »Aber Sie haben recht. Das Geheimnis des Aufstiegs dort liegt darin, zu überleben, was andere tötet. Und natürlich Glück,

besonders bei den Schutzpatronen.« Er schaute sich im Raum um, bevor seine strahlenden Augen wieder auf mein Gesicht gerichtet waren. »Und dasselbe gilt, in weniger dramatischer Form, für das zivile Leben. Man kommt nicht mit Schuss- oder Machetenwunden heim. Zumindest nicht sichtbaren.« Wieder verstummte er und sah sich um; es bedurfte keines Genies, um zu vermuten, dass er an seine Bank dachte.

»Fürwahr, ein lang herbeigesehnter Frieden, doch ist es nicht leicht, sich mit ihm zu arrangieren. Wenn man bedenkt, was mit dem Weizenpreis geschehen ist ...« Ich brach ab. Damen sprachen wahrscheinlich nicht über Handelspreise.

Er seufzte. »Meine Geschäfte sind recht betroffen.« Seine Geschäfte? Warum sollte er seine Finanzen mit mir besprechen? Lief dies hier auf eine Bitte um einen Kredit hinaus? Aber sicher würde er sich dann an Liam wenden. »Die Lage sieht momentan ernst aus, trotzdem bin ich zuversichtlich, dass es noch gut ausgehen kann.«

In der Bank? Nun war es an mir zu seufzen. Armer Henry. Armer, dem Untergang geweihter, munterer Henry.

Es sei denn ... Ich hatte Fanny vor dem Ersticken gerettet, vielleicht könnte ich auch seine Bank retten. Eine Bankenpleite hing oft ebenso sehr mit dem Vertrauensverlust zusammen wie mit der tatsächlichen Finanzsituation; eine rechtzeitige Liquiditätsspritze könnte entscheiden. Der Bankkollaps bedeutete nicht nur Henrys privaten Ruin, sondern auch den Verlust von allem, was seine Brüder bei ihm investiert hatten. Ihre Unterstützung finanzierte Chawton Cottage, sodass der Bankrott auch bis in Janes Leben nachhallen würde; er ist einer der Stressfaktoren, die man mit verantwortlich für ihre fatale Krankheit macht. Vielleicht könnte ich die Rettung der Bank noch einige zusätzliche Jahre sichern, selbst wenn es hieß, dass ich ihr Leiden nie diagnostizieren würde. Genug, um »Sanditon« zu beenden? Denn sollten wir das Wahrscheinlichkeitsfeld gestört haben, wäre es vielleicht klug, das Beste daraus zu machen: Wir könnten eine Kraft für das Gute sein, Retter der ganzen Austen-Familie.

Er fuhr fort: »Ich zögere zu sprechen, hängt doch dieses Damoklesschwert über meinem Kopf. Und doch muss ich, da Sie London bald verlassen.«

Aber er tat es nicht. Er verstummte lange genug, dass die Unterhaltung auf dem Sofa abbrach und Fanny der Bitte von Jane und Mr. Haden nachgab, etwas auf der Harfe vorzutragen.

»Es ist ein neues Stück, an dem ich mit meinem Musiklehrer arbeite«, sagte sie. »Ich spiele es bemerkenswert schlecht.«

»Darüber zu urteilen, solltest du uns überlassen«, entgegnete ihre Tante, und Fanny strich die Harfe an, um ihren Gesang zu begleiten. Sie hatte eine angenehme, obgleich wenig ausgefallene Stimme. Zumindest traf sie den Ton.

Ich hörte nicht richtig hin, sondern blickte zurück zu Henry. Seine Verlegenheit war deutlich zu spüren, und er tat mir leid – es ist peinlich, um Geld zu bitten. »Bitte zögern Sie nicht, mit mir über alles zu sprechen, was Sie sorgt.«

»Ich denke, Sie werden bereits begriffen haben, was mich umtreibt«, sagte er schließlich so leise, dass ich mich ein wenig zu ihm neigen musste, um ihn zu verstehen. Unsere Blicke begegneten sich. »Sie mit Ihrem beachtlichen Scharfsinn.«

Ich starrte ihn an, als er fortfuhr, immer noch sehr leise, aber schneller: »Ich wage nicht zu fragen, ob das Gefühl erwidert wird, weil es der Gipfel der Anmaßung wäre. Daher möchte ich nur fragen, ob Sie mir zu hoffen gestatten.«

Er bat nicht um einen Kredit. Wie versteinert stand ich da, den Mund leicht geöffnet, während die Selbstzufriedenheit ob meiner beabsichtigten Großzügigkeit blankem Staunen wich. Unser Plan war zu gut aufgegangen. Was sollte ich jetzt tun?

»Darf ich Sie morgen aufsuchen?«, flüsterte er.

»Ja«, antwortete ich, ehe ich mich besinnen konnte.

KAPITEL 10

15. November
33 Hill Street

Meine Gedanken hielten mich bis zum Morgengrauen wach. Konnte ich es missverstanden haben und Henry doch um einen Kredit bitten? Oder könnte es etwas anderes sein, woran ich nicht gedacht hatte? In der Vorbereitung hatten wir der Möglichkeit eines Antrags verblüffend wenig Aufmerksamkeit geschenkt, obwohl meine Rolle doch eher so schien, als würde sie dieses Risiko von Anfang an bergen. Aber wir waren, unter anderem, wegen unserer Fähigkeit ausgewählt worden, zu improvisieren. Es wurde Zeit, dass ich bewies, was ich draufhatte.

Nachdem ich endlich eingeschlafen war, wachte ich sehr spät auf und widmete meinem Haar und meiner Kleidung viel Zeit. Unten fand ich den Frühstückssalon leer vor, nur mit einem Gedeck, und rief den hübschen Robert herbei, um Kaffee und Brötchen zu erbitten.

»Ist mein Bruder ausgegangen?«

»Er bat vor Kurzem um die Kutsche.«

Vielleicht war es besser so. Noch ein Problem, das ich nicht gelöst hatte, war, ob ich Liam erzählen sollte, was geschehen war. »Wissen Sie, wohin er wollte?«

»Er hat es mir nicht gesagt, Madam. Ich kann fragen, ob Jencks es weiß.«

Für einen Moment war ich wütend ob der Freiheit, die Männer besaßen, überallhin zu gehen, wohin sie wollten, ohne dass es jemandem auffiel. »Nein, sparen Sie sich die Mühe.«

Ich schaffte es durch das Frühstück, obwohl mein Mund ausgetrocknet war und Mrs. Smiths Brötchen, die sonst köstlich waren, ebenso gut aus Sägespänen hätten sein können.

Oben schrubbte ich mir die Zähne mit meinem Eibischwurzelstab und Zahnpulver; das Letzte, was ich gebrauchen konnte, war schlechter Atem.

Im Salon zwang ich mich, an einem Hemd zu nähen, versuchte, meine Atmung mit den Nadelstichen zu takten, um meinen Geist frei zu bekommen. Ich hatte Liams Angebot nie angenommen, mir zu zeigen, wie ich meine Gedanken so abschalten konnte, dass ich einschlief – eine Fertigkeit, die letzte Nacht sehr gelegen gekommen wäre. Erst letzte Woche war ich nachts in sein Zimmer geplatzt, und doch schien der Vorfall einer vergangenen Welt anzugehören, abgehakt unter Dingen, die ich nie wieder tun würde, weil ich fortan sehr wachsam wäre. Nichts preisgeben. Ging er so durch sein Leben? Wie hielt er das aus?

Von unten hörte ich ein Klopfen an der Tür, und noch ehe ich nachgesehen hatte, welche vertraute Kutsche draußen gehalten hatte, wusste ich, dass es Henry war.

Er kam mit sehr ernster Miene herein. »Miss Ravenswood.«

»Ich fürchte, Sie haben meinen Bruder verpasst, Sir. Allerdings erwarte ich ihn in Bälde zurück.«

Ich hatte mein Nähzeug abgelegt und war aufgestanden, als er das Haus betreten hatte. Wir standen mitten im Salon, näher beieinander, als es die normale gesellschaftliche Distanz gebot.

»Ich bin hauptsächlich hier, um Sie zu sehen. Und gewiss werden Sie das bereits erkannt haben.« Er rang die Hände und hob sie an sein Herz. Dabei sah er zu mir herab, und in seinen nussbraunen Augen blitzte ausnahmsweise nichts Amüsiertes auf. »Beinahe vom ersten Moment an, in dem ich Ihnen begegnet bin, fühlte ich, dass da etwas war – etwas an Ihnen ist anders als bei jedem Menschen, den ich kenne. Sie müssen mir erlauben, Ihnen zu sagen, wie sehr ich Sie begehre und liebe.«

Mir wurde schwindlig. Mein Herz pochte so wild, dass ich glaubte, man müsste es sehen können. Ich konnte nicht widerstehen, selbst nach unten zu blicken, wo das Spectronanometer ruhig an seiner Silberkette zwischen meinen Brüsten lag. Mein Ticket nach Hause.

»Sie schweigen«, sagte er und umfing meine Hand mit seinen beiden. »Darf ich Ihr Schweigen als Zusage deuten«, zu meinem Erstaunen sank er auf ein Knie, »dass Sie in Erwägung ziehen, mich zum glücklichsten Mann von allen zu machen?«

Ich sah zu ihm hinunter. Die Zeit schien sich zu dehnen, das Licht im Zimmer an Schwere zu gewinnen, als wären wir in ein Vermeer-Gemälde getreten. Ich fragte mich, ob Jencks an der Tür lauschte oder was geschehen würde, sollte Liam nach Hause und in den Salon kommen. Dann hörte ich auf, mich diese Dinge zu fragen, als sich in mir etwas verschob, ähnlich tektonischen Platten, nur unheimlicher; ich spürte, wie die Rolle, die ich spielte, übernahm und mich verschlang. Diese Unterhaltung könnte entscheiden, wie mein Leben weiter verlief; ob ich mit diesem Mann in den heiligen Bund der Ehe trat, ihm mein Vermögen und mein Schicksal in die Hand gab. Es war Furcht einflößend. Was war, wenn er mich tatsächlich liebte und es nicht bloß auf mein Geld abgesehen hatte? Welche Verantwortung hätte ich dann? Was sollte ich tun? Woher wussten Leute so etwas?

»Sie müssen mir Bedenkzeit gestatten«, versuchte ich zu sagen, doch meine Worte kamen als gehauchtes Flüstern heraus. Immer noch meine Hand haltend, neigte er sich vor und zog mich näher zu sich.

»Ich habe Sie nicht verstanden, süßer Engel.«

»Sie müssen mir Bedenkzeit gestatten«, wiederholte ich. Da er immer noch auf dem Boden kniete, war mein Hals auf seiner Augenhöhe. Ich wünschte, er würde aufstehen, doch schien er es damit nicht eilig zu haben. Vielleicht stand der Mann nicht auf, bis man Ja sagte. »Dies ist eine wichtige Entscheidung im Leben einer Dame, wie Sie zweifellos verstehen.«

Er blickte zu mir auf. »Ja, ich verstehe es.« Und dann sagte er hastig: »Doch seien Sie bitte gnädig, brauchen Sie nicht zu lange. Durch Sie fühle ich mich wieder wie ein junger Mann, Miss Rav... Oder darf ich Sie bei dem Namen nennen, mit dem ich Sie im Herzen anspreche? Darf ich ... Mary sagen?« Er fuhr fort, ohne auf eine Antwort zu warten: »Aber wie der Poet sagte: ›Doch hinter mir jagt schon heran der Zeit geflügeltes Gespann ...‹ Ich bin so leidenschaftlich wie ein Mann von einundzwanzig, aber ich bin – und meine Gesundheit, meine Aussichten sind ... ich bin ... Vielleicht kann ich mit Ihrem Bruder sprechen – ich ...«

Sein Kopf war praktisch an meinem Busen, also zog ich ihn das letzte Stück heran, alles, um seinen Wortschwall zu beenden. Seine Nase schmiegte sich in den Spalt neben das Spectronanometer, und sein freudiges Stöhnen vibrierte in meinem Brustkorb, als er seine zitternden Arme um meine Taille schlang.

»Mary«, sagte er. »Oh Mary.«

So blieben wir eine Weile, beide schnell atmend. Der Moment fühlte sich trügerisch friedvoll an, als wäre etwas geklärt worden. Doch als er den Kopf drehte und begann, an meinem Ausschnitt entlang zu knabbern, die Hände hob, um mein Fichu zu lösen, und dann meine Brüste aus dem engen Korsett zu befreien versuchte, um sie an seinen Mund zu bringen, wurde mir bewusst, dass wir nicht in »Mansfield Park« waren und ich schnell eine Entscheidung treffen musste.

»Mr. Austen!«, rief ich aus, stieß ihn weg und sprang zurück. Meine Empörung war teils echt, teils diente sie dazu, ein Lachen zu unterdrücken. Hatte ich von ihm die gleiche Zurückhaltung erwartet, wie sie die Helden in den Romanen seiner Schwester zeigten? »Bitten Sie so um meine Hand?«

Er brauchte einen Moment, um das Gleichgewicht wiederzufinden, ehe er mit einer für diese Situation beachtlichen

Würde aufstand, seine Weste richtete und die Hose glatt strich. Sein Gesicht war rot angelaufen. Er warf mir einen kurzen Blick zu und sah weg. »Vergeben Sie mir, Miss Ravenswood. Ich hatte mich vergessen.«

»Vielleicht gehen Sie lieber.« Dass er mich mit Vornamen ansprach, war dreist gewesen, doch die Rückkehr zum Nachnamen hatte etwas Frostiges. Er hatte den beschämten Ausdruck, wie ihn manche Männer nach dem Sex bekommen, wenn sie nichts mehr mit einem zu tun haben wollten. »Ich werde eingehend über das nachdenken, was Sie gesagt haben.«

Zum ersten Mal heute blitzten seine Augen amüsiert auf, und mit einem sehr zarten Lächeln trat er vor, um sich über meine ausgestreckte Hand zu neigen. »Dann überlasse ich Sie Ihren Gedanken, Madam.« Nachdem er mir noch einen verschwörerischen Blick zugeworfen hatte, ging er.

Ich sank auf einen Stuhl und vergrub das Gesicht in den Händen. Eine Weile saß ich so da, regungslos, die Augen geschlossen, und versuchte, das eben Geschehene nicht in Gedanken nachzuspielen; über all das würde ich später nachdenken. Dann hörte ich Schritte die Treppe heraufkommen.

»War Henry hier?«, fragte Liam im Hereinkommen. »Ich dachte, ich hätte gerade seine Kutsche gesehen, doch er schien nicht ...« Er brach ab. »Was ist los? Ist etwas passiert?«

Ich sah nach unten und stellte fest, dass ich immer noch mein Fichu festhielt. »Ähm«, sagte ich, ging zum Spiegel über dem Kaminsims und zupfte das Tuch wieder zurecht. »Ja, er war hier.« Mein Gesicht war gerötet, mein Haar noch zerzauster als sonst. Während ich es in Ordnung brachte, blickte ich von meinem Spiegelbild zu Liams. Er war mir zum Spiegel gefolgt, starrte mich mit einer Miene an, die entsetzt wirkte.

»Geht es dir gut? Hat er – hat er etwas getan?« Ich drehte mich vom Spiegel weg zu ihm um. Er streckte die Hände vor, als wolle er mich berühren, könne sich jedoch nicht entscheiden, wo, und überlegte es sich anders. Er trat einen Schritt zurück und sah mich immer noch mit großen Augen an. »Hat er dir etwas getan?«

»Mir geht es gut.« Ich nickte zur offenen Tür, einen Finger an meinen Lippen. »Gehen wir spazieren.«

Es war kein Wetter für einen schönen Spaziergang – klamm und mit Wolken, die jeden Moment mit Regen drohten. Ich fröstelte trotz Spenzer und Schal, als wir in Richtung Berkeley Square bogen.

»Er hat mich gebeten, ihn zum glücklichsten Mann zu machen«, sagte ich ohne Umschweife.

»Hat er? Erstaunlich.« Liam sprach leise und vorsichtig, wobei er mir immer wieder Seitenblicke zuwarf. »Was hast du gesagt?«

»Dein Staunen ist nicht sonderlich schmeichelhaft. Es ist ja nicht so, als hätte mir noch nie jemand einen Antrag gemacht.« Tatsächlich hatte ich nie einen bekommen, aber nun, da der Schock abklang, hellte meine Stimmung auf, und ich konnte mir nicht verkneifen, triumphierend zu grinsen.

Liam sah mich wieder an, als zweifelte er an meinem Geisteszustand. »Erstaunlich, wie in ... großartig, genial. Es bedeutet, dass wir sie erfolgreich überzeugt haben ... Aber was hast du zu ihm gesagt, Rachel?«

»Ich sagte ihm, dass ich darüber nachdenken müsse.«

»Und wie hat er es aufgenommen?«

Ich erinnerte mich, wie angenehm es sich angefühlt hatte, als seine Nase in meinem Ausschnitt vergraben war. »So gut, wie zu erwarten war.«

»Hat er nicht gebeten, mit mir sprechen zu dürfen?« Henry müsste sich mit den männlichen Verwandten von jeder Frau, die er heiraten wollte, über Geld unterhalten; bei der Ehe ging

es genauso sehr um Besitz wie um Liebe: Was konnte er anbieten, was brachte ich mit, wie war alles zu regeln?
»Ich glaube, er erwähnte, mit dir zu sprechen. Wir haben das eigentlich nicht vertieft.«
»War er zu sehr damit beschäftigt, dir Kleidungsstücke zu entfernen?«, fragte Liam mit erhobener Stimme. Ich blinzelte. Hatte er das eben gesagt? »Dir süße Nichtigkeiten zuzuflüstern? Seine unsterbliche Liebe zu schwören?«
»Hast du den Verstand verloren?«
Er wandte den Blick ab und antwortete länger nicht. Ich sah die Straße entlang. Ein Tunnel von Reihenhäusern mit blitzenden Schmiedeeisenakzenten und wachsamen Fenstern. Und am Ende mündete sie in den Berkeley Square, wo graue Wolken über kahlen Bäumen wirbelten und der weite Raum Freiheit versprach.
»Entschuldige. Ich habe kein Recht, dich nach irgendwas zu fragen, was zwischen dir und ihm vorgefallen ist. Es sei denn, dass es sich auf unseren Einsatz auswirkt.«
Seine Worte klangen formell, sein Tonfall war vorsichtig. Könnte er eifersüchtig sein? Ich spürte ein Flattern von Hoffnung, aber auch Amüsement. »Da ist nichts …«
»Natürlich fühlst du dich zu ihm hingezogen. Er ist unwiderstehlich … Du musst nur auf der Hut sein, sonst nichts. Wir beide müssen vorsichtig sein. Dies … Du willst die Geschichte nicht verändern, meine ich nur. Zumindest nicht noch mehr, als wir es anscheinend schon haben.« Er verstummte sichtlich unglücklich. »Er ist einer dieser Männer, bei denen man nicht anders kann. Sei nur vorsichtig, Rachel. Dies ist nicht unsere Welt.«
»Du glaubst doch nicht, dass ich irgendwas für ihn empfinde? Ich spiele eine Rolle, schon vergessen?«
»Ich sehe, wie ihr euch anseht«, murmelte Liam. »Ich urteile nicht, aber ich sehe. Du hast noch nie geschauspielert,

daher weißt du es nicht; es geschieht, ehe man es merkt, und die Gefühle, die man vortäuscht, werden zu solchen ...« Wieder brach er ab.

Ich dachte an die Empfindung, die mich überkam, wenn ich mit Henry zusammen war, wenn ich in der Rolle aufging. Als wir den Platz erreichten und unter die kahlen Bäume traten, war der Himmel noch dunkler geworden. Ein Regentropfen platschte auf den Rand meiner Haube, dann noch einer.

»Ich werde mich nicht verlieben; solche Sachen mache ich nicht.« Es hörte sich so unabsichtlich melodramatisch an, dass es mir peinlich war und ich lachend ergänzte: »Und ich werde auch nicht mit ihm schlafen. Nicht dass es mir etwas ausmachen würde, wäre er nicht mein Forschungsobjekt.«

Liam blieb stehen und sah zu mir herab, errötend und zögernd. Mich wunderte, dass ich ihn jemals unattraktiv hatte finden können, denn selbst seine Makel kamen mir nun charmant vor: die leicht krumme Nase, das zu große Kinn, der gewöhnlich finstere Ausdruck in seinen schönen Augen. Der Regen war von einem Tröpfeln in ein dichteres Nieseln übergegangen, doch wir ignorierten es.

»Was? Ich bin bloß ehrlich. Er sieht gut aus, er ist witzig, und er ist Jane Austens Bruder. Klar reizt mich das. Ist es so furchtbar? Ich hege keine zärtlichen Gefühle für ihn. Ich habe es grundsätzlich nicht mit Zärtlichkeit.«

»Dann ist es ja gut«, sagte Liam, schien den Blick mit einiger Mühe von mir zu lösen und ging so abrupt weiter, dass er einen kleinen Krähenschwarm aufschreckte. Die Vögel flatterten kreischend von einem Brotlaib auf, an dem sie gepickt hatten. »Gibt es sonst noch etwas, was ich wissen sollte, solange wir beim Thema sind?«

Ich holte tief Luft. Vielleicht war das mein Stichwort. »Gibt es irgendwas sonst, was du wissen willst?«, fragte ich schmunzelnd und legte eine Hand an seinen Arm.

»Rachel!«, begann er und drehte sich wieder zu mir um. Er hatte denselben verzweifelten Blick wie vorhin im Haus. »Du bist herzlos, stimmt's?«
»Was meinst du?« Ich ließ meine Hand sinken.
»Lass ... lass es einfach. Ich bin nicht ... Mach dich nicht über mich lustig, bitte.«
»Wer hat sich über dich lustig gemacht?«
Doch der Regen ließ sich nun nicht mehr als Nieseln bezeichnen. Er war zu einem Wolkenbruch angeschwollen. Wir machten kehrt und gingen schneller, doch es war zu spät. Bevor wir das Haus erreichten, rannten wir atemlos, angetrieben von Windböen, die uns dichte Regenmassen entgegenschleuderten. Wasser quatschte in meinen Halbstiefeln, mein Schal war durchnässt, und die untere Hälfte meines Kleides klebte an meinen Beinen, zog mich nach unten. Meine Haube war hinüber. Jencks und North, die Handtücher brachten und uns versicherten, wir würden uns den Tod holen, scheuchten uns in unsere Schlafzimmer und zogen uns rasch trockene Sachen an.

Wir trafen uns im Salon wieder, und ich hatte das Gefühl, einer Gefahr entronnen zu sein. Beim Tee sagten wir nichts, was verfänglich war, sollten wir belauscht werden. Zwar hatte ich Jencks noch nie ertappt, dennoch war ich sicher, dass er an Türen lauschte. Es lag an der Art, wie er anscheinend immer im Flur zu tun hatte, wenn ich mal leise aus dem Salon kam. Dann richtete er ein Bild, das immer schon schief gehangen hatte, oder strich auf der Suche nach Staub mit dem Finger über die Wandvertäfelung. Nichts, was ein Bediensteter nicht mit gutem Grund tun würde, doch warum ausgerechnet dann?
Liam hatte erneut seine formelle Haltung eingenommen, sah überallhin außer zu mir, was beinahe eine Erleichterung war. Ich rätselte noch, was genau er auf unserem Spaziergang

gesagt hatte, auch wenn der Sinn klar war: Er hatte mich gewarnt, hatte Skrupel, vielleicht wegen seiner Verlobten. Und auch wenn ich die Hoffnung nicht aufgegeben hatte, musste ich meine Herangehensweise überdenken.

Wir besprachen das Henry-Problem elliptisch.

»Es ist schwierig«, sagte ich. »Ein klares Nein würde uns den Zugang zu den Schwestern versperren. Aber etwas muss gesagt werden. Früher oder später. Was meinst du, wie lange ich mir Zeit lassen kann?«

Liam starrte kopfschüttelnd ins Feuer. »Nimm dir so viel Zeit, wie du kannst, würde ich empfehlen. Doch sobald das mit der Bank passiert ...« Er beendete diesen Gedanken nicht. »Hätte ich dem doch nur vorgebeugt! Ich hätte dafür sorgen müssen, dass ich nie allein mit ihm bin.«

Für einen Moment sah er mir in die Augen, bevor er den Blick senkte und murmelte: »Vielleicht sollte ich mit ihm reden. Ihm sagen, dass du überlegst. Das Geldgespräch führen.«

Es war eine Versuchung; damit sähe es aus, als gingen die Dinge voran, ohne dass ich mich Henry stellen müsste.

Dann aber verneinte ich. »Das muss ich selbst machen.«

Wenn Liam mit Henry sprach, würde Henry wissen, dass ich ihm erzählt hatte, was vorgefallen war. Aber könnte er sich vorstellen, dass ich alles erzählt hatte: von meinem eigenen indiskreten Verhalten, seiner überschwänglichen Reaktion? Unmöglich, dennoch fröstelte mich bei dem Gedanken, dass die beiden über mich sprachen, während einer von ihnen wusste, was der andere lediglich vermuten konnte.

Das Regenwetter hielt sich über mehrere Tage, was mir einen Vorwand lieferte, nicht zum Hans Place zu fahren. Liam war dort und berichtete, dass Henrys Genesung weiter voranschritt, dass er nichts von seinem Wunsch gesagt hatte, mich zu heiraten, und dass Jane mich grüßen ließ.

Eines Morgens dann kam sie zu Besuch, was sie noch nie getan hatte.

»Henry hat mich hier abgesetzt«, erklärte sie. »Ich habe ihm gesagt, dass ich später in die Henrietta Street nachkomme. Ich muss einige Einkäufe erledigen, und danach fahren wir zurück nach Hause. Er ist noch nicht wieder hinreichend bei Kräften, um einen ganzen Tag in der Bank zu sein.«

Es war eine Ehre, aber auch eine Überraschung; mir war ja bekannt, dass sie mit den Druckfahnen von »Emma« beschäftigt war.

»Ich werde die Kutsche anspannen lassen; dann kann ich Sie zur Henrietta Street bringen. Oder ziehen Sie meinen Bruder als Begleitung vor? Wir könnten auch alle drei fahren. Er ist noch oben beim Ankleiden, wird aber bald nach unten kommen.«

»Braucht er länger zum Ankleiden als Sie?« Sie sah amüsiert aus. »Sei es drum. Ich freue mich immer, ihn zu sehen, doch es ist angenehm, in Ruhe mit Ihnen zu plaudern.« Es trat eine bedeutungsschwangere Pause ein, während ich überlegte, ob Henry ihr von seinem Antrag erzählt hatte. »Sie nehmen es hoffentlich nicht als Affront, dass Henry nicht mit hereingekommen ist, sondern mich nur hiergelassen hat.«

»Ganz und gar nicht. Er hat eine Bank zu leiten.«

»Hat er.« Wieder machte sie eine Pause. »Er wollte Sie keinesfalls verärgern.«

»Aber nein, das würde er gewiss nie tun.«

Also musste er es ihr erzählt haben.

Sie betrachtete mich mit ihren leuchtenden Augen, die denen ihres Bruders so ähnlich waren. »Falls es etwas gibt, was ich Ihnen erzählen könnte, Miss Ravenswood, um Sie zu beruhigen, zögern Sie bitte nicht zu fragen.« Von oben war das Knarren von Schritten zu hören. »Macht Ihnen Ihre Kammerzofe das Haar?«, fuhr Jane hastig fort, und ich nickte, weil

mich der plötzliche Themenwechsel sprachlos machte. »Sie muss außergewöhnlich begabt sein, denn ich finde immer, dass Sie die entzückendsten Locken haben, so natürlich. Wie bekommt sie es hin, dass sie so federnd und vielfältig sind?«
»Die Natur, Madam, hat sie so geschaffen.« Ich war verstört. In Janes Welt galten persönliche Komplimente als unhöflich, es sei denn unter engsten Freunden. Was bedeutete dieser neuerdings vertrauliche Ton?
»Richtig, hat sie! Jetzt sehe ich es.« Sie neigte sich näher vor, um genau hinzusehen. »Ich hatte mich getäuscht, ist das Haar Ihres Bruders doch zwar ebenso dunkel, aber ganz glatt.«
Zu meiner Erleichterung kam in diesem Moment Liam herein.

KAPITEL 11

Dezember
Unterwegs

Von der Hill Street nach Chawton waren es ungefähr fünfzig Meilen: Der Großteil eines kurzen Wintertages und ein kleiner Teil eines zweiten. Es war kälter geworden, sodass die Spurrillen festgefroren waren und Eispfützen unter den Kutschenrädern zersprangen wie Glas. Längst hörte ich den Lärm der Londoner Straßen nicht mehr, wie mir erst bewusst wurde, als die Stadt bereits hinter uns lag, mitsamt ihren schäbigen Ausläufern: Ziegeleien, Bleichfelder, Schuttberge und Gerbereien. Alles wich verblüffend schnell den abgeernteten und von Hecken gesäumten Stoppelfeldern. Der Himmel war grau und schien riesig.

Ich war beschäftigt gewesen: organisieren, packen, Dinge aussuchen, die vorgeschickt werden mussten, weil in dem Halblandauer nur minimal Stauraum war. Entscheiden, wer mitkommen sollte – Wilcox für die Pferde, Jencks als Liams Kammerdiener, North als meine Kammerzofe. Der Rest blieb gegen Kostgeld in London und kümmerte sich um das Haus. Es gab Händlerrechnungen zu bezahlen und Abschiedsbesuche bei unseren neuen Freunden zu absolvieren. Nach alledem fühlte sich das erzwungene Nichtstun auf der Reise seltsam an. Es war zu holprig, um den Roman zu lesen, den ich mitgenommen hatte, also konnte ich bloß aus dem Fenster starren und mich an meine vorherige lange Kutschfahrt im September nach London erinnern.

Jetzt war meine Nervosität beinahe wieder genauso groß, obwohl ich mich mehr an diese Welt gewöhnt hatte. Hausgast zu sein ging mit Etikette-Fallstricken einher, die mir immer mehr schienen, je näher unsere Abreise nach Chawton rückte, und mich um den Schlaf brachten. Ich lag nächtelang wach und dachte an all die Möglichkeiten, wie wir uns verraten könnten. Und ich fragte mich, was ich bezüglich Henry unternehmen sollte. Wie lange konnte ich ihn noch hinhalten, und was würde geschehen, wenn ich schließlich Nein sagte?

Obgleich sie es nie offen aussprach, gab Janes Verhalten deutlich zu erkennen, dass nicht nur Henry ihr von seinem Antrag erzählt hatte, sondern sie ihn auch befürwortete. War sie vorher freundlich gewesen, wurde sie nun merklich warmherziger, fast vertrauensvoll; die eigenartig persönliche Bemerkung zu meinem Haar war erst der Anfang gewesen. Sie flirtete weiterhin mit Liam, bevorzugte ihn jedoch nicht mehr so offensichtlich. Er fesselte nicht mehr ihre gesamte Aufmerksamkeit; diese schien sich stattdessen auf mich verlagert zu haben.

Mir war unmöglich, mich davon nicht verführen zu lassen – und die damit verbundene Gefahr zu ignorieren. Bevor wir London verlassen hatten, waren wir einige Male am Hans Place gewesen, einschließlich des Abends vor unserer Reise. In Gegenwart anderer – der Tilsons, der Jacksons, Mr. Seymours – hatte Henry sich unauffällig verhalten. Wäre da nicht der eine oder andere glühende Blick in meine Richtung gewesen, hätte es sogar mich getäuscht. Dann aber hatte er gewagt, meine Hand zu ergreifen und sie lange zu küssen, nachdem er mir in meinen Mantel geholfen hatte, während unsere Kutsche draußen wartete, die anderen Gäste bereits gegangen waren und Jane noch mit Liam auf der Treppe gestanden hatte, wo sie ihn mit einer Anekdote über einen Streit zwischen Madame Bigeon und dem Schlachtergesellen ablenkte.

»Haben Sie über das nachgedacht, was ich sagte?«, murmelte er und sah mir in die Augen.

»Ich denke Tag und Nacht darüber nach.« Ich fühlte das Zittern seiner Hand, als er meinen Handschuh abzog, abwechselnd alle Fingerknöchel küsste und weiter meine Hand festhielt. Mein Mund war ein wenig offen, und mein Brustkorb drückte gegen das enge Korsett.

»Teuerste Mary«, flüsterte er. »Ich werde nach Chawton kommen, sobald ich kann. Dann werden Sie Erbarmen mit mir haben, nicht wahr?«

Obwohl es wenig Gelegenheit gäbe, privat oder als wir selbst zu reden, waren wir erst in Chawton House, sprachen Liam und ich kaum auf der Fahrt, es sei denn, um über die Landschaft zu staunen. In den letzten Wochen lastete eine neue Anspannung auf uns. Liam war stiller denn je, was allerdings auch auf mich zutraf. Meine Gedanken kehrten häufiger zu unserer Unterhaltung am Tag von Henrys Antrag zurück, ohne dass ich schlauer wurde. Immer wieder forschte ich nach Hinweisen, fand jedoch nicht die Antwort, die ich suchte.

Schließlich sagte ich: »Die Tilsons schienen sich gestern Abend sehr ernst mit dir zu unterhalten.« Am Hans Place waren sie mit Liam in einer Ecke gelandet, von der aus er mir hin und wieder einen Blick zugeworfen hatte, als flehte er um Rettung, während ich mit Jane auf dem Sofa gesessen und sie mir leise alles über meine künftigen Nachbarn in Chawton erzählt hatte, was ich ihrer Ansicht nach wissen musste.

»Sie erwägen anscheinend, nach Kanada auszuwandern, und wollten meinen Rat.«

»Wie kommen sie auf die Idee, dass du irgendwas darüber weißt?«

»Eher über die Atlantiküberquerung, wie die ist. Ob es so schrecklich sei, wie sie gehört hatten.«

»Was wollen Sie denn in Kanada? Mit so vielen Kindern?«

»Wohl das, was die Leute dort so tun. Pelzhandel?«

»Glaubst du, dass es mit der Bankpleite zu tun hat?«

»Sie haben dort einen Cousin, der sie ermuntert, zu ihm zu kommen.«

Die Tilsons gingen nicht nach Kanada. Mrs. Tilson würde 1823 im Alter von sechsundvierzig Jahren in Marylebone sterben, wohin sie nach dem Zusammenbruch der Bank gezogen waren. Ihre Tochter Anna würde wenige Tage später mit fünfzehn Jahren sterben, folglich musste den Haushalt irgendeine ansteckende Krankheit heimgesucht haben. Mr. Tilson würde seine Frau um fünfzehn Jahre überleben und zurück nach Oxfordshire ziehen, woher er ursprünglich stammte.

Es sei denn, wir hatten die Geschichte verändert, und dies war ein weiteres Indiz dafür, wie. Ich blickte hinaus zur Winterlandschaft und fröstelte.

»Hast du versucht, es ihnen auszureden?«

»Ich habe ihnen erzählt, dass es in Kanada sehr kalt ist.«

Wir verstummten, doch ich spürte, dass wir beide an das Wahrscheinlichkeitsfeld dachten. Dieser Verdacht wurde bestätigt, als Liam fortfuhr: »Es gibt keinen Grund, dass sie nicht daran gedacht hatten. Das heißt nicht, dass sie auch fortgehen.«

»Sicher hast du ihnen gute Argumente dagegen geliefert.«

»Ich habe mein Bestes getan.« Er blickte finster drein und rieb sich die Augen. »Was ist mit Henry? Hat er auf eine Antwort gedrängt?«

»Nicht sehr. Aber sicher hätte er gern eine.« Liam antwortete nicht, daher redete ich weiter. »Ich habe nachgedacht«, begann ich, war indes zunächst unsicher, wie ich es sagen sollte. »Wie wäre es mit einer langen Verlobungszeit?« Abgesehen von einem plötzlichen Luftschnappen und einer gewissen Intensivierung des Blicks, zeigte er keinerlei Reaktion, und ich erklärte: »Damit hätten wir einen Vorwand, ihm Geld zu leihen und eventuell seine Bank zu retten. Denn ich denke die ganze Zeit, wenn wir schon in die Geschichte eingegriffen haben, warum nicht etwas Sinnvolles tun? Wir wissen, dass der Stress des Bankzusammenbruchs zu Janes mysteriöser Erkrankung beigetragen haben könnte. Also was ist, wenn wir das ... aufschieben können?«

Liam sah von mir weg und aus dem Seitenfenster der Kutsche. »Ein sehr großherziger Gedanke«, sagte er schließlich. »Bewundernswert kühn. Nur ist daran so vieles falsch, dass ich gar nicht weiß, wo ich anfangen soll.« Er verstummte.

»Und?«

»Na, dass die Forschung außerstande war zu ergründen, was genau mit der Bank geschah. Wir könnten ihm jeden Penny geben, den wir besitzen, und er könnte dennoch scheitern.«

»Wir müssten noch genügend behalten, bis wir zurückreisen. Aber sie haben uns mit viel mehr hergeschickt, als wir meiner Meinung nach ausgeben können, nur um als vornehm zu posieren und Henry zu beeindrucken. Und da wir das schon getan haben ...«

Liam beugte sich vor und fragte flüsternd: »Aber wenn etwas schiefgeht? Und wir nicht zurückkönnen?«

Theoretisch konnte das Wurmloch kollabieren und unbrauchbar werden, ob wegen einer Störung des Wahrscheinlichkeitsfelds oder aus einem anderen Grund. Es war unmöglich zu ergründen, was mit den drei Teams geschehen war, die nie zurückgekommen waren, aber dies wäre eine Möglichkeit. Ich sah ihn an und konnte nichts sagen, weil alles ein wenig zu kippen schien, sich die vertraute Szenerie verzerrte und ich in einem fremden Land gestrandet war.

»Ich dachte immer, deshalb hat man uns so viel mitgegeben. Für alle Fälle.«

»Für alle Fälle«, wiederholte ich beklommen.

»Oder es ist möglich, dass nur einer von uns zurückkann. Das müssen wir bedenken. Ich habe keine nützlichen Fertigkeiten. Ohne Geld wäre ich innerhalb eines Jahres tot.«

»Ich könnte als Hebamme arbeiten.« Ich dachte an all die Leben, die ich retten könnte; einen verrückten Moment lang reizte mich diese Vorstellung.

»Falls nur einer von uns zurückkönnte, würde ich dich ganz gewiss nicht hierbleiben lassen.« Er klang verärgert und ergänzte mit einem Blick aus dem Fenster: »Es sei denn, du willst Henry heiraten und Jane Austens Schwägerin sein. Wie du sagst, sollten wir das Wahrscheinlichkeitsfeld bereits stören, warum es nicht gleich gründlich tun?«

»Hast du den Verstand verloren?«, fragte ich, wobei mir klar wurde, dass wir es beide ein bisschen taten. Ehe ich mich besinnen konnte, rückte ich auf meinem Platz nach vorn, ergriff seine Hände und sah ihm in die Augen. »Liam, wir werden hier nicht festsitzen, also hör auf, so zu reden! Aber du hast recht. Wir müssen vorsichtig sein und dürfen nicht unser ganzes Geld weggeben.« Ich sah auf unsere Hände. Wir beiden trugen Handschuhe, doch unsere Finger waren verschränkt. Wir saßen so dicht zusammen, dass ich die goldenen Punkte in seiner blauen Iris sehen konnte. Und ich fand, dass er furchtbar ängstlich dreinblickte. »Trotzdem könnte es eine Möglichkeit geben, ihnen zu helfen. Wir müssen uns nur ausdenken, wie.«

Liams Nasenflügel blähten sich, als er Luft holte, mich anstarrte und für einen Augenblick meine Hände so fest drückte, dass ich aufwimmerte, bevor er losließ. »Du bist ein sehr guter Mensch.« Er sank gegen seine Rückenlehne und schloss die Augen. »Ich wünschte ...«

»Was?«

Ein kurzes Schweigen folgte. »Sagen wir, ich wünschte, dass ich dir früher begegnet wäre. Zum Beispiel als ich sieben war.«

Ich lächelte. »Da wäre ich drei gewesen. Wir hätten nicht viel gemein gehabt.«

Er öffnete die Augen und schien darüber nachzudenken. »Meinst du, das haben wir jetzt?«

Sein scherzhafter Ton machte mich stutzig, dennoch war ich froh darüber. »Hätte ich in deinem Heimatort aufwachsen müssen, um das zu erreichen? Wo in Irland war das noch?«

»Nein, nein, ich hätte ... Wo bist du aufgewachsen? In New York?«

»In Brooklyn.«

»In Brooklyn. Und wie war es da?«

»Schön.« Ich überlegte, wie ich es für ihn zusammenfassen könnte. »Wir haben in einem alten Haus gelebt, meine Eltern und ich, meine ich, und meine Großmutter.« Für einen Moment hatte ich alles vor Augen: die ausgetretenen Stufen vorn, der leichte Holzgeruch, wenn man hineinging, der keilförmige Einfall von Sonnenlicht auf den Stufen hinunter zur Küche, die im Souterrain lag, so wie bei unserem gemieteten Haus in London. »Es muss nicht lange nach der Zeit gebaut worden sein, in der wir jetzt sind. Wir hatten einen Garten nach hinten, und meine Freunde kamen immer vorbei zum Spielen, weil die meisten in Wohnungen lebten. Meine Mutter hatte ein Atelier im Dachgeschoss mit Oberlichtern, und es roch immer wunderbar nach Farben. Sie *hat*, meine ich, denn sie wohnt immer noch dort.« Ich stockte, sah es deutlich vor mir und musste mit dem Drang kämpfen, loszuheulen. Ich dachte an die Welt, die ich aus meiner Kindheit kannte, wie ich mich damals gefühlt hatte, warm und sicher in der Liebe meiner Eltern. »Ich vermisse sie so sehr.«

»Tust du das?« Ich fand, dass er verwundert klang. »Dann ist sie Künstlerin?«

»Sie stellte immer eine kleine Leinwand für mich neben ihrer auf und ließ mich malen.« Bei dem Gedanken musste ich lächeln. »Und sie nahmen mich immer mit in Museen, Konzerte und solche Sachen, lange bevor ich irgendwas davon begriff, außer dass es furchtbar wichtig wirkte. Ich erinnere mich, wie ich mit sechs Jahren zum ersten Mal in der Oper war. Mit meinem Vater. Die Zauberflöte.«

»Hat sie dir gefallen?«, fragte er vorsichtig.

»Im Ernst? Ich habe sie geliebt! Es war, als würde die Musik mich hochheben, gegen sich schmettern ...« Ich sah aus dem Kutschenfenster und stellte fest, dass wir uns einem Ort näherten. »Meinst du, das ist Guildford? Muss es sein, oder? Es wird allmählich dunkel.«

Guildford war die Raststation, an der wir die Nacht verbringen sollten. Jencks und North waren mit der Postkutsche vorausgefahren, um unsere Ankunft im Angel vorzubereiten, sodass wir vollkommen anders empfangen wurden als im Swan, wo wir hineingegangen waren, um sogleich vom Wirt beleidigt zu werden. Nachdem man uns eine dämmrig beleuchtete Treppe hinaufgeführt hatte, fanden wir unsere Zimmer wunderbar hergerichtet vor, unsere Sachen ausgepackt und in Erwartung eines Dinners im besten Privatsalon. Ich wusch mich und dachte dabei nicht an die Herausforderungen, die mir bevorstanden, sondern an die Welt, aus der ich kam. Nur selten erlaubte ich meinen Gedanken, in die Richtung abzuschweifen, und nun verstand ich, warum. Mich überkam ein seltener Anfall von Heimweh, weil ich mir meine Mutter vorstellte, wie sie im Dachgeschoss malte und sich dabei fragte, ob es mir gut ging.

Beim Dinner trank ich zu viel Claret und redete zu viel über meine Kindheit, als könnte ich sie aufs Neue durchleben, wenn ich nur über sie sprach. »Mein Vater brachte mir Schachspielen bei«, erklärte ich. »Es erstaunt mich, wenn ich darüber nachdenke. Er war Kardiologe, und er lehrte an einer Medizinischen Hochschule, trotzdem fühlte es sich immer so an, als hätte er Zeit für mich. Als wäre ich für ihn der wichtigste Mensch auf der Welt. Obwohl ... ich glaube, dass es Momente gab, als ich noch klein war und schlafen gehen musste, ehe er nach Hause kam, in denen ich bitter enttäuscht war.« Wir hatten von der Ente gegessen, bis wir satt waren, und saßen am gedeckten Tisch in einem spärlich beleuchteten Raum. Liam sah mich direkt an, doch es war schwierig, seinen Gesichtsausdruck zu deuten. »Vor fünf Jahren verstarb er plötzlich. Er fehlt mir jeden Tag. Er hatte ein nicht diagnostiziertes Herzproblem. Was für eine Ironie! Sein Leiden hätte ihn ziemlich fasziniert.« Ich schob meinen Teller beiseite und ließ den Kopf sinken, weil ich mit den Tränen kämpfte. War ich 1815 schon mal so betrunken gewesen? Oder waren es nur die Gefühle, die mit mir durchgingen? »Er fehlt mir jeden Tag.« Liam streckte einen Arm aus und tätschelte zaghaft meine Schulter. Seine Berührung durchfuhr mich wie ein Blitz, und ich setzte mich auf. »Entschuldige.« Ich versuchte zu lachen. »Ich bin rührselig.«

»Nur zu, Rachel. Wir werden sehr bald in Chawton House sein und uns nur noch von der besten Seite zeigen dürfen.«

»Jetzt habe ich die ganze Zeit von mir geredet und dich nichts über dich gefragt.«

»Ist schon gut.«

Ich stand auf, und mir wurde sofort duselig. »Wir müssen früh aufbrechen, nehme ich an.«

»Frühstück um halb acht, hat man mir versprochen.«

Ich drehte mich zum Gehen und gleich wieder zurück. »Liam, könntest du mich umarmen? Ich brauche eine Umarmung.«

Ohne zu zögern, stand er auf, kam um den Tisch herum und schlang seine langen Arme um mich. Es war eine bessere Umarmung, als ich erwartet hatte, nicht mechanisch. Andererseits war er Schauspieler. Wir hielten unsere Oberkörper nicht, wie so oft, vorsichtig auf Abstand. Da war ein unerlaubter Kitzel in dieser Umarmung, als ich meine Stirn an seine Krawatte lehnte und die Aromen von Lorbeerseife, Kohlenrauch, Kutscheninnerem, Leinen und Liam einatmete. Er schwankte leicht, wie eine Birke im Wind, und strich über mein Haar. Ich fühlte seinen Atem auf meinem Kopf, und dann, als ich mich dichter an ihn schmiegte, die Bewegung seiner wachsenden Erektion.

So blieben wir eine ganze Weile, sagten nichts, atmeten nur beide angestrengter. Ich ließ die Hände von ihrer züchtigen Position um seine Schultern tiefer gleiten, ertastete bewundernd die Muskulatur an seinem Rücken auf dem Weg nach unten und zog ihn noch fester an mich, womit ich ihm ein Stöhnen entlockte. Sein Griff wanderte von meiner Taille weiter nach hinten, er umfasste meinen Po und hob mich hoch, wobei er mich so kraftvoll an sich drückte, dass mir die Luft wegblieb, während meine Füße vom Boden abhoben. Überraschend, aber nicht unangenehm. Er fuhr mit der Zungenspitze in mein Ohr, knabberte an meinem Ohrläppchen und hauchte eine Spur von Küssen meinen Hals hinab, wobei sein Atem schnell und heiß war. »Oh mein Gott«, flüsterte er. »Rachel.«

Dann ließ er mich herunter und trat zurück.

»Entschuldige«, sagte er, den Blick auf den Boden gerichtet. »Es tut mir leid. Ich hätte das nicht tun sollen.«

»Doch, solltest du.« Ich ging wieder auf ihn zu, doch er rückte blitzschnell einen Stuhl zwischen uns, und ich blieb entgeistert stehen.

Er bedeckte seine Augen mit einer Hand, als müsse er meinen Anblick blockieren, während seine Erektion noch sehr sichtbar war. »Du bist verwundbar und kannst nicht zustimmen. Du hast zu viel getrunken und würdest mich danach hassen. Ich bin kein solches Tier, dass ich ausnutze …«

Ich lachte – nicht, weil es witzig war, obwohl es das war, sondern aus Verwirrung, und er verzog das Gesicht. Dann packte er mich bei den Schultern, drehte mich um und schob mich sanft, aber entschieden zur Tür. »Jetzt ab mit dir. Ich bin ja nicht aus Stein. Schlaf es aus.« An der Tür blieben wir beide stehen. Der Korridor war leer und nur von wenigen Kerzen an den Wänden erhellt. Ich dachte, dass er die Tür hinter mir schließen würde, doch er dirigierte mich weiter bis zu dem Zimmer, das man mir gegeben hatte. Ich legte die Hand auf den Knauf, da fiel mir ein, dass ich einen Schlüssel bekommen hatte. Und wo war der jetzt? Ah ja, mein Spenzer hatte eine Tasche. Ich angelte ihn heraus und entriegelte den großen altmodischen Mechanismus gleich beim ersten Versuch. Mir kam der Gedanke, dass ich nicht richtig betrunken sein konnte, wenn ich diese schwierige Aufgabe auf Anhieb bewältigte. Und wenn ich nicht richtig betrunken war, wäre Einwilligung kein Problem. Während ich die Tür öffnete, wandte ich mich zu Liam um, um ihm genau das zu sagen. Ehe ich jedoch sprechen konnte, schubste er mich ins Zimmer, wobei er nicht nur seine Hände, sondern seinen ganzen Körper einsetzte. Gleichzeitig küsste er mich in den Nacken und stieß mir seine immer noch deutliche Erektion gegen den Hintern. Beides zugleich und nur für einen Moment; dann klickte die Tür zu, und ich stolperte in die Dunkelheit.

Was zur Hölle gerade geschehen war, schien mir keine unvernünftige Frage. Ich stürzte mich dorthin, wo ich ganz richtig das Bett vermutete, und ließ mich darauf fallen. Meine Augen passten sich an die Finsternis an, und ich begann, vage Umrisse im Zimmer auszumachen. Dann hörte ich Schritte auf dem Korridor, ein Klopfen, gefolgt von einer Tür, die geöffnet wurde, dem Klappern von Geschirr und murmelnden Männerstimmen. Jencks! Der die Sachen vom Dinner abräumte. Wäre es so gelaufen, wie ich es wollte, hätte man uns sicher ertappt.

Ich war gerade noch mal davongekommen, aber froh war ich deshalb nicht. Ich stand auf und tastete mich zurück zur

Tür. Als ich hörte, wie Jencks aus dem Salon kam, sah ich nach draußen und bat ihn, mir North zu schicken. Mittlerweile konnte ich genug sehen, um eine Kerze auf dem Tisch zu erkennen, die ich an der nächsten auf dem Korridor entzündete, ehe ich in mein Zimmer zurückkehrte und wartete, dass North kam und mir half, mich zur Nacht umzuziehen.

»Sieh mal«, sagte Liam leise. »Da vorn.«

Faszinierend und trügerisch durchschnittlich erschien Jane Austens Zuhause vor uns: ein kastenförmiger Backsteinbau nahe der Straße, umgeben von einer niedrigen Mauer. In unserer Zeit ist es das Zentrum eines Komplexes, der sich über mehrere Hektar erstreckt und ganz der Autorin und ihrer Epoche gewidmet ist, eine surreale Mischung aus Forschung und Frivolem. Dank Eva Farmer gibt es dort eine Bibliothek mit Werken früherer Autorinnen, die ihresgleichen sucht, sowie einen Nachbau der Trinkhallen in Bath, in denen täglich Tanzkurse stattfinden. Eine von den Franzosen gespendete Guillotine steht unpassenderweise mitten auf dem Dorfanger im nahen Alton, einem Ort, der ganz nach der »Austenworld« gestaltet ist und in dem Besucher gegen Bezahlung für eine Weile als Textilarbeiter, Milchmagd oder Mitglied des Landadels leben können. Diese Gier nach allem, was mit Austen zusammenhängt, so bemüht die Verbindungen zu ihr auch bisweilen anmuten mögen, war etwas, was ich in meiner Welt für selbstverständlich genommen hatte, was jetzt jedoch rührend und idiotisch zugleich schien. Was wollten die Leute überhaupt so dringend von Jane Austen? Was wollte ich?

Es war Mittag, als wir uns Chawton näherten. Ich hatte ungewöhnlich gut geschlafen, war ausgeruht, kein bisschen verkatert und sehr verwirrt aufgewacht. Warum hatte ich mich so impulsiv verhalten? Und warum hatte Liam mich zurückgewiesen, angesichts dessen, was mir seine körperliche Reaktion gezeigt hatte? Seine sogenannte Erklärung war absurd. Nein, dahinter steckte noch etwas anderes, etwas Düsteres, weshalb es eine gute Idee war, mich von ihm fernzuhalten. Im Grunde hatte er mir gestern Abend einen Gefallen getan. Doch wenn ich an die Umarmung mit ihm dachte, an unsere pochenden Herzen, den Geruch seiner Haut, fühlte es sich nicht wie ein Gefallen an. Eher wie ein Erlebnis, an das ich nie wieder denken wollte.

An diesem Morgen war ich mit meinem Haar unzufrieden, hielt mich unnötig lange mit dem Ankleiden auf und musste aber letztlich den Flur hinunter und zum Frühstück in unserem Privatsalon gehen, wo alles angerichtet war wie das Dinner gestern Abend. Diesmal stand die Tür offen, als wollte das Zimmer selbst darauf bestehen, dass es keine Geheimnisse barg. Liam, der bereits am Tisch saß, blickte auf, nickte mir zu und wünschte mir leise einen guten Morgen; immerhin besaß er den Anstand zu erröten. Ich hatte mich gesetzt und mir Kaffee eingeschenkt.

»Entschuldige, dass ich dich gestern Abend in Verlegenheit gebracht habe. Es war nicht meine Absicht.« Ich hätte gut daran getan, es bei dieser Entschuldigung zu belassen, doch nachdem ich einen Schluck Kaffee getrunken hatte, fuhr ich in einem unweigerlich ironischen Ton fort: »Du bist eindeutig ein Mann von Ehre. Deine Treue zu deinen Prinzipien – und deiner Verlobten – ist bewundernswert. Lass uns so tun, als wäre das nie passiert.«

Während meiner kleinen Ansprache hatte Liam das Kinn auf die Faust gestützt und auf den Tisch gestarrt. Dann sah er mich an und gleich wieder weg. »Ja, das sollten wir tun«, war alles, was er sagte, und in dem Moment empfand ich einen solch leidenschaftlichen Hass auf ihn, solch einen Drang, ihm meinen Kaffee ins Gesicht zu schütten und aus dem Zimmer zu stürmen, dass mir dabei einiges hätte klar werden müssen.

Doch ich schluckte meine Wut hinunter, zusammen mit ein wenig Toast, und wir bereiteten uns auf die Weiterreise nach Chawton vor.

Hinter Jane Austens Haus und der Kreuzung mit der Straße nach Winchester folgten weitere Cottages, kleiner als ihres und verfallener. Dahinter sah ich Weiden voller Schafe und, ganz kurz, Chawton House, gedrungen und dunkel vor dem blassen Himmel oben auf einem Hügel, bevor wir um eine Biegung fuhren und es von Bäumen verborgen wurde. Wir passierten Scheunen und eine Kirche, ehe das Haus wieder zu sehen war: Eine lange Auffahrt führte zu einer breiten Kehre. Giebel und Schornsteine ragten vom Haus auf, und vor dem Eingang stand eine Gestalt in Schwarz.

Als die Kutsche anhielt, begrüßte uns die Gestalt in Schwarz, die sich als die Haushälterin entpuppte, und bat um Entschuldigung, dass unerwartete geschäftliche Angelegenheiten Mr. Knight weggerufen hätten, weshalb er uns nicht persönlich willkommen heißen könne. Er sei zum Dinner wieder daheim und freue sich, uns dann zu sehen. Captain Austen und seine Frau seien gleichfalls dort, wie auch Miss Austen, Miss Lloyd und Mrs. Austen, zusammen mit einigen ausgewählten Nachbarn. Ihrem Tonfall nach zu urteilen, war das eher ungewöhnlich, und alles war uns zu Ehren arrangiert. Das Dinner würde, wie jeden Abend, um halb sieben serviert. Sie hoffe, es sei nicht zu früh für moderne Menschen wie uns. Mit einem amüsierten Blick versicherte Liam ihr, dies sei es nicht.

Während sie uns all das sagte, führte sie uns durch das Portal in eine große Diele. Nachdem sich meine Augen an das dämmrige Licht gewöhnt hatten, sah ich dunkel vertäfelte Wände mit einigen Geweihen, einen riesigen leeren Kamin, groß genug, um darin aufrecht zu stehen, und eine breite schmucklose

Treppe. Es roch muffig nach altem Holz und war kalt genug, dass ich meinen Atem sehen konnte. Ich fröstelte. Wieder einmal war mir, als wäre ich in der Zeit zurückgereist; dieser Raum konnte zur Zeit Elizabeths nicht viel anders ausgesehen haben. Für einen Augenblick blieben wir stumm stehen, bevor uns die Haushälterin, die uns einen kurzen Abriss der Geschichte des Hauses bot, einen schlecht beleuchteten Korridor entlang und eine kurze Treppe hinauf führte, dann weiter um eine Ecke, eine noch kürzere Treppe hinunter, um eine weitere Ecke und in einen Raum, der menschenfreundlicher wirkte als die Eingangshalle.

Auch hier waren die Wände holzvertäfelt, und die Gitterfenster mit ihrem blasigen Glas boten einen Blick auf einen sanften dicht bewaldeten Hügel. Am Ende eines langen Tisches standen kalter Braten, Brot und Wein bereit. Ob wir Tee wünschten? Auf diese Frage gab es nur eine Antwort, wie ich mittlerweile wusste. Solange wir auf den Tee warteten, blickte ich wieder aus dem Fenster und sah, dass es zu schneien angefangen hatte.

Es schneite den ganzen Nachmittag immer wieder, sodass die Dächer, die kahlen Bäume, die Zäune und der Rasen weiß gepudert wurden. Obwohl ich mir mit dem Umziehen mehr Mühe als sonst gab, weil ich an all die neuen Leute dachte, die ich kennenlernen würde, war ich lange vor halb sieben fertig und unsicher, was ich jetzt tun sollte. Ich entließ North und schritt in dem Zimmer auf und ab, das man mir zugeteilt hatte, sah aus dem Fenster und überlegte, ob ich wagen durfte, durchs Haus zu gehen, oder die Gefahr zu groß wäre, dass ich mich verirrte und irgendwo landete, wo ich nicht sein sollte, zum Beispiel in der Küche. Daher war ich froh, als ein Hausmädchen mit einer Nachricht von einem anderen Hausgast, Mrs. Frank Austen, der Frau des Captains, kam: Sie sei im zweitbesten Salon und geehrt, mich vor dem Dinner kennenzulernen, falls ich es wünschte.

Ob das Hausmädchen so freundlich wäre, mir den Weg zu zeigen? Sie war und brachte mich zu einem angenehmen Raum mit ausgeblichener rosa Tapete und einem modernen Rumford-Ofen.

»Miss Ravenswood, verzeihen Sie, dass ich mir die Freiheit nahm.« Eine plumpe Frau mit müden Augen und einer Spitzenhaube legte ihre Näharbeit ab und erhob sich von einem Stuhl am Fenster, um mir mit ausgestreckten Armen entgegenzukommen. »Ich wollte Sie unbedingt kennenlernen und wusste, beim Dinner käme ich nicht recht dazu. Neuankömmlinge sind so aufregend in solch einem kleinen Dorf, noch dazu im Winter, dass ich es gar nicht auszudrücken vermag. Und ich bin natürlich viel im Hause.«

»Wie ich hörte, haben Sie selbst einen Neuankömmling, Madam. Ich wünsche Ihnen alles Gute.«

Lächelnd hob Mrs. Austen einen Finger an ihre Lippen und führte mich zu ihrem Platz zurück. Dort schlief ein Säugling, höchstens wenige Wochen alt. Das Kind lag fest eingeschnürt wie eine Schmetterlingslarve in einem kleinen Korb neben ihrem Stuhl.

»Herbert-Grey«, sagte sie. »Mich dünkt er vollkommen, doch gewiss kann ich nicht objektiv sein.« Ihr Gesichtsausdruck allein bestätigte es.

»Er ist wunderschön.« Ich beugte mich vor, um ihn genauer anzusehen, als wir uns zu beiden Seiten des Körbchens setzten. Mrs. Frank Austen war, wie Mrs. Tilson, eine jener enorm fruchtbaren Frauen, von denen diese Epoche reichlich aufbot. Sie war einunddreißig Jahre alt, seit neun Jahren verheiratet, und Herbert-Grey war ihr sechstes Kind; sie würde noch fünf weitere bekommen und kurz nach dem elften, im Jahr 1823, sterben. Es strapazierte das Vorstellungsvermögen. »Gibt es etwas Wunderbareres? Dieser Babyduft, diese perfekten kleinen Ohren!« Ich ahnte, dass ich sie am ehesten über ihre Kinder für mich gewann. »Aber wie geht es Ihnen, Madam? Es ist nicht einfach, so oft Mutter zu werden.«

Ich berührte die Erhebung an meinem Arm, wo die Hormone injiziert wurden. Sie war kaum noch zu spüren, und mir kam der Gedanke, dass die Vermeidung unerwünschter Schwangerschaften nicht nur praktisch und lebensrettend war, sondern im Jahr 1815 eine unüberbrückbare Kluft zwischen mir und den anderen Frauen darstellte. Obwohl ich nicht den geringsten Wunsch hatte, Kinder zu bekommen, betrübte mich diese Erkenntnis.

»Mir ging es nie besser, danke. Ich fühle mich sehr gut. Und ich bin ja schon recht geübt.«

»Haben Sie eine Amme oder …?« Ich verstummte, weil ich nicht sicher war, wie ich es vornehm ausdrücken sollte. »Auf den Westindischen Inseln ist es üblich, zu … Aber wie ist es dieser Tage in England Sitte? Ich bin nur neugierig.«

Sie machte große Augen, antwortete jedoch ohne Zögern: »Gewiss. Ich nähre ihn selbst. Zu Zeiten unserer Eltern war es anders, doch den eigenen kleinen Liebling an eine unbekannte … Frau mit unbekannten Gewohnheiten zu geben … nein, das ist undenkbar.« Sie sah mich direkter an. »Doch ich sollte nicht mit unverheirateten Damen über solche Dinge sprechen, Miss Ravenswood. Verzeihen Sie mir.«

»Ich war es, die das Thema ansprach, Madam, also müssen Sie mir verzeihen.«

»Nun, vielleicht werden Sie bald selbst verheiratet sein«, fuhr sie verträumt fort, und ich sah sie prüfend an. War es eine allgemeine Mutmaßung, oder hatte sie etwas gehört? Wäre Henry so indiskret? Wäre seine Schwester es? Wie seltsam wäre es dann, wenn ich am Ende Nein sagte? Wieder dachte ich an die lange Verlobungszeit. Die wollte ich gestern als ernste Möglichkeit mit Liam besprechen: Ob man es wagen könnte, wie man es regeln könnte, welche Möglichkeiten es uns eröffnete, seinen Schwestern näherzukommen – und dem, weshalb wir hier waren. Stattdessen waren wir schnell vom Thema abgeschweift zu solchen, die wir nie hätten anschneiden dürfen. Ich ging noch einmal durch, wie es geschehen war, und abermals überlegte ich, ob Eifersucht im Spiel war: Liams auf Henry Austen. Doch das war ausgeschlossen. Ich hatte mich ihm gestern Abend an den Hals geworfen, und ... ich musste aufhören, daran zu denken.

»Dann sind Sie auf den Westindischen aufgewachsen? Captain Austen erzählte mir, dass es das schönste Land ist, aber barbarisch.«

»Da hat er recht«, sagte ich, und wir begannen, uns über Jamaika zu unterhalten.

Im Salon vor dem Dinner entdeckte ich, dass Liam am Nachmittag Cassandra seine Aufwartung gemacht und bereits Martha Lloyd und Mrs. Austen kennengelernt hatte; er stellte mich ihnen mit kaum verhohlenem Triumph vor. Anscheinend hatte Jane ihm am Abend unseres letzten Besuchs am Hans Place einen Brief für ihre Schwester mitgegeben, sodass er zum Cottage gegangen war, obwohl er wusste, dass er sie abends beim Dinner sehen würde. Das war alles ungeheuer höflich und Mrs.-Knightley-haft: die kurze Zeit zwischen seiner Ankunft in Chawton und dem Besuch; ihr trotz des gesellschaftlichen Gefälles zwischen einem vermögenden Gentleman und einer mittellosen alten Jungfer die Ehre zu erweisen, dazu auch noch, wenn es schneite.

»Warum hast du nicht gesagt, dass du hingehen wolltest, William?«, fragte ich mit aufgesetzter Empörung, die tatsächlich nicht sehr aufgesetzt war. »Ich wäre sehr gerne mit dir gekommen.« Mich nämlich ließ es nun im Vergleich kaltherzig, faul und gleichgültig gegenüber jenen Leuten erscheinen, die ich am dringendsten beeindrucken musste.

»Die Idee kam mir erst nach dem Mittagessen, und ich wusste nicht, wo ich dich in diesem riesigen Haus finde«, antwortete er, was Martha zum Lachen brachte. Ihre Augen waren dunkel und leicht vorstehend. Sie musterte mich eingehend unter ihrer Jungfernhaube hervor – ein unabdingbares Accessoire für eine unverheiratete Dame in einem gewissen Alter.

»Und natürlich kann niemand einen Bediensteten bitten, mir Bescheid zu geben«, sagte ich.

»Die Bediensteten in Chawton House können recht Angst einflößend sein«, erklärte Martha trocken. »Uns würde nicht wundern, hätte Ihr Bruder an seinem ersten Tag hier nicht gewagt, sie zu belästigen.«

»Machen Sie mein Personal schlecht, Miss Lloyd?«, fragte Edward Knight, der neben uns erschien. Sein Gesicht war röter als sonst; er sah munter und entspannt aus, ein Landadeliger in seinem Element. »Sie dürfen Miss Ravenswood nicht solchen Unsinn einreden. Was ist, wenn sie nicht Ihren Sinn für Humor hat und Sie ernst nimmt?«

»Sie könnte erfrieren, bevor sie den Mut aufbringt, zu läuten und um Feuer zu bitten«, murmelte Martha. Edward lachte und wandte sich an Liam.

»Dr. Ravenswood«, sagte er leise, »dürfte ich Sie für einen Moment entführen? Da ist etwas ...« Mehr konnte ich nicht hören. Er hatte Liams Arm genommen und ihn weggeführt, sodass ich mit Cassandra, Martha und der alten Mrs. Austen zurückblieb. Letztere musterte mich so unverhohlen, dass es an Unverschämtheit grenzte.

»Sie kennen also den lieben Henry aus London, stimmt es?« Ihr Akzent war anders als der ihrer Kinder: affektierter und altmodischer. Sie war gebeugt, aber groß, eine imposante

Gestalt. Und obgleich sie fast keine Zähne mehr besaß, strahlte sie eine Vitalität aus, die ihr Alter Lügen strafte. »Ich bedauere Sie, dass Sie aus London sind. Für mich wäre unvorstellbar, in solch ein Tollhaus geschickt zu werden, wo man weder Gott noch den Menschen gegenüber seine Pflicht tun kann. Wie Henry es erträgt, ist mir unbegreiflich. Aber natürlich ist er häufig hier. Seine andere Bank ist in Alton.« Ich nickte. »Ihr Bruder sagte, dass er weitestgehend von seiner Krankheit genesen ist. Darf ich ihm glauben?«

»Er ist Arzt, Madam«, antwortete ich. Ihre Offenheit amüsierte mich. »Sie müssen ihm glauben. Und wie steht es um Ihre Gesundheit?«

»Ich bin siebenundsiebzig, folglich darf ich nicht zu viel erwarten. Ich glaube, der Tod hat mich vergessen, denn was ich sonst denken soll, weiß ich nicht.«

»Erstaunlich. Wurde in Ihrer Familie oft ein hohes Alter erreicht?«

»Die Leighs genießen das Leben und sind in keiner Eile, es hinter sich zu lassen.« Sie sah mich ein wenig interessierter an. »Vergeben Sie einer alten Frau, wie war noch gleich Ihr Name?«

»Ravenswood, Madam.«

»Ungewöhnlich. Ich glaube nicht, dass ich ihn schon mal gehört habe. Wie war der Name Ihrer Mutter?«

»Eine Massie von den Derbyshire-Massies.«

»Nein, den Familienzweig kenne ich nicht. Sind Sie mit denen in Norfolk verwandt?«

»Bestenfalls entfernt.«

»Oder denen aus Sussex?«

»Ich denke nicht, nein.«

Es war eine Albtraumversion von jüdischer Geografie, abzüglich der spielerischen gegenseitigen Entdeckung, die sonst zu dem Spiel gehörte. Ich hielt den Atem an, als Mrs. Austen nachdenklich dreinblickte.»Und woher sind Sie? Nicht ursprünglich aus London, möchte ich meinen.«

»Der Doktor und seine Schwester kommen aus Jamaika, Mama«, sagte Cassandra, die uns ein wenig stirnrunzelnd beobachtet hatte. »Sie sind mit den Hampsons dort verwandt.«

»Ah, die Hampsons!« Ich atmete auf und war beeindruckt, dass sie sofort zu wissen schien, von wem Cassandra sprach, obwohl es sich um Cousins ihrer Schwiegermutter handelte. Falls sie jenen entfernten Verwandten jemals begegnet war, und hierzu gibt es keine schriftlichen Überlieferungen, musste es kurz nach ihrer Heirat in den 1760ern gewesen sein. »Die Hampsons«, wiederholte sie. »Dann haben Sie Landbesitz in Jamaika, aber leben nicht dort. Das tut niemand.«

»Wir haben verkauft und sind fortgegangen.«

»Was für ein Glück für Sie! Ist es nach dem Ende des Sklavenhandels bergab gegangen?«

»Mama! Du darfst nicht einfach mutmaßen, dass sie Sklavenhalter waren.«

»Was kann jemand mit Besitz dort sonst sein? Es ist doch alles auf Sklaverei gegründet, nicht wahr?« In London hatte jeder, mit Ausnahme von Mrs. Tilson und ihren Abolitionisten-Freundinnen, das heikle Thema wie instinktiv gemieden.

»Mama«, sagte Cassandra wieder kopfschüttelnd.

»Es stimmt«, antwortete ich. »Deshalb haben wir unseren Besitz dort abgetreten und sind nach England gekommen.«

Es entstand eine Pause. »Abgetreten, verstehe«, sagte Mrs. Austen in einem Ton, der nahelegte, dass sie es nicht tat, jedoch zu höflich war, um nachzufragen.

»Das war sehr zuvorkommend von Ihnen«, sagte Martha. »Es verlangt eine wahrhaft extrem christliche Gesinnung, so rigoros zu handeln.« Ich neigte den Kopf, war indes unsicher, ob sie sich über mich lustig machte oder es schlicht ihr normaler Gesichtsausdruck war.

Martha schien im Begriff, mich mehr zu fragen, doch Cassandra kam ihr zuvor: »Ich habe die ganze Geschichte von Mrs. Tilson in der Stadt gehört, daher bitte ich dich, Martha, frag sie nicht aus. Sie haben ihre Sklaven nach und nach befreit und anschließend ihr Land verkauft. Wilberforce selbst könnte nicht mehr verlangen. Also ...«

Die beiden Frauen wechselten einen Blick, dann nickte Martha und lächelte mir zu. »Verzeihen Sie, Miss Ravenswood. Ich bin wohl zu sehr daran gewöhnt, alles auszusprechen, was mir in den Sinn kommt. Es ist das Privileg der alten Jungfern, wissen Sie, und beinahe unser einziges. Aber ich gebe Cassandra die Schuld. Sie war höchst geheimnisvoll, was Edwards neueste Gäste betrifft.« Sie beäugte mich genauso aufmerksam, wie es Mrs. Austen getan hatte. »Wollen Sie und Ihr Bruder sich in England niederlassen?«

»Er hofft, ein Haus zur Miete an einem hübschen Ort zu finden und ein ruhiges Leben zu führen. Falls wir etwas zu kaufen finden, werden wir kaufen.« Sie alle sahen mich an, als seien sie nicht zufrieden mit dieser Antwort, und ich fragte mich, ob ich naiv klang. »Mir ist bekannt, dass passende Objekte nicht täglich auf den Markt kommen.« Wieder entstand eine Pause. »Aber lassen Sie es mich bitte wissen, falls Sie von einem Objekt in der Nähe hören.«

Die Damen lachten höflich, als hätte ich einen Witz gemacht – und keinen sehr guten.

KAPITEL 12

19. *Dezember*
Chawton House

Ich fügte mich besser in das Leben als Hausgast ein, als ich zu hoffen gewagt hatte. Meine Sorge, ich könnte gegen die subtile Landhaus-Etikette verstoßen und mich so verraten, erwies sich als unbegründet. Edward Knight war bemüht, uns jeden Komfort zu bieten, jedoch nicht erdrückend in seiner Fürsorge, und das Gleiche galt für seine Bediensteten, bei denen ich darauf achtete, sie oft und großzügig mit Trinkgeld zu bedenken. Ich war nicht mehr zuständig, einen Haushalt zu führen; meine Aufgaben bestanden hauptsächlich darin, anständig gekleidet und pünktlich zu den Mahlzeiten zu erscheinen und freundlich zu jedem zu sein. Das schaffte ich.

Während ich mit Mrs. Frank Austen und ihren Kindern zusammensaß, bekam ich außerdem eine Menge Hemden genäht. Langsam fand ich das Nähen weniger öde: Es hatte etwas Befriedigendes, eine perfekte Reihe winziger Stiche fertig zu sehen. Irgendwie war es sogar ein wenig erotisch, sich meine Handarbeit auf Liams Haut vorzustellen, obwohl ich versuchte, nicht zu sehr darüber nachzudenken.

Es vergingen Tage, an denen er und ich uns nur bei den Mahlzeiten sahen, was gut war. Denn trotz des Debakels im Angel fühlte ich mich weiterhin seltsam zu ihm hingezogen. Es war aber nicht die Art Anziehung, die einen drängte, die betreffende Person unbedingt sehen zu wollen; eher das Gefühl, wenn es unmöglich war, jemanden zu vergessen, den man sich aus dem Kopf schlagen musste. Unsere Zimmer lagen in entgegengesetzten Flügeln des Hauses, und unsere Unternehmungen fanden angesichts der Geschlechterdifferenz getrennt statt. Liam und Captain Frank Austen, ein kräftiger Mann mit der typischen Austen-Nase und der zurückhaltenden Freundlichkeit eines gut erzogenen, höflichen Marineoffiziers aus »Überredung«, gingen viel auf die Jagd, was bedeutete, dass sie morgens im Dunkeln aufbrachen und vor dem Dinner nicht mehr gesehen wurden. Edward schloss sich ihnen nie an. Er reiste zwischen Chawton House und seinem Anwesen in Kent hin und her und war selbst hier ständig mit Hausangelegenheiten beschäftigt und in Papieren vergraben.

Es blieben nur noch wenige Tage bis Weihnachten, und Mrs. Frank Austen und ich waren mit ihren jüngsten und ältesten Kindern, Herbert-Grey und Mary-Jane, im zweitbesten Salon, als die Bedienstete die Tür öffnete und Cassandra und Jane hereinließ. Jane war frisch aus London zurück.

Mary-Janes ausdrucksloses kleines Gesicht machte eine außergewöhnliche Verwandlung durch. »Tante Jane!«, kreischte sie, sprang von ihrem Fußkissen auf und rannte in die Arme ihrer Tante.

Nach der Begrüßung ihrer Nichte richtete Jane sich wieder auf und reichte mir die Hand. Ich erschrak. Sie sah dünn und eingefallen aus, obwohl ihre Haut so gebräunt war, als hätte sie sich unter tropischer Sonne aufgehalten.

»Wie war Ihre Reise?«, fragte ich und versuchte, nicht zu starren. »Sind Sie mit Ihrem Bruder hergekommen?« Damen reisten nicht allein, also musste sie Begleitung gehabt haben. Ich meinte Henry, aber es fühlte sich eigenartig an, seinen Namen zu sagen. Der Anstand verbot, dass wir einander schrieben, und es entsprach den Gepflogenheiten, dass er mich in Ruhe ließ, solange ich über seinen Antrag nachdachte. Dennoch waren wir seit annähernd drei Wochen in Chawton, und sein Schweigen wurde rätselhaft. Konnte er keinen Vorwand finden, seine Bank in Alton zu besuchen oder Liam zu schreiben und sich nach mir zu erkundigen?

»Richard wurde bis Farnham mit mir geschickt, und dorthin

kam mein Neffe James-Edward von Winchester her, wo er zur Schule geht.« Sie betrachtete mich. »Henry schickt Ihnen herzliche Grüße. Er wird dieser Tage von der Bank in Anspruch genommen, und er ist noch nicht vollständig genesen.«

»Tut mir leid, das zu hören.«

Wieder sah sie mich an, eindringlicher und nachdenklicher. »Er wird so bald kommen, wie er kann.«

»Bist du erst gestern angekommen, Jane?«, fragte Mrs. Frank Austen. »Wie freundlich von dir, uns zu besuchen.«

»Meine Liebe, ich konnte es nicht erwarten, den kleinen Herbert-Grey zu sehen und Henry Nachricht schicken zu können, dass seine neuen Freunde nicht diesem entsetzlichen Wetter zum Opfer gefallen sind, kommen sie doch von den Westindischen. Und um Mary-Jane zu sehen, würde ich noch durch weit tieferen Schnee waten.«

Mary-Jane kicherte begeistert, und wir drängten Jane in den besten Sessel am Feuer, wo sie kurz Herbert-Grey bewundern durfte, bevor sie ausgefragt wurde: über London, Henrys Gesundheit, Fanny, den Weg von London hierher, das Wetter auf ihrer Fahrt vom Cottage. Obgleich sie krank aussah, schien sie entspannt, weniger misstrauisch als in der Stadt. Sie beschrieb einen Theaterbesuch in London mit Henry, Fanny und Mr. Haden.

»Mr. Haden hat euch ins Theater begleitet?«, fragte Cassandra. »Henrys Apotheker?«

»Ich sagte dir doch, meine Liebe, dass er kein Apotheker ist. Er ist Haden – etwas zwischen einem Mann und einem Engel.« Sie sah zu mir. »Stimmt es nicht?«

»Er hat ein sehr sanftmütiges Auftreten. Und höchst ungewöhnliche Wimpern.«

Cassandra war anscheinend nicht zufrieden und blickte von mir zu Jane und wieder zurück. »Aber denkst du nicht, dass Fanny ...«

»Fanny wird ihre Zuneigung ganz sicher vernünftig gewähren. Anders als die meisten meiner Nichten – anwesende ausgeschlossen, Mary-Jane! Wobei mir einfällt, wie geht es Anna?«
Anna war James' älteste Tochter, die im letzten Jahr geheiratet hatte und nun, mit zweiundzwanzig Jahren, erstmals Mutter geworden war. »Wie geht es ihrer kleinen Jemima? Ich würde sie zu gerne sehen. Wäre Wyards doch nicht so weit weg!«
»Aber das ist es eigentlich nicht, oder?«, fragte ich. »Sind es nicht nur wenige Meilen von Chawton?«
»Könnten wir wie die Vögel fliegen«, antwortete Jane. »Doch wir sind keine Vögel. Und, schlimmer noch, wir haben keine Kutsche. Wir leben sehr bescheiden. Wäre das Wetter besser, könnte ich Mutters Eselskarren nehmen, doch im Winter kommt der nicht in Betracht.«
»Mr. Knights Kutsche steht Ihnen doch gewiss zur Verfügung«, sagte ich, weil ich mir nicht vorstellen konnte, dass es nicht so war. Er war so freundlich zu jedermann, hatte ihnen einen Platz zum Wohnen gegeben. Und sie war Jane Austen! Alles sollte ihr zur Verfügung stehen. Dass ich so dachte, zeigte nur, wie aufgeregt ich war, sie wiederzusehen. Ich hatte vorübergehend den Verstand verloren.
Auf eine kurze Stille hin antwortete Cassandra: »Gewiss doch, falls es nötig ist. Edward ist der beste aller Brüder und würde uns nie etwas verwehren. Jedoch möchten wir seine Großzügigkeit nicht über Gebühr ausnutzen.« Ich erinnerte mich, erfahren zu haben, dass Cassandra nach der Geburt des einen oder anderen Kindes bisweilen Monate in Godmersham verbrachte, den Knights-Anwesen in Kent, um mit den Älteren zu helfen oder bei allem Sonstigen, was getan werden musste. Man könnte sagen, dass eine unverheiratete Tante nichts Besseres zu tun hatte. Hingegen schien Mrs. Frank Austen trotz ihrer sechs Kinder unter acht Jahren nicht zu erwarten, dass ihre Schwägerinnen als unbezahlte Bedienstete einspringen.

Meine Begeisterung von Edward schwand ein wenig, und ich sagte: »Dann hoffe ich, dass Sie unsere Kutsche als die Ihre betrachten, und sei es für die frivolsten Ausflüge.«

Hierüber lachten alle, sogar Mary-Jane. »Sie sind zu gütig, Miss Ravenswood«, kicherte Mrs. Frank Austen, »und recht freigiebig mit dem Wagen Ihres Bruders.«

»Er gehört ebenso sehr mir wie …«, begann ich und verstummte, als mir mein Fehler bewusst wurde.

»Wir müssen Dr. Ravenswood in die Reihe der herausragenden Brüder aufnehmen«, sagte Jane rasch. »Ich bin nicht sicher, dass selbst einer von unseren dem Vergleich standhält, Cassandra. Und dass er einen Halblandauer fährt, keinen offenen Zweispänner, sagt alles, was man über die Rücksicht eines Gentlemans auf seine Schwester wissen muss – ja, über seine Achtsamkeit gegenüber jedem, dem seine Großherzigkeit zugutekommt.« Sie hatte mit dem typischen ironischen Unterton begonnen, war jedoch nach wenigen Worten ernster geworden, beinahe verträumt, als sei ihr ein neuer Gedanke gekommen.

»Sie verwirren mich«, sagte ich, auch wenn ich dankbar war, in welche Richtung sie das Gespräch lenkte. »Warum macht ein Halblandauer ihn zu einem besseren Bruder, als es ein offener Zweispänner würde?«

»Der Zweispänner ist ein egoistisches Gefährt, wenn wir es genauer betrachten. Eine Kutsche für einen Gentleman, aber nur für ihn. In einem Halblandauer hingegen kann eine Dame komfortabel allein ausfahren, ohne gegen die Regeln des Anstands zu verstoßen.«

»Überaus praktisch«, sagte Mrs. Frank Austen. »Besonders wenn der Ehemann immer wieder über Jahre auf See ist.« Sie stieß einen kleinen Seufzer aus.

»Er wird jemandem ein exzellenter Ehemann sein«, fuhr Jane fort. »Wäre ich für Kuppelei geschaffen … Aber zu Ihrem Glück, Miss Ravenswood, richtet sich meine Fantasie auf anderes, sodass er weiterhin Ihr exzellenter Bruder bleiben darf. Seine künftige Frau wird Sie nicht mittellos und frierend aus ihrem opulent möblierten Heim am Berkeley Square werfen oder wo immer sie es zu leben für obligatorisch hält.« Sie überraschte mich mit einem schelmischen Grinsen, und mir wurde klar, wie sehr sie mir gefehlt hatte.

»Ich würde gern erleben, wie sie es versucht!«, sagte ich, während Cassandra ihre Schwester mit einem warnenden Kopfschütteln bedachte.

»Doch verfügen Sie selbst über zahlreiche Fähigkeiten«, sagte Jane aufs Neue verträumt. »Mehr als zahlreiche womöglich?«

»Jane!«, ermahnte Cassandra sie.

In diesem Moment wachte Herbert-Grey auf, schrie jämmerlich, und wir beendeten die Unterhaltung, um seine Lungenkraft zu bewundern.

Von Weihnachten bis Silvester verging die Zeit in einem Rausch von Festschmausen, Zecherei, Unterweisungen in der Auswahl des Weihnachtsscheits und Pantomimen, bevor das Leben wieder in den ruhigen Winteralltag auf dem Lande zurückfand. Zwei Dinge indes bereiteten mir Sorge. Wir konnten nicht ewig in Chawton wohnen; auch wenn Edward auf seine stille Art beteuerte, wir wären seine Gäste, solange wir wollten, hatte das Dasein als Gast selbst im freundlichsten Haus auf Dauer etwas Beengendes. Wir brauchten eine eigene Unterkunft, nahe genug, um Jane und die anderen zu besuchen, doch nichts schien verfügbar. Edward versicherte uns immer wieder, er hielte Augen und Ohren offen, alles würde sich finden, und überhaupt seien wir herzlich willkommen.

Und dann war da das Problem, die Damen aus dem Cottage für uns zu gewinnen und an die Briefe und das Manuskript zu gelangen. Es ging schleppend voran, besonders vor Janes

Rückkehr aus London. In jenen Wochen hatte ich Martha, Mrs. Austen und Cassandra mehrfach besucht, war jedoch mit mehr Förmlichkeit als Herzlichkeit empfangen worden. Ich spürte, dass sie nicht wussten, was sie von mir halten sollten. Unser Vermögen, mit dem wir Henrys Aufmerksamkeit gewinnen konnten, machte uns fast zu vornehm für sie; es könnte sie verunsichern. Trotzdem war es ärgerlich zu sehen, wie viel froher sie die wenigen Male schienen, die Liam mich begleitete. Er verstand sich besser auf Wortgeplänkel; damit hatte ich mich abgefunden. Schlimmer war mein Verdacht, dass sie ihn für wichtiger hielten, bloß weil er ein Mann war. Was 1815 eine weitverbreitete Einstellung war, doch sie ausgerechnet in Jane Austens Haus vorzufinden, war verstörend.

Mary-Jane, siebeneinhalb Jahre alt, spielte begeistert Mikado, worin ich, wie sich herausstellte, auch recht gut war, und sie nähte schneller und besser als ich. Sie fragte mich gern über Jamaika aus, zeigte ein lebhaftes Interesse daran, erwies sich aber als seltsam schwach in Geografie, bedachte man, dass sie die Tochter eines Captains war. Seit Jane wieder da war, wollte sie immerfort ihre Tanten besuchen, und oft begleitete ich sie. Ich gewöhnte mich an den Rhythmus des Haushalts, lernte, nicht zu früh zu kommen, wenn Mary-Jane und ich Gefahr liefen, Martha Lloyd und Cassandra noch mit Hausarbeiten beschäftigt anzutreffen und Jane an ihrem kleinen Tisch im Salon, wo sie Stift und Papier wegpackte und mit einem angestrengten Lächeln zu uns aufsah. Eine oder zwei Stunden nach dem Mittag waren am günstigsten. Fahles Winterlicht strömte in den Salon, und alle setzten sich zum Nähen. Es wurde freier gesprochen, wenn Frauen unter sich waren: Dorftratsch, Familienklatsch, Diskussionen über das Buch, das man abends gemeinsam las.

Janes Rückkehr und ihre offensichtliche Warmherzigkeit mir gegenüber musste die anderen beruhigt haben. Dennoch spürte ich, dass meiner Nähe zu ihnen Grenzen gesetzt waren. Ich war den Briefen oder »The Watsons« kein Stück näher und hatte nie Zutritt zu den Zimmern oben bekommen, wo beide sein mussten. Eines Tages befand ich mich zufällig allein im Salon mit Janes verführerisch offenem Sekretär, bedeckt von Blättern mit ihrer winzigen wunderschönen Schrift. Ich starrte nur hin, fasziniert, aber außerstande, genauer hinzusehen. Ich war nicht mal sicher, ob es in dem Moment die Furcht war, ertappt zu werden, oder das Unehrliche des Aktes an sich, was mich abhielt. Vielleicht schloss das eine das andere nicht aus.

Während Jane Austen sich die Familie der unverheirateten Watson-Schwestern ausmalte, die durch den Tod ihres Vaters in finanzielle Not gerieten, starb ihr eigener Vater. Wie der fiktive Mr. Watson war auch Mr. Austen ein Pfarrer im Ruhestand, freundlich und intelligent. Und wie die Watson-Frauen, mussten auch die Austens mit einem schmerzlich kleinen Einkommen leben, waren jedoch reicher an Brüdern als ihre fiktiven Pendants. Ohne James, Edward, Henry, Frank und Charles wäre Jane das gleiche Schicksal zuteilgeworden wie den Brontës; sie hätte als Gouvernante oder Lehrerin arbeiten müssen. Dieses furchtbare Los lauerte überall in ihren Arbeiten im Hintergrund. Und vielleicht ist es kein Zufall, dass es ihre Freundin Anne Sharpe war, langjährige frühere Gouvernante von Edward Knights Kindern, der sie anvertraute, dass sie »The Watsons« fertiggeschrieben habe und nie versuchen wolle, es zu veröffentlichen. »Es stellte sich heraus, meine liebe Anne, dass es viel zu viel von meinem Herzen preisgibt«, erklärte sie in dem Croydon-Ivanhoe-Brief.

»Armut ist ein großes Übel, aber für eine gebildete, empfindsame Frau sollte es nicht, kann es nicht das größte sein«, sagt die ernste Emma Watson in »The Watsons« und ergänzt: »Ich wäre lieber Lehrerin an einer Schule (und ich kann mir nichts Schlimmeres vorstellen), als einen Mann zu heiraten, den ich nicht mag.«

Worauf eine ihrer Schwestern erwidert: »Ich täte alles lieber, als Lehrerin an einer Schule zu sein.«

Unsere Spaziergänge zu Jane und den anderen entzückten mich nicht bloß wegen des Ziels. Mary-Jane draußen war noch weit unterhaltsamer als Mary-Jane drinnen. Angeleitet von ihrem Vater, wusste sie eine Menge über die Natur, und das nicht nur für ein kleines Mädchen, sondern generell. Auf dem langen Weg durch den Wald erkannte sie jeden einzelnen Baum, nach dem ich sie fragte, obwohl sie kein Laub trugen, ebenso wie sie die Bauten verschiedenster Tiere benennen konnte.

»Da wohnt ein Fuchs«, sagte sie und zeigte auf einen Bau. »Oder hat er früher. Ich hoffe, er ist fortgegangen. Sie werden gejagt, müssen Sie wissen. Ich finde das schrecklich.«

Fand ich auch, wollte aber lieber nicht zu bereitwillig zustimmen, weil ich mich damit als Fremde verraten könnte. »Aber sie fressen die Hühner. Das ist nicht gut.«

»Und wir essen die Hühner. Warum ist das besser? Der Fuchs muss auch leben.«

»Du bist sehr weise für dein Alter, Mary-Jane. Was ist das für ein Baum?«

»Schämen Sie sich! Das ist eine Weißbuche. Jeder weiß das. Und sehen Sie dort ...«

Ich blickte in die Richtung, in die sie zeigte, sah aber nichts. »Eine Eule! In dem Loch in dem Baum dort.«

Dann sah ich sie: ein unheimlich bleiches herzförmiges Gesicht, aus dem uns große Augen anblickten, während der Schnabel unsichtbar war. »Und was für eine Eule ist das?«

»Eine Schleiereule«, antwortete sie mitleidig. »Sie wissen gar nichts, stimmt's?«

»Kennst du auch die Namen aller Pflanzen? Wirst du sie mich lehren, wenn sie zu sprießen beginnen?«

»Ich kenne nicht die Namen aller Pflanzen«, korrigierte sie. Doch sie versprach, mir die Bezeichnungen derer beizubringen, die sie kannte. Und als der Frühling kam, machte sie ihr Versprechen wahr.

Bis dahin waren Mary-Jane und ihre Familie aus Chawton House in ein Haus im nahen Alton gezogen, das sie mieten konnten. Das Gleiche traf auf Liam und mich zu, was überraschend leicht ging, bedachte man, wie viel Kraft ich in die Sorge darum investiert hatte. Edward hatte zwar versichert, er wäre der Erste, der von einer geeigneten Unterkunft hören würde, doch letztlich war es Jane, die uns rettete.

»Ich habe es von dem alten John Waring gehört, der die Milch für die Prowtings liefert, und er hat es von dem Zimmermann dort«, erzählte sie mir eines Tages Anfang Januar. »Sie hatten einen neuen Pächter für Ivy Cottage gefunden, hatten sogar einige dringend nötige Reparaturen vorgenommen, doch nun ist nichts daraus geworden.« Sie blickte von ihrem Nähzeug auf. »Sie sagten, dass Sie etwas suchen, also dachte ich, ich erwähne es. Allerdings ist Ivy Cottage sehr bescheiden. Wahrscheinlich entspricht es nicht Ihren Wünschen.«

»Ist es eines von den strohgedeckten Häusern hinter der Abbiegung nach Winchester?«

»Nicht jenes, das aussieht, als könnte es ein kräftiger Windstoß umwehen. Das andere.« Sie stockte. »Es ist noch kleiner als dieses Haus. Ich hätte es nicht erwähnen dürfen, nur …«

»Nein, ich bin sehr froh, dass Sie es taten.«

Ich freute mich nicht nur, wie nahe das Haus bei ihrem war, sondern dass sie mir davon erzählt hatte. Das hieß, sie war

gewillt, uns in der Nähe zu haben. Als ich es Edward gegenüber ansprach, wirkte er zunächst überrascht, dann zweifelnd. »Ich wusste davon, doch ist es nicht die Art Haus, in der Sie leben möchten, seien Sie es versichert. Es ist sehr klein.«
»Wir brauchen keinen Palast«, erklärte Liam. »Es klingt charmant. Ich werde Mr. Prowting umgehend schreiben.«
»Wir können ihn morgen besuchen«, sagte Edward, der immer noch sichtlich Zweifel hegte. »Ich bin den Vormittag frei, und gewiss wird er gern ... Aber Sie werden nicht ... Nun, Sie werden es selbst sehen.«

Ivy Cottage war umgeben von einer niedrigen Mauer und einer dichten Buchsbaumhecke. Mir gefiel es schon, bevor ich es betreten hatte und vom Geruch nach altem Holz und Bienenwachs empfangen wurde. Die Vordertür führte in eine Diele mit einer steilen engen Treppe und vier kleinen Zimmern im Erdgeschoss sowie vier Zimmern oben, während eine weitere Treppe, die eher als Leiter zu bezeichnen wäre, zu zwei Zimmern mit steilen Schrägen unterm Dach ging. Die Zimmer waren eher dunkel und in einem Stil eingerichtet, der fünfzig Jahre zuvor beliebt gewesen sein mochte. Die Fenster waren klein und die Holzdecken niedrig; Liam musste sich ducken, um durch die Türen zu gehen. Mr. Prowtings Verwalter zeigte stolz auf das frische Reetdach, die neu installierte Pumpe in der primitiven Küche und weniger stolz auf den Abort hinterm Haus – einem von mehreren Nebengebäuden, die man über einen Weg durch den Küchengarten erreichte. Der Garten bot Obstbäume, einen anständigen Brunnen und Felder hinter einem kleinen Hang, an dessen Fuß ein Teich lag. Wie sich herausstellte, bestand die Möglichkeit, noch mehr angrenzendes Land zu pachten, und Liam begann, sich nach Weiderechten, Bodenbeschaffenheit, Feuchtwiesen und Heuzyklen zu erkundigen, während ich stumm staunend lauschte. Wir hatten die Landwirtschaft in jener Epoche bei der Vorbereitung studiert, aber nicht so detailliert.

Auch Edward schien verstummt. Schließlich, als der Verwalter zur Pforte ging, um mit einem vorbeigehenden Pächter zu sprechen, sagte er: »Sie können nicht beabsichtigen, hier zu wohnen.«

Liam und ich sahen einander an. Nach einem Moment fuhr Edward fort, als hätte er unseren Mienen eine Antwort entnommen: »Sie müssten alles weißeln, ohne Frage, und gründlich schrubben lassen. Es ist nicht so übel, wie ich befürchtet hatte. Und Ihre Pferde sollten Sie im Crown unterbringen; die sind die besten dafür.« Er holte tief Luft. »Oder wollen Sie Ihre Pferde aufgeben?«

Er musste gedacht haben, dass wir unser ganzes Geld verloren hatten. Oder nie welches besaßen; dass wir uns nur als vermögend ausgaben und nun auf unseren wahren Stand zurückfielen. Freiwillig in einem Cottage zu leben war für jemanden wie Edward Knight unverständlich.

»Wir werden nichts dergleichen tun«, sagte Liam entsetzt. »Wir wünschen, einfach zu leben, Mr. Knight, indes nicht in schrecklicher Armut. Wir sind nicht von Sinnen.« Edward wurde munterer, als Liam erklärte: »Ich denke, mit den Verbesserungen, die Sie vorschlagen – und noch einigen anderen, die ich im Sinn habe –, kann es sehr angenehm sein. Sie werden sehen. Kommen Sie zu einem Lammbraten an unseren Kamin, und Sie werden überzeugt sein.«

Wir einigten uns mit dem Besitzer, das Haus für ein Jahr zu mieten, zu einem Bruchteil des Preises, den wir für die Hill Street bezahlten. Doch wir würden kein Jahr bleiben. Eines Tages müssten wir verschwinden, zum Portal in Leatherhead zurückkehren und alle verblüfft zurücklassen. Nein, das ginge nicht. Wir bräuchten eine Geschichte. Eventuell eine spontane

Reise zum Lake District. Wie kam es, dass ich eben aufgehört hatte, mir über die Haussuche Sorgen zu machen, und nun wegen unserer Ausstiegspläne nervös wurde? Es schien ein Charakterfehler von mir zu sein, dieses dauernde Bedürfnis, mich wegen irgendetwas zu sorgen. Dann wurde mir schlagartig klar, dass mein wahres Problem nicht war, wie wir das Haus verlassen sollten, sondern wie ich auf solch engem Raum mit Liam zusammenwohnen könnte.

»Du hast ihm eine Menge Fragen gestellt«, sagte ich, als wir allein nach Chawton House zurückgingen; Edward Knight musste in geschäftlichen Angelegenheiten nach Alton. »Ich weiß nicht, ob er beeindruckt war, aber ich war es.« Ein scherzhafter Ton schien mir am sichersten. »Woher weißt du all diese Sachen?«

»Edward hat sehr viele Bücher über Ackerbaukunde.«

»Hast du ernsthaft vor, Landwirtschaft zu betreiben?«

»Es ist sinnlos, in ein Haus mit so viel Land zu ziehen und es nicht zu tun.«

»Ich weiß überhaupt nichts darüber.« In unserer Welt kam Essen aus 3-D-Druckern, und verwendet wurden Labortechniken, die in den Jahren seit dem Großen Sterben immer weiter verfeinert worden waren, um Nährstoffe zu maximieren und Abfall zu minimieren. Es war gut, ähnelte in Geschmack und Aussehen den Nahrungsmitteln, die es ersetzen sollte – oder zumindest hatte ich es geglaubt, bis ich nach 1815 kam und richtiges Essen hatte.

»Es gibt uns den idealen Vorwand, die Austens zu besuchen. Was sie alles tun – Sprossenbier brauen, Kartoffeln anpflanzen, Brot backen, Hühner halten –, werden wir auch tun wollen und Fragen stellen. In der Nähe sein.«

»Sehr schlau! Ich bin dabei. Aber keine Schweine. Bei Schweinen ziehe ich die Grenze.«

»Irgendwo muss man sie ja ziehen«, stimmte er ernst zu.

Als ich am nächsten Tag die Neuigkeit berichtete, schien Jane erfreut, aber beinahe so verwundert wie ihr Bruder. »Dann wollen Sie es wirklich nehmen? Martha, du schuldest mir einen Shilling.«

»Sie sind eine Spielerin? Sie haben darauf gewettet, was wir tun würden?«

»Nur eine Wette unter Freunden. Sie muss mich nicht bezahlen. Und ich bin sicher, dass sie es auch nicht wird, denn Ehre bedeutet ihr nichts.«

»Doch ich werde es mir endlos vorhalten lassen, wenn ich es nicht tue«, sagte Martha, die von ihrem Strickzeug aufblickte. »Wie viele Bedienstete werden Sie haben, Miss Ravenswood? Sie haben ja nicht viel Platz, um sie unterzubringen. Aber vielleicht finden Sie Leute im Dorf.«

Dieses Thema beschäftigte mich, seit ich die Nacht wach gelegen und mich gefragt hatte, was wir hier taten. Und ich war traurig, weil ich jene Bediensteten entlassen müsste, mit denen ich am glücklichsten gewesen war. Mrs. Smith wäre vermutlich entsetzt, wie primitiv und klein Ivy Cottage sich neben der Hill Street ausnahm. Ihre Pastete und ihre ruhige Verlässlichkeit würden mir fehlen. North könnte bleiben; sie mochte mich. Doch was war mit ihrer flatterhaften Schwester Jenny? Wilcox hätte keine Arbeit mehr, da unser neues Zuhause über keinen Stall verfügte, doch die Landluft wäre gut für Tom, der einen besorgniserregenden Husten entwickelt hatte. Und ich hoffte, dies wäre eine Gelegenheit, Jencks loszuwerden.

»Es ist eine beträchtliche Veränderung für Sie, nach dem, was Sie uns über Ihr Leben in Jamaika erzählt haben«, bemerkte Cassandra. »Werden Sie es nicht alles eher armselig finden?« Sie war nicht mehr feindselig wie anfangs in London, dennoch hatte ich stets das Gefühl, dass sie sich nicht sicher war, was sie von mir halten sollte.

»Mir gefällt der Gedanke, ein einfacheres Leben zu führen.«

»Manchmal ist der Gedanke besser als die Realität«, sagte Jane. »Werden Sie Ihr Haus in der Stadt behalten?«

»Das haben wir bisher nicht entschieden. Denken Sie, wir sollten es?«

Sie kicherte kehlig. »Dies ist die Art einfaches Leben, die ich mag, wenn Sie sich solche Fragen stellen können.«

Es klopfte, bevor das Hausmädchen mit hochrotem Kopf Henry Austen und Liam hereinführte.

»Sehen Sie nur, wen ich aufgelesen habe«, sagte Liam. Zunächst herrschte erstaunte Stille, dann sprang Jane auf und umarmte ihren Bruder, gefolgt von Cassandra und Martha. Auch ich erhob mich, war jedoch unsicher, welche Begrüßung angemessen wäre.

Er beendete seine Umarmungen der Schwestern und Marthas und wandte sich zu mir. Eine dünne Staubschicht bedeckte ihn, und ein strenger Pferdegeruch ging von seiner Reisekleidung aus: einem Reitrock mit mehreren Cape-Schichten und einer groben Hirschlederhose, die in hohe Stiefel gestopft war. Für einen Moment hielten wir inne; alle sahen uns an. Ich streckte meine Hand aus, und er ergriff sie mit seinen beiden.

»Sie kommen direkt aus der Stadt, nehme ich an?«, fragte ich.

»Die einzige Erklärung für meinen ungebührlichen Aufzug. Ihr Bruder sah mich und entführte mich her, doch ich werde in einer Minute ins Crown gehen und mich anständig herrichten.«

»Du willst doch nicht dort wohnen?«, fragte Jane. »Sei nicht albern! Du wirst bei uns wohnen.«

»Lass mich nur rasch Betty sagen, dass sie das Zimmer für dich bereit machen soll«, sagte Cassandra und eilte aus dem Salon.

»Ich kann helfen«, murmelte Martha und folgte ihr.

»Dr. Ravenswood«, sagte Jane, ging zu Liam und hakte sich bei ihm ein, »dürfte ich mir für einen Moment Ihre Kraft borgen? Da ist ein Glas in der Speisekammer, das keine von uns aufbekommen konnte ...« Und damit waren sie fort, sodass Henry und ich mit bühnenreifer Plötzlichkeit allein waren. Ich konnte nicht umhin zu bewundern, wie geschmeidig alle es bewerkstelligt hatten. Nur was sollte ich jetzt tun? Wir standen am Fenster, seine Hände noch immer meine umfassend.

»Wie geht es Ihnen, Mr. Austen?«, fragte ich einfältig. Er blickte zu mir herab. Seine Augen waren gerötet und seltsam glänzend, was in mir den Verdacht weckte, er könnte wieder fiebern. »Ich habe sorgfältig über das nachgedacht, was Sie sagten.«

Er drückte meine Hand. »Ich muss aufrichtig sein. Ich bin wegen dringender, betrüblicher Geschäfte zu meiner Bank in Alton gekommen. Ich bin von Natur aus optimistisch, fürchte jedoch das Schlimmste. Und in diesem Fall ... werde ich nicht mehr in der Position sein ... Das heißt, mein Angebot ... Sie verstehen.« Er brach ab. »Deshalb habe ich bisher nicht mit Ihrem Bruder gesprochen, wie ich es sollte, und meine ... Alles ist so schnell geschehen, Miss Ravenswood, so schnell und doch so langsam. Ich kann nicht mehr vom einen zum nächsten Tag sagen, wie meine finanzielle Situation sein wird. Es ist ein Kampf.«

Ich sah zu ihm auf, entwaffnet von seiner Ehrlichkeit. In mir geriet eine Festung ins Bröckeln, wie eine Mauer, deren Stein und Mörtel herunterprasselten, und ich erschauderte vor Angst – oder Freude. »Sie können unmöglich annehmen, es ginge um Geld. Dass ich deshalb zögere.«

»Meine Liebe, es geht immer um Geld. So ist nun einmal die Welt, in der wir leben.«

»Ist Ihnen bekannt, dass ich eigenes Geld besitze?«

»Falls Sie mich für einen Mitgiftjäger halten, muss ich Ihnen mitteilen, dass Sie sich täuschen.«

Ich drückte seine Hand. »Henry. Darf ich Sie so nennen?« Die Wirkung meiner Worte war verblüffend; ein Beben ging durch seinen Leib, als er mich ansah. »Ich werde Sie heiraten. Doch ich denke, wir sollten zuerst Ihre Bank retten, bevor wir es allen sagen, meinen Sie nicht?«

Und so kam es zu meiner heimlichen Verlobung, etwas, was nie hätte geschehen dürfen, wie uns »Emma« und »Gefühl und Verstand« deutlich gemacht haben. Überdies war sie von Anfang an nicht ganz geheim. Sobald sie zurück in den Salon kamen, spürte ich, dass Martha und Cassandra etwas ahnten, während es bei Jane mehr als eine Ahnung war. Ihr Blick wanderte zunächst zu Henry. Sein Gesichtsausdruck und Auftreten schienen nichts zu verraten, und doch wusste sie es irgendwie. Sie lächelte mir zu und drückte meine Hand, als Liam und ich gingen.

»Meine liebe Miss Ravenswood«, sagte sie mit einem fragenden Blick.

Da die eigentliche Idee war, Henry Geld zu beschaffen, was ich als Frau nicht allein tun konnte, musste ich es Liam erzählen. Ich tat es in so wenigen Worten wie möglich, sobald wir außer Hörweite des Cottages waren.

Zu Beginn zitterte ich. Wir hatten dies hier nicht besprochen – wie überhaupt gar kein ernstes Thema, das mit unserem Einsatz zusammenhing –, seit wir vor Wochen aus London hergekommen waren. Was verrückt war. Es stimmte, Chawton House war groß, wir waren durch unsere geschlechtsspezifischen Aktivitäten getrennt, und es gab wenig Privatsphäre. Es stimmte auch, dass ich ihn gemieden hatte – mehr, als ich selbst mir bis zu diesem Augenblick eingestanden hatte. Der Zwischenfall im Angel, seltsam und unangenehm schon da, hatte im Rückblick eine noch unheimlichere Note gewonnen. Aber dennoch. Es war würdelos, wegen einer Zurückweisung zu schmollen; unter meiner Würde als Bewunderin von Jane Austens Romanen und als unabhängige Frau. Warum sollte ich ihm solche Macht verleihen? Noch bevor ich ausgeredet hatte, fing ich an, mich besser zu fühlen, nahezu trotzig.

Liam sagte eine ganze Weile gar nichts. Wir waren von der Straße auf die Zufahrt zum Herrenhaus eingebogen und näherten uns der Kirche auf halbem Weg den Hügel hinauf. Als Liam endlich etwas sagte, fixierte er dabei die Umgebung und sprach ruhig.

»Es ist kühn, doch vielleicht müssen wir es jetzt gerade sein. Du hast keine Fortschritte gemacht, stimmt's, in die Zimmer nach oben zu gelangen und nach den Briefen zu suchen oder nach ›The Watsons‹ zu fragen?«

»Bisher nicht.« Mich traf die implizite Kritik, so sanft sie auch geäußert wurde. Aber bevor ich mich verteidigen konnte, redete er weiter.

»Ich werde mit Henry sprechen. Heute Abend vielleicht. Eventuell kann ich mit ihm fahren, wenn er in die Stadt zurückkehrt ... Hat er dir gegenüber durchblicken lassen, wie viel Geld ungefähr er braucht?«

»Darüber haben wir eigentlich nicht geredet.«

»Es ist wohl kein Thema, das man mit der Zukünftigen bespricht«, sagte Liam mit einem verhaltenen Lächeln, und nun sah er mir kurz in die Augen. »Ach, was soll's! Ich werde mit ihm reden.«

»Bist du nicht wütend?« Im Geiste war ich schon wieder bei dem unglücklichen Vorkommnis im Angel; mit einiger Mühe verdrängte ich die Erinnerung.

Er warf mir einen traurigen Blick zu, sagte jedoch nichts.

»Ich meine, das ist gut. Mich freut, dass du verstehst, wie notwendig es war.«

»Sei nur vorsichtig.«

»Bin ich immer.«

KAPITEL 13

24. Januar 1816
Chawton House

Eines späten Nachmittags, kurz bevor wir Edwards Haus verlassen sollten, war ich allein in der Bibliothek, die als Raum groß und eindrucksvoll war, was die Bücher betraf weniger. Es gab zahlreiche gebundene Bände von »The Spectator« aus der Mitte des vorangegangenen Jahrhunderts – die einzig im Vergleich zu all den Büchern über Landwirtschaft spannend erschienen. Ich hätte wohl eines von denen lesen sollen, war aber auf der Suche nach einem Roman hergekommen. Keinem bestimmten, obwohl ich wusste, welche Art ich wollte: etwas wie »Memoirs of Miss Sidney Bidulph«, lächerlich und doch unterhaltsam. Edward Knight schien überhaupt keine Romane zu besitzen, was für einen Bruder von Jane Austen eigenartig war; ich konnte nicht einmal ihre finden. Die Titel wurden schwerer zu entziffern, als der Raum dunkler wurde. Ich war in der finstersten Ecke, weit weg vom Kamin, und dachte gerade, dass ich mir eine Kerze vom Kaminsims holen sollte, als am anderen Ende die Tür aufging und zwei Männer hereinkamen, mitten im Gespräch: Edward Knight und Frank Austen.

»… erwarten, dass wir ihn diesmal retten!«, sagte Edward. »Er hat jahrelang über seine Verhältnisse gelebt. Er ist ein Opportunist, und nicht mal ein erfolgreicher. Und mit dem Prozess, der mich belastet – er kann nicht glauben, dass ich ihn rette.«

»Gewiss hegt er keine unvernünftigen Erwartungen, Ned. Was steht in dem Brief? Kannst du ihn mir zeigen?«

»Ein Meisterstück der Selbstrechtfertigung, wie ich es selten in schriftlicher Form sah! Hier, erfreue deine Augen.«

Es folgte Stille, in der ich meine Anwesenheit hätte enthüllen müssen. Ich hatte nicht beabsichtigt zu spionieren, und auch wenn ich Dinge gehört hatte, die nicht für meine Ohren bestimmt gewesen waren, waren sie nichts allzu Skandalöses. Doch vor lauter Schreck reagierte ich zunächst gar nicht, und dann war es zu spät, denn Edward fuhr fort:

»Und diese Andeutung am Ende – wegen einer günstigen Heirat –, hat er gänzlich den Verstand verloren?«

»Es ist nichts falsch daran, eine Erbin zu heiraten, wenn man es kann. Du hast es getan.«

»Das ist etwas vollkommen anderes. Ich verfügte über eigene Mittel. Und sie kam aus einer bekannten, seit Langem hoch geachteten Familie. Sollte er auf die Dame ansprechen, die ich vermute, wissen wir nichts über sie, nichts ... Sklavenhalter ... diese verrückte Geschichte mit dem Umzug ins Ivy Cottage ...«

Er senkte die Stimme, sodass ich den Rest nicht verstand. Doch inzwischen war ich auf Händen und Knien hinter einem Sofa. Mein Herz wummerte in meiner Brust; ich war sicher, dass sie es hören mussten, ähnlich einer Erzählung von Poe. Und was würde ich sagen, wenn sie mich entdeckten?

»Sie haben gute Manieren und sind redegewandt, was dieser Tage indes nichts bedeutet. Trotzdem hast du sie eingeladen, deine Gäste zu sein. Damit hast du sie offiziell anerkannt, mehr, als es Henry könnte. Wie sollte er nicht glauben ...?«

»Sie rettete meiner Tochter das Leben! Eine Einladung in mein Haus war dagegen nichts. Ich nehme auch keinerlei Anstoß an ihnen – als Bekannte oder Hausgäste –, aber sich so mit ihnen zu verbinden?« Er brach ab und stieß ein spöttisches Lachen aus. »Doch ich werde Sir Thomas-Philip schreiben, sobald ich die Zeit finde, dann erfahren wir alles. Wie wir Henry kennen, könnte er sie natürlich schon geheiratet haben, ehe wir Antwort erhalten.«

Nun trat Stille ein. Vermutlich las Frank Austen noch den Brief. Ich hatte mich tief zum Teppich geneigt, sodass ich Staub einatmete. Aus Angst, dass ich niesen könnte, hielt ich beide Hände vor meine Nase.

»Also ist er am Ende.«

»Was hast du denn gedacht, wovon ich sprach? Wie viel hattest du investiert?«

»Wie konnte das geschehen? Kannst du mir das erklären? Immerhin bist du Geschäftsmann.«

»Auf die übliche Weise, schätze ich. Kredite zu einfachen Konditionen an Leute wie Lord Moira, Gentlemen, die einzig ihre Ehrenschulden ernst nehmen. Und ist man ein Opportunist, ein Sturkopf und offensichtlich ein Mitgiftjäger ... bei Gott, wäre ich nicht ... was würde ich ...?« Er brach mitten im Satz ab, als die Tür knarzend aufging, und sagte in einem vollkommen anderen Ton: »Dr. Ravenswood!«

»Verzeihen Sie, ich suche nach meiner Schwester. Man sagte mir, sie sei in die Bibliothek gegangen.«

»Hier ist sie nicht«, antwortete Edward. Es entstand eine Pause.

»Ich wollte Sie nicht stören, Sir. Dann gehe ich mal wieder.«

»Nein, nein, kein Grund, sich zu entschuldigen oder für Heimlichkeiten unsererseits. Sie werden es ohnedies in Bälde erfahren. Unser Bruder, Ihr Freund, ist ruiniert. Seine Bank ist verloren.«

Zunächst war nichts zu hören, dann sagte Liam: »Leider wusste ich bereits, dass es so kommen würde. Es konnte nichts mehr getan werden. Letzte Woche war ich in der Stadt, um ihm einen Kredit anzubieten, doch er lehnte ab.«

»Ach ja?« Edward klang überrascht. Tatsächlich war Liam nicht bloß in London gewesen, um Henry einen Kredit anzubieten, sondern ihm tatsächlich einen zu geben: dreißigtausend Pfund, die Hälfte des Geldes, mit dem wir nach 1815 gekommen waren. Und nach dem zu urteilen, was ich eben gehört hatte, war es nicht genug gewesen. Jetzt war es verloren. Mich überkam Angst bei dem Gedanken, obwohl ich mir sagte, dass es lächerlich war. Wir hatten noch reichlich Geld für den Rest unserer Zeit hier.«Er lehnte ab, ja?« Edward seufzte. »Es war nobel von ihm, doch ich frage mich immer noch, ob ich hätte helfen können.«

»Es ist sinnlos, sich solche Fragen zu stellen, Dr. Ravenswood«, sagte Edward. »Es ist geschehen, und wir alle müssen das Beste daraus machen. Wenn Sie mich entschuldigen, ich muss vor dem Dinner noch einige Briefe schreiben.«

Wieder wurde es still, und nach einem Moment hörte ich die Tür auf- und wieder zugehen. Abermals herrschte Stille. Waren sie alle gegangen? War das möglich?

Nein. »Manchmal, Sir, sehnt man sich danach, auf See zu sein. Würde mir die Admiralität jetzt ein Schiff anbieten, ich würde keine Fragen stellen. Es könnte eine lecke Brigg sein, dennoch würde mir leichter ums Herz. Doch verzeihen Sie, ich vergesse mich. Diese traurige Angelegenheit beunruhigt uns alle sehr.«

»Das verstehe ich gut.«

»Wenn ich fragen darf – ich vermute, wenn Sie meinem Bruder Hilfe anbieten konnten –, haben Sie nicht viel in seiner Bank angelegt?«

»Nur sehr wenig.«

»Sehr vorausschauend von Ihnen.« Frank Austen seufzte, und abermals entstand eine Pause.

»Captain, würden Sie mit mir ein Stück gehen? Ich muss zu den Stallungen und nach einem meiner Pferde sehen, denn ich fürchte, es lahmt.«

»Ich sollte zu meiner Frau gehen und ihr die furchtbaren Neuigkeiten mitteilen. Dieses Haus ist viel zu groß. Wir verlieren uns hier immerfort.«

»Ich sah sie erst kürzlich im rosa Salon.«

»Vielen Dank, Sir.«

Wieder ging die Tür auf und zu, dann war alles still. Mir waren die Beine eingeschlafen, und mein Nacken schmerzte, aber ich wagte nicht aufzustehen. Was war, wenn jemand etwas vergessen hatte und zurückkam? Mit dem Gesicht über dem Teppich und geschlossenen Augen verharrte ich. Und dann ging die Tür zu meinem Entsetzen erneut auf. Schritte näherten sich und stoppten. Ich hob den Kopf. Liam.

»Wie lange kauerst du schon da, armes Ding?« Seine Hände fühlten sich kühl und stark an, als er mich nach oben zog, mir über das Haar, die Stirn, die Nase und meine Schultern strich. »Du bist ganz staubig!« Es war unser erster Körperkontakt seit dem Angel-Debakel, und während mich eine unschöne Welle der Erregung durchfuhr, sank ich auf das Sofa, unfähig, ihn anzusehen.

»Ich fasse nicht, dass die mich nicht gesehen haben. Du hast es offenbar sofort.«

»Mrs. Frank Austen sagte mir, dass du nach einem Buch suchen wolltest. Und als ich hereinkam ... nun, du warst nicht direkt unsichtbar hier hinten, aber sie waren abgelenkt.«

Zunächst schwiegen wir beide, ich auf dem Sofa, er mit verschränkten Armen ein Stück entfernt. Ich bemühte mich, nicht daran zu denken, wie sich seine Hände angefühlt hatten. Oder wie breit seine Schultern waren.

»Also scheint unser Geld nicht geholfen zu haben«, sagte ich schließlich.

»Anscheinend nicht.«

»Demnach hattest du recht und ich unrecht.«

»So darfst du es nicht ausdrücken. Wir waren uns beide einig, und es hat nicht funktioniert. Wir haben immer noch genug zum Leben.« Solange wir in unsere Zeit zurückkehren konnten und nicht für immer hier gestrandet waren, lautete sein unausgesprochener Gedanke; wieder überkam mich Angst.»Vor allem, wenn wir das Haus in der Stadt aufgeben. Was wir eindeutig tun sollten, jetzt.«

»Ich bin irgendwie wütend, dass er es Edward vor uns mitgeteilt hat.«

»Vermutlich hat er sich geschämt«, sagte Liam.»Es muss ihm miserabel gehen. Er war ein Wrack, als ich ihn letzte Woche gesehen habe. Und da hatte er noch einige Hoffnung.«

»Aber warum hast du Edward gesagt, du hättest versucht, ihm einen Kredit anzubieten?«

»Nun, ich dachte mir wohl, dass es gut wäre, wenn Edward mich in einem anderen Licht sieht. Wie Mr. Darcy, der Lydias Hochzeit regelt. Wir sind quasi Familienmitglieder, helfen uns gegenseitig.« Ich musste zugeben, dass es klug war; dass Liam eine Intelligenz besaß, die sich sehr von meiner unterschied.

»Ein wahrhafter Gentleman würde es niemals offenkundig machen, doch seit der Sache mit dem Cottage habe ich das Gefühl, dass sich Mr. Knight unsicher ist, was mich betrifft, also habe ich nicht viel verloren.« Er unterbrach kurz.»Meinst du, ich sollte ihm die Wahrheit sagen, dass ich Henry tatsächlich Geld gegeben habe? Ich hätte es beinahe getan, doch irgendwas hielt mich davon ab.«

»Bevor du hereinkamst, hat er gesagt, dass er Sir Thomas-Philip Hampson schreiben und sich nach uns erkundigen will.«

Liam klatschte sich die Hand vor die Stirn.»Das wird dann unser Ende sein.«

»Es wird noch schlimmer. Frag mal, weshalb er ihm schreiben will. Wie es aussieht, hat Henry in seinem Brief an ihn Anspielungen darauf gemacht, dass er mich heiraten wird.«

»Heilige Mutter Gottes!« Liam befrachtete diese sieben Silben mit einer Menge Gefühl und ergänzte gleich:»Wie lange bleibt uns noch, falls Edward nach Jamaika schreibt?«

Wind und Strömungen machten Atlantiküberquerungen unberechenbar, aber so viel wussten wir: Ein Brief und seine Antwort könnten es vor September und unserer Rückkehrmöglichkeit schaffen, vorausgesetzt, dass beide Schreibenden prompt in ihrer Korrespondenz waren. Ich konnte nur hoffen, dass Sir Thomas-Philip die Sorte Mensch war, die unbeantwortete Post auf ihrem Schreibtisch anhäufte.

»Nicht lange genug.«

Wenige Tage später fuhr Liam nochmals nach London, um den Mietvertrag für die Hill Street zu kündigen und alles mit den Bediensteten zu regeln. Ich sagte, dass mein Mitkommen keinen Sinn machte und ich die Zeit lieber vor Ort sein sollte, um die Arbeiten in unserem neuen Zuhause zu überwachen. Tatsächlich konnte ich mir nicht vorstellen, stundenlang mit Liam in einer Kutsche zu sitzen oder noch eine Nacht mit ihm in einer Postkutschenstation zu verbringen.

»Aber Henry wird dort sein«, sagte Liam, als wäre es ein Argument für mein Mitreisen, kein weiterer Grund dagegen. Ich war mir unsicher, wie ich zu Henry stand, aber auf jeden Fall nicht in Eile, ihn so bald wiederzusehen. Es würde fraglos eine schmerzliche Szene werden, bedachte man unseren Verlust von dreißigtausend Pfund und die Notwendigkeit, dass ich ihn meiner von den Ereignissen ungetrübten Liebe versicherte und ihn nach wie vor heiraten wollte, nur nicht jetzt gleich, weshalb wir es niemandem erzählen dürften, auch wenn die Geheimhaltung sehr viel weniger Sinn ergab, nachdem es uns misslungen war, seine Bank zu retten. Ich fühlte mich schlicht von all dieser Falschheit überfordert.

Stattdessen schrieb ich ihm einen Brief, den ich Liam noch unversiegelt gab, und versuchte, einiges von dem zu sagen – dass ich jetzt nicht mitkommen könne; wir seien verlobt.

»Lies ihn, damit du weißt, wo wir mit ihm stehen«, sagte

ich. »Ich habe keine Geheimnisse vor dir.« Wir waren wieder in der Bibliothek und hatten einen raren Moment allein.
Er sah mich an. »Jeder hat Geheimnisse.«
»Okay, aber keines davon habe ich in diesem Brief ausgeplaudert.«
»Ich will deine Briefe an Henry nicht lesen!«
»Kannst du mir einfach sagen, ob ich mich richtig ausgedrückt habe? Das ist ein bisschen heikel.«
»Nur wenn du darauf bestehst.« Stirnrunzelnd begann er zu lesen.

Am Morgen nach Liams Abreise nach London erschien Mr. Prowtings Verwalter mit einem großen Schlüssel und einer Nachricht in Chawton House: Die Arbeiten seien abgeschlossen und das Cottage zum Einzug bereit, wann immer wir wollten. Ich griff mir meinen Mantel und lief den Hügel hinunter, gespannt darauf, das Haus wiederzusehen und mir mein neues Leben dort vorzustellen. Seit der Unterhaltung, die ich unfreiwillig mit angehört hatte, war mir um Edward Knight herum nicht wohl. Andererseits war auch der Gedanke, ins Ivy Cottage zu ziehen und auf solch engem Raum mit Liam zu leben, nicht minder verstörend.

Als ich an der Pforte stehen blieb, sah ich eine Frau den Weg entlangkommen: Jane.

»Ah«, sagte sie, als sie näher war, und ihr Blick wanderte von mir zum Schlüssel. »Also ist es Ihres? Wie entzückend. Waren Sie gerade drinnen?«

»Noch nicht. Wollen Sie mit mir kommen?«

Ich bewältigte das Aufschließen mühelos, schob die schwere Tür auf und trat ins Dämmerlicht, wo ich Kalkfarbe und altes Holz roch. Neben mir sah Jane sich nach oben und unten um, wobei ihre Nase diskret zuckte und alles aufnahm.

»Nicht so schlimm, wie ich befürchtet hatte«, sagte sie schließlich. »Es erinnert mich daran, wie sich die Dashwoods gefühlt haben müssen, als sie in ihrem neuen Heim in Devonshire ankamen.«
»Sie sind zu freundlich, an meine Arbeit zu denken.«
»Das tue ich beinahe immerzu.«
»Aber Sie haben doch nicht wie die Dashwoods ... also, ich hoffe ...« Unerwartet ergriff sie meine Hand und drückte sie. Die Hand, die »Verstand und Gefühl« geschrieben hatte, war größer als meine, wohlgeformt und kalt und wie ihr Gesicht seltsam bronzefarben. »Henry hat mir erzählt, was geschehen ist. Dass Sie und Ihr Bruder ihm Geld gaben und es nun verloren ist. Ich hoffe, es war nicht ... Ich hoffe, es war nicht mehr, als Sie sich zu verlieren erlauben können. Ich könnte den Gedanken nicht ertragen, nachdem alles andere hinüber ist.«
»Sorgen Sie sich nicht.« Ich erwiderte ihren Händedruck, als wir in eines der vorderen Zimmer gingen. Die Wände waren frisch weiß getüncht. Der Fußboden sackte ein wenig ab, aber die breiten Dielen waren sauber. Zwei Windsor-Stühle mit Stäbchenlehne standen zu beiden Seiten eines massiven runden Tisches. Mit einem Schaudern dachte ich daran, wie es sein würde, hier allein mit Liam zu sitzen.
»Wir brauchen mehr Stühle«, sagte ich. »Dann können wir Sie zum Tee einladen. Ich wünschte, ich könnte Ihnen jetzt welchen anbieten, aber es ist keine Teekanne da. Auch kein Tee. Kaufen Sie Ihren hier in der Gegend oder in der Stadt?«
»Wechseln Sie nicht das Thema. Ich habe Ihnen eine ernste Frage gestellt, und ich möchte die Wahrheit hören, auch wenn ich mich vor ihr fürchte.«
»Wir haben ihm nichts gegeben, was wir uns nicht zu verlieren leisten könnten.« Ich fragte mich, ob Henry die Summe

verraten hatte. Dreißigtausend Pfund waren ein schwindelerregender Betrag. »Bitte machen Sie sich deshalb keine Gedanken.«

Sie setzte sich und beugte sich vor. Mir fiel auf, dass sie das Gesicht verzog. »Schmerzt Ihr Rücken?«

»Ach, ein wenig. Schließlich bin ich ziemlich alt.«

Ich setzte mich ebenfalls und betrachtete sie. »Ist der Schmerz immer da oder nur bei bestimmten Bewegungen?«

Sie ignorierte meine Frage. »Darf ich ehrlich sein? Ich bin so froh, dass Sie meine Schwester werden. Wir wussten, dass Henry wieder heiraten müsste. Er eignet sich nicht für das Junggesellenleben, auch wenn er viele Jahre einer war, als er versuchte, Eliza zu gewinnen. Aber ich hatte befürchtet, dass … Ich bin so froh, dass Sie es sind.« Sie sah mir lächelnd und doch ernst in die Augen, und für einen Moment schämte ich mich meines Betrugs.

»Er muss seine erste Frau sehr geliebt haben. Ich erwarte nicht, ihren Platz in seinem Herzen einzunehmen. Oder in Ihrer Familie.« Ich unterbrach kurz. »Denken Sie, Mr. Knight wird sehr schockiert sein, Miss Austen?« Ich fragte mich, ob er schon nach Jamaika geschrieben hatte.

»Edward darf nicht glauben, dass er jedermanns Leben bestimmen kann«, antwortete sie. »Wir werden schon bald Schwestern sein, glauben Sie, es wäre übereilt …? Wollen wir uns nicht beim Vornamen anreden?«

Sie verstummte, als sei sie ehrlich besorgt, wie ich reagieren könnte, während ich mich darauf konzentrierte, froh auszusehen, aber nicht übertrieben froh, obwohl ich aufspringen, den Kopf in den Nacken werfen und lachen wollte. Dies war ein weit größerer Triumph als ein Heiratsantrag.

»Jane«, probierte ich es aus. Mich hinüberzubeugen und sie auf den Mund zu küssen hätte sich kaum intimer oder wagemutiger anfühlen können. »Es wäre mir eine Ehre.«

Eine kleine Weile saßen wir friedlich schweigend da, bevor sie sagte: »Im Allgemeinen, liebe Mary, sind heimliche Verlobungen vertrackte Dinge, doch was diese besondere betrifft, fällt es mir schwer, Henry Vorhaltungen zu machen. Und es ist gewissermaßen entzückend, in das Geheimnis eingeweiht zu sein, wie ich zugeben muss.«

Sie sprach freundlich, dennoch lief mir ein kalter Schauer über den Leib. »Ja« war alles, was ich sagen konnte.

»Ich verstehe, dass so unmittelbar nach dem Ruin der Bank Diskretion vonnöten ist. Wer weiß, ob seine Gläubiger nicht auf dich zugehen würden, sollten sie glauben, dass es bereits einen Ehevertrag gibt?«

In meinen wildesten Spekulationen, wenn ich nachts wach lag und überlegte, was alles schiefgehen könnte, war mir dieser Gedanke nie gekommen. »Würden sie?«

»Es ist nicht wahrscheinlich, doch man sollte lieber vorsichtig sein. Dennoch.« Sie streckte einen Arm vor und tätschelte meine Hand. »Wartet nicht zu lange, ehe ihr es bekannt gebt, es könnte Szenen geben, die für alle unangenehm sind.«

Darüber wollte ich nicht reden. »Diese Gefahren beschreibst du sehr gut in ›Emma‹.«

»Ich wusste nicht, dass du es schon gelesen hast.«

»Hatte ich das nicht gesagt? Ich habe es geliebt. Dein bisher bestes Werk. Es ist wunderbar, wie du vor aller Augen die Wahrheit verbirgst.«

Sie blinzelte. »Eine interessante Deutung.«

»Ist es das nicht, was du getan hast? Die heimliche Verlobung ... Emmas unerkannte Liebe zu Mr. Knightley ... es ist alles da.«

»Aber ich hatte nicht erwartet, dass die Leser es so leicht erkennen. Vielleicht bin ich tragisch durchschaubar.«

»Nein, nicht doch!«, widersprach ich. Allerdings konnte ich schlecht zugeben, dass ich es zahlreiche Male gelesen und eine dreißigseitige Hausarbeit darüber geschrieben habe. Also sagte ich: »Sobald ich es zu Ende gelesen hatte, fing ich gleich wieder von vorn an. Und da ich diesmal wusste, wie es ausging, achtete ich auf Hinweise.«

»Hast du das? Ich staune. Henry hat seine Frau wahrlich gut gewählt, wenn ich stets solche Schmeichelei zur Hand haben werde.«

Liam kehrte mit einem Brief von Henry und vielen Haushaltsnachrichten zurück. Den Mietvertrag zu kündigen war einfach gewesen, und er hatte das Packen sowie den Abtransport all jenes Besitzes überwacht, den wir in London angeschafft hatten und der sich hier als nützlich erweisen könnte. Die Sachen würden eine lange, teure Reise per Fuhrwerk nach Chawton machen. Mrs. Smith und ihre Schwester hatten erklärt, dass sie mit Freuden aufs Land ziehen würden, was eine nette Überraschung war. Wie sich herausstellte, waren die beiden in der Nähe von Basingstoke aufgewachsen und hatten Verwandte in dieser Gegend. Jenny wollte, wie ich erwartet hatte, ausgezahlt werden und ihr Glück anderswo versuchen, der hübsche Robert aber leider auch, was mich enttäuschte. Es hieß, dass Jencks wieder unser einziger männlicher Bediensteter sein würde, sah man von dem ehemaligen Schornsteinfegerjungen Tom ab.

»Jencks sagt, er möchte gärtnern.« Wir waren zu einem Spaziergang aufgebrochen, damit wir nicht überhört wurden, wenn wir all dies besprachen. Es war Anfang Februar und ein Tag mit fahlem Sonnenlicht, dramatischen Wolken und winterlicher Kälte. Obwohl noch etwas Schnee lag, schien das Licht verändert. Ich fühlte, dass der Frühling nahte. »Angeblich weiß er alles übers Gärtnern und hat es schon in Schottland gemacht.«

»Ist er von dort?«

»Aus Yorkshire.«
»Weiß er, dass die Pflanzen hier anders sind?«
»Er scheint ernsthaft bleiben zu wollen.«
»Wie will er die Gartenarbeit machen und gleichzeitig dein Kammerdiener sein?«
»Wir denken uns etwas aus. Vielleicht ist es gut für ihn. Er wird zu müde sein, um an Türen zu lauschen.« Ich hatte meinen Verdacht nie ausgesprochen und war erstaunt, dass Liam denselben hegte.
»Ich wünschte, du hättest ihn loswerden und Robert behalten können.« Liam antwortete nicht. »Etwas an Jencks macht mir Sorge. Ich denke, er ist in dich verliebt.«
»Ganz sicher ist er das nicht.«

Henrys Brief war schön, voller Gefühl und Informationen. Ich merkte, wie er mir beim Lesen lieber wurde. Er war auf dem Weg nach Oxford, wo er die nächsten Monate bei einem Freund wohnen würde, solange er sich auf seine Ordination vorbereitete. Edward hatte ihm das Pfarramt in Chawton versprochen; es war ein kleines Einkommen, aber besser als nichts. Mit dem Geld, das ich mit in die Ehe brachte, hätten wir genug, um zu heiraten. Ich bewunderte die höfliche Behutsamkeit, mit der er all das schrieb, mochte ihn wieder etwas weniger gern, nachdem ich diesen Abschnitt gelesen hatte. Er schloss mit dem Versprechen, so bald wie möglich nach Chawton zu kommen und mich zu besuchen.

»Also hast du mit ihm über Geld gesprochen?«, fragte ich, nachdem ich zu Ende gelesen hatte, und gab Liam den Brief. »Wie groß ist mein Vermögen eigentlich? Hattest du das schon entschieden?«

»Fünfzehntausend schienen mir richtig.« Er faltete das Blatt immer wieder zusammen und auseinander, hatte aber offenbar keine Eile mit dem Lesen.

»Das ist alles?« Es war eine Menge Geld für eine Frau, kam mir jedoch wenig vor, bedachte man, wie vermögend wir zu sein vorgaben. »War er enttäuscht?«

»Es ist etwas mehr als die Hälfte von dem, was wir noch haben. Das schien mir fair.« Er ergänzte: »An diesem Punkt in seinem Leben hat er schon Glück, überhaupt jemanden mit etwas eigenem Geld zu heiraten. Falls er enttäuscht war, hat er es nicht zugegeben.« Er sah mir in die Augen; unwillkürlich waren wir stehen geblieben.

Meine Frage war scherzhaft gewesen. *Was geben wir als mein Vermögen vor?* Seine Antwort beunruhigte mich, da sie implizierte, dass unsere Täuschung Realität werden könnte, das Portal versagte und Liam mich mit der Hälfte unseres Geldes losschickte, um Henry Austen zu heiraten. Aber er konnte nicht gemeint haben, dass es so ausgehen würde. Müsste ich mein Leben hier verbringen, wäre es nur mit Liam erträglich. Kaum wurde mir dies klar, verdrängte ich den gefährlichen Gedanken wieder.

»Wie schaffen wir das alles?«, fragte ich. »Ich muss irgendwie rechtzeitig an die Briefe und das Manuskript kommen, um die Verlobung mit Henry zu lösen, bevor er nach Chawton kommt und seine Pfarrstelle antritt.«

Und bevor ein Brief aus Jamaika kam. Und rechtzeitig, um zum Portal zu gelangen.

Mir hatte davor gegraust, mit Liam in solch einem kleinen Haus zu leben, und in gewisser Weise war es genauso beängstigend, wie ich befürchtet hatte. Unsere Schlafzimmertüren waren einander direkt gegenüber, nur durch einen schmalen Flur getrennt. Würde ich es versuchen, könnte ich abends das Knarzen seines Bettes hören, wenn er sich hinlegte, und das Plätschern, wenn er morgens seine Waschschüssel benutzte. Obwohl ich mich selbst dafür verspottete, ging ich grundsätzlich zum Toilettenhäuschen draußen, egal wie regnerisch, spät oder kalt es war, um nicht zu riskieren, dass Liam hörte, wie ich in den Nachttopf pinkelte.

Das Pflanzen begann mit Frühbeeten im Küchengarten. Wir kauften Hühner und zwei Jersey-Kühe, für die Tom fortan zuständig sein sollte. Eine winzige Katze, schwarz bis auf eine weiße Vorderpfote, quartierte sich bei uns ein. Zunächst schlief sie in den Nebengebäuden, schlich sich aber letztlich ins Haus. Ich wollte ihr keinen Namen geben, weil sie dann unsere wäre, doch bald hieß sie überall Alice B. Mithilfe von Sarah und Mrs. Smith lernte ich, Butter und Weichkäse zu machen, Unkraut von Setzlingen zu unterscheiden und Bier zu brauen. Mehrere meiner Kleider, mit die ersten, die ich vergangenen Herbst gekauft hatte, wurden in Arbeitskleidung umgeändert. Ich war von Sonnenaufgang bis Sonnenuntergang beschäftigt und merkwürdig glücklich. Da ich abends viel zu müde war, um nicht schlafen zu können, lag ich selten wach, um über all meine Probleme und den provozierend nahen Liam nachzugrübeln.

In London hatten wir den Sonntag nicht weiter beachtet, doch hier war es notwendig, um nicht aus der Reihe zu fallen. Wir besuchten den Morgen- und den Nachmittagsgottesdienst in der Kirche auf dem Hügel nach Chawton House. »Protestanten in ihrem natürlichen Habitat beobachten«, nannte Liam es, doch mir gefiel, wie die Kirche roch: modrig wie die Zeit. Ich genoss es, das dämmrige Innere und die Buntglasfenster zu studieren und dabei an Cranmer, Heinrich VIII. und Thomas Cromwell zu denken, während ich im Geiste die archaischen, klangvollen Sätze aus dem Book of Common Prayer durchging.

So seht nun sorgfältig darauf, wie ihr euer Leben führt, nicht als Unweise, sondern als Weise, und kauft die Zeit aus, denn die Tage sind böse.

Ich beobachtete die Modewahl der anderen Kirchgänger und freute mich jedes Mal, wenn ich erkannte, dass ein Hut von letzter Woche mit einem neuen Band getarnt war. *Da sprach der König zu seinen Dienern: Bindet ihm Hände und Füße und werft ihn in die äußerste Finsternis! Da wird sein Heulen und Zähneklappern. Denn viele sind berufen, aber wenige sind auserwählt.*

An den übrigen Wochentagen wachte ich mit einem Gefühl von Vorfreude auf, wenn es noch dunkel im Schlafzimmer war, und tastete mich in meine Kleidung. Unten schürte Sarah das Feuer mit der Glut, die sich über Nacht gehalten hatte, und Mrs. Smith rollte Teig aus oder mahlte Kaffee. Tom, der seit dem Tag, an dem er aus dem Kamin gefallen war, mehrere Zentimeter gewachsen war, lächelte mir scheu mit einem Kopfnicken zu und machte sich auf den Weg hinaus zu den Tieren.

»Schon auf, Miss?«, fragte Mrs. Smith, als würde es sie jeden Tag aufs Neue überraschen, und ich hielt inne, um den Kaffeegeruch zu genießen; immer wünschte ich mir, gleich welchen zu trinken, doch er war noch nicht fertig und würde nach ein paar Stunden Arbeit umso besser schmecken. Die Sonne ging auf, Dunst stieg über dem Teich auf, und die Hühner wurden wach.

Hört sich das alles nach ländlicher Idylle an? War es nicht.

Die Arbeit machte Spaß, war jedoch eher ein Desaster. Einzig die Frühbeete retteten uns. Der Garten kämpfte gegen die ungewöhnlich niedrigen Temperaturen, verursacht durch eine Aschewolke hoch in der Atmosphäre infolge eines gigantischen Vulkanausbruchs auf den holländischen Ostindischen Inseln im Jahr zuvor. In den kommenden Jahren würde sie für Missernten und Hungersnot in weiten Teilen Westeuropas und Nordamerikas sorgen. Wären wir tatsächlich wie so viele Leute auf das, was wir selbst produzierten, zum Leben angewiesen, hätte man unsere Ernährung bestenfalls als kärglich bezeichnen können. Doch da wir Geld besaßen, konnten wir Mrs. Smith zu den Markttagen schicken, was wir häufig taten, und auf regelmäßige Lieferungen von Kaffee, Wein und anderem Luxus zählen, die wir so oft im Cottage mit unseren Freunden teilten, wie sie es erlaubten.

Wir schafften mehr Stühle an und luden sie an den kalten Abenden zu uns ein. Sogar die alte Mrs. Austen, die nur noch selten ausging, kam oft mit, weil Ivy Cottage so nahe war. Wir versammelten uns um den großen primitiven Ofen im Salon, wo das Feuer flackerte, während wir lachten, Geschichten erzählten oder laut vorlasen, und in solchen Momenten hatte ich das Gefühl, mehr könnte ich mir nicht wünschen. Ohne die nagenden Sorgen hätte es mein Arkadien sein können.

KAPITEL 14

3. April
Chawton

Am Jahresende, als Jane aus London angekommen war, hatten mich die sichtlichen Veränderungen an ihr erschreckt: ihr Gewichtsverlust und die befremdliche Pigmentierung, die Bräune. Und dann war da ihr Rücken, der ihr anscheinend weiterhin Probleme machte.

In den ersten Wochen nach unserem Einzug ins Ivy Cottage sahen wir sie oft. Sie und die anderen kamen häufig abends vorbei, und ich blieb bei meiner Angewohnheit, sie am frühen Nachmittag zu besuchen, allerdings nicht mehr zusammen mit Mary-Jane, sondern mit Liam. Seine Idee, sich von ihnen Rat zum Gärtnern und der Tierhaltung zu holen, war gut, denn so gab es unendlich viel zu fragen. Dennoch herrschte durch seine Anwesenheit ein anderer Ton bei den Besuchen. Ein Gentleman ist ein Störfaktor in einem Damenhaushalt, und zunächst schienen sie nicht zu wissen, was sie mit ihm anfangen sollten, so ernst seine Fragen zur Landwirtschaft sein mochten. Und er flirtete nicht mehr so offensichtlich mit Jane, was zweifellos an den wachsamen Blicken von Cassandra, Martha und Mrs. Austen lag. Trotzdem hatte ich das Gefühl, dass etwas zwischen ihnen war. Es äußerte sich weniger in Worten als in Schweigen, eher in Blicken als in gemeinsamem Lachen.

Dann, gegen Ende März, begann Jane zu Hause zu bleiben, während die anderen herüberkamen, und nicht in den Salon zu kommen, wenn wir sie besuchten; sie »ruht sich aus«, erklärten die Damen. Eines Nachmittags, als wir sie zum dritten Mal in Folge nicht gesehen hatten, sagte Martha beim Abschied: »Jane wird sehr bedauern, Sie nicht gesehen zu haben.« Es war eine Plattitüde, und wegen ihres ironischen Untertons hegte ich Zweifel an ihren Worten. Dann aber ergänzte sie: »Kommen Sie heute Abend zum Tee, wenn Sie möchten. Ich hoffe, dann fühlt sie sich besser.«

Als wir uns zum zweiten Mal an dem Tag auf den Weg zu ihrem Cottage machten, hatte der Wind aufgefrischt. Wolken segelten über einen dunkelblauen Himmel, an dem sich die ersten Sterne zeigten.

»Denkst du, sie schreibt?«, fragte Liam. »Ist es ihre Art, keine Zeit mit uns zu vergeuden?«

»Sie hat nicht mehr viel zu vergeuden.«

»Stimmt.« An den Abendhimmel hier hatte ich mich nie gewöhnt. Ich blickte hinauf, während ich die kühle Luft einatmete, die nach feuchter Erde und frischem Laub roch. Es war Anfang April; Anfang September war unsere Rückkehrgelegenheit. Vorausgesetzt, sie bestand dann noch. Und was, wenn nicht? Ich sah verstohlen zu Liam, der ebenfalls zum Himmel aufschaute, und sein Gesichtsausdruck kam mir wehmütig vor. Plötzlich hatte ich ein Bild von dem kleinen Jungen im Kopf, der er einst gewesen sein könnte: klug, aber bereits grüblerisch, ernst, doch ohne die nötige Rüstung, um zu überleben. Die würde erst später kommen. »Oder sie mag uns nicht mehr.«

»Sie mag dich, Liam. Das weiß ich.«

»Oh, aber dich mag sie lieber.«

Wir wechselten ein verschwörerisches Lächeln. Vielleicht wird doch noch alles gut, dachte ich, auch wenn ich nicht sicher war, was ich in diesem Moment mit »alles« meinte.

»Ich bin sehr froh, Sie wiederzusehen.«

Jane war ungewöhnlich ernst, als sie uns begrüßte, gab erst mir, dann Liam die Hand. Sie war aufgestanden, als wir ins

Zimmer traten, hatte sich von einem der nicht zusammenpassenden rosa Sessel erhoben und war in die Zimmermitte getreten. Es waren zu wenige Schritte, um sicher zu sein, doch ich glaubte, dass sie humpelte. Und war das ein Gehstock neben dem Sessel, auf dem sie eben gesessen hatte?

»Geht es Ihnen nicht gut?«, fragte Liam sie leise, führte sie zu dem Sessel zurück und nahm auf dem Gegenstück Platz.

»Mir können Sie es sagen. Sie müssen sogar.« Auf dem Weg her hatte ich ihn gedrängt, sie auf ihre Gesundheit anzusprechen, allerdings nicht damit gerechnet, dass er ganz so schnell handeln würde. »Haben Sie irgendwelche Schmerzen oder Beschwerden?«, fuhr er so leise fort, dass ich mich anstrengen musste, ihn zu verstehen. »Nächtlicher Schweiß?«

»Krankheit ist eine gefährliche Schwäche in meinem Alter.« Ihre Stimme war genauso leise. »Ich fühle mich viel besser.«

Sie ist der stoische Typ, dachte ich. *Oder sie lügt; vielleicht belügt sie sich auch selbst.*

»Was ist hiermit?« Er hielt den Stock in die Höhe. »Benutzen Sie ihn oder Ihre Mutter?«

Ich sah weg und entdeckte, dass Martha, die einzige andere Person im Zimmer, mich anblickte. »Er geht gleich an die Arbeit, nicht wahr?«, sagte sie. »Wir nutzen sein freundliches Wesen aus.«

»Er macht sich gern nützlich.« Wir gingen einige Schritte weiter auf Abstand zu den beiden am Feuer, und ich fragte leise: »War sie wirklich krank?«

Martha wirkte traurig. »Sie klagt nicht gern, aber es geht ihr schlechter. Bei jemand anderem würde man es kaum bemerken, doch sie war schon immer eine begeisterte Spaziergängerin, und jetzt ist sie es nicht mehr.« Ihr Blick folgte meinem zurück zu der Unterhaltung am Feuer. »Vielleicht ist es nur das Alter. Wir werden alle nicht jünger.« Ihr Ton legte nahe, dass sie es nicht glaubte; mit ihren fünfzig Jahren war sie zehn

Jahre älter als Jane und zeigte keinerlei Anzeichen von Schwäche.

»Hat sie Mühe mit dem Gehen? Oder ermüdet sie schnell?«

»Sie sagt, ihre Gelenke schmerzen. Und sie hat nicht mehr dieselbe Kraft wie früher. Sie wollte letzte Woche zu Ihnen, und wir gingen schon los, mussten aber umkehren. Sie wissen ja, dass es nicht weit ist.«

»Wahrlich nicht.« Während ich überlegte, was ich als Nächstes fragen wollte, erschienen Mrs. Austen und Cassandra. Beide begrüßten mich und wandten sich um einiges begeisterter Liam zu.

»Ich warte schon auf Dr. Ravenswood, dass er sich meinen Husten anhört«, sagte Mrs. Austen. »Seit dem Morgen ist er schlimmer geworden.«

»Und ich habe mir alle Mühe gegeben, meiner Mutter zu erklären, dass der Doktor zum Tee hier ist und sich nicht die Leiden der Leute anhören möchte«, fügte Cassandra hinzu. Weder Liam noch Jane dürften sich über die Unterbrechung gefreut haben, ließen es sich aber nicht anmerken. Liam trat seinen Stuhl an Mrs. Austen ab und insistierte, dass er sich jederzeit mit Freuden ihren Husten anhören würde.

Als Mrs. Austen probeweise zu husten begann, stand Jane auf, drängte Liam auf ihren Stuhl und kam zu uns, wo sie mir sagte: »Ihr Bruder kann nichts dagegen tun. Er bringt den Hypochonder in jedem zutage. Selbst in meiner Mutter.«

»Selbst?«, murmelte Martha.

»Es muss an seiner melancholischen Ausstrahlung liegen. Sie bewegt jeden, sich ihm anzuvertrauen.« Sie sah weiter nur mich an. »Eine oberflächliche Person würde behaupten, dass Bruder und Schwester sich überhaupt nicht ähneln, Martha, aber wir sind nicht solch blinde Elfen. Ich beginne zu erkennen, obwohl er so groß ist und sie so klein, seine Augen blau sind und ihre so ...« Für einen beängstigenden Moment starrte

sie mir forschend in die Augen.»… dunkel und bei den Zügen insgesamt kaum eine Übereinstimmung auszumachen ist …«
»Und wo beginnst du in solch einem Fall die Ähnlichkeiten zu sehen?«, fragte Martha amüsiert. Mein Herz pochte, und ich wusste nicht, wohin ich sehen sollte.

Jane antwortete: »Beide umgibt dieser Anschein, als seien sie auf die Erde gefallen. Man erkennt auf den ersten Blick, dass sie nicht wahrhaft englisch sind. Sie sind so korrekt, so perfekt englisch.«

Sprachlos vor Entsetzen, neigte ich nur den Kopf. Ich spürte, dass beide Frauen mich ansahen, konnte jedoch nicht zu ihnen sehen. Stattdessen schaute ich hinüber, wo Mrs. Austen aufgehört hatte zu husten und Liam zu ihr gebeugt war und ihr Fragen stellte. Ich hätte ihn sehr gerne gewarnt, dass sie uns auf der Spur war, doch ich wusste nicht, wie.

»Jane, du bist ungnädig.« Martha berührte sanft meinen Unterarm. »Sie wissen doch, Miss Ravenswood, dass sie nur Menschen ausfragt, die sie mag, nicht wahr? Sie betrachtet es als Auszeichnung.« Verwundert blickte ich auf, und ihr Gesichtsausdruck überraschte mich nicht minder – freundlich, ohne einen Anflug von Ironie.

Bevor ich mir eine Antwort ausdenken konnte, sagte Cassandra: »Es tut mir leid. Meine Mutter pocht bisweilen zu sehr auf das Privileg des Alters. Ich sehe mal nach, was mit dem Tee ist.«

Als die Teekanne leer und der Kümmelkuchen um mehrere Scheiben kleiner war, begann die Unterhaltung zu schleppen, und ich überlegte zu gehen. Dann jedoch fragte Martha Jane nach einem neuen Musikstück, das Fanny Knight kopiert und aus Kent geschickt hatte, und Liam ermunterte sie, es vorzuspielen. Bald waren wir alle um das Piano versammelt, und Liam fiel die Aufgabe zu, die Noten umzublättern. Die Melodie war schlicht und zu süßlich für mich, doch ihr Spiel war gut und von einer präzisen Intensität, die zu ihrem Charakter passte.

»Sie sind wahrlich begabt«, sagte ich. »Spielen Sie uns noch etwas?«

»Zu freundlich, aber es gibt nichts anderes, was sich zu hören eignet.« Allerdings machte sie auch keine Anstalten aufzustehen. Ihr Lied schien durch das Zimmer zu hallen.

»Vielleicht möchten Sie uns etwas vorspielen«, sagte Cassandra zu mir. »Jane erwähnte, dass in Ihrem Londoner Haus ein Pianoforte war. Sind Sie nicht auch Musikerin?«

»So würde ich mich nicht nennen.« Ich wollte vermeiden, beobachtet zu werden, denn mich trieb immer noch *so korrekt, so perfekt englisch* um. Ob es im Scherz gemeint war oder nicht, es verwies auf einen Fehler in unserem Schauspiel, weshalb ich gehen und darüber nachdenken wollte. Am Piano hatte Liam ein Notenblatt aufgenommen, zeigte es Jane und fragte etwas. Sie nickte und spielte eine Phrase; dann sprachen sie kurz, und sie spielte noch eine.

»Spielen Sie uns das vor!«, bat er. »Es ist eines meiner Lieblingsstücke.«

»Ist es so, Sir? Dann tut es mir leid, denn ich erinnere es kaum.« Sie spielte noch einige weitere Noten, und als Liam unerwartet volltönend und melodisch zu singen begann, blickte Jane überrascht zu ihm auf. Ich sah ihn genauso überrascht an. In den vielen Stunden, die ich bei der Vorbereitung mit Musikunterricht verbracht hatte, war er zum Reiten gewesen oder hatte gelernt, eine Kutsche zu fahren. Beides war schwer zu lernen und wesentlich, wollte man einen Gentleman darstellen. Musik war es weniger.

»Ich spiele nur, wenn Sie singen.« Sie nahm ihre Hände von der Klaviatur und blickte sich im Raum um, damit wir sie unterstützten. »Sehen Sie, der Text ist hier, falls Sie ihn brauchen.«

»Leider bin ich furchtbar aus der Übung.«

»Oh, bitte«, sagte Cassandra. »Seit Charles wieder auf See ist, haben wir keinen hörenswerten Gesang genießen können. Henry behauptet stets, nicht bei Stimme zu sein, und die jüngeren Digweeds …« Sie beendete den Satz nicht.

Liam zögerte und sah zu mir. Ich nickte dezent, denn ich fand, er war bereits zu weit gegangen, um einen höflichen Rückzug zu machen. Er wandte sich wieder zu Jane und sagte: »Ich kann Ihnen keinen Wunsch verwehren.« Dann blickte er auf das Notenblatt, summte leise und fuhr die Noten mit dem Finger ab. Schließlich stellte er das Blatt zurück auf das Piano, nickte ihr zu, trat einen Schritt zurück, rollte die Schultern und holte tief Luft. Sie fingen an.

Er war Schauspieler; es war logisch, dass er Stimmtraining gehabt hatte. Er hatte einen guten Stimmumfang, eine exzellente Atemtechnik und sang mit einer erstaunlichen Leichtigkeit, gänzlich unaffektiert, als wäre es für ihn so natürlich wie Sprechen. Doch es war nicht nur das. Das leicht Raue seiner Stimme verlieh der traurigen Ballade über unglückliche Liebe eine intensive Melancholie. Es war, als hätte jemand ein Fenster geöffnet und die Brontës hereingelassen. Cassandra, Martha und Mrs. Austen starrten ihn mit einem Erstaunen an, das ich zu verbergen bemüht war, während Jane sich verspielte und schließlich ganz aufhörte, sodass Liam unbegleitet zu Ende sang, was den Effekt noch verstärkte.

O, the rain falls on my heavy locks
And the dew wets my skin,
My babe lies cold
Within my arms
O Gregory, let me in.

Als das Lied endete, sagte niemand ein Wort. Dann stand Jane auf und schüttelte Liam so fest die Hand, wie es sonst nur ein Mann täte. »Sie erstaunen mich, Sir, Sie erstaunen mich«, sagte sie mit glänzenden Augen. »Danke.«

Sie lief hinaus, wobei sie leicht humpelte. Es folgten das Knarzen von schnellen Schritten auf der Treppe, ein Schluchzen und das Zuknallen einer Tür. Wir fünf blieben zurück und beäugten einander unglücklich. So wie sie es tun werden, wenn sie tot ist, dachte ich. *Bald.*

»Ich bedaure, dass ich Ihre Schwester betrübt habe«, sagte Liam zu Cassandra, und der vertraute Klang seiner Sprechstimme brachte mich ein wenig zurück in die Wirklichkeit. »Sind mit diesem Lied schmerzliche Erinnerungen verknüpft? Das konnte ich nicht wissen.«

Cassandra schüttelte nur den Kopf.

»Vielleicht sollte ich zu ihr gehen«, sagte ich. Alle sahen mich an. »Nach ihr sehen«, fügte ich hinzu, drehte mich um und eilte nach oben. Ich musste aus dem Zimmer. Ich glaubte zu verstehen, warum sie geflohen war, denn auch ich fühlte das, was ich in ihrem Gesicht gesehen hatte.

Oben an der Treppe blieb ich stehen. Vor mir war ein dunkler schmaler Flur mit einem Fenster am Ende. Hier waren mehrere geschlossene Türen, und ich hatte einen Kloß im Hals. Dann wurde mir klar, dass ich schon hier gewesen war. Wir hatten das Hausmuseum in meiner Zeit als Teil der Vorbereitung besichtigt. Wenn die Historiker es richtig gemacht hatten, war ihr Zimmer, das sie mit Cassandra teilte, gleich das erste ein Stück vor mir. Ich ging darauf zu und klopfte. »Ich bin es, Mary. Darf ich reinkommen?«

Ich wartete nicht auf Erlaubnis, sondern öffnete die Tür und fand noch tiefere Dunkelheit vor, in der ich einen hellen Schatten auf einem der Betten liegen sah. Die Vorhänge waren geöffnet, sodass etwas Licht vom Nachthimmel hereinfiel, in dem ich mich zu einem Stuhl neben ihrem Bett tastete und mich setzte. Als sich meine Augen angepasst hatten, sah ich, dass Jane das Gesicht im Kissen vergraben und die Hände hinter ihrem Kopf verschränkt hatte. Nach einer Weile drehte sie den Kopf zu mir, sagte jedoch nichts. Es war zu dunkel, um ihre Miene zu erkennen.

»Ich wollte mich nur vergewissern, dass du nicht krank bist.«

»Bin ich nicht«, sagte sie und erklärte nach kurzem Zögern, »ich hatte nur den überwältigenden Wunsch, allein zu sein.«

»Den hatte ich auch, und ich wollte dich nicht stören. Soll ich auf den Flur gehen?«

Ihre Stimme klang amüsiert, als sie antwortete: »Vielleicht können wir gemeinsam allein sein. Wenn wir nicht reden.«

»Ja.«

Die nun folgende Stille war seltsam behaglich, und sie dauerte so lange, dass ich mich zu fragen begann, was sie unten taten. Wahrscheinlich sollte ich wieder zu ihnen gehen. Ich wollte schon aufstehen und es sagen, als sie sprach.

»Ich werde heute Abend nicht wieder nach unten kommen; es wäre ein zu großes Spektakel. Bitte richte deinem Bruder meine Entschuldigung aus, dass ich weggelaufen bin.«

»Du musst dich nicht entschuldigen«, sagte ich ein bisschen energischer als nötig.

»Dein rasches Mitgefühl ist bezaubernd, aber auch rätselhaft. Was soll diese Betonung heißen?«

»Du darfst alle Privilegien der Künstlerin beanspruchen. Einschließlich der Launenhaftigkeit.«

»Künstlerin?« Wieder nahm ich ein Lachen wahr, das sie zurückhielt.

»War der Ausdruck falsch gewählt? Ich glaube nicht.«

Sie legte sich auf den Rücken und sah mich an. »Verzeih

mir, wenn ich vorhin deine Gefühle verletzt habe, Mary.« Ich wollte schon leugnen, doch sie fuhr fort: »Martha hat recht, musst du wissen. Ich fühle eine solche Affinität zu dir wie deinem Bruder, dabei kenne ich euch erst so kurze Zeit.« Sie stockte. »Obwohl einer solchen prompten Vertrautheit in Romanen meist nicht zu trauen ist.«

»Wie Isabella und Catherine in ›Northanger Abbey‹«, sagte ich. Mir stockte der Atem vor Entsetzen, als ich meinen Fehler erkannte, und fügte hastig hinzu: »Ich meine, wie Elizabeth und Wickham so offen reden, als sie sich in ›Stolz und Vorurteil‹ zum ersten Mal begegnen.«

»Northanger Abbey?«, wiederholte sie hörbar verwundert – und das aus gutem Grund. Dieser Roman erschien unter dem Titel »Susan«, nach dem ursprünglichen Namen der Heldin und wurde 1803 für zehn Pfund an Crosby und Co. verkauft, wo er jedoch aus Gründen, die nicht überliefert sind, unveröffentlicht liegen blieb. Erst als Jane endlich eigenes Geld mit dem Schreiben verdient hatte, konnte sie Henry bitten, hinzugehen und das Buch für dieselbe Summe zurückzukaufen, aber erst hinterher zu erwähnen, dass es von der Autorin des erfolgreichen »Stolz und Vorurteil« war. Ich stellte mir gerne vor, wie Henry es beiläufig auf dem Weg aus Crosbys Büro fallen ließ, mit dem Manuskript in den Armen. Allerdings fragte ich mich auch, ob ihre Brüder nicht ein bisschen früher mit den zehn Pfund hätten einspringen können, damit sie ihr Glück bei einem anderen Verleger versuchen konnte. Hielten sie es nicht für wichtig, oder war Jane zu stolz, um sie darum zu bitten?

»Gibt es solch einen Roman? Ich glaube nicht, dass ich von dem gehört habe. An den Titel würde ich mich erinnern. Und Figuren namens Catherine und Isabella?« Sie würde erst später aus Susan Catherine machen oder hatte es vielleicht schon; das Buch würde erst nach ihrem Tod veröffentlicht.

»Ich habe mich geirrt«, sagte ich und hoffte, die Dunkelheit würde die Verwirrung auf meinem Gesicht verbergen. »Ich dachte an etwas anderes, einen anderen Roman ...«

»Also hat Henry dir von meinem Pech mit diesem Buch erzählt.« Es war eine Feststellung, keine Frage, und ich atmete erleichtert auf. »Er konnte noch nie ein Geheimnis bewahren. Aber es ist unerheblich. Wir sind ja jetzt beinahe Schwestern.« Sie stockte. »In meinem letzten Brief bat ich ihn inständig, seine Verlobung nicht noch viel länger geheim zu halten, und ich werde dir dasselbe sagen.«

Hierauf hatte ich keine Antwort. Ich wollte die Geschichte nicht noch mehr verändern, als ich es bereits getan hatte; eine mysteriöse Person stimmt zu, Janes Lieblingsbruder zu heiraten, und verschwindet dann. Das würde zweifellos in die Familiengeschichte der Austens eingehen und wäre unwiderstehlich faszinierend für dieselben Biografen, denen ich mit der Rettung der verlorenen Briefe an Cassandra zu helfen versuchte. Das war alles zu sehr Metaebene. Außerdem wäre für die Leute am Institut in meiner Zeit offensichtlich, dass ich etwas getan hatte, was ich auf keinen Fall durfte. »Gibt es einen Grund, weshalb du sie geheim halten willst?«, fragte sie nicht vorwurfsvoll, sondern so behutsam, dass ich mich schämte. »Du kannst ihn mir verraten. Im Gegensatz zu meinem Bruder bin ich äußerst diskret.«

»Es scheint zu früh nach dem, was mit der Bank geschah«, sagte ich. Mir kam dieses Argument nicht besonders überzeugend vor, aber es war das beste, das ich bieten konnte. »Es besteht die von dir bereits erwähnte Gefahr, dass die Gläubiger auf das Geld aus sein werden, das ich in die Ehe mitbringe. Und selbst wenn das unwahrscheinlich ist, das Geld so vieler Menschen zu verlieren – und sich dann sofort wegzudrehen und eine westindische Kaffee-Erbin zu heiraten –, es könnte nach mangelnder Reue aussehen.«

»Du hast natürlich recht; in dem Licht hatte ich es noch nicht betrachtet.« Sie machte eine Pause. »Wir müssen zuerst deinen Bruder verheiraten; dann wird deine eigene Hochzeit nicht weiter auffallen.« Es war schwer zu sagen, ob sie scherzte. »Aber warum vergräbt er sich hier auf dem Lande? Es scheint mir nicht der rechte Weg, es anzugehen. Wie alt ist er, Mary?«

»Siebenunddreißig.«

»Ich glaube, ich verstehe, warum er nicht auf den Westindischen geheiratet hat. Aber was, glaubst du, hält ihn hier davon ab?« Sie sprach das Problem so nüchtern an, als wäre Liam eine Romanfigur. »Ist er nicht deshalb nach England gekommen?«

»Sein und mein Grund, nach England zu kommen«, begann ich langsam, »war zunächst, in ein weniger heißes Land zu ziehen, das zivilisierter ist und in dem wir nicht täglich mit der moralischen Verwerflichkeit der Sklaverei konfrontiert wären. Und auch mit dem Traum, die Autorin der Bücher kennenzulernen, die mir die liebsten auf der Welt sind.« Sie lachte. »Ich hoffe, wir kennen uns nun lang genug, dass ich dir das sagen kann, ohne dass du mich für eine Wahnsinnige hältst. Seit ich erstmals deine Werke las, war ich fasziniert. Sie sind witzig und geistreich, aber mit solch tiefem Verständnis der menschlichen Natur. Ich war ungemein neugierig auf die Person, die so schreiben kann.« Mir wurde ein bisschen schwindlig. »Natürlich war meine größte Hoffnung, dir vielleicht einmal zu begegnen. Nicht einmal in meinen wildesten Träumen hätte ich mir vorstellen können, dich beim Vornamen zu nennen und in deinem Schlafzimmer zu sitzen.« Sie schwieg, und ich fürchtete, dass ich zu viel gesagt hatte. »Halte mich bitte nicht für eine Wahnsinnige.«

»Tue ich nicht.« Doch ihr Ton war ein anderer, misstrauischer.

»Du willst nicht bekannt sein, keine öffentliche Person. Das verstehe ich. Dennoch musst du mit den Konsequenzen deiner Genialität rechnen.«

»Und welche wären das?«, fragte sie amüsiert.

»Dass jeder etwas von dir will. Denk an Mr. Clarke, den Bibliothekar des Prinzen. Jetzt stell dir eine Welt voller Menschen wie ihn vor, nur weniger höflich. Fordernder.«

»Mr. Clarke ist ein hervorragendes Argument, so anonym wie möglich zu bleiben.«

»Und ich werde mich selbst zu einem weiteren machen und dich etwas fragen, was ich schon lange wissen wollte, aber nie anzusprechen wagte.«

»Eine erschreckende Einleitung. Was ist es?«

»Dein Bruder erzählte mir, dass die zwei Bücher, die du veröffentlicht hast, ebenso wie ›Susan‹, Werke aus deinen jungen Jahren waren, fertiggestellt, bevor du fünfundzwanzig warst. Habe ich ihn richtig verstanden?«

»Es kommt der Wahrheit nahe. Aber warum …?«

»Und du hast nichts anderes geschrieben, zwischen ungefähr 1800 und vor wenigen Jahren? Solch eine lange Stille von solch einem erfindungsreichen Geist, ich gestehe, dass ich es nicht begreifen kann.«

Für einen Moment schwieg sie. »Ich nehme an, ich konnte selbst manches nicht begreifen.«

»Hast du wirklich all die Jahre nicht geschrieben?«

»Hat Henry dir das erzählt?«

»Vielleicht habe ich ihn missverstanden.«

»Ich schrieb; wie sollte ich nicht? Ich überarbeitete und korrigierte die drei erschienenen Romane selbstverständlich. Aber hauptsächlich …« Sie brach ab. »Vielleicht hatte ich das Vertrauen in mich verloren. Das Leben, das ich in jenen Tagen führte, war nicht geeignet für die Komposition, aber das ist keine Ausrede. Hätte ich es hinreichend gewollt … Doch das ist es nicht. Ich schrieb. Ich wollte es so sehr. Es war alles verdreht in meinem Herzen.« Wieder unterbrach sie kurz. »Größtenteils verbrannte ich das Geschriebene. Eine kostspielige Papierverschwendung.«

»Oh, das ist tragisch«, sagte ich, ehe ich mich bremsen konnte. »Obwohl ich etwas Derartiges vermutet hatte, es dich sagen zu hören, so ruhig ...«

»Ich versichere dich, das Verbrennen war das Beste für sie.«

»Aber alles hast du nicht vernichtet, oder?«

Es entstand eine lange Pause, bevor sie antwortete: »Nein, nicht alles.« Sie setzte sich auf. »Vielleicht haben wir genug Vertraulichkeiten für einen Tag ausgetauscht, Mary. Ich würde mich gern ausruhen. Entschuldigst du mich bitte bei den anderen unten?«

Als wir nach Hause gingen, hatte sich der Wind gelegt, und die Wolken waren verschwunden, sodass sich die Sterne in ihrer ungebändigten Helligkeit zeigten. Ich war aufgewühlt von der Unterhaltung, die ich eben geführt hatte, und von der Musik. Meine Gedanken waren wie ein verworrenes Garnknäuel, dessen Ende ich nicht finden konnte.

»Was war das für ein Lied?«, fragte ich schließlich, weil es mir die simpelste Frage schien.

»Es heißt ›The Lass auf Aughrim‹.«

Ich rätselte, warum mir der Titel bekannt vorkam. »Ah, dieses Lied in ›Die Toten‹, richtig?« Wie kam James Joyce hier rein? Wer käme als Nächstes, Samuel Beckett?

»Ich bin beeindruckt, dass du es kennst.«

»Überrascht, meinst du.«

»Angesichts der Verbesserung des Denkens durch extensives Lesen? Niemals«, sagte Liam in seiner besten Dr.-Ravenswood-Manier, bevor er wieder zu ihm selbst wurde. »Ich habe mal eine Arbeit darüber geschrieben, in dem Kurs, in dem ich

auch gelernt habe, es zu singen. Als ich es auf ihrem Piano sah, war es wie ein alter Freund. Aber ich hätte nicht singen sollen. Es sind nur die verschlagenen Männer in ihren Romanen, die singen können. Das war ein Fehler.«
»Ein Fehler? Ich weiß nicht. Sie könnten sich jetzt alle in dich verlieben, was komisch werden dürfte.«
»Das steht ganz oben auf der Liste meiner Sorgen.«
»Liam!«
»Was?«
»Singst du noch etwas anderes?«

Nachdem ich ihn überzeugt hatte, dass ich es ernst meinte, begann er ein Lied, ich glaube auf Italienisch, das ich auch noch nie zuvor gehört hatte. Ich sah hinauf zu den Sternen, lauschte, und für einen Moment zumindest verstummten all meine Sorgen.

Wir sind nur Gefäße. Die Kunst ist ewig.

Als wir uns dem Haus näherten, blieben wir stehen, und Liam hörte auf zu singen. Wir verharrten kurz an der Pforte, als warteten wir darauf, dass etwas geschah. Ich hatte den Drang, seinen Kopf nach unten zu ziehen und ihn zu küssen. Stattdessen sagte ich:»Vielleicht sollten wir noch ein wenig gehen. Es ist so schön.«

Ohne zu antworten, drehte er sich vom Haus weg, und wir gingen weiter in die Richtung weg von den Cottages. Der Weg führte an der Abbiegung zum Herrenhaus vorbei, an heckengesäumten Feldern entlang. Im Winter war ich hier oft spazieren gegangen, doch in letzter Zeit war ich zu sehr mit der Landwirtschaft beschäftigt.

»Warum hast du mir nicht erzählt, dass du singen kannst?«, fragte ich. Mir war wieder mal bewusst, dass es nicht die Frage war, die ich eigentlich hatte stellen wollen. Und welche wäre das? Sie flatterte am Rande meiner verworrenen Gedanken, knapp außer Reichweite.»Du summst nicht mal, im Ernst!

Und dabei hast du eine wunderschöne Stimme! Ich bin so neidisch auf Leute, die singen können.«
»Vielleicht deshalb. Ich wollte nicht, dass du von Neid zerfressen wirst«, bot er als Erklärung an.
»Allzeit der Gentleman.«
»Worüber hast du oben mit ihr gesprochen?«
»Eine Menge Dinge.«
»›The Watsons‹?«
»Da kam ich langsam hin. Dann schickte sie mich weg.« Ich gab ihm eine kurze Zusammenfassung unserer Unterhaltung und endete mit: »Du wärst besser darin gewesen, sie zum Reden zu bringen.«
»Sei dir da nicht so sicher.«
Eine Weile gingen wir schweigend weiter, lauschten auf das komische Scharren und Rascheln, die Geräusche der Nacht. Ich konnte nur sehr wenig sehen, und dennoch fühlte ich mich sicher. Es war, als wäre die Sicht nicht nur eine Funktion der Augen, sondern meines ganzen Körpers. Ich hatte dieses Gefühl, das immer da war, doch nur selten wahrgenommen wurde, die dunkle Welt um mich herum zu spüren: die Bewegung der Luft auf meiner Haut, den Boden unter meinen Halbstiefeln. Ich wollte gerade davon erzählen, wie eigenartig das war, als Liam sagte:
»Ich muss mich für etwas entschuldigen. Es lastet mir auf dem Gewissen.«
»Und was wäre das?«
Wir gingen noch ein wenig weiter, ehe er endlich murmelte: »Für den Abend im Angel.«
»Oh.« Ich stieß ein gekünsteltes Lachen aus. »Daran denkst du immer noch?«
»Sag mir, dass du es nicht tust«, konterte er und schien nicht mehr um Worte verlegen. »Sieh mir in die Augen, und sag, du tust es nicht. Daran denken.«

Es war zu dunkel, um ihm in die Augen zu sehen. »Hin und wieder.« Womit ich meinte, oft. »Du musst dich nicht entschuldigen. Es gibt kein Gesetz, das besagt, jemand muss dich vögeln, nur weil du willst, dass er es tut.« Ich hörte, wie er nach Luft schnappte. Schockierte ihn meine Wortwahl? Das hoffte ich. »Es wäre nett zu wissen, warum du … Aber ehrlich? Ich muss es nicht wissen. Menschen sind kompliziert. Sie stecken voller Widersprüche.« Vor allem Menschen wie du, war ich versucht hinzuzufügen, tat es aber nicht. Es war gemein, nicht unbedingt wahr, und vor allem riskierte ich, damit zu viel Gefühl zu verraten. Was eine ernste Gefahr war, allein im Dunkeln mit ihm und ausnahmsweise von anderen unbeobachtet.

»Dann wirst du mir nie vergeben.«

»Was? Bilde dir nichts ein. Denkst du, ich messe … dem so viel Bedeutung bei?« Mein Ton verriet, dass ich es tat. Wie hatte er mich hier hineinmanövriert? Es war wie ein verbales Aikido. »Falls es Vergebung ist, die du willst, du hast sie.«

Es entstand eine Pause, bevor er sagte: »Das ist es eigentlich nicht, was ich will.«

Mein Herz begann zu pochen, doch ich war entschlossen, es ihm nicht leicht zu machen. Jedenfalls nicht zu leicht. »Und was dann?«

Wir waren stehen geblieben. Er drehte sich zu mir, sein Gesicht ein blasser Umriss im Dunkeln. Zögernd umfing er mein Kinn und hob es leicht an. Nachdem er anscheinend nachgedacht hatte – oder darauf gewartet, dass ich ihn aufhielt –, küsste er mich, anfangs zurückhaltend, dann sicherer. Seine Lippen waren kräftig, sein Atem wie Tee. Ich konnte seine Haut riechen, nach Salz, Seife und dem Aroma von Gartenerde.

Dann vergrub er stöhnend das Gesicht an meinem Hals, zog mich mit beiden Händen an sich und strich hinten über mein Korsett bis zum unteren Ende. »Es tut mir leid, ich kann nicht anders, bin außer mir. Ich bin ein Irrer«, flüsterte er an meinem

Hals. »Ich halte es nicht mehr aus, muss etwas sagen. Zu wissen, dass du dort bist … gleich über den Flur …«

»Du musst nichts sagen«, erwiderte ich. Ich genoss es, an ihn gepresst zu sein. Es würde nicht lange dauern, bis ich einen Weg in seine Hose suchen würde, doch warum es übereilen? Sein Johannes würde nicht verschwinden; zumindest hoffte ich, dass er diesmal nicht wieder nervös würde. »Deine Taten sprechen für sich. Fließend.«

Mit beiden Händen strich ich bewundernd über seinen Rücken, warf die Rockschöße zur Seite, um an seinen Hintern zu gelangen, der straff, aber gut zu drücken war, meine Erwartungen bei Weitem übertraf. Es war wirklich zu lange her, seit ich Sex gehabt hatte. Dies hier war, als hätte man solchen Hunger, dass man alles essen würde, und sich bei einem Bankett wiederfand; ich konnte mein Glück nicht fassen. Doch was hatte seinen Sinneswandel herbeigeführt, fragte ich mich, als wir lange Zeit dort im Dunkeln standen und uns heftig atmend festhielten. Was war passiert? Ich dachte wieder daran, wie er für die Damen im Chawton Cottage gesungen hatte; vielleicht hatte das irgendetwas in ihm ausgelöst.

Er hatte mich rücklings an einen Zauntritt bugsiert, eine jener leiterähnlichen Konstruktionen, an denen man über einen Weidezaun steigen konnte. Ich trat auf die unterste Stufe, sodass ich ungefähr auf Liams Höhe war. Wie anders die Welt von hier oben aussehen musste. Was hatte ihn verändert, fragte ich mich erneut und mit einer Furcht, die ich zu ignorieren versuchte, während ich an seinem Hals knabberte und seinen Duft genoss.

»Ich werde wahnsinnig, Rachel. Von dem Augenblick an, als ich dich sah, war ich verloren.«

Ich glaube, das war es, was er sagte. Ich kämpfte mit seinen Hosenknöpfen, die sich meinen Fingern widersetzten. Die Knopflöcher ließen nicht viel Spiel und noch weniger angesichts seines Zustands.

»Verdammt«, murmelte ich und stockte, um zu überlegen, ob es eine gute Idee war. Nicht die Sache an sich, sondern der Schauplatz: ein matschiger Weg, Hecken, Sternenlicht. Ich hielt inne und horchte. Könnte jemand in der Nähe sein, noch jemand, der gern spätabends spazieren ging? Da ich nichts außer den üblichen Nachtgeräuschen hörte, wandte ich mich wieder dem Hosenproblem zu. »Hilf mir mal.«

Er umfing meine Handgelenke und zog meine Hände weg. »Du bist herrlich direkt«, murmelte er und verstummte, als er mein Ohrläppchen in den Mund nahm und etwas mit seiner Zunge tat, was mir ein Beben durch den Leib jagte. »Es ist reizend, aber darf ich dich nur noch einen Moment genießen? Ich wollte nicht, dass es so geschieht. Du verdienst etwas Würdevolleres.« Er ließ eines meiner Handgelenke los und legte seine Hand an meine Brust, wo er hauptsächlich das Korsett ertastete. »Die sind da irgendwie eingesperrt, nicht?« Er nahm die andere Hand hinzu, um das Problem genauer zu erforschen, und ich erschauerte vor Entzücken.

»Lass sie frei«, sagte ich, löste mein Fichu, warf meinen Schal ab und krümmte mich, wobei ich fest gegen das Korsett drückte, sodass meine Brüste halb herauskamen. Ich riss an meinem Ausschnitt, bis sie oben aus dem Kleid rutschten. Kalte Luft traf auf meine nackte Haut, bevor Liam hörbar Atem holte und sein Gesicht an meinem Busen vergrub. Gleichzeitig umfasste er meine Taille und hob mich eine Stufe höher.

»Rachel, Liebes, allein dafür würde ich dich ewig lieben«, brachte er mühsam heraus, ehe er seine Lippen auf meine Haut presste und ich mich in angenehmer Qual wand und abermals nach seinen Hosenknöpfen griff, die nun außerhalb meiner Reichweite lagen. Ich fand nur den obersten Knopf und öffnete ihn mit einer Hand. Angespornt von diesem Erfolg, stieg ich wieder eine Stufe tiefer.

KAPITEL 15

4. April
Chawton

Am nächsten Morgen wachte ich früher als sonst auf, doch als ich über den Flur blickte, stand Liams Tür offen; sein Bett war ungemacht und leer. Rasch kleidete ich mich an und ging nach unten, durch die Hintertür in den Küchengarten. Eine seltsame Dringlichkeit trieb mich hinaus in den nebligen Morgen. Es schien alles von diesem Moment abzuhängen. Unser Liebesakt auf dem Weg war besser gewesen, als ich es mir je hätte ausmalen können. Auf dem Rückweg hatten wir gekichert, uns allerdings Jencks gegenüber, der wie immer auf uns gewartet hatte, normal verhalten. Und oben auf dem Flur trennten wir uns wie alte Freunde. Doch es könnte immer noch auf vielfältige Weise schiefgehen, und ich hatte das Gefühl, dass ich es erfahren würde, sobald ich ihn wiedersah.

Ich fand Liam hockend in dem Bereich, wo angeblich das Spargelbeet sein sollte. Er betrachtete einige grüne Spitzen, die neu aus dem Boden ragten; sie waren noch nicht da gewesen, als ich das letzte Mal nachgesehen hatte. Liam blickte hoch, sah mich und richtete sich auf. Er streckte eine Hand aus, schien sich jedoch zu erinnern, dass wir nicht darauf zählen durften, unbeobachtet zu sein, und ließ sie wieder sinken. Er stand da und sah mich an.

»Ah, du bist es, Rachel«, war alles, was er sagte, allerdings mit solch stiller Intensität, solch einem Leuchten in seinen schönen Augen. Mir wurde erneut – eventuell ein bisschen verspätet – bewusst, dass ich es mit einem Schauspieler zu tun hatte.

»Kommt der Spargel wirklich schon?« Ich hockte mich hin, um es mir genauer anzusehen, und als er es ebenfalls tat, sagte ich leise: »Ich bin froh, dass dir nicht leidtut, was passiert ist.«

»Bist du komplett irre? Leidtun?«

»Ich war mir nicht sicher, ob du es vielleicht bereust.«

Hierzu schien er nichts zu sagen zu haben. »Denn es gibt nur eines, was ich mich frage, und danach verspreche ich, nicht mehr darüber zu reden.« Er neigte fragend den Kopf. »Was hat sich zwischen dem Angel im Dezember und jetzt geändert?«

»Nichts! Jene Nacht ist es, die mir leidtut. Tat sie schon damals.« Er lachte leise. »Ich dachte, was für ein Idiot ich bin, dass so die Spezies ausstirbt, dass ich die Evolutionstheorie widerlege.« Er senkte den Kopf und lachte weiter, tief und lang, dabei verstand ich den Witz gar nicht.

»Also warum?«

»Sagen wir, ich sah keine Möglichkeit, dass du mich ein wenig mögen könntest.«

Ich dachte an jene Nacht und fragte mich, ob man einen noch deutlicheren Annäherungsversuch hätte machen können. Aber ich sagte nur: »Und jetzt siehst du sie?«

»Jetzt sehe ich sie.« Er blickte mich von der Seite an, scheu lächelnd wie ein Kind mit einem Geheimnis.

»Ah, gut.« Ich stockte, denn ich war vor eine Wahl gestellt. Ich könnte ihn fragen, was ich dachte: Und wie bist du darauf gekommen? Und wir würden uns in Analyse und Spekulationen darüber vertiefen, wer wann was dachte, wohin es führte und was es bedeutete. Stattdessen fragte ich: »Wie wollen wir das hinbekommen? Ohne dass die Bediensteten etwas merken?«

»Wir müssen nur vorsichtig sein.« Er unterbrach kurz. »Willst du nicht noch etwas anderes wissen?«

Wieder wurde mir ein bisschen mulmig. »Was zum Beispiel?«

»Ich löse meine Verlobung, sobald wir zurück sind. Oder ist das zu offensichtlich, als dass es noch ausgesprochen werden muss?«

Und jetzt begriff ich, was mir Sorge gemacht hatte. Sabina. Da ich spürte, dass er auf meine Reaktion lauerte, zögerte ich. »Du musst nichts versprechen.« Es kam freundlicher heraus, als ich gehofft hatte. »Wenn wir zurückkommen, könnten die Dinge anders aussehen. Im Allgemeinen laufe ich nicht herum und spanne Leuten ihre Verlobten aus.«

Es trat eine längere Stille ein, bevor Liam sagte: »Ich bin niemandes Eigentum.«

»Ich meinte nur, lass uns jetzt nicht über Dinge in unserer Welt nachdenken. Wir haben hier genug Sorgen.«

»Falls du mich ein wenig magst, ist es ein Anfang. Ich bin es nicht wert, aber gib mir eine Chance, es mir zu verdienen.« Ernst blickte er mir in die Augen. »Doch vielleicht gibt es jemanden? Du hast nie etwas gesagt. Trotzdem muss es so sein, liebreizend, wie du bist.«

Auch wenn sie hübsch formuliert war, hasste ich diese Frage. Ich konterte: »Falls ja, würde ich es dir nicht sagen. Denn auch ich bin niemandes Eigentum.«

»Touché.« Er lächelte wieder, und ich fühlte, dass er mich durchschaute; es gab keinen Jemand. Wie könnte es, bedachte man, was für eine Person ich bin und wie ich gelebt habe?

Während ich mit meiner morgendlichen Gartenarbeit begann, überlegte ich angestrengt. Vielleicht war er ein Mann, der sich einbilden musste, verliebt zu sein, ehe er mit einer Frau schlafen konnte. Was irgendwie zu ihm passte: das fortwährende Ausprobieren von Rollen, die Scham wegen seiner Herkunft. Mir gefiel diese Theorie besser als die Alternative, nämlich dass er meine Eroberung als schauspielerische Herausforderung anging, so wie Henry Crawford es in »Mansfield Park« bei Fanny Price tut. Eine dritte Möglichkeit, dass er mich mögen könnte, also mehr, als sich zwei Kollegen auf einer sehr heiklen Mission naturgemäß zu mögen beginnen, ging mir durch den Kopf, setzte sich jedoch nicht dort fest. Liam hatte schon zu vieles zu gekonnt vorgegeben, als dass ich dieser Option Gewicht verleihen wollte.

Dennoch erschauerte ich bei dem Gedanken an etwas, was die Nacht zuvor geschehen war. Erschöpft und klebrig zwischen den Beinen hatte ich schließlich die Kälte gespürt, als wir unsere Kleidung wieder richteten und uns bereit machten, wieder jeder für sich zu sein. Da hatte Liam die Hand ausgestreckt, eine der Locken über meinem Ohr mit einem Finger aufgewickelt, sanft daran gezogen und bewundert, wie sie wieder zurücksprang. »Das wollte ich schon so lange mal tun«, flüsterte er, und ich fühlte, wie mein Herz stolperte, weil es solch ein kleiner Wunsch war.

Beim Frühstück wenige Stunden später brachte ein Bediensteter aus Chawton Cottage eine versiegelte Nachricht, verfasst in Cassandras strenger gleichmäßiger Handschrift. In wenigen Worten erklärte sie, dass Jane letzte Nacht sehr krank geworden sei. Ob sie meinen Bruder bitten dürfte …

Liam trank seinen Kaffee aus, wischte sich den Mund ab und zog seinen Gehrock an. »Es könnte komisch aussehen, wenn wir zusammen hingehen. Aber du musst bald nachkommen. Lass mich da nicht allein. Was ist, wenn sie schon stirbt?«

»Sie stirbt nicht. Versuch, es ihr bequem zu machen. Ich bin bald da.«

Cassandra kam die Treppe herunter, der Blick leer, und knetete ein Taschentuch in den Händen. »Ah, Miss Ravenswood.« Sie gab mir die Hand. »Wie nett, dass Sie auch kommen.«

»Ich konnte nicht zu Hause bleiben und mich sorgen. Was ist geschehen? Bitte, erzählen Sie es mir.«

»Wenige Stunden nachdem Sie gegangen waren, wurde sie sehr krank. Eine furchtbare Gallenkolik.«

»Übelkeit und Erbrechen, meinen Sie?« Cassandra sah

mich merkwürdig an, nickte aber. »Hatte sie etwas anderes gegessen als der Rest des Haushalts?«

»Warum sollte sie?«

»Aber sind Sie sich sicher?«

Wieder sah sie mich streng an. »Wir hatten alle das Gleiche gegessen: grünen Salat aus dem Garten und ein schönes Stück Wild von Edward.« Ihre Stimme brach bei der letzten Silbe, und sie musste Luft holen, ehe sie weitersprach: »Ihr Bruder war sehr freundlich, so prompt zu kommen. Dennoch fürchte ich, dass niemand etwas tun kann.« Sie drehte sich weg, und ein Schluchzen durchschüttelte sie, dann noch eines.

»Miss Austen«, sagte ich und berührte vorsichtig ihre Schulter. »Das dürfen Sie nicht sagen. Geben Sie die Hoffnung nicht auf.«

Abermals holte sie tief Luft, und als sie mich wieder ansah, war ihre Miene neutral. »Ja, ich muss mich Gottes Willen fügen. Danke, dass Sie mich an meine Pflicht erinnern.«

Hierauf fiel mir nichts ein. »Darf ich Sie sehen?«

»Sie brauchen wohl kaum zu fragen.« Sie drehte sich um und ging zurück zur Treppe. Ich eilte ihr nach.

Jane lag in einem der Einzelbetten, mit Kissen im Rücken halb zum Sitzen aufgestützt. Das Zimmer war sauber, und durchs offene Fenster fiel schwaches Tageslicht herein, trotzdem roch ich Urin und Erbrochenes. Liam hockte auf einem Stuhl neben dem Bett, das Kinn auf die Faust gestützt. Er sprang auf, als Cassandra und ich hereinkamen. »Oh, Gott sei Dank«, flüsterte er mir zu. »Hier, setz dich.«

Ich drückte im Vorbeigehen seine Hand und setzte mich auf den noch von ihm gewärmten Stuhl. Dann wandte ich mich an Jane.

»Mich betrübt zu hören, dass Sie krank sind«, sagte ich. Ihr Haar klebte verschwitzt an ihrem Kopf, ihre Augen waren glasig und eingefallen. Wie immer war ihr Gesicht befremdlich gebräunt, doch ihre Lippen waren blass. Sie lächelte mir aber verhalten zu und streckte ihre Hand aus. Ich bemerkte, dass sie sich mit der anderen ihre Seite hielt.

»Wie geht es dem weiblichen Asklepios?«, hauchte sie. »Nun weiß ich, wie Sie über mich sprechen, wenn ich nicht hier bin.« Ich hielt ihre Hand, die heiß vom Fieber war, und drehte sie leicht, um mir die Innenfläche anzusehen. Sie war bräunlich, genauso gebräunt wie der Handrücken, nur dass es selbstverständlich keine Sonnenbräune war, nicht im Hampshire des Jahres 1816, wo es fast täglich regnete und sich Damen, wenn sie im Garten arbeiteten, komplett bedeckten.

»Haben Sie jetzt auch noch das Handlesen zusätzlich zu Ihren anderen Fertigkeiten aufgenommen?«

»Ich sehe in Ihrer Hand, dass Sie eine berühmte Schriftstellerin werden«, sagte ich und versuchte, mich ihrem Ton anzupassen. »Kommende Generationen werden Sie in einem Atemzug mit Shakespeare nennen.«

»Shakespeare? Aber was ist mit Maria Edgeworth?«

Es kam so unerwartet, dass ich trotz allem ein Lachen unterdrücken musste, während ich weiter vorgab, ihre Handfläche zu betrachten. »Diese Linien versprechen, dass Sie Miss Edgeworth bei Weitem überstrahlen werden.«

Keiner sagte etwas, als ich ihren Puls fühlte und ihren Hals seitlich abtastete, wo ich keine Schwellung der Lymphknoten feststellen konnte. Sie lehnte sich zurück und schloss die Augen.

»Erzählen Sie mir, wie es angefangen hat«, sagte ich. Jane blickte auf, und mein Blick folgte ihrem zum Fenster. Dort standen Cassandra und Liam, beide sichtlich bedrückt. »Miss Austen, Sie sollten sich ein wenig ausruhen. Lassen Sie mich eine Weile bei ihr sitzen.« Ich warf Liam einen, wie ich hoffte, bedeutungsschwangeren Blick zu, begleitet von einem Nicken in Richtung Tür.

»Ja«, sagte er und drehte sich zu Cassandra. »Sie müssen erschöpft sein. Sie haben die ganze Nacht bei ihr gesessen, nicht wahr?« Während sie zustimmend murmelte, führte er sie bereits aus dem Zimmer. »Und wie geht es Ihrer Mutter heute Morgen? Ist sie wohlauf?«, hörte ich ihn fragen, bevor die Tür geschlossen wurde.

»Wie lange fühlst du dich schon schlecht?«, fragte ich Jane. »Wochen oder Monate?«

»So?« Sie schwenkte die Hand über sich in dem Bett.

»Nein, ich meine, nicht wie du selbst.«

»Das weiß ich nicht genau«, antwortete sie. »Es kam langsam. Ich weiß nicht recht. Im Herbst in der Stadt war es so aufregend, sogar nachdem Henry krank wurde. Mr. Murray kennenzulernen, Carlton House zu besuchen, Fanny dort zu haben. Aber ich war oft müde. Ich dachte, es läge an der Aufregung – und ich würde mich besser fühlen, wenn ich erst zurück in Chawton wäre. Das tat ich nicht.«

»Was hat dich ins Bett genötigt? Das Erbrechen? Oder hast du irgendwo Schmerzen?«

»Hier ist ein dumpfer Schmerz, der kommt und geht.« Sie wies auf eine Stelle halb rechts unter dem Brustkorb. »Er ist schon all die Monate mein treuer Begleiter. Aber manchmal nachts ließ mich ein neuer Schmerz ihn vergessen.« Sie ließ ihre Seite los, die sie gehalten hatte, und drückte gleich wieder darauf. »Manchmal ist er unerträglich, dann wieder nur quälend.« Sie verzog das Gesicht. »So etwas habe ich noch nie gefühlt.«

»Hat man dir Laudanum gegeben? Ist welches im Haus?« Langsam schüttelte sie den Kopf.

Ich ging zur Tür, öffnete sie und fand Liam auf der obersten Treppenstufe hockend vor, das Gesicht in den Händen vergraben. Er hörte mich, drehte sich um und stand auf. »Laudanum«, sagte ich. »Frag, ob sie welches haben. Falls nicht, sollen Sie es in der Apotheke holen lassen.« Er bejahte wortlos und eilte die Treppe hinunter, während ich zu meiner Patientin zurückkehrte. Auf dem Weg ins Zimmer fiel mir der Nachttopf unter ihrem Bett auf. Vorsichtig zog ich ihn heraus und sah eine kleine Menge Urin, trübe und leicht rosa.

Ich setzte mich wieder auf den Stuhl. »Macht es dir etwas aus, wenn ich ...?« Doch ich zog bereits die Decken zurück. Ich taste Jane Austens Bauch ab! Es kam mir so schwindelerregend befremdlich vor, dass ich mich zuerst nicht konzentrieren konnte. Dann registrierte ich, dass ihre Leber geschwollen war. Ich ließ meine Hände dort, als läge die Antwort unter ihrer Haut. Was sie auch tat, nur nicht auf eine Weise, die mir helfen könnte. »Ist hier der dumpfe Schmerz?«

»Ja.«

»Und der stechende?« Ich berührte ihre Hand an ihrer Seite.

»Irgendwo da?«

»Irgendwo da.« Sie verzog wieder das Gesicht und schloss die Augen.

»Schwitzt du nachts stark? Ich meine, normalerweise. Ich sehe, dass du jetzt gerade fieberst.«

»Nein.«

Ich nahm meine Hände von ihrer Leber und tastete erneut ihren Hals bis in den Nacken ab. »Hast du sonst noch irgendwo Schmerzen?«

»In den Knien. An meinen Hüften. In den Fingern. Manchmal ist es schwer, die Feder zu halten. Zu gehen.«

»Wie lange?«

»Ich erinnere es nicht genau. Noch nicht lange.«

»Hast du ...?« Mir wurde bewusst, dass ich keine Ausdrücke hierfür wusste – ein rätselhaftes Versäumnis der Vorbereitung. Ich wusste nicht, wie es vornehme Menschen formulierten; und die vulgären Ausdrücke aus dieser Periode kannte ich ebenso wenig. Und da ich selbst verschont blieb, kam das Problem auch nie mit meinen Bediensteten auf. Einen paranoiden

Moment lang dachte ich, wie verdächtig es ihnen erscheinen musste: keine Unpässlichkeit, keine blutigen Tücher. »Dein Bluten – du weißt schon. Ist es normal?« Sie starrte mich an. »Ist es ... kommt es jeden Monat wie üblich?«
»Oh!« Sie blickte an die Decke. »Das hat aufgehört.«
»Seit wann?«
»Die letzten zwölf Monate mindestens, glaube ich.« Sie sah mich an. »Darf ich fragen, warum du das wissen möchtest? Weißt du, was mir fehlt?«
Ich zögerte, doch sie fuhr fort: »Du und dein Bruder seid sehr klug. Niemand hat den Abend vergessen, an dem du Fanny vor dem Ersticken gerettet hast. Ich bin zuversichtlich, dass du – oder dein Bruder, denn wer hier die führende Intelligenz ist, stellen Cassandra und ich immer noch infrage – eine Heilung findest.« Sie brach ab, bewegte sich unruhig, anscheinend gequält, weniger präsent. »Denn trotz meines gesetzten Alters habe ich bisweilen das Gefühl, ich würde gerade erst anfangen zu leben.« Sie schloss die Augen, zog eine Grimasse und würgte. Ich bückte mich nach dem Nachttopf und hielt ihn ihr hin.

Was herauskam, gab keinerlei Hinweis auf innere Blutungen, was gute Neuigkeiten waren. Es sah allerdings gallig aus, und es war nicht viel, obwohl sie sehr angestrengt gewürgt hatte. Ich wischte ihr Gesicht und ihren Hals mit einem feuchten Tuch ab, das Cassandra hiergelassen hatte. Jane lehnte sich zurück und schloss wieder die Augen.

»Komisch, wie viel besser man sich unmittelbar danach fühlt«, murmelte sie.

»Es ist keineswegs komisch. Eine schlichte physiologische ...« Ich bremste mich.

Sie sah mich an. Betrachtete mich eingehend, ehe sie die Augen wieder zumachte. So saßen wir eine Weile schweigend da, während ich nachdenklich meine Patientin anblickte.

Es klopfte an der Tür. Draußen stand Liam mit einer kleinen Flasche und einem Löffel. »Hervorragend, danke.« Ich nahm beides und hielt inne. »Kannst du bitte das Hausmädchen schicken?«, fragte ich leiser. »Der, ähm …«

Er folgte meinem Blick, kam ins Zimmer und nahm den Nachttopf auf, als wäre es nichts Ungewöhnliches für einen Gentleman. »Bin gleich zurück.«

Als er die Tür leise hinter sich schloss, drehte ich mich zurück zum Bett und sah, dass Jane die Augen offen hatte: weit offen vor Staunen. Sie sagte jedoch nichts, als ich mich hinsetzte und die Flasche mit der Opiumlösung öffnete.

Das Mittel wirkte schnell. Innerhalb von Minuten glätteten sich die Schmerzfalten in ihrem Gesicht, und ihre Augen wurden glasiger, fielen ein wenig zu. »Hat Dr. Ravenswood wirklich eben meinen Nachttopf mitgenommen?«, fragte sie. Ihre Stimme klang schleppend verträumt. »Oder habe ich mir das eingebildet?«

»Versuch, ein wenig zu schlafen.« Ich klopfte ihr sanft auf die Hand. »Er wird zurück sein, bevor du ihn wieder benötigst.«

»Die Welt ist ein noch seltsamerer Ort, als ich mir vorgestellt habe, meine liebe Mary.«

»Ich weiß. Ja, ich weiß.«

Meine Welt schrumpfte auf ihr Schlafzimmer zusammen. Ich blieb den Rest des Tages an ihrem Bett, wo die Stunden schattengleich dahinglitten, während ich ihre Hand hielt, ihr die Stirn abwischte, ihr so viel Opium gab, wie ich wagte, und sie ermunterte, das Gerstenwasser zu trinken, das Martha in regelmäßigen Abständen mit zitternden Händen und besorgter Miene herbeitrug. Cassandra verschwand für eine Weile, um zu schlafen. Liam sah hin und wieder herein, hockte jedoch zumeist draußen auf der Treppe, falls ich etwas brauchte, und ging nur hin und wieder nach unten, um mit Mrs. Austen zu reden, die den Tag mit Gartenarbeit verbrachte, als sei eine schwerkranke Tochter nichts Außergewöhnliches. Ihre Gefühlskälte entsetzte mich, doch als sie schließlich ins Zimmer kam, sich setzte und ihre Tochter ansah, bewirkte ihr Gesichtsausdruck, dass ich ihr verzieh.

Jane konnte das Gerstenwasser bei sich behalten – oder zumindest das meiste davon. Ihr Fieber wurde nicht besser, schien sich eher zu verschlimmern. Von dem Laudanum war sie ein wenig albern, aber sie blieb klar. Als sich die Dunkelheit ins Zimmer schlich, beharrte Cassandra, die schon mehrmals angeboten hatte zu übernehmen, so energisch, dass ich aufstand, meine Patientin auf die Stirn küsste, wie ich es schon den ganzen Tag gewollt hatte, und versprach, am nächsten Morgen wiederzukommen.

»Was, glaubst du, fehlt ihr?«, fragte Liam, kaum dass wir draußen waren.

Ich zögerte, denn mich schienen sämtliche Gefühle einzuholen, die ich den Tag über weit von mir gewiesen hatte: Unsicherheit, Kummer, Furcht. »Anscheinend könnten hier gleich zwei Sachen los sein. Einmal die, die Sie mit Schmerzen und Fieber ans Bett fesselt. Und dann noch eine andere, die sie schon die ganze Zeit plagt und für ihre komische Hautfarbe, die Gelenkschmerzen und die Erschöpfungszustände verantwortlich ist. Natürlich könnte es sich auch um eine akute Phase derselben Krankheit handeln, aber ... ich weiß es nicht.« Liam sagte nichts, sondern sah mich nur besorgt an. »Ehrlich gesagt bete ich, dass es ein Nierenstein ist. Sie wird sich ein paar Tage lang höllisch fühlen, dann wird es wieder besser. Sollte es zum Beispiel eine Appendizitis sein ...« Ich brach ab.

Dann stirbt sie. Das konnte ich nicht sagen.

»Aber sie stirbt noch nicht. Wir haben erst 1816«, sagte Liam.

Der Gedanke an das Wahrscheinlichkeitsfeld und was wir damit gemacht haben könnten, hing in der kühlen Abendluft, gegenwärtig, aber unausgesprochen. Nach längerem Schweigen, über dem wir beinahe unser Haus erreicht hatten, sagte er: »Und die chronische Sache? Denkst du, die ist das, was man vermutet? Die Bronzekrankheit?«

»Kann sein.«

Primäre Niereninsuffizienz, nach Thomas Addison auch Addisonismus genannt, weil er sie als Erster Mitte des neunzehnten Jahrhunderts beschrieb, wird durch die Zerstörung der Nebennierenrinde durch das körpereigene Immunsystem verursacht. Sie ist selten genug, dass manche Mediziner ihr ganzes Berufsleben lang keinen Fall zu Gesicht bekommen. Jane Austens Unwohlsein und Übelkeit könnte durch den daraus resultierenden Mangel an Stresshormonen hervorgerufen worden sein – aber auch durch vieles andere.

Die Hyperpigmentierung war allerdings interessant. Eine Bemerkung in einem Brief an Fanny Knight von März 1817 – »… geht es erheblich besser jetzt, & sehe ich ein wenig wie ich selbst aus, war es doch schlimm genug, schwarz & weiß & jede falsche Farbe« – hatte Dr. Zachary Cope in einem Aufsatz von 1964 zu der Diagnose von Addisonismus verleitet.

Labortests könnten die Werte der Stresshormone in ihrem Blut bestimmen. Eine Magnetresonanztomografie könnte eine beidseitige Vergrößerung und Verkalkung der Nebennierendrüsen zeigen. Nichts von beidem nützte mir hier etwas.

»Was kannst du tun, wenn es das ist?«, drang Liams Frage plötzlich in mein Bewusstsein.

»Tun? Wenn es Addisonismus ist? Nichts. Ich kann ihr empfehlen, Stress zu meiden, der ihn zu verschlimmern scheint. Ihr Ernährungstipps geben. Schlechte Ernährung kann sie bei unbehandeltem Addisonismus umbringen.« Als ich darüber nachdachte, wurde ich noch ängstlicher.

Zu Hause aßen wir ein schlichtes Dinner und gingen früh schlafen, ausgelaugt von dem Tag. Oben im Flur drückten wir uns die Hände, ehe wir in unsere getrennten Schlafzimmer gingen. Nachts wachte ich auf und stellte fest, dass ich nicht allein im Bett war. Vielleicht hatte ich im Traum seinen Geruch wahrgenommen oder seine Wärme gespürt. Im Dunkeln öffnete ich die Augen. Da war keine Überraschung, nur Freude und der Kitzel der Gefahr. Wir umarmten uns wortlos und widmeten uns dem Problem, uns zu lieben und dabei so leise wie möglich zu sein.

Meine Bettwäsche! fiel mir irgendwann später ein, als ich wieder allein war und mich in dieser zufriedenen Phase zwischen Wachen und Schlafen befand. Es würde Samenflüssigkeit auf meiner Bettwäsche sein. *Wird mich die verraten?* Waschen war eine zermürbende Arbeit, mit dem Wasserschleppen, dem Einweichen, dem Kochen in einem riesigen Kessel, dem Mangeln und dem Bügeln. Es gab keinen einzigen plausiblen Grund, warum ich es selbst tun sollte. Am besten hielt man so reichlich Wäsche vor, dass es nur alle paar Monate nötig war, und tatsächlich hatten wir seit unserem Einzug ins Ivy Cottage noch nicht gewaschen, obwohl wir es bald müssten. Ich hatte vorgehabt, eine Wäscherin zu holen und Mrs. Smiths Schwester, Sarah, von ihren sonstigen Pflichten freizustellen, damit sie helfen könnte, doch auf einmal erschien es mir die bessere Idee, die Wäsche wegzugeben, beispielsweise nach Alton, wo es anonymer wäre. Ich muss jemanden danach fragen, dachte ich, und dann schlief ich ein.

KAPITEL 16

Juni
Chawton

Wahrscheinlich war es ein Nierenstein gewesen, denn nach zweieinhalb Tagen in großer Pein fühlte Jane sich besser, bekam wieder Appetit und bestand darauf aufzustehen. Innerhalb einer Woche war sie wieder wie vorher.
Nur dass mir nicht entging, dass gerade das schlimmer war. Ihre Leber war noch vergrößert, ihre Haut hatte noch eine seltsame Farbe, mal Bronze, mal gräulich. Ihre Gelenke schmerzten, wie sie zugab, und sie nahm weiterhin ab. Als der kalte, regnerische Frühling in einen kühlen, regnerischen Sommer überging, baute sie ab. Es geschah nicht geradlinig, aber doch unaufhaltsam. An manchen Tagen verließ sie das Bett gar nicht; zuerst war es ungewöhnlich, dann nicht mehr.

Indes war sie zwischendurch immer wieder ganz die Alte, ging in den Garten – weiter spazierte sie nicht mehr – oder setzte sich zum Schreiben an ihren kleinen Tisch im Salon. Dann war sie klar und munter, redete davon, was sie plante, wenn sie ganz genesen wäre.

Begriffen die anderen, was ich tat? Martha vielleicht; hin und wieder sah ich es ihr an, wenn sie glaubte, dass niemand auf sie achtete.

Doch sie war damit beschäftigt, den Haushalt zu führen, die Arbeiten zu übernehmen, die Jane nicht mehr leisten konnte, und jene, für die Cassandra keine Zeit mehr fand. Wir unterhielten uns nie über Persönliches. Mrs. Austen war weiterhin mit ihrer Gartenarbeit befasst, ihrem Einwecken und den eigenen Beschwerden, scheinbar unbekümmert, was Jane betraf. Biografen haben über die Beziehung von Mrs. Austen und ihrer Zweitältesten spekuliert, und sie aus nächster Nähe zu erleben, machte sie nicht minder rätselhaft. Sie verhielten sich nicht offen feindselig, doch sie sprachen so wenig wie möglich miteinander, wie zwei Menschen, die zusammen gefangen waren und sich darauf geeinigt hatten, einander zu ignorieren. Cassandra konnte schlecht vortäuschen, dass mit Jane alles in Ordnung wäre, doch weitere Gefühle verriet sie nicht, zumindest nicht vor mir. Wie ihre Schwester sprach sie über die Zukunft, als würde die auf sie beide warten, plante eine Reise nach Cheltenham im Herbst, wegen der Heilwasser dort. In den schlimmen Nächten wachte sie bei Jane, und bis Juni waren es mehr schlechte als gute geworden. Tagsüber bestand ich darauf, dass sie sich ausruhte, und verbrachte oft selbst den Tag bei Jane, manchmal gemeinsam mit Liam, mit dessen Anwesenheit sich mittlerweile alle Damen wohler fühlten. Nach dem Abend, als er für sie gesungen hatte, war etwas geschehen, was ich im Scherz prophezeit hatte. Mrs. Austen war noch eifriger dabei, ihre diversen Beschwerden aufzuzählen, Martha bereitete ihm oft einen besonderen Kuchen mit Hagebuttenmarmelade, nachdem er ihn einmal gelobt hatte; Jane brachte ihn zum Singen; und selbst Cassandra schien weicher. Es war, als hätten sie endlich beschlossen, was sie mit ihm anfangen sollten: ihn als zusätzlichen Bruder oder Sohn sehen, vor dem man nicht kuschen musste, sondern ihn herumkommandieren konnte, ihm kleine Besorgungen oder Aufgaben auferlegen und ihn munter ausfragen. Womöglich half auch, dass es gegenwärtig einen Mangel an echten Brüdern und Söhnen gab. Edward war wieder in Kent, Henry in Oxford, Captain Frank Austen, obwohl in Alton, oft mit seinem neuen Zuhause beschäftigt, und James, obwohl in Steventon nicht weit weg, kam selten zu Besuch, und wenn, waren es keine heiteren Stunden.

Ich hatte noch ein anderes Motiv für meine Wachen am Krankenbett: die Briefe und »The Watsons«. Nach wie vor war ich überzeugt, dass sie am ehesten in diesem Schlafzimmer wären, traute mich aber bisher nicht, nach ihnen zu suchen. Trotz all der Zeit, die ich dort verbrachte, war ich nie allein, und Jane schlief weniger, als dass sie anfallsweise einnickte. Jene Nierenstein-Tage, als sie mit Opium betäubt gewesen war, wären ideal gewesen, wie ich erst zu spät erkannte; doch zu der Zeit waren die Briefe das Letzte gewesen, woran ich gedacht hatte.

Eines Tages dann, Anfang Juni, war Jane den Vormittag im Bett geblieben, klagte über außergewöhnliche Gelenkschmerzen und fragte, ob sie Laudanum bekommen könne. Mich sorgte, dass sie danach fragte – Laudanum ist hochgradig suchtgefährdend –, aber zugleich wurde mir klar, dass es meine Chance war. Die Ärztin in mir rang mit der Spionin, was mir gleichfalls Sorge bereitete und mich mit einer Unruhe erfüllte, die ich zu ignorieren bemüht war, als ich ihr eine Dosis aus der kleinen Flasche gab und sie dabei ermahnte, wie gefährlich es sei, dieses Mittel zu sehr zu mögen.

»Du hast solch entschiedene Ansichten in medizinischen Belangen, Mary«, sagte sie mit einem Schmunzeln. »Genauso sehr Arzt wie dein Bruder. Bist du sicher, dass du nicht mit ihm in den Vorlesungen in Edinburgh warst?«

»Ich ließ mir alles von ihm erzählen, was er gelernt hat. Und ich habe seine Bücher gelesen.«

»Bemerkenswert.« Als sich ihre Züge entspannten und verträumter wurden, spürte ich, wie sich ihr scharfer Verstand unter dem Einfluss des Narkotikums nicht mehr auf einen Punkt richtete, sondern dehnte und streckte, sodass sie unerwartete Verbindungen zwischen Dingen fand.

»Eines Tages wird es das vielleicht nicht mehr sein«, sagte ich. »Männer und Frauen könnten frei sein, sich auf denselben Feldern zu betätigen. Möglicherweise ist es nur mangelnde Bildung, die uns abhält, wie Mary Wollstonecraft vermutete.«

»Heißt das, die Schriften dieser Person haben sich bis zu den Westindischen verbreitet?«

»Ich hatte den Namen gehört, konnte ihre Werke jedoch nicht erwerben, bis ich nach London kam.« Ich unterbrach kurz. »Stimmst du ihr zu? Ich spreche nicht von ihrem skandalösen Lebensstil, sondern von ihren Thesen. Was hältst du von ihnen?«

Sie sah mich an und lachte wieder leise. »Sie sagte nur, was jeder bereits weiß«, begann Jane und gähnte. »Doch wenn sie erwartete, dass die Männer unsere Ketten aufbrechen, kann ich sie nur als sehr naiv betrachten. Warum sollte irgendjemand gewillt sein, Vorteile aufzugeben, die ihm Geburt und Natur schenkten? Ebenso gut könntest du mich bitten, nach unten in die Küche zu gehen und darauf zu bestehen, dass mein Hausmädchen mich die Böden schrubben lässt.«

Sie schloss die Augen und legte sich bequemer hin. Zunächst streckte und wand sie sich ein wenig, dann wurde sie ruhiger. »Mary Wollstonecraft, fürwahr«, sagte sie in einem Tonfall, als handelte es sich um einen Scherz unter uns. Dann verstummte sie. Ihre Atmung wurde langsamer und tiefer, bis ich sicher war, dass sie schlief.

Reglos saß ich auf dem Stuhl neben ihrem Bett und schaute mich um. Wenn ich eine Briefsammlung wäre, wo würde ich sein? Es gab zwei kleine Wandschränke in dem Zimmer, deren Türen teils offen standen, sodass ordentlich gefaltete Kleidung auf Regalen, Kleider an Bügeln und einige Schuhpaare auf dem Boden zu sehen waren. Einen Frisiertisch mit einer Schublade, die zu klein war, um Briefe zu enthalten; darin befanden sich nur die üblichen Frisierutensilien.

Nachdem ich mich mit einem weiteren Blick vergewissert hatte, dass sie wirklich schlief, ging ich auf die Knie, um unter Cassandras Bett zu sehen. Dort war ein rechteckiger Kasten von vielversprechender Größe. Ich ging auf die andere Seite des Betts, wo ich weniger sichtbar wäre, sollte Jane die Augen öffnen, und zog den Kasten hervor.

Er war aus dunklem Holz, schimmernd glatt und mit einem Metallriegel zugehalten, aber nicht verschlossen. Ich blickte nervös zur Tür – die geschlossen blieb – und hob den Deckel hoch.

Doppelt gefaltete Blätter, die in Bündeln von schwarzen Schleifen zu jeweils ungefähr einem Dutzend zusammengeschnürt waren, trugen die unverkennbare Handschrift von Jane Austen, adressiert an »Miss Cassandra Austen«. Mein Herz begann zu rasen. Ich schloss den Kasten wieder, schob ihn unters Bett und lehnte mich zurück, die Hände hinter mir aufgestützt. So kniete ich eine Weile dort und konzentrierte mich auf meine Atmung, bevor ich wagte, über Cassandras Bett hinweg zu Jane zu sehen. Doch sie schlief noch.

Mir wurde so klar, wie man das Offensichtliche verspätet erkennt, obwohl es die ganze Zeit vor einem war, dass ich nicht den geringsten Wunsch hatte, diese Briefe zu lesen. Sie war jetzt Jane für mich, meine brillante, zynische Freundin; keine historische Gestalt, kein Forschungsobjekt. Was sie an ihre Schwester geschrieben hatte, ging mich nichts an, und die Post von jemand anderem zu lesen war ein zutiefst ehrloses Verhalten. Der Gedanke allein erfüllte mich mit Scham.

Doch genau deshalb war ich hier. Ich dachte an Dr. Pings Worte: Ihr müsst der Versuchung widerstehen, euch zu sehr einzulassen. Ich zögerte, hin und her gerissen in meinem Dilemma, dann zog ich den Kasten wieder hervor, griff mir wahllos ein Briefbündel und schob es vorn in mein Kleid, wo die scharfen Papierränder an meiner Haut kratzten, als ich es über meine Brüste schob, bis es dort war, wo ich vor Monaten mein gefälschtes Vermögen transportiert hatte. Würde es halten? Mein Korsett war stramm, dennoch hatte ich eine Albtraumvision davon, wie mir das Bündel auf die Füße fiel, während ich mich von Cassandra und Martha verabschiedete. Ich schloss den Kasten wieder, schob ihn erneut unters Bett und kehrte zu dem Stuhl neben Jane zurück. Doch von jetzt an, bis ich sicher zu Hause war, hielt ich unausgesetzt eine Hand dezent auf meinen Bauch, wie die Braut auf dem Gemälde »Die Arnolfini-Hochzeit«.

Es fiel noch Tageslicht durchs Fenster in mein Schlafzimmer. Die Tage waren lang, wenn auch meistens grau. Ich schloss und verriegelte die Tür hinter mir, zog das Briefbündel aus meinem Korsett hervor und legte es auf mein Bett. Für einen Moment wagte ich nicht hinzusehen, als besäßen die Briefe eine Art böse Macht, weil sie für meinen Verrat an Jane standen. Dann löste ich das Band, wobei ich mir einzuprägen versuchte, wie es geknotet war, breitete die Briefe aus und zählte dreizehn. Vorsichtig faltete ich jeden auseinander und sah jeweils nur auf das Datum in der oberen rechten Ecke. Sie waren alle von 1800; ich wusste, dass aus dem Jahr nur fünf von Janes Briefen an Cassandra erhalten waren. Ich löste die Kette an meinem Hals, hob das Spectronanometer ins Licht und versuchte mich zu erinnern, in welcher Reihenfolge ich drücken musste, um die Kamerafunktion zu aktivieren.

Unsere Anweisung lautete, von jedem Brief eine Kopie mit der zeitgemäßen Technik zu fertigen, also mit Tinte und Papier, und sie zur Sicherheit einzuscannen. Der Kompromiss, zu dem ich für mich gefunden hatte, war der, nur Letzteres zu tun. Auf diese Weise musste ich sie nicht lesen. Wenn ich in meine eigene Zeit zurückkehrte, wären die Briefe im Speicher meines Spectronanometers, Jane wäre längst tot, und jemand anderem fiele die Aufgabe zu, sie darzustellen, zu lesen und zu transkribieren. Ich musste sie lediglich erfolgreich stehlen und zurückbringen, ohne ertappt zu werden.

»Eine ziemliche Haarspalterei«, sagte Liam später. Wir unternahmen einen Spaziergang im abendlichen Zwielicht. »Talmudisch sogar, gefällt mir. Aber woher willst du wissen, ob die Bilder richtig abgespeichert sind?«

In unserer Zeit musste man das Spectronanometer an ein Gerät anschließen, das die Daten abrief; bis dahin gab es keine Sicherheit. Dennoch war es eine verlässliche Technik und nicht neu. Es gab keinen Grund zu fürchten, dass es nichts wurde. »Die Hauptsache ist – stimmst du mir zu? – dass ich die Briefe nicht lesen will, meine ich.«

Liam blickte nach vorn in die Richtung, wo die Sonne hinter einem Gewirr von Bäumen und Hecken unterging, und antwortete nicht gleich. »Keine Mission blieb je so lange in der Vergangenheit wie unsere oder versuchte, sich ganz so sehr einzugliedern. Ich frage mich, ob sie es jemals wieder jemanden tun lassen, wenn ihnen erst klar wird, was es mit einem Menschen macht.« Er legte eine Pause ein. »Aber vielleicht erkennen sie es nicht. Wir werden dort täuschen, wie wir hier täuschen, und das wird wieder unsere Wirklichkeit.« Er sah mich von der Seite an. »Meinst du nicht?«

»Also sollen wir es als logistisches Problem ausgeben, keine moralischen Hindernisse erwähnen, weshalb wir die Briefe nicht kopiert haben?«

»So in der Art.«

»Anders wäre es schwer zu erklären, oder?«

»Unmöglich.« Er rieb sich die Augen, und plötzlich empfand ich die riesige Kluft zwischen dieser und jener Welt sehr stark.

Die Dutzenden Briefe zu stehlen, zu scannen und wieder zurückzulegen war ein heikles Unterfangen, das Geduld, List und den Großteil des Sommers erforderte. Mit Jane ging es weiterhin gesundheitlich auf und ab; recht häufig stand sie tagsüber auf, saß an ihrem Schreibtisch oder im Garten, was für mich bedeutete, dass ich keinen Zugang zu ihrem Schlafzimmer hatte. Und selbst an den Tagen, an denen sie sich schlechter fühlte und im Bett blieb, befolgte sie meinen Rat bezüglich des Laudanums und fragte selten danach. Wenn sie nicht unter Drogen stand, schlief sie meist nicht tief genug, dass ich mich an den Kasten unterm Bett ihrer Schwester traute.

Stattdessen unterhielten wir uns.

Ich redete mir ein, dass ich ihre Briefe nicht lesen musste, weil ich die Antworten auf unsere vielen Fragen, mit denen wir nach 1815 gekommen waren, viel direkter erfuhr. Wie die Fragen über Thomas Lefroy. Sie hatte sich zu ihm hingezogen gefühlt, gestand sie, und er sich zu ihr. Er war der bei Weitem witzigste Mann, dem sie je begegnet war, und, neben ihrem Vater oder einem ihrer Brüder, auch der klügste und bestaussehende.

»Aber es durfte nicht sein, und wir wussten es. Das war das Schöne daran; dass es nicht von Dauer sein konnte.«

»Beinahe so, als hättest du dir euch als Figuren in einer Geschichte vorgestellt?«

»Oh ja, immerzu!«

»Eine beachtliche Objektivität für solch eine junge Frau, würde ich meinen.«

»Was blieb mir denn anderes, als meinen Intellekt und kühlen Verstand zu nutzen?«

»Du sagst es, als wäre es nichts Außergewöhnliches.«

Sie sah mich komisch an. »Mary, wie lange kennen wir uns bereits?«

Eines anderen Tages fragte ich sie nach Edward. »Wie war es, als er fortging, um von den Knights adoptiert zu werden? Was habt ihr anderen Kinder gedacht?«

»Ich war noch sehr jung, vielleicht sieben oder acht. Zu der Zeit dachte ich nichts Besonderes. Das Haus war voller Jungen, die kamen und gingen – es waren die Jahre, in denen mein Vater begann, Schüler aufzunehmen. Später habe ich mich natürlich gewundert. Wie wir es alle taten.« Sie stockte. »Henry war viele Jahre lang wütend, dass er nicht ausgewählt worden war. Aber du darfst ihm nie verraten, dass ich es dir erzählt habe.«

Wieder machte sie eine Pause. »Doch ich denke, dass die Knights die richtige Wahl getroffen hatten; Ned scheint derjenige zu sein, der zum Gutsherrn geboren ist.«

»Er könnte auch in die Rolle hineingewachsen sein, nachdem sie ihm aufgezwungen wurde.«

»Und eventuell gibt es keinen Unterschied zwischen ihnen.«

»Trotzdem kam es dir nicht seltsam vor – dass ein Junge ausgesucht wurde wie ein Welpe aus einem Wurf?«

Sie lachte. »Das Leben ist voll von derlei Seltsamkeiten, nicht wahr? Wie verliebte sich Mr. Darcy zufällig in Elizabeth Bennet, wenn er doch jede Dame im Königreich haben konnte?«

»Weil du sie so liebenswert gemacht hast?«

»Oh ja, vielleicht war es deshalb.«

Alles verlief reibungslos bis zu einem Tag im August.

Ich war beinahe fertig mit dem Briefprojekt, musste das vorletzte Bündel zurücklegen und das letzte holen, worüber ich froh war. Henry, der eine Pause in seinen Ordinationsvorbereitungen einlegte, sollte dieser Tage zu Besuch kommen, was eine Störung bedeutete. Selbst wenn er nicht im Cottage wohnte, wie das letzte Mal, sondern im Herrenhaus, würde er im Weg sein und mich dabei behindern, an die Briefe zu gelangen oder so offen mit Jane zu sprechen, wie wir es allein taten.

Ich war so kurz davor, sie nach »The Watsons« fragen zu können; einige Male hätte ich es beinahe schon getan, verlor dann aber den Mut oder beschloss, dass ich einen glatteren Übergang bräuchte. Überdies hatte ich Henry nicht mehr gesehen, seit ich anfing, mit Liam zu schlafen. Nicht dass ich glaubte, er würde es erahnen; dennoch fürchtete ich den Moment, in dem ich wieder in Gesellschaft beider wäre, offiziell die Schwester des einen und die heimliche Verlobte des anderen. Ich sehnte mich danach, die Verlobung zu lösen. Sie war eine Komplikation zu viel, doch könnte die Beendigung meiner Verbindung zu Henry zur Folge haben, dass ich bei Jane weniger willkommen wäre. Das durfte ich nicht riskieren. Vorher musste ich die restlichen Briefe und »The Watsons« haben, und ich wollte weiter Janes Beschwerden im Blick behalten, die zunehmend besorgniserregender wurden. Sie stellten eine Sorge dar, die ich immer wieder erfolglos zu verdrängen bemüht war. Ihr blieben noch zehn Monate zu leben, doch sie schien mit jedem Tag weiter abzubauen. Es gab keinerlei Hinweis, dass sie »Überredung« zu Ende geschrieben hatte, und wenige Anzeichen, dass sie überhaupt noch daran arbeitete. An den Tagen, an denen sie nach unten an ihren Tisch kam, schien sie vornehmlich Briefe zu schreiben, soweit ich es angesichts des Haufens beurteilen konnte, den ich später auf dem Dielentisch sah und der darauf wartete, von einem Bediensteten zur Post getragen zu werden: an Anne Sharpe in Yorkshire, an Fanny Knight in Kent, an ihren Bruder Charles auf See, an Henry in Oxford. Dass wir das Wahrscheinlichkeitsfeld so verändert haben könnten, dass sie früher starb, war eine Möglichkeit, über die ich sehr ungern nachdachte. Dennoch tat ich es mehr und mehr.

An jenem Tag schien sie zu schlafen. Ich wartete lange, bis ich sicher war, dass sie schlief, bevor ich aufstand und zur anderen Seite von Cassandras Bett ging, um den Kasten hervorzuholen und ein Briefbündel aus meinem Kleid zu ziehen. Dabei hatte ich mich abgewandt, und als ich mein Korsett wieder richtete und meine diversen Rockschichten glatt strich, hörte ich ein Rascheln. Mit den Briefen in der Hand drehte ich mich um und sah Jane, die nicht nur wach war, sondern sich im Bett aufgesetzt hatte und mich anstarrte.

»Was machst du da?«, fragte sie. Es war keiner ihrer guten Tage; sie hatte über Schmerzen geklagt und eine kleine Dosis Laudanum genommen. Anscheinend nicht genug.

Benommen vor Entsetzen sank ich auf die Knie, legte die Briefe zurück und schob den Kasten wieder unters Bett.

Dann stand ich abermals auf und versuchte, unschuldig auszusehen.

»Was wolltest du mit den Briefen?«

Die erste Regel beim Lügen: Weiche der Frage aus. »Hast du etwas geträumt?«

Sie blieb so lange stumm, dass ich zu hoffen begann, es hätte funktioniert. Dann sagte sie: »Ich weiß, was ich gesehen habe. Bitte beleidige meine Intelligenz nicht.«

Das traf einen wunden Punkt bei mir: Wer würde das wagen? Ich sah zu Boden. Dann blickte ich zu ihr auf, stellte jedoch fest, dass ich nichts sagen konnte.

»Wer bist du wirklich?«, fragte sie und kniff dabei die Augen misstrauisch zu schmalen Schlitzen zusammen. »Irgendwas an Ihnen ist unheimlich, Miss Ravenswood. Falls das Ihr richtiger Name ist. Sie wissen Dinge, die Sie nicht wissen dürften, und Sie zeigen ein ungewöhnliches Interesse an meiner Familie. Sind Sie eine Art Spion? Sind Sie vielleicht Französin?«

Ich sah sie immer noch sprachlos an.

»Sie werden mir erzählen, was Sie mit diesen Briefen wollten.«

»Jane, ich ...«

»Sprechen Sie mich nicht mit Vornamen an. Freunde benehmen sich nicht wie Sie. Sie werden mir Ihr Verhalten erklären, ehrlich und in offenen Worten, oder Sie gehen und werden nie wieder in diesem Haus empfangen. Ich werde Henry sagen ...« Sie brach ab, weil ihr eventuell klar wurde, wie sehr ich in ihr Leben verstrickt war. »Wer sind Sie?«, fragte sie wieder, diesmal mit einem hilflosen Unterton, bei dem mir die Tränen kamen.

Ich ging zu ihrem Bett und fiel neben ihr auf die Knie, beschämt wegen allem, nicht nur der Briefe. Was tat ich hier? Was für eine Irre reist durch die Zeit? Wie immer ich bestraft würde, dachte ich, ich hätte es verdient.

»Vergeben Sie mir«, sagte ich und streckte ihr meine Hände hin, während ich das Gesicht in der Bettdecke verbarg. »Vergeben Sie mir, bitte. Die Wahrheit, Miss Austen, ist so befremdlich und unwahrscheinlich, dass ich fürchte, sie nicht äußern zu können.«

»Dann nehmen Sie lieber Ihren Mut zusammen.«

Ein Schluchzen durchschüttelte mich, und ich schniefte, während ich nach meinem Taschentuch suchte. Dann wischte ich mir die Augen und beschloss, nicht mehr zu weinen. »Sie werden denken, dass ich lüge oder von Sinnen sei.«

»Das zu beurteilen überlassen Sie wohl besser mir.«

Ich riskierte einen Blick zu ihr. Ihre Miene war nicht mehr kalt vor Wut, schien mir eher streng und misstrauisch – aber auch neugierig. Es sah aus, als könnte sie denken, es gäbe eine Erklärung für mein Verhalten – die sie hören wollte. Dass sie mich trotz des eindeutig üblen Anscheins noch nicht vollständig abgeschrieben hatte, verlieh mir eine kühne Courage, wie Leute sie haben, wenn sie zahlenmäßig deutlich unterlegen in die Schlacht ziehen, weil sie lieber im Kampf sterben.

»Ich komme von weit weg«, begann ich zögerlich. »Von einem anderen Ort. Und zufällig weiß ich, dass Sie in den Jahrhunderten, die kommen, als eine der größten Autorinnen angesehen werden, die man je gekannt hat.« Sie saß immer noch auf ihrem Bett und schlang die Arme um ihre Knie, während sie mich anstarrte. »Nicht nur eine der größten Schriftstellerinnen, nicht nur eine der besten englischsprachigen Autorinnen oder eine der größten aus dem neunzehnten Jahrhundert. Deshalb sind wir hier. Um … um zu forschen.«

Hierauf herrschte erst mal Stille. Es erübrigt sich zu erwähnen, dass ich eben gegen alle Maßgaben unserer Mission verstoßen hatte. Jane sah mich weiter mit leuchtenden unlesbaren Augen an.

Ich dachte, dass ich eh nichts mehr zu verlieren hätte, und redete weiter. »Aber Ruhm hat seine Nachteile. In den kommenden Jahrhunderten wird man alles über Sie wissen wollen. Alles! Man wird diskutieren, ob Ihre Beziehung zu Ihrer Mutter beeinträchtigt wurde, weil Sie mit wenigen Monaten zu einer Amme gegeben wurden. Man wird spekulieren, was wirklich mit Ihrem zweitältesten Bruder George geschah, der weggeschickt wurde und über den niemand spricht.« Ich hörte, wie sie nach Luft schnappte, ließ mich davon aber nicht bremsen. »Was ließ Sie 1802 über Nacht Ihre Meinung ändern, als Harris Bigg-Wither Ihnen einen Antrag gemacht hatte, werden sie sich fragen. Wurde Mr. Darcy durch einen realen Mann inspiriert, und haben Sie ihn geliebt? Hat Ihre Tante Leigh-Perrot tatsächlich eine Spitzenbanderole beim Tuchhändler in Bath gestohlen? Warum wollten Sie Ihren Roman über die Watsons nie veröffentlichen?«

Abermals folgte längere Stille. Janes Mundwinkel gingen ein wenig nach unten. »Miss Ravenswood«, begann sie und verstummte.

»Sie haben recht, dass das nicht mein richtiger Name ist.«

»Und mit wem, wenn ich fragen darf, habe ich dann die Ehre zu sprechen?«

Es war komisch, dass ich nach all diesen Enthüllungen hier zögerte, aber noch während ich haderte, wurde an die Tür geklopft.

»Miss Austen? Ist meine Schwester bei Ihnen? Ich habe eine Überraschung für Sie beide.«

Liam.

Ich richtete mich auf. Mein Herz pochte wie verrückt. Jane und ich sahen uns an, und sie schüttelte den Kopf. »Ich ertrage heute keine weiteren Überraschungen mehr. Gehen Sie. Lassen Sie niemanden herein.«

»Es tut mir so leid«, sagte ich. »Werden Sie mir jemals vergeben …?«

»Ich bitte Sie, gehen Sie jetzt.«

Ich eilte so schnell aus dem Zimmer, dass ich auf dem Flur beinahe mit Liam und Henry kollidierte. Hastig schloss ich die Zimmertür hinter mir und lehnte mich dagegen, während ich all meine Reserven an Schauspieltalent aktivierte.

»Ich bin entzückt, Sie wiederzusehen, Mr. … Henry.« Ich reichte ihm die Hand. Dann sah ich zur Tür zurück und sagte: »Sie ist gerade sehr müde und wünscht, niemanden zu sehen.«

Henrys erwartungsvolles Lächeln schwand. »Dann ist sie so krank? Mir wurde gesagt … Aber ich muss sie sehen, Mary, gewiss will sie mich sehen?«

»Ich bin gewiss, dass sie es möchte. Später.«

Liam sah wachsam von mir zu Henry und zurück. Ich spürte, dass er etwas ahnte, doch das könnte ich mir auch bloß einbilden; zu jener Zeit traute ich ihm eine Menge Intuition zu, was nicht zuletzt damit zusammenhängen dürfte, dass wir so oft wie praktisch machbar Sex hatten, aber kaum miteinander sprachen, zumindest nicht außerhalb unserer Rollen. Folglich gewannen die schlichtesten Dinge – ein Wort, ein Blick, eine

Geste – schon mal ein schwindelerregendes Gewicht. Oft dachte ich, dass diese Situation ideal für einen Schauspieler sei, und tatsächlich schien Liam in seiner Rolle aufzugehen. Doch wie ich erst später begriff, als sie vorbei war, war, wie glücklich auch mich jene Tage gemacht hatten.

»Später«, wiederholte ich, da Henry sich immer noch nicht vom Fleck rührte. »Gönnen wir ihr ein wenig Ruhe.« Ich hakte mich bei ihm ein und zog ihn weg von der Tür und zur Treppe. »Kommen Sie eben aus Oxford? Wie war Ihre Reise? Sind Sie erschöpft? Lassen Sie uns alle einen Spaziergang machen, um auszunutzen, dass es ausnahmsweise nicht regnet. Ich habe den ganzen Vormittag an ihrem Bett gesessen, da würde mir ein wenig frische Luft guttun.«

Cassandra, ihre Mutter und Martha mussten mit diversen Haushaltspflichten beschäftigt sein, denn ich sah lediglich das Hausmädchen, als wir hinaus in den Garten gingen. Die Luft war feucht und windstill, der Himmel voller Unheil verkündender Wolken. Ich blieb stehen und atmete tief ein. »Wie wunderschön«, sagte ich. Mir war bewusst, dass ich mich irrsinnig benahm, doch konnte ich nichts dagegen tun. »Wollen wir nicht einen Spaziergang machen?«

Henry, bei dem ich nach wie vor eingehakt war, nickte verwirrt. Liam, der uns nach unten gefolgt war, zögerte. »Vielleicht sollte ich bleiben …«, begann er, ehe ich mit der freien Hand seinen Arm ergriff und den Weg hinunterging.

Ich fürchtete, dass er nach oben gehen und versuchen könnte, Jane zu sehen. Rational war das unwahrscheinlich, dennoch könnte es geschehen. Ich musste ihn vorher warnen, und dazu hatte ich keine Chance, solange Henry bei uns war.

Ließ ich indes Henry allein, könnte auch er versuchen, Jane zu sehen. Und was dann?

All das ging mir blitzschnell durch den Kopf, während ich zügig den Weg hinunterging, die beiden mitzog und ununterbrochen redete. Henrys Reise von Oxford, seine Fortschritte beim Lernen, die ungewöhnlich niedrigen Sommertemperaturen, Cassandras Sorge wegen ihres lahmenden Esels, ein unerwarteter Besuch von James Austen und seiner Frau, aus dem dann nichts geworden war – nichts war mir zu willkürlich oder trivial, um es zu erwähnen.

Und es war noch nicht das Schlimmste. Als wir ein Stück weit gegangen waren, gab ich Liams Arm frei, um mich mehr auf Henry zu konzentrieren, die unmittelbare Gefahrenquelle. Ich fing an, so unverhohlen mit ihm zu flirten, wie ich es in meinem ganzen Leben nicht getan hatte. Ich lehnte mich an seinen Arm, blickte anhimmelnd zu ihm auf. Ich fragte ihn, wo wir leben könnten, wenn wir verheiratet wären und er die Pfarrei in Chawton antrat, was in wenigen Monaten sein sollte. Ich erwähnte unnötig anzüglich, dass ich fleißig an meiner Aussteuer arbeitete, als wollte ich ihn auffordern, über Nachthemden, Unterröcke und Bettwäsche nachzudenken.

Mir war die Gegenwart des grübelnden Liam hinter uns bewusst, doch ich konnte nicht zu ihm sehen, genauso wenig wie ich mich bremsen konnte. Zu groß war meine Furcht, dass etwas Furchtbares geschehen würde, sollte ich Stille eintreten lassen. Und sollte »etwas Furchtbares« so schlicht sein, wie umzukehren und zurück zu Janes Haus zu gehen – und die Ereignisse, die dann folgen würden –, war mein Verhalten vielleicht nicht so irrational.

Während wir schnell weitergingen, erkannte ich, dass wir die Stelle erreichten, an der Liam und ich zum ersten Mal Sex hatten, was mittlerweile mehrere Monate her war. Ich war schon vorher wieder hier gewesen, doch heute war kein Tag wie jeder andere. Als ich an den tatsächlichen historischen Zaunübertritt gelangte, stützte ich erst meine freie Hand, dann meinen Kopf darauf. Schwarze Punkte tanzten vor meinen Augen, und ich hatte ein an- und abschwellendes Rauschen im

Kopf, woraus ich jedoch nicht gleich die richtigen Schlüsse zog.

»Für mich ist dies die schönste Weide in ganz Chawton«, sagte ich zu Henry und trat einen Schritt von dem Übertritt weg.

»Für mich auch«, sagte Liam erstickt.

»Ein wohltuender Anblick«, fuhr ich fort. »Wohltuend für das Auge und Gemüt: englisches Grün, englische Landschaftskultur, englisches Behagen ...«

Während ich diese Zeilen aus »Emma« zitierte, schien es mir irgendwie falsch, und ich bemerkte, dass Henry mich seltsam ansah. Er sprach mit mir, doch ich hörte nichts als das Rauschen in meinen Ohren, und dann wurde alles schwarz.

KAPITEL 17

6. August
Chawton

Ich öffnete die Augen, flach auf dem feuchten Boden, wo Gras in meinem Nacken kitzelte und Liam und Henry besorgt auf mich herabsahen. Liam hatte seine Finger seitlich an meinem Hals, maß meinen Puls, allerdings an der falschen Stelle. Beschämt schloss ich die Augen wieder.
»Da, sehen Sie, ihre Augenlider flattern«, sagte er. »Es geht ihr gut. Sie hat ein kräftiges Herz. Gewiss muss sie nur ausruhen. Ich denke, die Pflege Ihrer Schwester hat sie einige Kraft gekostet.«
»Oh, ja fraglos. Arme Mary!«, sagte Henry in einem zärtlichen Ton und legte eine Hand an meine Wange. Liams Hand auf meiner anderen Seite verschwand. Ich hörte Stoff rascheln, als er aufstand und wegging. »Wie sehr Sie sich strapaziert haben müssen! Cassandra schrieb mir, was Sie alles getan haben.« Es entstand eine Pause. »Aber wir sollten sie nach Hause bringen. Es ist nicht gut, wenn sie im nassen Gras liegt. Lassen Sie mich ihr helfen, sich zumindest aufzusetzen ...«
Er kam hinter mich und zog mich an den Schultern nach oben. Dabei fühlte ich seinen heißen Atem in meinem Nacken und wusste, es wurde Zeit, die vorgetäuschte Ohnmacht zu beenden. Ich musste diesen Moment und alles, was danach kam, irgendwie durchstehen. Dennoch konnte ich mich nicht recht dazu bringen, die Augen zu öffnen.
»Heben Sie ihren Kopf nicht zu plötzlich an, sonst wird sie wieder ohnmächtig«, sagte Liam hörbar angespannt. »Lassen Sie sie einfach. Sie wird ...«
»Wir müssen sie nach Hause bringen, Sir. Sie kann hier nicht so auf der Wiese liegen. Nicht bloß ist es zu feucht, es ist

auch unziemlich. Und ich glaube, es wird gleich regnen.« Eine Pause entstand. »Denken Sie nicht …«

Henry schob einen Arm unter meine Knie und den anderen unter meinen Rücken, bevor er mich mit einem leisen Ächzen hochhob. Als er einige holprige Schritte machte, öffnete ich meine Augen, um sein Gesicht direkt vor meinem zu erblicken, glühend vor Erregung. Doch während ihn offenbar schon die Vorstellung erregte, mich wie eine Trophäe von dannen zu tragen, hatte es auf mich ganz und gar nicht diese Wirkung. Ich schrak auf, streckte mich und fiel sehr unelegant auf die Füße – immerhin –, wo ich zunächst in seine Arme stolperte. Er nutzte die Gelegenheit, um mich auf die Stirn zu küssen und verstohlen meine linke Brust zu befühlen, bevor er zurücktrat und meinen Arm unter seinen hakte.

»Was haben Sie uns für einen Schrecken eingejagt, Mary!«, sagte er. »Können Sie wirklich gehen?«

»Mir geht es recht gut, seien Sie dessen versichert.« Ich konzentrierte mich darauf, aufrecht zu stehen. Noch war ich nicht bereit, einen Schritt nach vorn zu riskieren; dies war eine hastigere Rückkehr in die Aufrechte, als ich sie unter anderen Umständen gewählt hätte.

Liam stand mit verschränkten Armen da und betrachtete uns ausdruckslos.

»Wir müssen Sie nach Hause bringen«, sagte Henry mit Blick zu mir. In seinen Augen war immer noch ein gieriges Funkeln. »Glauben Sie, dass Sie es bis dahin schaffen? Hier, lehnen Sie sich für einen Moment an diesen Zaunübertritt. Vielleicht sollten Sie die Kutsche herbringen, um sie abzuholen«, schlug er Liam vor. »Ich bleibe solange bei ihr.« Er drückte meinen Arm. »Sie wird hier sicher sein.«

»Ich versichere Ihnen, ich kann durchaus nach Hause gehen.« Ich stemmte mich von dem Übertritt ab und begann, in die Richtung zu gehen, aus der wir gekommen waren, ohne darauf zu warten, dass einer der Herren mir seinen Arm anbot. Henry holte mich jedoch rasch ein und bestand darauf, dass ich mich bei ihm abstützte. »Ich habe mich gänzlich erholt.«

Ich hielt meinen freien Arm in der Hoffnung hin, dass Liam ihn nehmen würde, was er jedoch nicht tat, sondern neben mir herging und zu Boden starrte. Diesmal gingen wir schweigend, da mein vorübergehender Schwachsinn überstanden war und ich einfach nicht mehr die Kraft aufbrachte, zu flirten oder zu plappern.

Von Jane ertappt worden zu sein schien jetzt gleichsam in das Gewebe der Realität eingesponnen. Ich hatte keinerlei Einfluss mehr darauf, ob sie es Henry erzählte. Deshalb wollte ich nur noch nach Hause und in Ruhe über alles nachdenken: was geschehen war, was ich als Nächstes tun sollte. Vor allem wollte ich weg von Henry und aufhören, die lachhafte Rolle der in Ohnmacht fallenden Verlobten zu spielen. Und ganz besonders wünschte ich mir, dass es Nacht würde, damit ich neben Liam liegen konnte, seine Haut riechen und den sanften Rhythmus seines Atems fühlen konnte.

»Also habe ich ihr erzählt …« Ich stockte. Was genau? »Dass wir nicht die sind, für die wir uns ausgeben. Dass wir aus einer anderen Welt kommen.«

Es war später, beinahe Abend. Wir hatten Henry höflich weggeschickt und waren ins Ivy Cottage gestolpert, wo wir nach Tee riefen. Was ich zu sagen hatte, schien zu brandgefährlich, um es im Haus zu äußern, wo man uns belauschen könnte, doch Liam lehnte meinen Vorschlag ab, noch einen Spaziergang zu unternehmen.

»Du solltest dich lieber ausruhen«, hatte er gesagt, mich kurz gemustert und dann wieder die Dielenbretter betrachtet. »Geht es dir wirklich gut?«

Ich versicherte ihm, dass eine einzelne Synkope als Reaktion auf ein stressreiches Erlebnis normal sei und wahrscheinlich kein Symptom einer ernsten Erkrankung. Dass es überdies ein bescheuertes Klischee war, als würde ich mich in eine schmachtende Heldin aus einem Roman des neunzehnten Jahrhunderts verwandeln, schien mir zu offensichtlich, um es auszusprechen. Ich schaffte es, ihn zu überzeugen, mit mir nach draußen, hinters Haus zu kommen, zu einer kleinen Bank am Ende des Küchengartens. Dort erzählte ich ihm, was geschehen war.

Liam hörte zu, ohne irgendwas zu sagen oder irgendeine Reaktion zu zeigen, außer dass seine ohnehin finstere Miene noch finsterer wurde. »Tja«, sagte er schließlich. »Tja.«

»Wir sind geliefert«, sagte ich. »Es tut mir so leid.«

»Ich würde sagen, du hättest dich nicht anders verhalten können, als du es getan hast.« Seine Worte waren beruhigend, seine Haltung hingegen war abweisend – so unterkühlt wie bei unserer ersten Begegnung und genauso förmlich, während er sich weigerte, mich direkt anzusehen.

»Ich hätte mich nicht ertappen lassen dürfen.«

»Was ideal gewesen wäre, stimmt.«

Ich widerstand dem Drang, mich an ihn zu lehnen und ihn einzuatmen, seinen Kopf zu umfassen und ihn zu mir zu ziehen, um ihn zu küssen. Der Wunsch, ihm nahe zu sein, war wie ein körperlicher Schmerz, aber selbst wenn wir hätten sicher sein können, nicht belauscht zu werden, durften wir nicht davon ausgehen, unsichtbar zu sein. Also gab ich mich damit zufrieden, auf der Bank ein wenig näher zu ihm zu rücken, sodass sich unsere Schenkel berührten. Mit einer fast unmerklichen Bewegung rückte er weg, sodass sie es nicht mehr taten.

»Und auch das mit Henry tut mir leid«, sagte ich. Liam setzte sich gerader auf.

»Tut dir leid?«, fragte er. »Was?«
»Das offene Flirten? Ich weiß nicht ... was direkt davor mit Jane passiert war, hat mich völlig verwirrt. Ich war nicht ...«
»Nein, ist schon gut, du brauchst Henry auf deiner Seite.« Er sah sich im Garten um, zu dem rosa Sonnenuntergang am Horizont, überallhin, nur um nicht mich anzusehen.
»Ich will Henry nicht auf meiner Seite. Oder irgendwo an mir.« Das war als Scherz gemeint, doch Liam zuckte zusammen. »Sie wird ihm erzählen, was ich ihr erzählt habe, und keiner von ihnen wird jemals wieder mit uns reden.«
»Ich glaube nicht, dass sie es ihm erzählt«, erwiderte er. »Hast du die Zeitreise erwähnt? Oder hast du nur gesagt, dass wir von woanders sind?«
»Ich habe ihr gesagt, wir würden die Zukunft kennen. Wie sollten wir, wenn wir nicht aus ihr kommen?«
»Wie sollte eine intelligente, gebildete Person im Jahr 1816 das verstehen, angenommen, sie hat es nicht sofort als Lüge oder Wahnsinn abgetan?« Sein Blick landete auf mir, und diesmal wandte er ihn nicht gleich wieder ab. »Eine Sache, über die ihre Biografen immer gerätselt haben, ist ihre Religiosität. Könnte sie uns für Engel halten, die menschliche Gestalt angenommen haben? Wie steht die anglikanische Kirche überhaupt zu Engeln?« Anscheinend faszinierte ihn seine eigene Idee, denn er sah schon weniger finster aus. »Oder könnten wir jetzt Dämonen sein, die gekommen sind, um sie in Versuchung zu führen?«
»Mir fällt es schwer, das mit meiner Vorstellung von Jane Austen in eins zu bringen. Aber ich gebe dir fünf Punkte für Kreativität.«
»Wenn wir morgen wieder hingehen ...«
»Könnte man uns den Zutritt verweigern.«
»... lass mich zuerst mit ihr reden.«
»Ohne mich dort, meinst du?«

»Ja.«
»Was willst du sagen?«
»Ich denke mir etwas aus.«

Seit Monaten hatte mich keine Schlaflosigkeit mehr geplagt, doch in jener Nacht lag ich wach, blickte durchs Fenster zum fast vollen Mond und dachte über das Desaster nach, in dem wir gelandet waren. Wahrscheinlich würde Jane nie wieder mit mir sprechen; wir müssten Chawton verlassen und irgendwo auf unsere Rückkehrgelegenheit warten. Würde sie es den anderen erzählen? Ich vermutete, dass es nicht von Belang war, weil nur sie allein zählte, trotzdem machte mich der Gedanke traurig, dass Cassandra, Martha und Henry uns ebenfalls verachten würden. Wir hätten die meisten Briefe, aber nicht »The Watsons«, und ich würde nie ihr mysteriöses Leiden diagnostizieren. Ganz zu schweigen davon, dass wir ihr Leben verkürzt haben könnten. Alles in allem würden wir nach Versagen stinkend in unsere Welt zurückkehren.

Aber vielleicht konnte Liam die Situation irgendwie retten; vielleicht wollte er deshalb allein mit ihr sprechen. Vielleicht könnte er sie überzeugen, dass ich wahnsinnig war und es deshalb getan hätte. Das wäre ein legitimer Grund, die Verlobung mit Henry zu lösen, was ein Segen wäre. Liam könnte mit Jane befreundet bleiben und an »The Watsons« gelangen, selbst wenn es erforderte, dass ich Wahnsinn vortäuschte und eingesperrt wurde wie Bertha auf Rochesters Dachboden. Es war ein kühner Plan, der jedoch seine Vorzüge hatte. Und es war die Art Geschichte, die er sich ausdenken könnte.

Als litte ich noch nicht genug, kam er in jener Nacht nicht in mein Bett, zum ersten Mal. Eventuell wurde es ihm langweilig mit mir oder war meine Gier nach ihm zu offensichtlich, zu unheimlich. Oder er war wütend wegen der Henry-Geschichte. Er hatte unglücklich gewirkt und später gleichgültig, als ich es ansprach. Oder war das gespielt? Möglicherweise war er beleidigt und wartete, dass ich mich rührte, dass ich in sein Zimmer kam. Ich wollte aufstehen und mich über den Flur schleichen, aber ich konnte nicht.

Verwandelte ich mich in eine Frau aus dem neunzehnten Jahrhundert, die vor überbordendem Gefühl ohnmächtig wurde und den Mut nicht aufbrachte, sich ins Bett ihres Geliebten zu stehlen? Ausgeschlossen. Dennoch stimmte etwas nicht. Etwas war geschehen.

Ich erwog die Möglichkeit, dass ich ihn zu gern gewonnen hatte. Für mich war es bei Geliebten oder Freunden immer um beidseitiges Vergnügen gegangen: ein geborgtes, kein besessenes. Mich hatte die Vorstellung, mich für immer an eine Person zu ketten, von jeher abgeschreckt, und das hatte ich auch stets klargemacht. Außer eventuell dieses Mal.

Wieder dachte ich an die Dinge, die Liam mir in jener Nacht unter den Sternen gesagt hatte, und an den nächsten Morgen beim Spargelbeet. Worte, die ich als Floskeln eines Schauspielers in seiner Rolle abgetan hatte. Aber warum hatte ich sie behalten?

Er hatte sie nicht ernst gemeint. Ich wollte nicht, dass er sie ernst gemeint hatte. Trotzdem bedauerte ich, dass er sich unmittelbar vor unserer Abreise nach 1815 verlobt hatte. Die große blonde und hochnäsige Sabina war nicht richtig für ihn; dessen war ich mir nun sicher. Hätten wir uns doch nur während der Vorbereitung ein wenig angefreundet, wäre ihm das bewusst geworden – und er hätte sich nicht gebunden. Warum hatte er es überhaupt? Ich versuchte, mir die Dynamik zwischen den beiden vorzustellen, was mir nicht gelang.

Aber das war irrsinnig. Er gehört mir nicht, ermahnte ich mich, und ich will ihn auch gar nicht. Keinen. Eventuell war es besser, dass er sich zumindest in dieser Nacht von mir fernhielt. Ich musste üben, denn kehrten wir erst in unsere Welt und in unsere wahren Leben zurück, würde er für immer meinem Bett fernbleiben. Mit diesem deprimierenden Gedanken schlief ich kurz vorm Morgengrauen endlich ein.

Ich wachte später als sonst auf und ersparte mir die Vortäuschung von Gartenarbeit. Stattdessen rief ich nach meinem Frühstück, sobald ich angekleidet und unten war. Mein Bruder hatte bereits gefrühstückt und war ausgegangen, wie mich Jencks hämisch informierte. Er nutzte Liams Abwesenheit stets, um besonders unhöflich zu mir zu sein, allerdings auf eine passiv-aggressive Art, die sich unmöglich an irgendetwas Konkretem festmachen ließ. Wieder mal bereute ich, dass wir ihn behalten und den gut aussehenden Robert verloren hatten.

»Wohin ist er gegangen, Jencks? Wissen Sie das zufällig?« Ich vermutete, zu Jane, wünschte allerdings, ich hätte ihn vorher noch gesehen.

»Das kann ich Ihnen nicht sagen, Miss«, antwortete er in einem Ton, der verriet, dass er es sehr wohl wusste, mir aber nicht sagen wollte.

Der Morgen war ausnahmsweise sonnig, aber kühl, ein Vorgeschmack auf den Herbst in einem Sommer, der nie richtig begonnen hatte. Ich fröstelte, als ich dort ankam, wo ich hinwollte. Nachdem ich angeklopft hatte, zog ich meinen Schal fester um mich und fragte mich, wie man mich empfangen würde.

Zu meiner Überraschung öffnete Henry die Tür. »Verzeihen Sie die mangelnde Förmlichkeit, doch ich sah Sie vom Fenster aus den Weg entlangkommen, und das Hausmädchen ist andernorts beschäftigt, daher war ich so frei.« Ich trat ein, und er langte um mich herum, um die Tür zu schließen, wobei er zu mir herabstrahlte, einen Arm um meine Taille legte und mich für einen Moment an sich zog. Gleichzeitig schnurrte er: »Und ich nehme mir noch eine Freiheit heraus! Ach, wie ich Sie in

Oxford vermisst habe! Sie sind noch entzückender, als ich es erinnerte. Haben Sie sich auch von Ihrer Ohnmacht erholt? Bitte, sagen Sie mir, dass Sie es haben. Wir brauchen nicht noch mehr Kranke im Haus.« Er ließ meine Taille los, behielt aber eine Hand gleich oberhalb meines Ellbogens, als er mich den Flur entlangführte. Ich widerstand dem Wunsch, sie abzuschütteln. »Doch in Wahrheit geht es Jane heute bemerkenswert gut.«

Er öffnete die Tür hinten, durch die man zum Garten, der Küche und dem Stall dahinter gelangte. Wortlos bedeutete er mir, vorauszugehen.

Jane und Liam saßen auf einer Bank unter einem Baum, die Köpfe verschwörerisch zusammengesteckt. Sie blickten auf, als wir näher kamen, und Liam erhob sich, um mir seinen Platz zu überlassen. Dabei sah er mich mit einem Blick an, der mir etwas zu sagen versuchte, nur wusste ich nicht, was. Ich setzte mich neben Jane, die mir zulächelte und meine Hand drückte. Mir war vergeben worden, doch ich hatte keine Ahnung, was Liam gesagt haben könnte, um das zu erreichen.

Und wir würden es nicht vor Henry besprechen, der sich mit Liam über ein Pferd unterhielt, das er zu kaufen plante. Wie konnte er? Er war erst vor wenigen Monaten in Konkurs gegangen. Verschaffte ihm die Aussicht auf eine Pfarrei Kredit – oder das Gerücht, er würde eine vermögende Frau heiraten?

Da ich nicht mehr als nötig über Henry nachdenken wollte, wandte ich mich zu Jane um. Sie hatte einen dicken Schal um ihre Schultern geschlungen, eher eine kleine Wolldecke, um sich vor der kühlen Morgenluft zu schützen. Ihre Augen leuchteten hellbraun in ihrem bronzefarbenen Gesicht. »Wie leid es mir tut zu hören, dass Sie ohnmächtig wurden«, sagte sie. »Wir müssen Ihnen für eine Weile untersagen, mich zu umsorgen. Aber wie Sie sehen, fühle ich mich heute viel besser.«

Ich sah sie an, und mir kam eine neue Idee in den Sinn. Wie konnte mir das in all den Wochen, die ich an ihrem Bett gesessen hatte und mögliche Diagnosen durchgegangen war, nicht früher einfallen? Es war nicht viel, aber wenigstens etwas. Eine Möglichkeit. »Jane, man hat Sie nicht zur Ader gelassen, oder?«

»Mr. Curtis hielt es in meinem Fall nicht für ratsam.« Er war der Apotheker aus Alton, der nach ihr sah, obwohl ich – oder offiziell Liam – größtenteils ihre Behandlung übernommen hatte. »Warum?«

Ich drehte mich zu den Männern um. »William«, sagte ich zu Liam. »Wenn du dir dieses Pferd von Henry ansehen gehst, gib bitte bei Mr. Curtis Nachricht, er möge so schnell wie möglich herkommen.«

Auf meine Worte hin trat Stille ein, und mir wurde bewusst, dass ich viel zu entschieden gesprochen hatte, nicht so, wie Frauen es taten. Jane starrte auf den Boden, und Liam betrachtete sie, als versuchte er, ihre Reaktion einzuschätzen. Henry schien zuerst erschrocken, dann amüsiert.

»Ihr Wort ist mir Befehl, Madam«, sagte er und wandte sich zu Liam. »Es liegt auf unserem Weg. Falls Sie es für ratsam halten.«

Liam sah mir in die Augen. »Mary hätte es nicht grundlos vorgeschlagen. Gehen wir jetzt gleich, Austen. Sind Sie bereit?«

»Ich? Gewiss doch.«

Nachdem sie gegangen waren, blieben Jane und ich draußen. Sie blickte schweigend in den Garten und zu den Nebengebäuden hinten, und auch ich sprach nicht. Meine Worte sollten tunlichst zu dem passen, was Liam ihr erzählt hatte, nur musste ich noch herausfinden, was das bloß gewesen sein mochte.

Schließlich drehte Jane sich zu mir um. »Ihr Bruder hat mir eine äußerst bemerkenswerte Geschichte erzählt …« Sie runzelte die Stirn. »Aber er kann nicht Ihr Bruder sein, nicht wahr? Das würde erklären, warum Sie sich überhaupt nicht ähneln.«

»Was genau hat er Ihnen erzählt?«

»Dass Sie und er mit einer Art wundersamer Maschine aus der Zukunft hergereist sind. Ich hatte Zweifel, wie Sie sich denken können, doch dann erzählte er mir Dinge über meinen gegenwärtigen Roman, die ich noch nicht einmal aufgeschrieben habe. Die nur in meinem Kopf sind und von denen ich keiner Seele erzählte, nicht einmal Cassandra.«

»Und das hat Sie von der Wahrheit seiner Worte überzeugt?« Mich überkam eine Mischung aus Neid und Bewunderung. Warum war mir das nicht eingefallen?

»Teils.«

»Und was noch?«

»Dass an Ihnen beiden immer etwas seltsam war. An Ihrem Verhalten; wie Sie in dieser für Henry so entscheidenden Zeit erschienen, ohne Verbindung zu jemandem oder etwas. Es ist eine äußerst ungewöhnliche Erklärung, dennoch bin ich geneigt, sie zu akzeptieren, weil auch nichts anderes Sinn ergibt. Er ist sehr überzeugend, Ihr … Aber ich vergesse stets, dass er nicht Ihr Bruder ist.« Sie hielt inne und legte ihre gebräunte Hand auf meine. »Sind Sie Mann und Frau?« Sie wirkte besorgt, wozu sie auch allen Grund gehabt hätte, wenn dem so gewesen wäre. »Mir blieb keine Gelegenheit, alles zu fragen, was ich wollte, weil Henry und Cassandra hereinkamen.«

»Wir sind Kollegen.«

»Kollegen? Aber wie konnten Sie zusammen reisen – und so nahe beieinanderwohnen, ein Gentleman und eine Dame? Es scheint mir eine Situation, in der es naturgemäß zu Verstößen gegen den Anstand kommt – er ist doch gewiss nicht … Doch der Anschein muss dagegen sprechen …« Sie brach ab.

Ich war amüsiert. »Unser Zeitalter setzt der weiblichen Freiheit keine solchen Grenzen wie Ihres. Für uns gibt es kein ... Ich meine, es ist nicht unanständig.« Aber ich fühlte, dass ich rot wurde, weil ich an die Verstöße gegen den Anstand dachte, die sich naturgemäß ergeben hatten.

Sie sah mich an. »Er sagte mir, dass Sie Ärztin sind. Beachtlich, indes nicht überraschend.«

»Mich erstaunt, wie gefasst Sie all das aufnehmen.«

»Ach ja?« Immer noch blickte sie mich mit strahlenden Augen an. »Möglicherweise unterschätzen Sie mein Vorstellungsvermögen. Es gibt mehr Dinge im Himmel und auf Erden, Horatio – aber verraten Sie mir, wie sind Ihre Namen? Was für Namen haben die Menschen in der Zukunft?«

»Rachel«, antwortete ich zögerlich und erinnerte mich an einen ihrer Briefe an ihre Nichte Anna Lefroy, die Romanautorin mit der stürmischen romantischen Vorgeschichte. Jane und Anna scherzten fortwährend über Namen, sammelten witzige aus Literatur und Wirklichkeit, die sie austauschten. In dem Brief hatte Jane in einer Anmerkung zu einem Roman geschrieben: »Und der Name ›Rachel‹ ist mehr, als ich ertrage.« Sie hatte nicht erklärt, warum. Fand sie ihn hässlich oder melodramatisch? »Rachel Katzman.«

»Rachael«, wiederholte sie strahlend. »Katzenmann? Ein Mann, der für Katzen sorgt; wie einzigartig. Ist es ein englischer Name?«

»Nein, ist es nicht.«

»Woher ist Ihre Familie?«

»Ich wurde in der Stadt New York geboren, in Amerika.« Um weiteren Diskussionen über meine Familie vorzubeugen, ergänzte ich: »Und Liam ist aus Irland. So heißt er. Mr. Finucane.«

»Noch ein außergewöhnlicher Name. Aber er passt zu ihm, nicht wahr?« Immer noch beäugte sie mich nachdenklich.

»Werden solche Reisen oft unternommen? Wie ergab es sich, dass Sie hierherkamen, zu mir?«

»Oh, meine liebste Jane.« Ich konnte nicht widerstehen, beugte mich zu ihr und umarmte sie, worauf sie sich vor Schreck versteifte. »Ich denke, nicht einmal Ihre Fantasie reicht aus zu erfassen, wie berühmt Sie sind. Aber die kürzeste Antwort lautet: Wir sind wegen ›The Watsons‹ hier.« Sie starrte mich verblüfft an, als ich erzählte, dass nur die ersten Kapitel überlebt hätten, weitergereicht in der Familie, im zwanzigsten Jahrhundert aufgeteilt, sodass ein Teil in der Morgan Library in Amerika endete, ein anderer in der Bodleian ...

»In Oxford!«, fiel sie mir ins Wort. »Mein Manuskript? Warum sollten die es wollen?«

»Das versuche ich Ihnen doch zu erklären. Sie sind unsterblich. Jeder dachte, diese wenigen ersten Kapitel seien alles, was es gab. Dann wurde zufällig ein Brief entdeckt, lange verschollen und den Gelehrten unbekannt, den Sie an Anne Sharpe schrieben. Einen neuen Brief von Ihnen zu finden war an sich schon fantastisch, weil so wenige überlebt haben, aber in diesem steht eindeutig, dass Sie den Roman tatsächlich zu Ende geschrieben haben.«

Ich verstummte und wartete, dass sie es verarbeitete, neugierig, was für sie das Faszinierendste wäre. Es fühlte sich wunderbar an, ihr die Wahrheit zu sagen, eine Kombination aus Freude und Befreiung von einer unerträglichen Anspannung, nicht unähnlich dem ersten Mal mit Liam.

»Sie meinen, dass Menschen in der Zukunft meine Briefe lesen?« Mir wurde klar, dass ich einen Fehler begangen hatte. »Meine persönlichen, privaten Briefe? Was gab ihnen das Recht?« Ich sah zu Boden. »Also waren Sie deshalb an Cassandras Kasten? Sie haben sie gelesen?«

»Nein. Wir haben ein Gerät, das Bilder auf Papier einfängt.« Ich verzichtete darauf, das Offensichtliche zu äußern: dass

jemand in der Zukunft sie lesen würde. Dass man, war man erst mal tot, keine Privatsphäre mehr hatte. »Sie müssen verstehen, dass sie die wichtigsten Quellen für biografische Informationen zu Ihnen sind. Weil Sie zu Lebzeiten nicht berühmt waren, ist Ihr Leben nicht gut dokumentiert. Deshalb ...«
»Warum war ich zu Lebzeiten nicht berühmt?«, fragte sie. »Wenn Sie behaupten, dass ich so wunderbar und so eine Größe in der englischen Literatur bin? Das widerspricht jeglicher Vernunft.«
»Ruhm ist launisch«, begann ich und wünschte, Liam wäre hier; dann würde ich ihm das Reden überlassen. »Vielleicht wurde Ihre Genialität nicht richtig gewürdigt ...«
»Was Sie meinen, ist, dass ich zu früh sterbe«, unterbrach sie mich wieder. »Wann sterbe ich? Wenn Sie aus der Zukunft sind, wissen Sie es. Sagen Sie es mir.«
Für einen Moment konnte ich nichts sagen. »Fragen Sie sich selbst, ob Sie das wirklich wissen möchten«, brachte ich schließlich heraus. »Sobald Sie es wissen, können Sie es nie wieder nicht wissen.«
»Ich fürchte die Wahrheit nicht.« Ihr Blick bohrte sich für einen schmerzlichen Moment in meine Augen, dann wurde er weicher. »Ah, aber Sie tun es. Dann muss es sehr schlimm sein. Gewiss werde ich das Buch über die Elliots beenden, denn Sie – Dr. Ravenswood ... Mr. Finucane – konnten daraus zitieren. Aber vielleicht gab es danach keines mehr. Ist das richtig, Rachael Katzenmann?«
Wir starrten einander an.
Schließlich sagte ich: »Wenn Sie uns ›The Watsons‹ geben, nehmen wir es mit uns zurück, und dann wird noch ein weiteres Buch da sein. Niemand, den Sie kennen, wird es je lesen. Ich denke, das war Ihre Befürchtung, nicht wahr, dass es zu viel über Sie enthüllte?« Ich bereute sofort, das gesagt zu haben. Sie war mit ihrem nahen Tod konfrontiert, und ich gierte

nach einem Manuskript! Hätte ich noch taktloser sein können?

Aber Jane, die lange in die Ferne blickte, stieß nur einen tiefen Seufzer aus.

»Ich bin noch nicht bereit zu sterben. Ich fürchte den Tod nicht – wie könnte ich es als Christin? Aber ich muss Ihnen gestehen, dass ich die Hoffnung nicht aufgegeben habe. Noch nicht. Und das macht meinen Glauben, wie ich sehr wohl weiß, unvollkommen.« Sie stockte. »Nehmen Sie mich mit.«

»Wie bitte?«

»Wenn Sie ein Manuskript mitnehmen können, können Sie auch mich mitnehmen. Vielleicht können sie dort mein Leiden heilen, und ich kann zurückkehren. Ein Zeitalter der Wunder wie das Ihre sollte mit solch einer nichtigen Bitte keine Mühe haben.«

»So funktioniert es nicht«, sagte ich traurig. »Ich wünschte, ich könnte, allein damit Sie unsere Welt sehen. Ich bezweifle, dass sie Ihnen gefiele, aber Sie würden sie voller Überraschungen finden.«

»Frauen sind frei, allen Berufen nachzugehen, und ich werde zusammen mit Shakespeare genannt? Warum sollte es mir nicht gefallen?«

Ich versuchte, ihr unsere Welt zu beschreiben. Allerdings fiel es mir schwer, mich für herausragende Merkmale zu entscheiden: Was wäre für sie das Interessanteste? Ich sprach vom Großen Sterben, der Wiedererweckung von Old Britain, den Fortschritten bei Supercomputern und Energieerzeugung, die Zeitreisen möglich machten. Ich sprach über die Vernichtung der Spezies und der Umwelt, über die ansteigenden Meeresspiegel, doch die ganze Zeit, während sie mich skeptisch lächelnd ansah, hatte ich das Gefühl, ich würde das Wesentliche auslassen.

Mr. Curtis erschien wenige Stunden später, begleitet von Liam. Der Apotheker war ein pockennarbiger Mann mittleren Alters in Quäker-Kluft, der einen Holzkasten mit Arzneien und Utensilien sowie ein freundliches, aber besorgtes Gesicht mitbrachte. Henry war in Alton geblieben, um noch einige Freunde zu besuchen.

Inzwischen war es kälter geworden, weshalb Jane und ich ins Haus gegangen waren, wo wir uns zu den anderen Damen in den Salon gesellt und unser Gespräch über die Welt der Zukunft beendet hatten. Als sich der Apotheker zu ihnen setzte, nahm ich Liams Arm und zog ihn in die Vorratskammer, deren Tür ich hinter uns schloss.

»Hör zu«, murmelte ich. Ich war auf Zehenspitzen, damit ich ihm direkt ins Ohr flüstern konnte. »Er soll sie zur Ader lassen. Zwanzig Unzen heute und jeweils wöchentlich, bis ich eine Besserung feststelle.«

Liam sah verwundert aus. »Bist du nicht die, die mir immer wieder erzählt hat, wie schrecklich es war, dass Mr. Haden Henry zur Ader ließ?«

»Ich erkläre es dir später. Sag es ihm einfach nur. Und achte um Himmels willen darauf, dass er seine Instrumente sterilisiert. Er soll die Klinge in eine Flamme halten, seitlich, nicht von oben, und das mindestens sechzig Sekunden lang.«

Er sah mich an. »Sie ist so dünn. Darf sie so viel Blut verlieren?«

»Wir müssen es versuchen. Ich bin nicht sicher, ob es klappt. Aber wenn nicht ...« Ich brach ab. *Wird sie sowieso sterben.* Das brachte ich nicht über die Lippen. Liam begriff auch so, oder zumindest dachte ich es. Er nickte bedächtig.

Jane ging für die Prozedur nach oben in ihr Zimmer, während Martha, Cassandra, Mrs. Austen und ich im Salon blieben, redeten, lachten und das Tageslicht draußen im Garten schwand. Ich lehnte das Teeangebot ab und begegnete Mr. Curtis und Liam, die von oben kamen, als ich hinaufgehen wollte, um Jane eine gute Nacht zu wünschen. Liam und ich schüttelten allen die Hände und versprachen, morgen wiederzukommen und nach Jane zu sehen, dann verließen wir das Haus.

An jenem Besuch war nichts Besonderes, bis ich ihn rückblickend betrachtete; es war der letzte dieser Art. Auf unserem kurzen Heimweg hörten Liam und ich schnelles Hufgetrappel und sahen einen Reiter, der nicht einmal abstieg, um an die Tür des Hauses zu klopfen, das wir eben verlassen hatten, und dem Hausmädchen einen Brief zu geben. Wir wechselten einen beunruhigten Blick, dann einen besorgten, als der Reiter an uns vorbeipreschte und vor dem Ivy Cottage haltmachte.

KAPITEL 18

7. August
Chawton

Tom hatte den Brief entgegengenommen und für ihn bezahlt; er reichte ihn uns wortlos. Wir eilten in den Salon, in dem das Licht am besten war. Liam brach das Siegel und stellte sich mit dem Rücken zum Fenster. Ich beugte mich über seinen Arm, um den Inhalt über Kopf zu lesen. Er ging ihn rasch durch oder verzichtete darauf, ihn zu Ende zu lesen; nachdem er ihn mir gereicht hatte, stürmte er aus dem Zimmer und hastig die Treppe hinauf.

Der Brief war, wie ich befürchtet hatte, von Edward Knight und höflich, bedachte man den Inhalt. Da er seinem Verwandten in Jamaika geschrieben und erfahren hatte, dass keiner dort den Namen Ravenswood kannte, müsse er die Bekanntschaft mit uns als beendet betrachten. Er könne uns schlecht zwingen, die Gegend zu verlassen – »Sicher könnte er das«, murmelte ich, als ich bei diesem Teil war –, hoffe jedoch, dass wir von uns aus wegziehen würden, was wir zweifellos verstehen müssten. Ihm schauderte vor der Aussicht, seinen Brüdern und Schwestern mitzuteilen, was er erfahren hatte, sehe es jedoch als seine Pflicht an.

Er schloss mit einem Dank an mich, die seiner Tochter das Leben gerettet hatte.

Ich warf den Brief ins Feuer und beobachtete, wie er sich zu Asche kringelte. Wir sind erledigt, war mein erster Gedanke. Doch zumindest wird Jane es verstehen, war mein zweiter. Mein dritter war die Frage, was Liam vorhatte.

Ich fand ihn in seinem Schlafzimmer. Seine Reisetruhe stand auf dem Bett und er mitten im Zimmer, wo er sich übertrieben dramatisch die Haare raufte, sodass ich an einen Kabuki-Schauspieler in einem Holzschnitt denken musste.

»Was ist los?«, fragte ich, ging zu ihm und legte eine Hand auf seine Schulter. Ihm so nahe zu sein jagte mir ein Kribbeln durch den Leib, aber Sex hatte Liam sicher nicht im Sinn.

»Schick Tom zum Crown. Sie sollen die Kutsche bereit machen. Wir müssen heute Abend noch weg.« Er drehte sich weg und schritt auf seinen Wäscheschrank zu, dessen Türen bereits weit offen standen. Dort zog er eine Schublade auf, nahm eine Armladung Hemden heraus und warf sie in die Truhe. »Oder ich muss es zumindest.«

»Was ist denn?«

»Verstehst du das nicht?«

»Ich verstehe, dass wir ein Problem haben, aber …«

Er wandte sich zurück zum Wäscheschrank und riss eine andere Schublade auf. »Geh – und sag Tom, er soll zum Crown laufen.«

»Aber ich begreife nicht …«

Er sah mich mit irrem Blick an. »Wie viel Bargeld ist im Haus?«

»Weiß ich nicht. Ich sehe in der Kassette nach. Mindestens fünfzig Pfund, denn …«

»Dann vergiss es erst mal. Geh – und schick Tom los.«

»Aber ich verstehe nicht, warum …«

»Heilige Mutter Gottes, ich sage es ihm selbst«, sagte Liam, lief an mir vorbei und polternd die Treppe hinunter. »Tom!«, hörte ich ihn rufen. »Tom, Junge, wo bist du?«

Ich war rechtzeitig unten, um Tom zu sehen, der verwundert aus dem Haus eilte. »Aber ich verstehe nicht«, sagte ich wieder. Liam stand im Salon und starrte mit leerem Blick ins Feuer.

»Tust du nicht? Tust du nicht? Wir sind aufgeflogen!«

»Mir ist klar, dass es ein Problem ist, aber …«

»Es ist mehr als ein Problem, wenn Henry Austen … Begreifst du denn nicht?« Er verließ das Zimmer und rannte nach oben. Ich folgte ihm, zunehmend besorgt um seinen Geisteszustand.

»Wenn Henry Austen *was*?« Endlich wurde mir klar, dass wir zu laut sprachen und wie wir selbst klangen. Ich schloss die Tür hinter uns. »Liam«, sagte ich leiser, »reiß dich zusammen. Sollten wir Jencks je verdächtigt haben, an Türen zu lauschen, bieten wir ihm heute eine Menge zu tun. Bitte, sag mir in möglichst einfachen Worten, was so furchtbar ist.«

»Ich bin furchtbar«, sagte er, griff sich eine Handvoll Socken und warf sie in das Chaos in seiner Truhe. »Wie sind die überhaupt auf die Idee gekommen, mich herzuschicken?« Er lief zum Fenster. »Mondlicht, Gott sei Dank, wenigstens scheint der Mond.« Er eilte zurück zum Wäscheschrank und griff sich einen Stapel Krawatten. »Morgen bezahlst du die Bediensteten und sorgst dafür, dass sie die Tiere loswerden. Jencks kann ... der nächste Markttag in Alton ... Ich schreibe an den Hausmakler und kündige den Mietvertrag.« Er warf die Krawatten in die Truhe und raufte sich erneut die Haare. »Oh Gott!«

»Liam!«

Er erschauderte und schien mich erstmals wahrzunehmen. »Wird es dir hier gut gehen? Nein, vielleicht solltest du heute Nacht mit mir kommen. Wir können den Bediensteten Anweisungen dalassen und alles per Brief arrangieren. Als würde es eine Rolle spielen«, ergänzte er finster. »Ja, ja, du solltest mitkommen. Aber du vergeudest Zeit. Geh packen!«

»Aber wohin in solcher Eile?«

»Das ist doch egal! Irgendwohin. In Richtung Leatherhead, würde ich sagen. Uns bedeckt halten und auf die Rückkehrgelegenheit warten. Was anderes können wir nicht tun.« Er drehte sich zur Truhe und dem Wäscheschrank. Seine Verwirrung wäre witzig gewesen, hätte er weniger verängstigt gewirkt. Er ging seine Westensammlung durch, als hätte er die nie zuvor gesehen, warf sie dann in die Truhe und wandte sich zurück, um ein paar zusätzliche Gehröcke hineinzuwerfen, bevor er den Truhendeckel zuknallte. »Genug«, sagte er zweifelnd. »Es sei denn ... Nein!« Er schulterte die Truhe und ging zur Treppe. »Pack jetzt!«, rief er mir von der Treppe zu.

Stattdessen folgte ich ihm nach unten, wo er aus dem Salonfenster sah, anscheinend auf Tom und die Kutsche wartend, obwohl die unmöglich so schnell da sein konnten. In der Küche standen Mrs. Smith, Sarah und North dicht beisammen und flüsterten. Sie fuhren schuldbewusst herum und stoben auseinander, als ich hineinkam.

»Wir haben schlechte Neuigkeiten erhalten«, sagte ich. »Mein Bruder muss noch heute Abend fort. Können wir ihm etwas Tee und kalten Braten mitgeben?«

Im Salon hatte Liam die Kassette aufgeschlossen und zählte das Geld. »Zweiundsechzig Pfund und Wechselgeld«, sagte er und blickte auf. »Wir dürfen nicht davon ausgehen, dass Edward die Nachricht nicht unter seinen Bankiersfreunden verbreitet. Also haben wir vielleicht nicht mehr Geld als das hier vor der Rückkehrmöglichkeit. Das heißt, vorausgesetzt, das Portal funktioniert überhaupt.« Er setzte sich und vergrub das Gesicht in den Händen. »Oh, Rachel, es tut mir so leid. Das ist alles meine Schuld.«

»Bist du verrückt geworden?« Ich stand vor ihm, strich mit der Hand durch sein Haar und bewunderte die klare Linie seines süßen Nackens. »Du bist fantastisch. Hätte Henry Edward nicht erzählt, dass er vorhat, mich zu heiraten, wäre nichts von dem hier passiert.«

»Wäre ich überzeugender gewesen, wäre es nie dazu gekommen, dass er Zweifel hegte.«

»Du warst sehr überzeugend. Es ist Edward. Der ist zu vorsichtig.«

»Ich habe von Anfang an alles falsch gemacht.«

»Natürlich hast du das nicht. Sei nicht albern.« Ich wollte ihn in die Arme nehmen, ihn küssen, alles, um ihn aufzumuntern. Sollten wir heute Nacht zusammen verschwinden, könnten wir vielleicht endlich mal miteinander schlafen, ohne unsere Sachen anzubehalten und Angst zu haben, dass wir Geräusche machten. Ich stellte mir zerwühlte Laken in einer Gaststätte vor, im Schein einer flackernden Kerze, die unermessliche Dunkelheit draußen, das Wiehern und Trampeln von Pferden unten im Hof. Nackt zusammenzuliegen, solange wir wollten, und frei, so zu sprechen wie wir. »Ich meine es ernst. Sieh mich an.« Ich nahm seine Hände weg, und er sah sehr ernst zu mir auf. »Du warst fantastisch. Noch nie ist mir jemand wie du begegnet.« Ich zögerte, holte Luft. Ich liebe dich, war es, was ich sagen wollte, aber die Worte blieben mir im Hals stecken. Ich hatte sie noch nie gesagt. Was würde passieren, wenn ich sie aussprach? Stattdessen beugte ich mich zu ihm vor, um ihn zu küssen.

Da knarrte die Tür, und Jencks' nervtötende Stimme erklang: »Mr. Henry Austen.«

Ich machte einen Satz zurück, und Liam stand auf. Wir drehten uns beide so ruckartig wie ertappt zur Tür, dass es noch verdächtiger wirkte als unsere ursprüngliche Pose. Jencks beäugte uns frettchengleich, Henry direkt hinter sich, der entsetzt wirkte.

Jencks trat beiseite und bedeutete Henry einzutreten. »Wie ich bereits annahm, Sir, sind Sie zu Hause.«

Die Tür schloss sich hinter Jencks, und Henry stand da, die Hände auf dem Rücken verschränkt, sprachlos, rotgesichtig und kerzengerade. Die Stille zog sich hin. Schließlich trat Henry vorsichtig zwei Schritte vor, während sein Blick zwischen Liam und mir hin- und herhuschte. Ich fragte mich, was er gesehen hatte und wie es für ihn ausgesehen haben mochte.

Liam trat vor und streckte Henry verrückt normal seine Hand entgegen. »Austen! Haben Sie sich am Ende auf einen Preis für das Pferd einigen können?«

Henry nahm seine Hand nicht. »Ich fürchte, dass ich wegen eines sehr verstörenden Briefs von meinem Bruder Edward hier bin.« Er sah zu mir und wieder weg. »Ich hoffe auf eine Erklärung.«

Wieder trat Stille ein, und auf einmal hatte ich eine Idee. »Möchten Sie einen Tee?«, hörte ich mich mit zittriger Stimme fragen. »Wir wollten eben welchen trinken. Mein Bruder fühlte sich schwach, und ich habe seinen Puls gemessen. Der Schock, auf solch verwerfliche Weise von Sir Thomas-Philip verleumdet zu werden, war doch erheblich. Wir können nur vermuten, dass man nach unserem Fortgang aus Jamaika Lügen über uns verbreitet haben muss, die er betrüblicherweise für die Wahrheit nahm.« Ich sank auf einen Stuhl und bemühte mich, zerbrechlich zu wirken. »Wie Ihnen bekannt ist, wurde unser Bestreben, die Sklaven zu befreien, dort nicht überall gut aufgenommen. Doch nie hätte ich gedacht, dass es hierzu kommen könnte: eine offene Diffamierung und ein Verrat von jemandem, den wir unseren Freund genannt hatten.« Ich merkte, wie sich ein Schluchzen in meiner Kehle regte.

»Mary!« Wieder sah Henry zu mir, nun sichtlich verwirrt.

»Sie sehen unseren Zwiespalt«, sagte Liam, der finster im Zimmer auf und ab ging. »Mich zu verteidigen würde bedeuten, die Ehre von Sir Thomas-Philip anzuzweifeln. In solch einem Fall scheint es das Beste, in Würde zu schweigen. Doch ...«

»Er hat Ihre Ehre angezweifelt! Sie dürfen es nicht stillschweigend hinnehmen.«

Liam schwieg. Und wieder hatte ich einen Einfall.

»Ich erlaube nicht, dass mein Bruder ... Er hat in Jamaika so viele Duelle ausgefochten, sind die Plantagenbesitzer dort doch allzu leicht aufgebracht, und jedes Mal musste ich um sein Leben oder seine Freiheit bangen. Ich ertrage es kein weiteres Mal. Zudem ist Sir Thomas-Philip dort, und wir sind hier, folglich ließe es sich wohl kaum arrangieren.«

Henry schien amüsiert. »Vergeben Sie mir, Mary, aber zu derlei Belangen müssen Damen sich wirklich keine Meinung bilden.« Er wandte sich wieder zu Liam. »Sie müssen ihm sofort schreiben und Satisfaktion fordern. Es kann Monate dauern, die Sache zu arrangieren, doch sie ist unumgänglich.«

»Sie scheinen mir allzu eifrig dabei, einen anderen Mann ins Gefecht zu schicken«, sagte ich, ehe ich mich bremsen konnte, weil mich seine Bevormundung ärgerte. »Und bedenken Sie Folgendes: Wenn jemand meinen Bruder beleidigt hat, ist es Mr. Knight. Ihm genügte Ihr Wort nicht, wer wir seien; vielmehr handelte er hinter Ihrem Rücken und verbreitete Sir Thomas-Philips Verleumdung, ohne sich um deren Wahrheitsgehalt zu scheren. Auch wenn er sich über jeden Zweifel erhaben dünkt, muss ich doch sagen, dass es ein sehr schlechtes Betragen ist.« Beide Männer sahen mich erstaunt an. »Wenn mein Bruder jemanden zum Duell fordern sollte, ist es Mr. Knight.«

Nun folgte eine gewaltige Pause; ich war zu weit gegangen. Die Zimmertemperatur schien rapide gefallen zu sein. Liam hatte die Arme vor der Brust verschränkt und starrte zu Boden. Henry war sehr blass geworden und hatte vor lauter Anstrengung, keine Gefühle zu zeigen, einen maskenartigen Gesichtsausdruck angenommen, die Augen zusammengekniffen.

»Damen lassen sich leicht von ihren Empfindungen in die Irre führen, daher werde ich keinen Anstoß an dieser Beleidigung meines Bruders nehmen«, sagte er schließlich gefährlich ruhig. »Dennoch korrigieren Sie sie nicht – Sie schweigen. Stimmen Sie dieser Sichtweise Ihrer Schwester zu?« Er stockte und ergänzte mit einem kurzen Blick zu mir: »Und ich kann nicht umhin, mich angesichts des Anblicks, der sich mir bei meiner Ankunft hier heute Abend bot, zu fragen, ob sie wirklich Ihre Schwester ist.«

Liam war rot geworden. »Ich bitte Sie, sich gut zu überlegen, was Sie sagen.«

Doch Henry war zu wütend, um klug zu sein. »Oder sind derlei Dinge auf den Westindischen Inseln vielleicht üblich?« Ausnahmsweise war Liam sprachlos, und so fuhr Henry im selben abfälligen Ton fort: »Aber ich vergaß; Sie sind ja nicht von dort.«

»Ich bitte Sie, Sir, gehen Sie. Ich dulde keine Beleidigungen in meinem eigenen Haus. Lassen Sie uns als Freunde scheiden und vorgeben, dass es diese Unterhaltung nie gegeben hat.«

Henry starrte ihn an, und wieder wurde es eine Weile still. Beide Männer hatten kaum merklich ihre Haltung verändert: gestraffte Schultern, geblähte Nasenflügel, ein Fuß leicht zurückgestellt, die Fäuste abwechselnd geballt und gelockert. Würden sie sich schlagen, hier im Salon? Mein Herz pochte, und ich ging etwas näher zu Liam.

»Mich dünkt, dass ich aufs Übelste getäuscht wurde«, sagte Henry schließlich mit einem erneuten Blick zu mir.

»Ich bedaure, dass Sie so empfinden, Austen«, sagte Liam sehr ruhig, aber mit mörderischem Blick. »Bitte akzeptieren Sie unsere aufrichtige Entschuldigung – und gehen Sie.«

»Sie haben mich zum Gespött gemacht, vor meiner gesamten Familie und meinen Londoner Bekannten. Und Sie bedauern?« Am Ende hob er die Stimme. »Ich kam in der Hoffnung, Sie als Gentleman vorzufinden, von dem ich Satisfaktion fordern könnte. Doch wie ich sehe, wird mir selbst die verwehrt ...«

Zu schnell, als dass ich reagieren konnte, versetzte Liam ihm mit der Rückhand eine schallende Ohrfeige, sodass Henry seitlich gegen einen Stuhl stolperte, der krachend umfiel. »Sie wollen Satisfaktion? Die werde ich Ihnen geben!« Mit erhobenen Fäusten ging er auf Henry zu. »Kein Gentleman? Zum Teufel mit Ihnen!«

Ich schoss mit ausgestreckten Armen zwischen die beiden und stemmte meine Hände gegen Liams Brust.

»Bitte!«, sagte ich. »Bitte.«

Einen Moment lang fürchtete ich, Liam würde mich zur Seite schieben, doch er erstarrte schwer atmend, und seine Miene wurde ruhiger. Als er die Arme sinken ließ, riskierte ich einen Blick nach hinten zu Henry, der gleichfalls hyperventilierte, die Arme noch angewinkelt und die Fäuste geballt. Er sah zu Boden. Eine rote Linie schwoll an seiner Wange an, wo ihn Liams Fingerknöchel getroffen hatten.

»Dreißigtausend Pfund gaben wir Ihnen, die auf immer verloren sind«, sagte Liam nach einiger Zeit. »Und dies ist der Dank.« Henry blickte frostig auf und schluckte. »Aber es ist gut zu wissen, wie Sie wirklich denken.«

»Dr. Ravenswood.« Henry hob eine Hand, damit er nicht mehr sagte. »Ich werde die nötigen Arrangements veranlassen. Sie hören die nächsten Tage von meinem Sekundanten.«

Mit einem kühlen Nicken verließ er das Zimmer.

»Ich freue mich darauf!«, rief Liam ihm nach. Die Tür knallte hinter Henry zu.

Wir sanken in die Sessel zu beiden Seiten des Kamins und drehten uns um, als ein Geräusch aus dem Flur zu hören war: Sarah mit den Teesachen.

»Ich möchte nicht stören«, flüsterte sie, die Augen weit aufgerissen.

Es war beinahe Mitternacht, als mich ein Klopfen erschreckte. Ich war noch im Salon, zu aufgewühlt, um an Schlafen zu denken, obwohl ich die Bediensteten zu Bett geschickt hatte. Ich ging ans Fenster, um nachzusehen. Sobald ich die vertraute Gestalt in einem Umhang und mit einem Bündel in den Händen sah, zog ich die schwere Tür auf.

»Jane!« Ich war entzückt – und überrascht. Sie hatte ihr Haus seit Wochen nicht verlassen.

Sie schob die Kapuze ihres Umhangs zurück, nahm mein Angebot an, sich in einen der Sessel bei dem fast verglühten Feuer zu setzen, und legte das in Ölpapier gewickelte Bündel wortlos auf den Tisch. Zwar hatte es die Größe und Form eines Manuskripts, doch ich wagte nicht, zu sehr zu hoffen. Ich legte noch einige Kohlen auf und schenkte Jane ein Glas Constantia ein. Danach auch eines für mich.

»Verzeihen Sie diesen späten Besuch«, sagte sie ernst. »Aber ich musste heimlich herkommen, wie Sie gewiss verstehen.« Sie legte ihre Hand auf meine. »Henry berichtete Schreckliches von seinem Besuch hier. Ich hatte versucht, ihn zurückzuhalten, doch er war unerbittlich.« Sie betrachtete mich. »Daher kann ich nur annehmen, dass wir uns nicht mehr darauf freuen dürfen, einander Schwestern zu nennen.« Sie zog eine Augenbraue hoch, was auf einmal witzig wirkte. »Das hätte ich eher begreifen müssen, doch heute gab es eine Menge, worüber man nachdenken musste.«

»Es war falsch von mir, ihn zu täuschen. Dennoch geschah es in guter Absicht. Ich wollte ihm Geld geben, um seiner Bank zu helfen, und wir glaubten, er würde es andernfalls nicht annehmen. Später hätte ich es beenden sollen, fürchtete jedoch, Sie würden dann nicht mehr mit mir befreundet sein wollen.«

Sie tätschelte meine Hand. »Sie sollten mehr Vertrauen in mich haben. Eine Dame kann immer ihre Meinung ändern. Wie ich es bei Harris Bigg-Wither tat. Und seine Schwestern vergaben mir. Es war unangenehm, aber das sind derlei Dinge immer.«

»Gewiss hatten Sie nicht monatelang schamlos mit ihm geflirtet, wie ich es mit Ihrem Bruder tat.«

»Warum sind Sie sich da so sicher?« Sie lachte auf ihre spöttische Art. »Warum glauben Sie, hatte er mir einen Antrag gemacht?«

»Richten Sie ihm meine Entschuldigung aus, falls Sie glauben, es könnte etwas nützen.«

»Oh, Henry wird es überleben. Männer sterben nicht an gebrochenem Herzen.« Sie stockte. »Aber manchmal tun sie es bei Duellen. Sagen Sie mir, dass sie sich nicht duellieren werden. Er besteht darauf, dass sie es tun.«

»Liam ist fort. Er brach auf, kurz nachdem Mr. Austen gegangen war.«

»Das freut mich.« Sie trank einen Schluck von ihrem Wein.

»In unserer Zeit ist uns der Gedanke fremd, dass sich die männliche Ehre am besten wahren lässt, indem zwei Männer aufeinander schießen.« Tatsächlich hatte Liam zu meinem Entsetzen bleiben und sich mit Henry duellieren wollen. Es hatte mich einige Mühe gekostet, ihn zur Vernunft zu bringen.

»Das dürfte mir an Ihrer Welt gefallen.« Für einen Moment sah sie ins Feuer. »Also ist er fort. Es ist bedauerlich, dass ich mich nicht verabschieden konnte.«

»Ihm tat es auch leid. Doch es war sicherer für ihn, sofort wegzugehen. Ich werde ihm in ein oder zwei Tagen folgen, wenn ich hier einiges geregelt habe.«

»Dann ist er zurückgegangen?«

Ich verstand nicht gleich, was sie meinte. »Es gibt nur eine Rückkehrgelegenheit. Auf die müssen wir warten und an der richtigen Stelle sein, dem Portal.«

»Und falls etwas passiert und Sie nicht dort sein können?«

»Dann würden wir nie wieder zurückkehren.« Ich versuchte, nicht über die Möglichkeit eines Wurmlochkollapses nachzudenken.

»Oh!« Sie schwieg. »Es scheint ein gefährliches Unterfangen, nicht wahr?«

Ich beugte mich vor. »Eines noch. Sie müssen dafür sorgen, dass Mr. Curtis Sie regelmäßig zur Ader lässt. Zwanzig Unzen, jede Woche, bis Sie sich besser fühlen. Es kann Monate dauern, doch wenn ich mich nicht irre, werden Sie sich erholen. Ihre Haut sollte nicht mehr diese seltsame Farbe haben, und die Erschöpfung wie auch die Gelenkschmerzen müssten aufhören. Dann stellen Sie den Aderlass nicht gleich ganz ein, sondern verlängern Sie die Intervalle, bis es nur noch alle paar Monate gemacht wird. Aber es wird für den Rest Ihres Lebens nötig sein. Versprechen Sie mir das?«

Sie sah mich nachdenklich an. »Meinen Sie, diese Behandlung wird mich heilen?«

»Es ist nur eine Idee, doch scheint sie mir einen Versuch wert.« Nach einer kurzen Pause ergänzte ich: »Und achten Sie darauf, dass er seine Instrumente sterilisiert. Er soll die Klinge seitlich in eine Flamme halten, nicht von oben, und das mindestens sechzig Sekunden lang. Liam hatte es ihm heute erklärt, aber Sie müssen es erneut betonen.«

»Sterilisiert? Was meinen Sie?«

Ich erläuterte ihr kurz die Keimtheorie, und sie hörte stirnrunzelnd und mit einem skeptischen Lächeln zu.

»Ich hatte beabsichtigt, Sie zu fragen, wie Zeitreisen gehen. Aber hiernach werde ich es wohl nicht mehr.« Sie tippte auf das Bündel auf dem Tisch. »Das sind natürlich ›The Watsons‹, da Sie zu höflich sind, zu fragen. Ich hatte es gelegentlich durchgesehen und mich jedes Mal gefragt, ob etwas gerettet und zu einem Roman gemacht werden könnte, den die Welt mit Vergnügen und Erbauung liest. Die Antwort ist stets nein. Trotzdem bringe ich es nicht übers Herz, das Geschriebene zu vernichten, und das aus demselben Grund, aus dem ich es hasse: Es ist zu viel von mir darin. Doch wenn die Menschen der Zukunft um seinetwillen solche Anstrengungen auf sich nehmen ...« Sie schob mir das Bündel hin, trank ihren Wein aus und stand auf. »Ich bitte Sie, denken Sie nicht schlechter von mir, wenn Sie es lesen.«

»Ich werde niemals anders als voller Bewunderung und Staunen von Ihnen denken.« Ich richtete mich ebenfalls auf, und sie reichte mir die Hand. Ich wollte mehr sagen, konnte es aber nicht, als ich begriff, dass ich sie nie wiedersehen würde.

»Und Zuneigung, hoffe ich«, murmelte sie. »Wie ich von Ihnen.« Der Augenblick war beinahe herzzerreißend, doch dann lächelte sie. »Und Ihrem ... Ihrem Kollegen, Mr. Finucane. Sie müssen ihm meine Grüße ausrichten.« Sie sah mich prüfend an. »Aber Sie sind nicht ... Sie nennen ihn beim Vornamen.«

»Das muss in der Welt, aus der wir kommen, nicht denselben Grad an Vertrautheit bedeuten.«

»Oh.« Sie schien nicht überzeugt. »Doch wenn Sie dahin zurückkehren, woher Sie kamen, werden Sie nicht heiraten?« Meine Überraschung musste mir anzusehen gewesen sein, denn sie erklärte: »Es schien mir nahezuliegen in Anbetracht der Art, wie er von Ihnen sprach, als wir uns gestern unterhielten und er sich so absurd entschuldigte, weil er mit mir geflirtet hatte ... Irre ich mich? Werden seine Gefühle nicht erwidert?«

»Ich bin ihm herzlich zugetan«, sagte ich schließlich. »Doch Sie müssen verstehen, dass Frauen in unserer Welt viele andere Wahlmöglichkeiten im Leben haben, neben der, welchen Mann sie heiraten.«

»Ja, das erkenne ich.«

»Und er wird jemand anderen heiraten.« Glaubte ich das? Ich war mir nicht sicher. Man kann durchaus zwei gegensätzliche Überzeugungen hegen, und vielleicht war es für mich praktischer zu denken, dass Liam womöglich nicht direkt gelogen hatte, sich aber an jenem Morgen beim Spargelbeet ein wenig zu sehr von seiner eigenen Begeisterung hatte hinreißen lassen.

Jane machte große Augen und legte eine Hand auf meinen Arm.

»Hat er sich wenig weise gebunden? Wie mein Edward Ferrars?«

»Sie ist eine weit bessere Partie als Ihre Lucy Steele.«

»Aber sie ist nicht Sie.«

»Sie ist reicher und eleganter. Und mit ihrer Hilfe wird er immer weiter aufsteigen. Er ist ein ehrgeiziger Mann, müssen Sie wissen, ungeachtet seines bescheidenen Auftretens.« Das hatte ich noch nie bewusst über Liam gedacht. Doch während ich es aussprach, ergab plötzlich etwas Sinn, was ich bisher nicht hatte zuordnen können, und mir lief ein kalter Schauer über den Rücken.

»Mag sein«, sagte sie gedankenverloren. »Er sprach nur von Ihnen.«

Ich war versucht zu fragen, was er gesagt hatte. Aber mein Stolz überwog meine Neugier, und ich gratulierte mir zu meiner Zurückhaltung, während ich Jane zur Tür begleitete, mich nochmals verabschiedete und erst zu weinen begann, nachdem ich die Tür hinter ihr geschlossen hatte.

KAPITEL 19

10. August
Leatherhead

Ich löste den Haushalt innerhalb von zwei Tagen und in einem Rausch von Wohltätigkeit auf, nicht zuletzt befördert von der Entdeckung mehrerer Zehnpfundscheine, die ich im Futter eines selten getragenen Spenzers fand. Dort hatte ich sie für meine Reise von London her im Dezember versteckt und hinterher vergessen. Ich schrieb den verbliebenen Bediensteten hymnische Referenzen und verschenkte unsere Hühner an meine Lieblingsnachbarin, eine Witwe namens Betsy, die ich ebenfalls bat, für Alice B., die Katze, zu sorgen. Mrs. Smith und Sarah bekamen ihren Lohn für den Rest des Jahres sowie den Inhalt der Vorratskammer, mit dem sie zu ihrer Familie in Basingstoke reisen würden. Tom, dem ich die Kühe schenkte, und North, die den Großteil meiner Kleider bekam, wurden gleichfalls ausbezahlt. Ihnen fiel allerdings noch die letzte Aufgabe zu, mich nach Leatherhead zu begleiten, da Damen nicht allein reisten.

Jencks war schon fort. Liam hatte ihn mitgenommen, offiziell als Kammerdiener, jedoch mit dem Plan, ihn am Reiseziel zu feuern, weil er Henry Austen in den Salon gelassen hatte, ohne sich vorher zu vergewissern, dass wir »im Hause« waren. Was er eindeutig absichtlich getan hatte, auch wenn unklar war, ob er uns damit später erpressen oder schlicht in Schwierigkeiten bringen wollte. Doch im Nachhinein war offensichtlich, dass Jencks mitbekommen haben musste, was Liam und ich taten, und er sich diese Information aufsparte, bis er sie für sich nutzen könnte.

Liam mitten in der Nacht mit diesem finsteren Gesellen abreisen zu sehen, hatte mich sehr beunruhigt, doch was hatte ich tun können? Ich wollte ihn auch nicht bei mir im Haus haben, und wir fürchteten, dass er, sollten wir ihn auf der Stelle feuern, in böser Absicht zurückkommen könnte. Allein in Chawton kam mir mehrmals der Gedanke, dass Jencks einfach Liam unterwegs umbringen könnte, sich die Pferde, die Kutsche und den Inhalt aneignen und damit in ein neues Leben in Yorkshire aufbrechen. Und er würde ungeschoren davonkommen, denn wem außer mir fiele auf, dass Liam verschwunden war?

Folglich überkam mich Angst, als wir am späten Nachmittag eines düsteren Tages mit der Mietkutsche in den Hof des Swan einbogen. Man half mir aus dem Wagen, und ich bezahlte den Kutscher. Während sich North und Tom drinnen um alles kümmerten, blickte ich mich nach Liam um, entdeckte aber stattdessen den Mann, der uns an unserem ersten Abend in 1815 Unterkunft verwehrt hatte. Ich erkannte ihn sofort wieder, obwohl er befremdlich normal wirkte, nicht mehr wie der bedrohliche Wächter, als den ich ihn erinnerte. Er brüllte einigen Männern Anweisungen zu, als sie die Pferde an einer Kutsche wechselten, und beachtete mich nicht. Ich wandte mich zunehmend beunruhigt ab, um in das Gasthaus zu gehen – vielleicht war Liam bereits tot.

Dann sah ich ihn, teils verborgen von einer Mauer nahe der Hofeinfahrt. Er trat vor und streckte mir die Hand entgegen.

»Da bist du ja«, sagte ich und wurde auf einmal schüchtern. Obwohl ich mir die gesamte Fahrt über – zumindest wenn ich nicht über seine wahrscheinliche Ermordung durch Jencks nachdachte – mit pornografischer Präzision ausgemalt hatte, was wir gemeinsam tun könnten, wenn wir uns nicht mehr vor unseren Bediensteten fürchten mussten. Er sah zu mir herab, wortlos, doch voller Gefühle, die sich in seinem Gesichtsausdruck spiegelten. Seine Hand fühlte sich kalt und stark an, als sie meine umfing und wir nach drinnen gingen.

Aus Janes Umlaufbahn gestoßen und nicht mehr in unseren Rollen, wussten wir zunächst nicht, wie wir uns verhalten sollten. In dem Privatsalon, in dem wir einen schlechten Shepherd's Pie aßen und ihn mit trübem Claret hinunterspülten, sprachen wir diverse Themen an und ließen sie wieder fallen. Mein nächtlicher Besuch von Jane und das Manuskript, das sie mir geschenkt hatte. Die unheimliche Szene, als Liam Jencks feuerte.

»Sein Gesicht, als ich ihm sagte, seine Dienste würden nicht mehr benötigt! Aber was hatte er erwartet? Er hatte sich furchtbar benommen, trotzdem habe ich ihm seinen Lohn bis zum Marienfest bezahlt. Er hatte mehr Glück, als er verdiente.«

»Was für ein Gesicht?«

»Wie das eines wütenden Mannes, der von der Liebe und dem Leben enttäuscht wurde.« Auf Liams Gesicht wiederum leuchtete plötzlich ein Lächeln auf. »Ich fing an zu denken, dass du recht hattest und er in mich verliebt war.«

»Habe ich doch gesagt.«

»Also, der Aderlass. Was glaubst du, was sie hat?«, fragte Liam nach einer kurzen Pause.

»Ohne Labortests lässt sich das nicht sagen. Es war nur eine Ahnung. Nicht sehr wissenschaftlich.« Ich fröstelte bei dem Gedanken, wie unwissenschaftlich es war. Eher verzweifelt. Hatte ich den Verstand verloren?

»Aber was?«

»Aderlasse können es an diesem Punkt kaum noch schlimmer machen. Es sei denn, sie bekommt eine Blutvergiftung von einer schmutzigen Klinge.« Was sie leicht könnte; ich versuchte, nicht daran zu denken.

»Aber was denkst du, das sie hat?«

»Es gibt eine Krankheit namens Hämochromatose, bei der der Körper zu viel Eisen aus der Nahrung absorbiert. Es lagert sich ein, besonders in der Leber, und verursacht Probleme. Sie hatte mir vor einer ganzen Weile erzählt, dass sie im letzten Jahr aufgehört hat zu menstruieren. Dann fängt es bei Frauen oft an, weil sie nicht mehr einmal im Monat überschüssiges Eisen ausscheiden. Allerdings kam ich erst kürzlich darauf.« Ich trank einen Schluck von meinem Claret und verzog das Gesicht. »Darf ich ehrlich sein? Wenn dein einziges Werkzeug ein Hammer ist, sieht alles aus wie ein Nagel. Ich wollte, dass es Hämochromatose ist, weil es das Einzige ist, was man hier einigermaßen effektiv behandeln kann.«

»Nicht, weil du glaubst, es handelt sich tatsächlich darum?«

»Es könnte sein. Ich sage nicht, dass sie es nicht ist.«

Liam stützte den Ellbogen auf den Tisch und lehnte seine Stirn in die Handfläche. »Und wenn sie es ist?«

»Lässt man sie regelmäßig zur Ader, wird es ihr besser gehen.«

»Meinst du, sie wird länger leben? Länger als bis Juli 1817?«

»Kann sein.«

Auf einmal wurde Liam sehr ernst.

»Wir haben das Wahrscheinlichkeitsfeld bereits gestört«, fuhr ich fort. »Also dachte ich, was soll's?«

»Hast du in den letzten Tagen keine Zeitungen gelesen?«

»Nein, ist Napoleon wieder entkommen?« Ich scherzte, doch Liams Miene ließ mich frösteln. »Was?«

»Wilberforce ist am Dienstag gestorben.«

»Was?!« William Wilberforce, der berühmte Parlamentarier und Gegner des Sklavenhandels, hatte einen wichtigen Teil seiner Arbeit bis 1816 schon geleistet, jedoch ein hohes Alter erreicht und war erst 1833 gestorben. »Das ist unmöglich.«

»Unten sind Zeitungen, wenn du dich selbst überzeugen willst.«

»Ich glaube dir. Nur …«

»Ja.«

Wir verstummten nachdenklich. Das vorzeitige Ableben einer wichtigen historischen Figur war ein Makro-Ereignis. Nun bestand kein Zweifel mehr, dass wir das Wahrscheinlichkeitsfeld gestört hatten. Und mir wurde klar, trotz allem, was ich eben gesagt hatte, trotz allem, was ich getan hatte, um womöglich Janes Leben zu verlängern, dass ich es bis jetzt nicht geglaubt hatte.

»Manchmal denke ich, wir sollten überhaupt nicht zurückkehren«, sagte Liam schließlich so leise, dass ich ihn kaum verstand. »Denn wer weiß, was wir dort vorfinden?«

Es war eine verrückte Idee, gegen die sich jeder rationale Impuls in mir sträubte. Doch ich fragte: »Was würden wir hier tun?«

»Wie wäre es, wenn wir nach Kanada gehen? Dort würde uns keiner als Bruder und Schwester kennen. Wir könnten unter neuen Namen von vorn anfangen. Wir könnten heiraten.« Er stockte. »Wir besitzen immer noch einiges Geld. Ich habe an ein paar unserer Bankiers in London geschrieben. Ich denke nicht, dass Edward dort irgendwas getan hat.«

»Wir gehören nicht in diese Welt«, sagte ich langsam. Vor meinem geistigen Auge erschien ein Bild von meiner hübschen Wohnung, der weißen Küche und dem Blick über die Vanderbilt Avenue zur Grand Army Plaza. Mein Leben dort kam mir wie ein Traum vor: ein futuristischer, hygienischer Traum, in dem ich fließendes Wasser und Strom hatte, einen angesehenen Beruf und meinen richtigen Namen. Ich stellte mir meine Mutter vor, die auf ihrem Dachboden malte und sich fragte, ob es mir gut ging.

»Wir könnten feststellen, dass wir dort auch nicht hingehören.« Ich spürte seinen Blick, konnte jedoch nicht aufsehen. Vielleicht hatte ich Angst, dass er mich überreden könnte, seine finstere Fähigkeit zum Schauspiel und zur Überredung nutzen. »Wir sind über die Stränge geschlagen. Wir haben genau getan, was wir nicht tun sollten, die Geschichte geändert.«

»Ich habe es, meinst du. Ich bin diejenige, die Tom gerettet hat; du hattest gleich gesagt, dass es eine schlechte Idee war.«

»Ach, Rachel, Liebes, wir wissen nicht, was es war. Es könnte alles Mögliche gewesen sein oder alles zusammen. Willst du dir eine kleine freundliche Handlung für immer vorwerfen?«

Nun sah ich zu ihm auf. Er hatte sich weit über den Tisch gebeugt, das Kinn auf eine Faust gestützt, und in seinem Blick spiegelte sich alles, wovor ich mich fürchtete: Hitze, Sehnsucht und tödlicher Ernst. Es ist schwer, solch einem Ausdruck zu widerstehen, selbst wenn er auf dem Gesicht eines versierten Schauspielers erscheint. Ich erlaubte mir zu überlegen, dass er weder mich noch sich täuschen wollte. Und was dann? Was wäre in dem Fall meine Pflicht? Ich stand auf. Mein Herz pochte, und ich glaube, vor Angst.

»Kannst du mich umarmen?«, fragte ich, und wir begannen zu lachen. »Können wir vielleicht später darüber reden? Ist es schon Bettzeit?«

»Könnte sein.« Seine Arme umfingen mich, meine Nase war an seiner Krawatte, und ich atmete seinen Geruch ein: nach Kohlenrauch, Lorbeerseife und etwas anderem, was ich nicht benennen konnte. »Wie sehr du mir gefehlt hast.«

Es war so, wie ich es mir ausgemalt hatte, als hätte ich die Szene heraufbeschworen. Zerwühlte Laken im flackernden Schein einer einzelnen Kerze, endlose Dunkelheit draußen, die Geräusche der Pferde unten im Hof. Nackt liegen und offen reden. Bisher hatten wir nur Teile voneinander gesehen und waren sehr zurückhaltend wir selbst gewesen. Dies war beinahe zu viel, ähnlich einem allzu mächtigen Dessert. Wir liebten uns, redeten, verstummten, nickten ein, wachten wieder auf und begannen von Neuem, bis es hell wurde und Liam sagte: »Wir sollten mit dem Manuskript zum Box Hill fahren und es dort lesen.«

Box Hill war der Schauplatz des berüchtigten Picknicks in »Emma«. Im Gegensatz zu Highbury war es ein realer Ort und unweit von Leatherhead. Dort saßen wir im Schatten des Halblandauers auf einer Decke, die wir uns aus unserem Zimmer geborgt hatten, und lasen uns abwechselnd das ganze Manuskript laut vor, wobei Liam einen Großteil übernahm, da meine untrainierte Stimme schneller versagte. Bis wir fertig waren, war es fast Abend. Ich lehnte mich auf die Ellbogen zurück und schaute zur sattgrünen Landschaft unter uns: Hecken, Fluss und Straße, lange Schatten und goldenes Abendlicht. Die Pferde regten sich und rupften Gras. Der Wind seufzte in den Bäumen, und die Vögel antworteten ihm. Alles schien in einem schimmernden Netz zu leben. Ich werde diesen Moment nie vergessen, dachte ich, und wenn ich hundert Jahre alt werde.

»Nun«, sagte ich.

»Ja.«

Es war Jane Austen, meisterlich komponiert, psychologisch scharfsinnig, aber verwandelt: Ihre Satire war bissiger, ihre wache Intelligenz auf die Ungerechtigkeiten des Lebens fokussiert, insbesondere auf jene, mit denen Frauen konfrontiert waren. In einem Anflug schwesterlicher Boshaftigkeit sabotiert Penelope Emmas Verlobung mit Mr. Howard, indem sie ihn überzeugt, dass Tom Musgrave sie vor ihm gehabt hatte. Emma ist gezwungen, sich Arbeit als Gouvernante zu suchen, doch Penelope ereilt ein schwereres Schicksal: Sie endet als Mätresse, was ein erster Schritt in ihren Ruin ist.

»Dir wird langsam klar, warum sie das nicht veröffentlichen wollte«, sagte Liam, der die Arme um seine angewinkelten Knie geschlungen hatte und benommen aussah.

»Es wird gigantisch. Es wird das Bild der Leute von ihr verändern.«

Er sah mich nachdenklich an und kratzte sich am Rücken. »Vorausgesetzt, sie bekommen es jemals zu sehen.«

»Du wirst damit zum gemachten Mann, schon vergessen?« Er beugte sich über mich und sah mich an. »Ich will kein gemachter Mann sein. Darf ich das noch klarer ausdrücken? Ich würde viel lieber mit dir hierbleiben. Falls du willst.« Er warf sich auf den Rücken, verschränkte die Hände unter seinem Kopf und blickte hinauf in den Himmel. »Ein großes Falls, ich weiß.« Er rollte sich auf die Seite, sodass sein Gesicht wieder mir zugewandt war. »Denk mal darüber nach. Uns bleiben noch einige Wochen. Du musst jetzt nichts sagen.«

Nun sah ich hinauf zum Himmel, wo sich im Westen Wolken zusammenbrauten, um die Sonne stilvoll zu verabschieden. Mein Wunsch, ihm zu glauben, Ja zu sagen, überraschte mich und machte mich sprachlos vor Angst. Denn was würde das bedeuten? Nie wieder meine eigene Welt zu sehen, meine Freunde, meine Mutter. Dauerhaft als Frau eine Bürgerin zweiter Klasse zu sein und an etwas Lächerlichem wie einer Geburt zu sterben. Die Hormoninjektion hielt nur ungefähr so lange wie dieser Einsatz. Also warum war ich überhaupt versucht?

»Es ist kalt in Kanada«, fuhr Liam fort. »Du magst keine Kälte. Wie wäre es mit Italien?«

Ich stellte mir die Hügel am Horizont voller Zypressen vor, die sich an ihnen hinauf und hinab zogen. Venedig, hieß es, soll unglaublich schön gewesen sein, bevor es im Meer versunken war. Wir könnten einfach leben, in einem kleinen Haus mit Garten. Mit einiger Umsicht würde unser Geld ausreichen, denn dort war das Leben billiger. Ich könnte Italienisch lernen und als Hebamme arbeiten. Wir könnten Tomaten anbauen.

Ich sagte: »Dort haben sie ein großes Malaria-Problem.«

Liam erinnerte mich daran, dass wir gegen Malaria und alles andere, was den Wissenschaftlern eingefallen war, geimpft worden waren.
»Wir wissen nicht, wie sehr es uns schützt. Die Stämme könnten andere sein.«
»Hättest du solche Angst vor ansteckenden Krankheiten, wärst du nie nach 1815 gekommen.«
Da hatte er mich.
»Ich weiß nicht«, sagte ich und überraschte mich abermals. »Wie können Leute das wissen?«
»Tun sie nie, meine liebe Rachel. Sie gehen ein Wagnis ein.«
»So wie du, als du dich verlobt hast?«, musste ich unweigerlich fragen. Einer anderen den Verlobten auszuspannen schien mir zumindest ein schlechtes Omen, ein Verstoß gegen die weibliche Solidarität. Als vor meinem geistigen Auge ein Bild von Sabina auftauchte, groß, blond und vornehm, wurde mir noch ein weiteres Rätsel bewusst: Wie konnte sich ein und derselbe Mann in zwei so unterschiedliche Frauen verlieben?

Er schwieg längere Zeit. »Es schien ein Zeichen, dass ich angekommen war. Dass ich es geschafft hatte.« Noch eine Pause trat ein. »Ich glaube, sie hat es vermutet.«

»Was vermutet?«

»Sabina ist sehr intuitiv.«

»Was hat sie vermutet?«

»Ich hatte ihr schon mal einen Antrag gemacht, vor Jahren, als ich gerade mein Brummell-Buch verkauft hatte. Es schien, als sei ich endlich jemand, der zu fragen wagte – aber sie sagte weder Ja noch Nein. Sie sagte: ›Lass uns warten.‹ Es war praktisch, mich greifbar zu haben, verstehst du? Und dann, kurz vor unserer Abreise, schlug sie es auf einmal vor ... Ich denke, sie spürte, was ich zunächst selbst gar nicht mitbekam. Und es missfiel ihr.«

»Wenn du nicht aufhörst, in Rätseln zu sprechen, bringe ich dich mit bloßen Händen um. Was hat sie vermutet?«

»Das mit dir. Wie ich empfand.«

»Wir waren uns fremd. Was konntest du da empfinden?«

Er sah mich an. »Du wirktest besonders amerikanisch: abgeklärt und zu selbstsicher. Du hast viel geredet und hattest ein schräges Lachen.«

»Das ist fair«, sagte ich gekränkt. »Du bist nicht der Erste, der ...

»Wenn man jemanden nicht mag und sich zugleich von der Person angezogen fühlt, stellt der Verstand befremdliche Dinge an. Jede gute Eigenschaft wird zu einem weiteren Gegenargument.«

»Dann hatte ich einige gute Eigenschaften?«

»Diese trockene Art, mit der du uns andere angesehen hast, als wäre dir völlig egal, was die Old British denken. Das habe ich geliebt. So klein, so energisch, mit einer Art überbordender Unanständigkeit. Und dann dein verrücktes Haar, deine epische Gestalt, deine Nase.« Er griff herüber und tippte mir auf die Nasenspitze. »Ich war verliebt; hast du das nie gemerkt? Das ist gut. Es hätte dir Angst gemacht.«

»Ich ängstige mich nicht so schnell.«

»Wir alle fürchten uns vor etwas.«

Ich schwieg und sah zum Himmel. »Also hat dich eine Vorstellung von mir angezogen.«

»An dem Tag, als du Tom kauftest – da wusste ich, dass meine Vorstellung richtig war.«

Ich drehte mich zu ihm. »Da warst du so wütend auf mich«, begann ich und verstummte, als ich auf seinen Arm sah. Er hatte seine Jacke ausgezogen und ein unheimlich vertrautes braunes Krabbeltier kroch über seinen weißen Ärmel. Diese Biester kannte ich allzu gut aus der Mongolei. »Das sieht aus wie ... Kann es sein, dass du dir im Swan Läuse geholt hast?«

»Möglich ist alles«, sagte er seltsam ruhig, als wir hinunter zu der Decke schauten, auf der wir lagen, und gleichzeitig aufsprangen, um unsere Kleider abzuklopfen. Als würde das helfen!

Nachdem wir aus dem Swan ausgezogen und uns karge, aber sauber wirkende Zimmer über einem Hutmacher im Zentrum von Leatherhead gemietet hatten, konnte man mit Fug und Recht behaupten, dass wir von Hygiene besessen waren. Wir schickten sämtliche Kleidungsstücke bis auf die an unserem Leib zu einer Wäscherin, und die, die wir trugen, verbrannten wir, sobald die gewaschenen Sachen wieder da waren. Täglich badeten wir in der winzigen Kupferwanne, die nahe am Herd stand und um die wir einen Paravent stellten, um uns vor Zugluft zu schützen. Das Badewasser erhitzten wir in einem Kessel auf dem Herd. Wasser von der Pumpe im Hof nach oben zu schleppen war schon ein Extremtraining für jeden, der nicht badete, und wir hatten keine Bediensteten mehr. Liam rasierte sich den Kopf, was übertrieben war, da er keine Kopfläuse hatte, aber verständlich.

Trotz allem trat die Katastrophe ein.

Ungefähr anderthalb Wochen nach Box Hill klagte Liam über Kopfschmerzen und wollte nichts essen. Unsere üblichen Aktivitäten zu der Zeit bestanden aus Sex, Unterhaltungen, Mahlzeiten in unserer Lieblingswirtschaft, Spaziergängen durch Leatherhead, Baden und nochmaligem Lesen von »The Watsons«. Am nächsten Tag fehlte Liam die Energie für irgendetwas davon, und er war schrecklich durstig. Ich legte meinen Kopf auf seine Brust und fühlte, dass er glühte wie ein Hochofen.

Nach fünf Tagen Fieber zeigte er den typischen Ausschlag, gerötete Haut, glasige Augen. Ich war inzwischen bei einem Apotheker gewesen und hatte Weide besorgt, den Grundstoff des Aspirins, sowie Chinarinde, den Grundstoff des Chinins. Beides linderte Fieber, doch es schien nicht zu helfen – oder es wäre ihm ohne noch schlechter gegangen.

Typhus verlief über mehrere Wochen, gefolgt von einer langwierigen, anstrengenden Konvaleszenz. Nichts war untypisch, außer dass wir keine Medikamente gegen die eigentliche Krankheit hatten und meine Gefühle für den Patienten kompliziert waren.

Depression, Lethargie und Schwäche waren ebenfalls normal, wie ich von meiner Zeit in der Mongolei wusste. Allerdings hatte ich sie noch nie in solch theatralischer Form erlebt. Normalerweise ist Niedergeschlagenheit langweilig, nur eine Reduktion von Gefühl. Es sei denn, sie betraf Liam.

»Ich bin ein Stück Scheiße«, murmelte er zwischen Schlucken von Chinarindentee. »Ein Stück Scheiße auf zwei Beinen. Henry Austen sah mich und wusste, dass ich kein Gentleman bin.«

»Er hat dich zum Duell gefordert! Nur Gentlemen duellieren sich. Demnach war das quasi dein Gütesiegel als Gentleman, oder? Wolltest du nicht deshalb bleiben und mit ihm kämpfen?«

Sein Atem ging schnell und flach. »Kann ich noch was haben ...? Danke. Ich habe solchen Durst.«

»Trink nicht zu hastig, sonst erbrichst du dich wieder. Lass dir Zeit. Wenn wir eines haben, dann Zeit.«

»Ich hätte nie ... ich hätte nie ...«

»Was hättest du nie?« Ich wischte den Schweiß von seiner Stirn und versuchte, optimistisch zu sein: Nur einer von uns hatte Typhus, und es war nicht die Ärztin von uns.

»Ich hätte das alles nie tun dürfen. Mir einbilden, etwas Besseres zu sein. Dafür bezahle ich jetzt. Sie haben gleich gesagt, dass ich dafür bezahlen würde.«

»Es ist nicht deine Schuld, dass du krank geworden bist. Das passiert.«

»Kleiderläuse! Das ist widerlich. Ich bin widerlich. Ich stinke. Nach Kohl. Weißt du, dass das die anderen im Schlafsaal in Crofton immer gesagt haben? Ich dachte, sie seien nur gemein, aber als ich in den Weihnachtsferien nach Hause fuhr und ins Haus kam, oh mein Gott!«

»Es roch nach Kohl?«

»Es stank! Und das tue ich auch.«

»Darf ich dir mal was sagen? Ich liebe den Geruch deiner Haut, den deines Schweißes. Zuerst dachte ich, es wäre deine Seife, die ich mochte, aber dann wurde mir klar, dass du es bist.«

»Dieser Gestank, der von innen kommt, den wird man nicht durch Waschen los«, zeterte er. »Den Gestank von Armut und Verdammnis. Ich bin widerlich. Ich widere mich selbst an.«

»Hörst du jetzt mal auf?« Ich stand von dem Stuhl neben seinem Bett auf und legte mich neben ihn. Auf einmal wollte ich weinen. »Rück ein bisschen.« Ich vergrub mein Gesicht an seinem Hals. »Ich muss dich riechen.« Aber sein Geruch hatte sich verändert; er war beißend von Fieberschweiß und Chinarinde.

»Du bekommst noch das, was ich habe«, sagte er. Sein unrasiertes Kinn kratzte an meiner Stirn.

Ich legte meine Arme um ihn. »Keine Sorge. Ich liebe dich so sehr. Ich weiß nicht, warum, aber das tue ich.« Ich fühlte, wie mir eine Last von der Seele fiel, als ich begriff, dass es stimmte. Wie hatte ich es nicht erkennen können?

»Das kannst du unmöglich.«

»Oh, aber ich tue es. Also finde dich damit ab.« Er schwieg.

»Irgendwie müssen wir uns überlegen, wie wir es hinbekommen«, ergänzte ich mehr zu mir selbst.

Aber wie? Ich versuchte, mir uns gemeinsam in unserer Zeit auszumalen, wo ich ihn meiner Mutter vorstellte. Würde ich für ihn nach England ziehen? Vielleicht, obwohl meine

Fantasie bei den Einzelheiten versagte. Ich versuchte, ihn mir in meinem Apartment in Brooklyn vorzustellen, in meinem hübschen weißen Bett, und ich scheiterte. Aber vielleicht war nicht Liam das Problem. War jene Welt so verblasst, dass ich mich kaum noch an sie erinnerte? Wurde ich auch krank? Ich schloss die Augen und sah Box Hill; die langen Nachmittagsschatten, den Frieden, die Geruhsamkeit. Vielleicht sollten wir nicht zurückgehen. Vielleicht funktioniert das nur hier, dachte ich und fiel in den Schlaf, als würde ich von einer Klippe stürzen.

KAPITEL 20

5. September 1816
Leatherhead, Surrey

Wir standen an dem matschigen Feld, an dem uns die Droschke abgesetzt hatte. Es regnete in Strömen, und mein Arm schmerzte vom Hochhalten des Schirms, mit dem ich Liams Kopf ebenso schützte wie meinen. Obwohl dies das Feld war, auf dem wir angekommen waren, schwieg mein Spectronanometer. Ich drückte es fester, dann versuchte ich es mit Liams. Nichts.

Ich legte meinen freien Arm um Liam. Seine Augen waren geschlossen, und trotz der Decke, in die er eingewickelt war, klapperte er mit den Zähnen. In unkomplizierten Fällen dauert eine Typhus-Infektion zwei bis drei Wochen. Doch Ende August war Liam immer noch fiebrig gewesen, war immer wieder weggetreten und hatte Symptome einer Lungenentzündung gezeigt. Vorbei waren die Diskussionen, in 1816 zu bleiben. Nun blieb nur noch das Problem, ihn zum Portal zu schaffen.

Es regnete die ganze Woche vor der Rückkehrgelegenheit und am Tag selbst auch. Die Straßen waren ein einziges Schlammbad. Meine Furcht, die Kutsche könne stecken bleiben, hatte die Entscheidung schwer gemacht, wann wir aufbrechen sollten. Wir mussten rechtzeitig dort sein, aber nicht zu früh, weil wir sonst nur frierend warten müssten und durchnässt wurden. Zu spät durften wir jedoch auch nicht sein: Die Rückkehrmöglichkeit, die um 17 Uhr 43 begann, bestand nur zwanzig Minuten lang.

Der Kutscher war misstrauisch gewesen, was ich ihm nicht verdenken konnte. Liam war rot und fleckig, schlotterte in seiner Decke wie jemand, der aus Seenot gerettet worden war, und lehnte sich auf mich, als wir wacklig aus dem Wagen stiegen. Eine Reise mit einem so offensichtlich Kranken war schwierig zu erklären, vor allem wenn sie auf einem leeren, nassen Feld endete. Ich gab dem Kutscher ein lachhaft hohes Trinkgeld und die Anweisung, in einer Stunde wiederzukommen. Bis dahin, hoffte ich, wären wir fort. Oder, falls das Portal nicht funktionierte, müssten wir zurückgefahren werden. Doch wenn wir eine Stunde in diesem Wetter standen, könnte Liam seine Lungenentzündung umbringen.

Ich blickte mich auf dem Feld um, blinzelte im Regen und verfluchte mich, weil ich Wochen in Leatherhead verbracht hatte, ohne ein einziges Mal herzukommen, nach der Markierung zu sehen und die Spectronanometer zu testen. Und warum nicht? Nur weil ich irgendwie im Jahr 1816 hatte bleiben wollen und nicht weiter als bis dahin gedacht hatte? Später, als Liam krank geworden war, war ich beschäftigt gewesen, aber dennoch ... In einer schmerzlichen Sekunde der Selbsterkenntnis wurde mir bewusst, dass ich anscheinend immer schon so gelebt hatte: schlafwandelnd, unvorbereitet, nur an mich selbst denkend.

Da war ein kleiner Birkenhain gewesen, und dort waren sie. Aber wo und in welchem Abstand von ihnen waren wir gelandet? Ich probierte die Spectronanometer wieder, abermals ohne Erfolg. Der Anblick des – heute leeren – Galgens brachte mir eine klarere Orientierung. Ich erinnerte mich, wo ich bei dessen Entdeckung gestanden hatte. Ich war so angeekelt gewesen, dass ich hatte würgen müssen, und Liam hatte versucht, mich zu trösten, war jedoch von irgendetwas zurückgehalten worden. Er hatte Angst gehabt, mich zu berühren! Bei der Erinnerung musste ich schmunzeln, und ich drehte mich zu ihm um. Im selben Moment sackte er zusammen, fiel zuerst auf die Knie, dann auf die Hände, dann das Gesicht.

»Hey«, sagte ich, kniete mich zu ihm und schüttelte ihn. »Nicht aufgeben. Wir sind fast da. Ich glaube, ich weiß jetzt, wo das Portal ist. Komm.«

Als ich seinen Kopf anhob, war seine eine Gesichtshälfte schlammbedeckt. »Lass mich einfach hier«, murmelte er. »Ich kann nicht.«

»Kannst du kriechen? Das kannst du, oder? Eine Hand, ein Knie, eine Hand, ein Knie ...«

Er schaffte es wenige Schritte weit, die Decke hinter sich herschleppend, dann sackte er wieder nach unten. Mir fiel ein, dass ich ihn unbedingt in die richtige Richtung treiben musste, daher rappelte ich mich auf, von meinem durchnässten Rock und dem in Ölpapier gewickelten Bündel beschwert, das in einer Tasche über meiner Schulter hing, und stapfte los. Den Schirm ließ ich fallen. Ich sank auf die Knie und schwenkte hektisch die Hände wenige Zentimeter über dem nassen Boden, wo ich die Markierung vermutete, fand nichts und kroch ein Stück nach links, wo ich es erneut versuchte. Zwecklos.

Dann traf meine Hand auf Metall, und ich umfasste es. Ich fühlte einen Stromschlag und hörte eine Vibration so schrill wie ein Fledermausschrei, gefolgt von einem Piepen aus meinem Spectronanometer. Mit einem Schrei sprang ich auf und drehte mich zurück zu Liam – war er in der Nähe? Doch die Portalmarkierung wurde lauter, beharrlicher, unerträglich. Ich hielt mir die Hände über die Ohren, und alles wurde schwarz.

Als ich die Augen wieder öffnete, lag ich in einem Bett in einem Raum, den ich noch nie gesehen hatte – weiß, fensterlos, von kaltem elektrischem Licht beleuchtet. Ich hörte ein roboterhaftes Piepen und ein schwaches durchgehendes Summen. Blinzelnd schaute ich mich um, versuchte, mich zu konzentrieren. Die Luft roch steril. Aus einem Infusionsbeutel an einem Metallgestänge neben mir tropfte klare Flüssigkeit in meinen Körper. Aber meine Mutter sollte hier sein, dachte ich. *Warum ist sie es nicht?* Ich schloss die Augen wieder.

»Gratuliere, Dr. Katzman«, sagte Dr. Ping trocken, aber freundlich. Sie hatten die Infusion entfernt – es war nur eine vorsorgliche Maßnahme gegen Dehydration gewesen. Anscheinend war ich in bester Verfassung, hieß es. Und sie hatten mir einen flauschigen Bademantel mit Kapuze gegeben, den ich über meinem Krankenhausnachthemd tragen konnte. Ich musste auf der Station bleiben, bis alle Testergebnisse da waren. »Die Mission war anscheinend ein brillanter Erfolg. Das Projektteam kann es nicht erwarten, morgen Ihren Bericht zu hören. Wir fangen um neun im großen Konferenzraum an.« Er legte eine Pause ein, ehe er hinzufügte: »Eva Farmer wird dort sein! Sie möchte mit Ihnen zu Mittag essen.«

Es dauerte einen Moment, ehe mir wieder einfiel, wer Eva Farmer war. »Wie spät ist es?« Fehlendes natürliches Licht machte die Orientierung schwer. Wie hielten Leute das aus? Woher wussten sie, wann sie schlafen sollten?

»Ungefähr vier Uhr nachmittags.«

»Seit wann sind wir zurück?« Ich zögerte bei dem Personalpronomen. Doch wäre Liam außerhalb des Wirkungsbereichs gewesen und ich allein zurückgekehrt, hätten mir das gewiss Dr. Pings Worte oder seine Haltung verraten.

»Die Rückkehr war heute Morgen um zehn Uhr achtundvierzig abgeschlossen.«

»Geht es Liam gut?« Ich hielt den Atem an.

Es verging ein Augenblick, bevor er antwortete: »Professor Finucane ist stabil. Mir wurde gesagt, dass seine Genesung einige Zeit brauchen wird.«

»Hat er eine Lungenentzündung?« Er nickte. »Und Typhus, da bin ich mir ziemlich sicher. Ich würde gerne mit seinen Ärzten reden, wenn sie es möchten. Kann ich ihn sehen?«

»Sicher, in einigen Tagen. Sobald Sie das Institut verlassen dürfen.«

»Ist er nicht hier?«

»Er brauchte mehr Betreuung, als wir bieten könnten.« Ich muss erschrocken ausgesehen haben, denn Dr. Ping erklärte hastig: »Er wird wieder gesund, keine Sorge.« Er stieß ein kurzes Lachen aus. »Seine Frau ist besorgt genug für uns alle, würde ich meinen. Mir wurde erzählt, dass sie sich weigert, von seinem Bett zu weichen. Eine recht bizarre Szene in der Luftschleuse. Sie hatten Glück, bewusstlos zu sein. Sie wissen ja, wie sie ist, wie beherrscht – Old British durch und durch. Der Schrei, den sie von sich gab, als sie ihn sah! Er klingelt noch in meinen Ohren.«

Da ich nicht sprechen konnte, starrte ich Dr. Ping nur an. Seine Augen waren so dunkel, dass ich die Pupillen nicht von der Iris unterscheiden konnte, was ihm etwas Ernstes verlieh, noch verstärkt durch die gerade kleine Nase und die perfekt geraden Augenbrauen. Ich wartete, dass er mehr über Liams Frau sagte, doch das tat er nicht.

»Woher wissen Sie, dass unsere Mission erfolgreich war?«, fragte ich schließlich. »Wir haben doch noch keinem etwas erzählt?«

Und so kam es: Ungefähr zwei Monate nach unserem Aufbruch waren die Leute überall auf der Welt in die Bibliotheken gegangen oder hatten in ihre E-Book-Sammlungen gesehen und freudig überrascht entdeckt, dass plötzlich siebzehn neue Romane von Jane Austen aufgetaucht waren. Während Dr. Ping es ruhig erklärte, starrte ich ihn mit einem Entsetzen an, das ich mich gar nicht erst zu verbergen bemühte. Ich hatte gewusst, dass wir das Wahrscheinlichkeitsfeld verändert hatten, doch erst nun wurde mir klar, wie wenig ich über die Auswirkungen nachgedacht hatte. Siebzehn neue Bücher von Jane Austen waren einerseits fantastisch, andererseits beängstigend. Denn was hatte sich noch geändert? War ich in eine Welt zurückgekehrt, die ich nicht mehr kannte, in die ich nicht mehr gehörte? Eine, in der Liam, wie es schien, bereits geheiratet hatte. Oder war er die ganze Zeit verheiratet gewesen? Hatte er mich belogen? Ich fing an zu zittern.

Es verging eine Weile, ehe ich sagen konnte: »Soll das heißen, jeder wusste von dieser Mission? Und wir sollten etwas verändern – wurden wir zu dem Zweck hingeschickt?« Dann bekäme ich keine Schwierigkeiten, weil ich die Geschichte verändert hatte. Ich vermutete, das konnte ich als gute Neuigkeit verbuchen, zusammen mit den siebzehn Büchern.

»Natürlich.« Er sah mich an, und ich bemerkte, dass sich sein Gesichtsausdruck veränderte. »Wussten Sie es nicht? Aber dann kommen Sie vielleicht von einer Version, die nicht … Lassen Sie mich nachfragen …« Er hob sein Handgelenk an sein Gesicht und sprach in seinen Ärmel: »Dr. Hernandez, Dr. Montana, wenn ich Sie kurz bitten dürfte.«

Mir war das Gerät bisher nicht aufgefallen, und ich blickte es mit derselben Faszination an, wie Jane es getan hätte, allerdings mit ein klein wenig mehr Verständnis.

Dr. Hernandez war, wie ich mich erinnerte, als er hereinkam und mich begrüßte, ein Mitglied des Projektteams, das sich auf die psychologischen Aspekte des Zeitreisens fokussierte. Dr. Montana hatte ich noch nie gesehen.

»Dr. Ping erzählte uns, Sie hätten überrascht gewirkt, dass Ihre Mission die Geschichte verändert hat«, begann Dr. Hernandez behutsam. Er war ein kleiner Mann, vielleicht sechzig Jahre alt mit einem freundlichen Knautschgesicht. »Kann es sein, dass Sie bei Ihrem Aufbruch nicht entsprechend instruiert waren? Dass die Dinge anders waren?«

In der Zeit, die mir zum Nachdenken geblieben war, als Dr. Ping gegangen und die anderen beiden noch nicht hereingekommen waren, war ich misstrauisch geworden. »Was genau meinen Sie mit ›Dinge‹?«
»Nun, das müssen wir herausfinden, nicht wahr?«, fragte Dr. Montana. Ihr übertrieben sanftes Auftreten behagte mir nicht. Hielten sie mich für verrückt? »Erzählen Sie uns von der Welt, aus der Sie kommen, Rachel, und wir erzählen Ihnen von der, in der Sie nun sind. Dann werden wir es wissen.« Sie sah zu einem Monitor hinter mir. »Lassen Sie mich Ihnen etwas zur Beruhigung geben. Ihr armes Herz rast. Kein Grund zur Besorgnis. Es ist sehr viel auf einmal zu verarbeiten.«

Sie war etwa in meinem Alter, hatte einen Teint wie verwittertes Kupfer und einen langen, schmalen Hals. Ihre Augen, groß, dunkel und nachdenklich blickend, ruhten auf mir, als sie meine Hand nahm und sie umdrehte. Ehe ich protestieren konnte, angelte sie eine winzige Spritze hervor und injizierte mir etwas. Es brachte eine angenehme Taubheit in meinen Unterarm und bald auch in den Rest meines Körpers. Ich fühlte, wie mein Herzschlag langsamer wurde und mit ihm auch mein Denken; meine Angst fühlte sich weit entfernt an, wie etwas, was zu jemand anderem gehörte. Und wir redeten, vielleicht eine Stunde lang. Ich hatte jedwedes Zeitgefühl verloren.

Wir waren geschickt worden, damit wir versuchten, Jane Austens Leben zu verlängern. Nicht um die Cassandra-Briefe zu holen; das Thema war an dem Tag kein einziges Mal aufgekommen. Ich sollte später entdecken, dass kein einziger Brief von Jane Austen an Cassandra hier überlebt hatte, sehr wohl aber Dutzende an Henry. Und mein Spectronanometer, das sich bei der Suche nach der Portalmarkierung als nutzlos erwiesen hatte, enthielt auch keine Kopien jener Briefe, für die ich so viel riskiert hatte. Außerdem hatte niemand hier von

»The Watsons« gewusst; sie waren erstaunt, das Manuskript in meiner Tasche zu finden. Meine Hämochromatose-Diagnose musste zutreffend gewesen sein, mein Rat zum Aderlass genau der richtige. Jane Austen war nicht 1817 gestorben. Sie lebte noch, wie ich verblüfft erfahren sollte, bis 1863.

Da war noch mehr, viel mehr, doch das wirklich große Ding war, dass ich mich nun in einer Welt befand, in der man keinerlei Bedenken hatte, die Geschichte zu verändern. So war es einfach: manchmal verwirrend und verzerrend, aber letztlich lohnenswert. Seit der Erfindung der Zeitreise – zehn Jahre vor meiner eigenen Welt – hatten die Leute einige entscheidende Katastrophen des zwanzigsten und einundzwanzigsten Jahrhunderts verhindert oder abgemildert, was bewirkte, dass die Welt in vielerlei Hinsicht netter erschien als die, aus der ich gekommen war. Aber all das verstand ich noch nicht. Nachdem sie die großen Probleme behoben hatten, konnten sie sich den kleineren zuwenden: die Bronzezeit erforschen zum Beispiel oder Jane Austens Leben retten.

»Die Welt verändert sich immerzu«, fasste Dr. Hernandez zusammen und breitete dabei die Hände aus. »So ist sie nun mal.«

»Verstehe.« Tat ich nicht. Dies hier war noch irrer als das erste Mal, als Norman Ng mir von dem geheimen Zeitreisenprojekt erzählt hatte, Jahre und Welten entfernt in einer Jurte in der Mongolei.

Sie erklärten, dass jede Mission das Risiko dessen barg, was mir widerfahren war, wenn andere mögliche Versionen von Vergangenheit durch das Kontinuum waberten. Liam und ich waren durch ein Wurmloch fortgegangen, von einer möglichen Version, und durch ein anderes zurückgekehrt in eine Welt, die zwar wiedererkennbar, aber doch wesentlich anders war. Die Version, aus der wir kamen, erfuhr ich, war besonders zimperlich gewesen, was die Veränderung der Geschichte anging. Wie konnte jemand erwarten, in die Vergangenheit zu reisen und sie nicht zu verändern? Es schien eine legitime Frage, bedachte man meine Erfahrung. Keiner war so unhöflich, es direkt auszusprechen, aber ich spürte, dass ich einer minderwertigen Version entsprang; einer naiven Welt, könnte man sagen.

»Sie möchten vielleicht rektifiziert werden«, schloss Dr. Hernandez. »Schon auf Grundlage dessen, was ich eben gehört habe.« Ich musste so verzweifelt ausgesehen haben, wie ich mich fühlte, denn er lächelte noch sanfter, was ich nicht für möglich gehalten hätte. »Es ist sicher. Nichts Wesentliches wird verändert. Die Erinnerungen, die Probleme verursachen, und nur die, werden entfernt und durch bessere ersetzt. Natürlich wird auch die gesamte Erinnerung an die Zeitreise und alles ausgelöscht, was damit zusammenhängt. Das ist der Haken. Manche mögen es, wenn ihre Reise in die Vergangenheit traumatisch war; für andere ist es ein Grund abzulehnen.«

Ich vermutete, dass es logisch war. Hatte man kein Problem damit, die Geschichte und mithin das kollektive Gedächtnis zu verändern, warum sollte dann das individuelle eine Rolle spielen? »Muss ich mich sofort entscheiden?«

»In einigen Tagen werden Sie eine richtige Sitzung mit Ihrer Mnemosynistin haben ...« Er wies zu Dr. Montana, die sagte:

»Wir werden uns detailliert Ihre Vergangenheit ansehen. Basierend auf dem Grad der Abweichung und Ihren Angaben, werde ich eine Empfehlung aussprechen. Die Entscheidung liegt bei Ihnen, doch der Prozess ist unumkehrbar, also ist wichtig, dass Sie eine Wahl treffen, mit der Sie sich wohlfühlen. Eine Rektifikation muss innerhalb von drei Monaten erfolgen, denn danach beginnt ein kleines, aber zunehmendes Risiko von Komplikationen.«

»Das heißt?«
»Erinnerungen an die Zeitreise fangen an, sich einzuprägen, und alte und neue Versionen vermischen sich. Später kann eine Rektifikation mit Geistesstörung assoziiert werden.«
Hierauf folgte kurze Stille.
»Wir lassen Sie jetzt ausruhen«, sagte Dr. Montana. »Es sei denn, Sie haben noch Fragen.«
»Nur eine.« Ich zögerte. Wollte ich es wissen? Ja. »Meine Mutter versprach, zu meiner Rückkehr herzukommen. Wann kann ich sie sehen?«
Sie sahen einander an, und ihre Mienen bestätigten meine Befürchtungen, noch ehe Dr. Montana sich vorbeugte und anhob: »Rachel, es tut mir so leid.«

Nach einem Jahr mit Toilettenhäuschen und Nachttöpfen nahm sich das Bad wie ein Wunder aus: die schimmernden weißen Oberflächen, eine magische Toilette, die sich selbst abspülte und dann meinen Hintern mit einem Sprühstrahl warmen Wassers reinigte, gründlich, aber sanft. In der Dusche konnte man den Druck regulieren, und es gab Seifen und Shampoos, die beinahe nach Dingen aus der Natur dufteten: Lavendel, Minze, Rosmarin. Ich stand unter dem dampfenden Wasser und schluchzte, inmitten von Überfluss und Verwirrung, meinen Kopf an die sauberen weißen Fliesen gelehnt.
Kurzzeitige Amnesie ist eine mögliche Nebenwirkung. Obwohl ich sie bei der Ankunft nicht erlebt hatte, waren meine Erinnerungen an die ersten Tage nach der Rückkehr verschwommen und vage. Woran ich mich am ehesten von dem Debriefing im großen, fensterlosen Konferenzraum erinnere, ist, dass ich meine heißen Hände auf den Tisch presste, um sie zu kühlen, fasziniert davon, dass solch ein riesiges Möbelstück aus Metall war, während ich Fragen über Fragen beantwortete und mich bemühte, nicht allzu angestrengt nachzudenken. Ich

erzählte ihnen alles, bis auf das, was zwischen Liam und mir gewesen war. Meine Verlobung mit Henry brachte alle zum Lachen und ließ sie geradezu übersprudeln vor Fragen.

An mein Mittagessen mit Eva Farmer erinnere ich mich so, wie man sich an Träume erinnert: lebhaft, aber surreal. Es fand in einem privaten Zimmer im Institut statt, das ich bis dahin gar nicht gekannt hatte, mit Blick auf einen kleinen Garten, dessen Existenz mir ebenfalls unbekannt gewesen war. Ein Assistent saß diskret dabei und filmte unsere Unterhaltung mit seinem tragbaren Aufnahmegerät, als wolle er alles in einen Film über ihr Leben integrieren. Wie schon bei unserer ersten Begegnung hinterließ Eva Farmer bei mir den Eindruck einer enorm intelligenten Person, die sich gern wie eine normal intelligente geben wollte. Ich fühlte eine Macht, die sich zurückhielt. Sie stellte mir viele eindringliche Fragen, über Jane Austen und ihre Familie, über die Einzelheiten des Alltags im Jahr 1815. Und sie schien interessiert, wie die Zusammenarbeit mit Liam war. Ich hatte das Gefühl, dass er in dieser Welt bedeutsamer war als in der, aus der wir gekommen waren, und beschloss, ihn nach dem Mittagessen mal zu recherchieren. Zunächst spielte ich mit.

»Da gibt es etwas, was ich Sie gern fragen würde«, sagte ich endlich, nachdem ich meinen Mut zusammengerafft hatte, als wir vor leeren Espresso-Tassen saßen. Unweigerlich wanderte mein Blick zu ihrem Assistenten, und Eva Farmer nickte ihm zu. Er stand auf und verließ den Tisch.

»Danke«, sagte ich überrascht.

»Ich schulde Ihnen viel mehr als das.« Eva Farmer lächelte verhalten, sah hinaus in den Garten und dann erwartungsvoll zurück zu mir. »Also?«

»Eines an dem allen verstehe ich nicht.« Sie wartete, und ihre dunklen Augen gaben keine Gefühlsregung preis. »Erinnern sich die Leute tatsächlich an verschiedene Versionen?«

»Warum sollten sie? Wenn sie immer in einer Version leben?«

»Aber wenn sich die Geschichte hinter einem ändert ...«

»Passt man sich ihr an.«

»Nur wie?« Weiterhin sah sie mich mit diesem halben, fast ein bisschen traurigen Lächeln an, wie ich fand, aber das konnte auch an mir liegen. »Sagen wir, Sie sind eine Jane-Austen-Expertin. Ihr ganzes Leben hat sich auf die sechs Romane konzentriert. Auf einmal sind es siebzehn zusätzliche Bücher! Von der Person, auf die Sie spezialisiert sind, und Sie haben die noch nicht mal gelesen!« Sie antwortete nicht. »Oder wollen Sie mir erzählen, dass sich auch die Vergangenheit jedes Einzelnen ändert? Dass unsere imaginierte Spezialistin die gelesen hat, in einer Vergangenheit, die jetzt anders ist ...« Ich verstummte, weil ich Kopfschmerzen bekam.

»Sie gehen das falsch an«, sagte Eva Farmer. »Die Vergangenheit ist eine kollektive Fiktion, wie alles andere auch. Wie Papiergeld zum Beispiel. Es existiert, weil wir uns darauf geeinigt haben, dass es so ist. Es ist keine objektive Realität.«

»Also wollten Sie die Cassandra-Briefe nie? Wollten ›The Watsons‹ nie?«

»Doch, natürlich wollte ich die.« Ihr Blick war kühl und gelassen. »Aber vielleicht waren sie nur Mittel zum Zweck. So wie Sie auch, schätze ich. Es tut mir leid, dass es für Sie so ausgegangen ist.«

Hierauf stiegen mir Tränen in die Augen, die ich hastig wegblinzelte. »In meiner Version hatten wir uns unterhalten, bevor ich aufbrach«, begann ich. »Wir befanden uns in der Sandhalle, wo ich beim Reittraining war. Sie erwähnten etwas, was ich in meinem Bewerbungsaufsatz geschrieben hatte, über das Reparieren der Welt.« Ich hielt inne. »Sogar in der Version wollten Sie, dass ich sie rette, oder? Das wollten Sie insgeheim von Anfang an.«

»Ja, selbstverständlich.«

»Obwohl ausdrücklich verboten war, die Geschichte zu ändern.« Sie nickte, und ich fuhr fort, weil ich das Gefühl hatte, sie bei einer Lüge ertappt zu haben: »Aber warum frage ich Sie das überhaupt? In der Version, in der Sie leben, haben Sie es immer gewollt, war es nie verboten. Daher ergibt meine Frage für Sie keinen Sinn.« Ich stockte, weil sie amüsiert wirkte. Es war dieser Blick, mit dem mich Jane manchmal bedacht hatte. »Da ist etwas, was Sie mir verschweigen.«

»Selten, sehr selten kommt bei menschlichen Enthüllungen die ganze Wahrheit ans Licht«, zitierte sie, was mir erst recht wie ein Jane-Austen-Déjà-vu vorkam. »Die Leute im Allgemeinen erinnern sich nicht daran, was sich verändert hat. Sie wissen es und auch wieder nicht. Es ist schwierig und verwirrend, und sie mögen es nicht. Aber ich bin nicht ›die Leute‹ im Allgemeinen, was offensichtlich sein sollte. Ich habe den Prometheus-Server erfunden, also letztlich das Zeitreisen. Ich habe kein Problem damit, mir die unterschiedlichen Versionen zu merken.«

»Dann verstehen Sie das alles?«

»Kommt drauf an, was Sie mit ›das alles‹ meinen.«

»Sie wollten Jane Austens Leben verlängern. Sie dachten, ich wäre verrückt genug, gegen die Anweisungen für die Mission zu verstoßen und es zu tun. Und Sie dachten, es würde am Ende ... Dinge verändern.« Seit drei Tagen war ich zurück, und immer noch verarbeitete ich all die Veränderungen, ganz abgesehen vom Tod meiner Mutter und der Tatsache, dass Liam verheiratet war. Es waren zahlreiche.

»›Verrückt‹ ist ein harsches Wort, Dr. Katzman. Sie taten, was getan werden musste, wofür ich überaus dankbar bin.«

Ich wusste nicht recht, was ich darauf sagen sollte. »Also war es Tom?«, fragte ich schließlich. »Der Schornsteinfegerjunge? War es das, was alles auslöste? Denn die Dinge begannen schon, sich zu verändern, bevor ich Janes Leiden diagnostiziert hatte. Da gab es den Zwischenfall mit dem Ersticken ... und Wilberforce – was ist mit Wilberforce? Ich verstehe nicht, wie das alles zusammenhängt.«

»Es ist sehr wahrscheinlich, dass es Tom war. Dass diese Tat von Ihnen anderes in Bewegung gesetzt hat.«

»Aber wie konnten Sie wissen, dass ich es tun würde? Oder dass er zufällig auftauchen würde?«

»Ich glaube, Sie begreifen es nicht. Wir reden hier von Wahrscheinlichkeitsfeldern. Nichts ist bekannt. Nichts ist absolut. Solche Vorstellungen sind kindisch, reine Märchen.« Sie sah mich mit einem Ausdruck an, der Mitleid sein könnte. »Sie werden es hier schwer haben, wie ich sehe, es sei denn, Sie lassen sich rektifizieren. Ich rate Ihnen, es bald zu tun, gleich nach dem Debriefing.«

»Aber dann würde ich alles von Jane Austen vergessen.« Und von Liam, ergänzte ich nicht.

»Hätte ich sie kennenlernen können, würde ich es nicht vergessen wollen.« Sie blickte wieder in den Garten. »Andererseits leben Millionen Menschen glücklich, ohne Jane Austen begegnet zu sein. Sie genießen ihr Werk und stellen sich vor, wie sie gewesen sein mag.«

Vermutlich meinte sie, dass ich mich damit zufriedengeben sollte, wie diese Leute zu sein. »Aber ich kann nicht ...«, begann ich und verstummte, weil ich nicht sicher war, was ich sagen wollte.

»Es wäre allerdings schwer zu vergessen, was ich getan habe«, fuhr sie fort. »Wäre ich an Ihrer Stelle, fände ich das am schwierigsten. Die Welt wird nie begreifen, welches Opfer Sie gebracht haben, oder Ihnen dafür danken, deshalb müssen Sie selbst stolz auf sich sein. Es willentlich aufzugeben – jene Erinnerung zu löschen und wie andere zu sein –, verlangt mehr als ein durchschnittliches Maß an Bescheidenheit, nicht wahr?«

Das Erste, was ich in dieser Welt über Liam erfuhr, war, dass er sich hier William nannte. Er war seit fünf Jahren mit Sabina Markievicz verheiratet, Pharma-Erbin und angesehene Kunstsachverständige. Das Paar hatte zwei Foxterrier, aber keine Kinder. Er war so etwas wie ein Promi-Gelehrter, Autor mehrerer populärgeschichtlicher Werke und Schauspieler. Fasziniert sah ich mir Clips von ihm an, in denen er eloquent und amüsant über Sheridan, Brummell und Hygiene im Regency-England sprach. Ich fragte mich, ob er seine Errungenschaften heruntergespielt hatte, kam jedoch zu dem Schluss, dass das nicht sein konnte. Wäre er, wie ich erfuhr, der Sohn eines Technikkonzernchefs aus Manchester oder in seinen Zwanzigern in einem Shakespeare-Ensemble gewesen, hätte er es gesagt. Seine Biografie musste geändert worden sein.

Je mehr ich erfuhr, desto schwerer wurde es, nicht zu der Schlussfolgerung zu gelangen, dass er in dieser Version den Erfolg hatte, den er sich immer gewünscht haben musste, egal wie zurückhaltend er seine Ambitionen geleugnet haben mochte. Meine Unfähigkeit, ihn mir in meinem hübschen weißen Bett in Brooklyn vorzustellen, war prophetisch gewesen, wenn auch nicht aus den Gründen, an die ich gedacht hatte.

Ich wandte mich von dem Wandbildschirm ab, setzte mich auf mein Bett und stützte den Kopf in die Hände. Ich hatte das Gefühl, einen schrecklichen Fehler begangen zu haben. Aber wo?

Auch meine Biografie war verändert, obwohl nicht so sehr wie Liams. In meiner Sitzung mit Dr. Montana erfuhr ich von der, wie sie sie nannte, alternativen Rachel, jener Person, die meinen Namen mit mir teilte und in der Zeit zurückgereist war, um Jane Austen das Leben zu retten. Sie war nie als freiwillige Helferin in der Mongolei, in Peru oder auf Haiti gewesen und nie durch die Anden gewandert, hatte allerdings eine Reihe unglücklicher Beziehungen gehabt, und vielleicht gilt das auch als eine Art Abenteuer. Sie war Ärztin, aber Endokrinologin. Was sie ins Jane-Austen-Projektteam geführt hatte, war mir ein Rätsel; ganz sicher nicht wegen erwiesener Unverfrorenheit, auch wenn wir die Liebe zu Jane Austen gemeinsam hatten.

In meiner eigenen Version war meine Mutter eine gesunde Siebenundsechzigjährige gewesen. Hier war sie vor fünfzehn Jahren bei einer Grippeepidemie gestorben. Mein Vater, immer noch ein gut aussehender Kardiologe, immer noch ein Opernliebhaber, war nach wie vor gestorben, als ich achtundzwanzig gewesen war. Und immer noch hatte ich keine Geschwister.

»Ihre Varianz ist hoch, wie wir bereits vermutet hatten«, sagte Dr. Montana. »Fünfundsiebzig Prozent. Ich würde eine Rektifikation empfehlen, aber die Entscheidung liegt bei Ihnen.« Sie verstummte. Ich fühlte, dass sie Mitleid mit mir hatte, aber vielleicht tat ich mir bloß selbst leid; diese Variante von mir, zusätzlich zu meinem Status als Waise, schien so langweilig. Ich versuchte, mehr Mitgefühl mit der alternativen Rachel zu haben: So jung ein Elternteil zu verlieren richtete etwas mit einem Menschen an, mit seinem Gefühl, dass willkürliche Katastrophen überall auf der Welt lauerten und jederzeit zuschlagen könnten. Ich dachte daran, wie mutig sie in die Vergangenheit gezogen war – so wie ich – und sich nun vermutlich in einer alternativen Wahrscheinlichkeit befand, in die sie nicht gehörte, genau wie ich. Mein Gespenster-Zwilling, und ungelebtes mögliches Leben.

»Darf ich das später entscheiden?« Rektifikation war das Letzte, was ich wollte, doch ich scheute mich, meine Meinung offen auszusprechen. Ich war in einem fremden Land, noch fremder sogar als 1815, denn das hatte ich zumindest vorher studiert.

»Natürlich, innerhalb des Dreimonatsfensters.«

»Und was entscheidet das? Wie anders das Leben einer Person sein könnte, wenn sie zurückkehrt?« Ich dachte an Liam, brachte seinen Namen jedoch nicht über die Lippen. Die leise ehrfürchtige Art, in der Leute über ihn redeten, war anfangs amüsant, dann verstörend gewesen. Als wäre dieser William Finucane wirklich jemand anders als der Liam, den ich gekannt hatte. Ich begann zu verstehen, was Eva mit der Vergangenheit als kollektiver Fiktion meinte. »Bedeutet es etwas, wenn die Biografie einer Person sehr anders ist?«

»Das ist eher eine Frage für Eva Farmer als für mich. Aber es gibt unterschiedliche Theorien. Manche Leute sind angeblich ... formbarer, könnte man sagen, fließender. Eine kleine Veränderung in ihren frühen Lebensumständen kann sie in eine vollkommen andere Richtung lenken. Wohingegen andere ... es ist unwissenschaftlich, über Schicksal zu sprechen, aber es kann so scheinen. Als müsste etwas so sein.«

In der Version, aus der ich gekommen war, war Zeitreisen etwas Einmaliges, zu gefährlich für die Psyche, um wiederholt zu werden. Hier war ich eine Angestellte des Royal Institute for Special Topics in Physics. Ich konnte an der Forschung teilnehmen, anderen beim Training für ihre Einsätze helfen oder versuchen, selbst wieder bei einem mitzumachen. Wollte ich dabeibleiben? Ich hatte keine Ahnung.

Ich war für zwölf Wochen beurlaubt, um mich zu erholen, und weiter voraus konnte ich nicht denken. Während ich an Besprechungen teilnahm, Berichte schrieb und Interviewanfragen der Medien abwimmelte, bereitete ich mich auf die Rückkehr nach New York vor. Ob auf einen Besuch oder für immer, konnte ich noch nicht sagen, doch ich spürte bereits, dass es in Welt keinen Ort gab, den ich Zuhause nennen könnte.

dunklen Wolken gleich hingen der Tod meiner Mutter, meine Unfähigkeit, Liam zu sehen, über mir. Immer wieder fielen mir Dinge ein, die ich mir aufgespart hatte, um sie meiner Mutter von 1815 zu erzählen; Unterhaltungen, die ich im Kopf haben und niemals führen würde. Beim Aufwachen vergaß ich, dass sie tot war, um wieder aufs Neue zu verwaisen.

Ich hatte gezögert, Liam im Krankenhaus zu besuchen, für den Fall, dass Sabina tatsächlich nie von seiner Seite wich. Doch als ich hörte, dass er sich zu Hause weiter erholte, wurde mir klar, dass es dort noch schlimmer wäre. Seine Frau, sein Ruhm – warum sollten die mich schrecken? Dennoch taten sie es.

Wir hatten monatelang eng zusammengearbeitet. Wir waren ein Paar gewesen. Ich hatte ihn durch eine ernste Krankheit gepflegt. Und mit jedem Tag, der verging, wurde ein Besuch unmöglicher. Obwohl in der Datenbank des Instituts seine Kontaktinformationen standen und eine Adresse im teuren Maida Vale, stalkte ich ihn nur online, wobei ich die Videoclips besonders unwiderstehlich fand. Jeder, den ich ansah, brachte uns weiter auseinander, indem er meinen Eindruck von seiner Bedeutsamkeit verstärkte und den dreidimensionalen Mann, den ich gekannt hatte, in Pixel auf einem Bildschirm verwandelte, bis seine fünfjährige Ehe mit einer großen blonden Erbin realer wirkte als das, was im neunzehnten Jahrhundert zwischen uns gewesen war. Es war Irrsinn, das wusste ich, aber mein Wissen schien nichts zu ändern.

Falls er mich sehen will, sagte ich mir, weiß er, wo ich bin, und kann eine Nachricht ans Institut schicken. Ich würde ihn sofort besuchen, würde er es tun. Aber er war berühmt, er war verheiratet, er erholte sich. Das dachte ich so lange, bis ich anfing, es zu glauben, bis ich es schaffte, gekränkt wegen seines Schweigens zu sein. Er hatte mir einmal versprochen, meinetwegen seine Verlobung zu lösen, nur war das in einer anderen Welt gewesen. Und schämte ich mich für mein Verhalten? Ein bisschen. War ich noch in ihn verliebt? Diese Frage schien in eine andere Zeit und an einen anderen Ort zu gehören.

Kurz vor meiner Rückkehr nach New York erschien ein neues Video: Liam ging es gut genug, um eine Reporterin ins Haus zu lassen, ein erstes Interview seit seiner Zeitreise zu geben. Während ein Voiceover die Ziele des Jane-Austen-Projekts und die früheren Errungenschaften von William Finucane zusammenfasste, schwenkte die Kamera durch einen großen Raum mit hoher Decke, minimal mit Antiquitäten möbliert, zu Glasflügeltüren mit Blick in einen grünen Garten und schließlich zu Liam, der eingefallen, aber ruhig aussah. Er trank aus einer antiken Teetasse aus dem frühen neunzehnten Jahrhundert. Wedgwood. Ich erkannte das Muster; wir hatten es in unserem Haus in der Hill Street gehabt.

»Also«, schnurrte die Reporterin, die so bekannt war, dass sogar ich schon ihren Namen gehört hatte, »wie fühlt es sich an, der Mensch zu sein, der Jane Austen rettete?«

»Ich bin froh und stolz, Teil des Projekts gewesen zu sein. Für den medizinischen Aspekt kann ich indes kein Lob fordern ... Es war meine Kollegin, Dr. Katzman, die eine Theorie hatte ...«

»Aber stimmt es, dass Sie die Atmosphäre schufen, um die Rettung möglich zu machen? Dass Sie Ihr Leben infiltrieren und ihr Vertrauen gewinnen konnten?«

»Das gehörte zur Mission.« Er trug eine schwarze Kapuzenjacke mit Reißverschluss. Sein Haar war noch kurz vom Kahlrasieren gegen die Läuse. Ich beugte mich vor, stieß mit der Nase gegen den Monitor, suchte nach einem Hinweis, einem Zeichen – was? Er war genauso, wie ich ihn kennengelernt hatte: förmlich, korrekt, unbestreitbar Old British. Nur dass er es nicht vorspielen musste.

»Das war der wesentliche Teil!« Sabina, die neben ihm auf dem Sofa saß, kam ins Bild. Sie neigte sich hinüber, berührte seine Wange und sagte gedehnt: »William ist so bescheiden. Das ist charmant, aber ein riesiges Problem.« Ich drehte mich weg, um seine Reaktion nicht zu sehen, während mir übel wurde und mir kalter Schweiß ausbrach. Hastig stand ich auf, stürzte ins Bad und ließ das Interview weiterlaufen, als ich vor der Toilette auf die Knie sank und mein Frühstück erbrach.

In New York stellte ich fest, dass ich nicht mehr in meinem alten Apartment wohnte, sondern im Dachgeschoss meines Elternhauses. Nach dem Tod meines Vaters hatte die alternative Rachel das Haus an eine Wohnungsgesellschaft verkauft und eine Etage für sich behalten. Ich schätze, sie fand es tröstlich. Ich nicht, denn wohin ich auch sah, wurde ich an meine Mutter erinnert. Ich machte tagelange Spaziergänge, denn nur so konnte ich nachts schlafen. Im Met sah ich mir die Vermeers an und war dankbar, etwas unverändert zu finden. Und ich ging häufig in die Oper.

Nicht dass es dieser Version an Positivem mangelte. Das Große Sterben war weniger drastisch gewesen; man musste nicht mehr bis zum Botanischen Garten gehen, um einen Baum zu sehen. Ich hatte siebzehn neue Jane-Austen-Romane, und zwei waren überarbeitet worden. »Northanger Abbey« war eine geschmeidigere Mischung aus Gesellschaftssatire und Gothic-Parodie, während in »Überredung«, das nun »Die Elliots« hieß, die Nebenhandlung mit Mrs. Smith und Mr. Elliot besser ausgearbeitet war. »Überredung« lautete der Titel eines anderen Romans aus den 1820ern, dem Jahrzehnt, in dem auch »Annabelle« und »Vevay« erschienen. Diese beiden waren von ihrer einjährigen Reise zum Kontinent inspiriert, die Jane sich mit dem Erfolg ihren 1819 veröffentlichten Romans »Ravenswood Hall« finanzierte, der Geschichte eines rätselhaften Geschwisterpaars, das von den Westindischen Inseln nach England gekommen war. Ich liebte es, wie sich ihr Schreiben vertiefte und anpasste, während die viktorianischen Sitten einem Schatten gleich über England fielen, und wie ihr Witz mitfühlender wurde, aber immer noch großartig in seinem Durchschauen der menschlichen Natur. Ein wenig wie George Eliot, die sie nun kennenlernen konnte – eventuell auch ermutigen, weil die jüngere Autorin in dieser Version früher zu schreiben begann und noch Zeit für drei weitere Bücher nach »Daniel Deronda« fand. Jane Austen lebte lange genug, um sowohl »Middlemarch« zu lesen als auch sich eine Meinung zu den Brontës zu bilden.

Es dauerte eine Weile, bis ich begriffen hatte, welche Auswirkungen die Verlängerung ihres Lebens zeitigte und wie siebzehn weitere Bücher ihren Platz im Literaturkanon veränderten. Da war zunächst der Moment, in dem sie neu waren, noch niemand sie gelesen hatte. Doch diese Änderung des Wahrscheinlichkeitsfeldes schlug Wellen in sämtliche Richtungen, da neue Erinnerungen die nunmehr ungültigen überlagerten und neue Brüche begradigt wurden, genau wie Eva Farmer gesagt hatte. Die Biografien, die Austens siebenundachtzig Jahre anstelle von einundvierzig schilderten, schwemmten den Markt, bis es schwierig wurde, noch eine alte zu finden.

Die Gelehrten hatten zu tun und waren glücklich mit all den neuen Austen-Werken, doch in der öffentlichen Wahrnehmung besitzt Knappheit einen besonderen Wert. Ein Effekt dieser neuen Fülle war der, dass sie zu einer weniger bedeutsamen literarischen Figur wurde, eher unter die Spitzen der zweiten Liga abrutschte, ähnlich Anthony Trollope, mit dem sie nun oft verglichen wurde. Unsere Mission, genau wie Austen selbst, wurde anerkannt, jedoch nicht atemlos bestaunt. Nun waren die Brontës die neuen Stars: Sie waren die Autorinnen des neunzehnten Jahrhunderts, von denen alle wie besessen waren. In unserem Zeitalter der Gelassenheit besaß ihre überhitzte Emotionalität einen exotischen Reiz, dem es der zurückhaltenden, ironischen und überaus produktiven Jane Austen plötzlich mangelte.

Noch ein Grund für die allgemeine Faszination war, dass die Brontë-Projekte – ganze sechs an der Zahl –, die losgeschickt worden waren, um der Familie zu helfen, immer wieder in Katastrophen schlitterten. Die Zeitreisenden kehrten geisteskrank, mit medikamentenresistenter TB oder gar nicht zurück, ohne dass sich etwas an den kurzen, unheilvollen Biografien der Brontës zu ändern schien. Es war ein Rätsel. Und wer liebte Rätsel nicht?

Ich konnte nicht bereuen, Janes Leben gerettet zu haben, konnte jedoch nicht umhin, eine stille Bewunderung für die Brontës zu empfinden. Ihre Weigerung, sich retten zu lassen, sprach das Unbehagen in mir an, weil ich die Vergangenheit verändert hatte. Ich war zwiegespalten, was ich als Nächstes tun sollte. Einerseits hatte ich das Gefühl, genug von Zeitreisen zu haben, andererseits zögerte ich, das Institut zu verlassen. Vielleicht würde sich diese Schwermut, die so gar nicht zu mir passte, legen und ich wieder zu meiner bohrenden Neugier und der Gier nach Abenteuer zurückfinden, die mich bewegt hatten, mein Leben für Jane Austen auf den Kopf zu stellen. Gegen Ende meines Urlaubs hatte ich beschlossen, meine Wohnung unterzuvermieten und zumindest für eine Weile zum Institut zurückzukehren. Ich reiste früher ab, um einen Zwischenhalt in London einzulegen, weil ich dachte, es wäre spannend, durch die Stadt zu schlendern, die ich zuletzt 1815 gesehen hatte.

Doch London bestand hauptsächlich aus Wolkenkratzern und überteuerten Cafés, hier und da akzentuiert von einem Museum, was den Kontrast zwischen Vergangenheit und Gegenwart umso schmerzlicher machte. Ich verlief mich oft und konnte keinerlei Spuren des neunzehnten Jahrhunderts entdecken, die nicht hinter Glas waren. Nach drei Tagen nahm ich erschöpft einen Zug nach Chawton.

»Austenworld« war weniger aufwendig gestaltet als in meiner Version, obwohl das Herrenhaus immer noch ein Forschungsinstitut und ein Bed and Breakfast kombinierte, in dem ich mir ein Zimmer nahm. Mich verstörte ein wenig, dass man dort wusste, wer ich bin. Ich hatte jede Publicity zu meiner Beteiligung am Jane-Austen-Project gemieden, denn ich wollte nicht über 1815 reden. Nicht weil ich dort unglücklich gewesen wäre, sondern genau das Gegenteil.

»Es ist eine Ehre, Sie hier zu haben«, sagte die Frau an der Rezeption. »Ich hoffe, Sie können die Backstairs-Tour mitmachen und uns erzählen, ob unsere neue Küchengestaltung richtig ist.«

»Ich war hier nie in der Küche«, antwortete ich, doch sie hörte nicht zu.

»Stellen Sie sich vor, William Finucane war auch hier, erst vor wenigen Tagen! Er hat uns gesagt, dass die Tapete im zweitbesten Salon falsch ist.«

»Schade, dass ich ihn verpasst habe«, sagte ich, insgeheim erleichtert.

Aber viel länger ließ es sich nicht aufschieben. Wenn ich wieder am Institut war, wäre die Wahrscheinlichkeit hoch, dass ich Liam dort traf. Ich konnte nur hoffen, dass er gekündigt hatte und sein gegenwärtiges Leben verlockend genug fand, um ihn von Zeitreisen abzuhalten.

Oder vielleicht wurde er rektifiziert; dann wäre alles gut.

Oder ich sollte es bei mir machen lassen.

»Wie war es, mit ihm zu arbeiten?«, fragte die Frau.

»Großartig!«, antwortete ich mit übertriebenem amerikanischem Akzent. »Einfach super.«

Zwei Tage in Chawton, das wie ein Insekt in Bernstein konserviert war, hatten eine ähnliche Wirkung bei mir, wie das Kratzen an Wundschorf oder Videos von Liam anzusehen. Anders, aber nicht weniger erschöpfend als in London, weshalb ich spontan entschied, nach Leatherhead zu fahren. Was ich in dem Moment bedauerte, in dem ich aus dem Zug stieg. Das Swan gab es noch, auch wenn es jetzt mehr künstlich viktorianisch gehalten war, kein billiges Regency-Imitat. Ich nahm mir ein Zimmer für die Nacht und hoffte, sie hatten inzwischen ihr Läuseproblem gelöst. Dann machte ich mich auf, das Feld zu suchen, auf dem das Portal gewesen war. Allerdings machten ein Parkplatz und eine Autobahn die Orientierung schwer. Schließlich landete ich vor dem Zaun eines Golfplatzes, wo ich umkehrte und in den Ort zurückkehrte.

Dort angekommen, erkannte ich meinen Fehler. Für mich gab es nichts in Leatherhead, denn im Gegensatz zu Chawton setzte die Stadt nicht auf ihr Vermächtnis; die Gebäude waren ein solch willkürlicher Mix aus Epochen und Stilen, dass ich mich fragte, ob hier etwas Schreckliches passiert sein könnte. War ein Teil der Ortschaft im Blitzkrieg zerstört worden? Aber nein, das konnte nicht sein: Im aktuellen Heute hatte es keinen Blitzkrieg und keinen Hitler gegeben. Dies war schlicht Zeugnis erbärmlicher Stadtplanung. Zweimal war ich die Haupteinkaufsstraße abgelaufen, ohne mich entscheiden zu können, in welchem Gebäude ich 1816 gelebt hatte, ob es überhaupt noch stand, bevor ich an einer Ecke stehen blieb. Ohne sie richtig zu lesen, betrachtete ich die Speisekarte im Fenster eines Restaurants, das peruanisch-persische Fusion-Küche anbot, als mir endlich klar wurde, was ich mir ungern eingestand: Hier gab es nirgends etwas für mich, zumindest nicht, solange ich weitermachte wie bisher.

Was vorbei war, war vorbei. Jane, meine Mutter, meine Welt, mein Leben in jener Welt; meine Zeit mit Liam im neunzehnten Jahrhundert. Sie hatten ihre Zeit gehabt und kamen nicht wieder zurück. Meine Aufgabe bestand darin, mir einen Lebensinhalt ohne sie zu suchen.

Ich drehte mich um und ging zurück in Richtung Swan. Nun hatte die Hässlichkeit etwas Wohltuendes, weil das Inkongruente der Architektur mein verwirrtes Gemüt spiegelte. Waren wir nicht alle so, schleppten Fetzen aus der Vergangenheit mit uns herum, die nicht zusammenpassten, unvollständig überschriebene Versionen unserer selbst, immer in der Hoffnung, dass wir eines Tages alles begriffen und es richtig zusammenfügten?

Aber das tun wir nie. Und was dann?

Ich bin nicht religiös, dennoch empfand ich eine Ruhe, die mich bei Weitem überragte, ein Gefühl von Verbundenheit mit allem. Alles wird wieder gut, dachte ich mir; irgendwie. Als ich weiterging, die Sonne betrachtete, die Bäume, die bunt gemischten Häuser und die wenigen Fußgänger, war es, als hätte sich ein Schleier über die tragische Normalität des Alltags gelegt.

Ich stellte fest, dass ich mich in einer Straße mit einer alten Kirche befand, nichts Besonderes, solange man nicht den recht niedrigen Leatherhead-Standard ansetzte. Gott ist überall, vermutete ich, sogar für jüdische Atheisten, also gab ich meinem Impuls nach und schob die schwere Holztür auf. Ich durchquerte den stillen Vorraum und betrat den Innenraum, in dem das hereinfallende Tageslicht von Buntglasfenstern gedämpft wurde. Seit 1816 war ich in keiner Kirche mehr gewesen, und es verblüffte mich, dass hier noch das vertraute Aroma von altem Holz und Moder herrschte – der Geruch von Sonntagen in Chawton. Alles kehrte zurück, eine solche Flut von Gefühlen, Bildern und verlorenen Menschen, dass mir die Tränen kamen und ich den Impuls zu fliehen verspürte. Da bemerkte ich eine offene Seitentür, dahinter ein längliches Viereck von sonnenbeleuchtetem Grün. Ein Friedhof schien passender als die Straße, um in Tränen auszubrechen, daher lief ich durch diese Tür hinaus.

Unter der schwachen englischen Sonne, einer uralten Eibe und inmitten alter schiefer Grabsteine im wuchernden Gras holte ich tiefer Luft und beruhigte mich wieder. Als ich die Namen, Daten und Sprüche auf den Steinen las, schwand mein Drang zu weinen endgültig. Was vergangen war, war vergangen. Unsere Aufgabe auf der Erde besteht darin, damit umzugehen. Sollte ich rektifiziert werden? Jane, Liam und 1815 vergessen? Zum ersten Mal erschien es mir eine ernst zu nehmende Möglichkeit, kein Horror.

Ich blickte auf und entdeckte, dass ich nicht allein war. Weit hinten und über einige Steine gebeugt, die älter aussahen als der Rest, stand ein dunkelhaariger Mann, dessen große, schmale Gestalt mich an Liam erinnerte. Seit Wochen passierte mir das. Es gab keinen Grund, warum er in New York sein sollte, dennoch geschah es, dass ich auf überfüllten U-Bahnsteigen in Manhattan, in dämmrigen Restaurants in Chinatown oder in der Oper einen vertrauten Unterarm, einen charakteristischen Gang oder das Aufblitzen blauer Augen sah und für einen Moment glaubte, er wäre es, die Verkörperung meiner Unfähigkeit zu vergessen, meiner Schuldgefühle, weil ich mich nicht verabschiedet hatte. Also warum nicht auf einem Friedhof in Leatherhead? Es ergab mehr Sinn als die Vorgänge bei einer Aufführung von Rigoletto.

Dann sah ich genauer hin, und als der Mann sich umdrehte und näher kam, erkannte ich, dass es tatsächlich Liam war, der den Weg herunter auf mich zukam. Katastrophe! Ich duckte mich hinter die Eibe, was nicht lange helfen würde, denn der Friedhof war zu klein und überschaubar.

»Hi!«, sagte ich und trat aus der Deckung auf den Weg. »Was für eine Überraschung! Ich hatte schon gehört, dass du in Chawton warst – und jetzt hier?«

Ungefähr drei Schritte vor mir erstarrte er und sah mich mit großen Augen an. Sein Staunen hätte witzig sein können, wäre ich in der Stimmung gewesen, mich zu amüsieren. Doch noch während ich das dachte, verschwand es. Seine Züge glätteten sich zu neutraler Höflichkeit: das Gesicht von jemandem, der es gewohnt war, angesehen zu werden.

»Rachel«, sagte er ruhig und förmlich, während er vortrat, um mir vorsichtig die Hand zu schütteln. »Was führt dich nach Leatherhead?«

Ich konnte nicht antworten, war sprachlos von der Kälte und Kraft seines Händedrucks, von den Fingern, die jeden Zentimeter von mir gekannt hatten. Unglücklich ließ ich seine Hand los.

Schließlich brachte ich heraus: »Ach, na ja, ein wenig Sightseeing, bevor ich wieder zum Institut fahre.« Nach all den Videos war seine physische Gegenwart so überwältigend, dass ich nicht aufhören konnte, ihn anzustarren. Er war unauffällig in Schwarz und sein Haar so kurz wie bei unserer Landung in 1815. Seine Augen schienen blauer, als ich sie in Erinnerung hatte, und sein Blick war trauriger. Da war die kleine Narbe nahe seinem linken Auge, nach der ich ihn immer hatte fragen wollen und es doch nie getan hatte. Sie jetzt zu sehen erfüllte mich mit Bedauern. »Und du?«

Liam blickte zur Seite und antwortete nicht. »Willst du weitermachen?«, fragte ich und ergänzte nach längerem Schweigen: »Ich weiß nicht, wie wild ich noch auf Zeitreisen bin, aber ich dachte, ich halte mir alle Optionen offen.« Er sagte nichts, während ich mit dem Wunsch kämpfte, mich ihm zu nähern, wieder seine Hand zu nehmen und mein Gesicht an seiner Brust zu vergraben. »Was ist mit dir? Wahrscheinlich nicht, oder? In dieser Version nimmt deine Karriere richtig an Fahrt auf – das ist fantastisch.« Sein Schweigen verführte mich, die Leere mit dummem Geplapper zu füllen. »Schreibst du nicht ein Buch über deine Erlebnisse in der Vergangenheit? Ich hatte etwas gesehen, was ich so deute.« Zuzugeben, dass ich ihn im Internet verfolgte, war wahrscheinlich keine so gute Idee.

»Nein.«

Wieder entstand eine Pause, in der ich seine breiten Schultern und die zarten Wirbel seiner Ohrmuschel betrachtete. Verzweifelt sagte ich: »Haben dir die neuen Jane-Austen-Romane gefallen? Was für eine Überraschung die nach unserer Rückkehr waren – siebzehn! Verrückt, nicht wahr?«

Er starrte immer noch auf den Boden zu unseren Füßen. »Oh ja, wahrlich.«

Abermals Stille. So endete es also: nicht mit Dramatik und Vorhaltungen, sondern mit Verlegenheit. Ich machte mich bereit zu sagen, wie nett es gewesen sei, ihn zu treffen, und zu fliehen, als er mir in die Augen sah. »Es ist wie ein Gedankenexperiment. Was würdest du für siebzehn weitere Romane von Jane Austen geben? Würdest du dein Leben aufgeben?«

Meine Nackenhaare richteten sich auf. Warum musste seine Stimme so rau und tief klingen, so melodisch? »Die Frage kommt zu spät. Wir haben es schon getan.«

»Haben wir.« Sein Blick verharrte auf mir, ruhig und kühl. »Aber dein Leben jetzt ist doch großartig, glaube ich.« Ich konnte sprechen; seine Worte hatten irgendeinen Zauber gebrochen. »Ich freue mich sehr für dich. Es ist alles, was du immer wolltest, nicht?« Ich bemühte mich sehr, froh zu sein.

»Oh, alles.«

Sein Tonfall verriet nichts. War er ironisch? »Das ist toll.«

»Findest du?« Für einen Moment schien er ernsthaft über meine nichtssagende Bemerkung nachzudenken, dann fühlte ich den Stich seines Sarkasmus. »Ist das der Ausdruck, den du wählen würdest?«

»Tja, ich wüsste nicht, worüber du dich beklagen kannst.«

»Sicherlich.« Er beäugte mich wütend, und mir wurde bewusst, dass ich redete, als hätte sich nichts geändert. Dabei war er jetzt berühmt und wichtig. Vielleicht trat ich nicht ehrfürchtig genug auf; vielleicht verschwendete ich seine kostbare Zeit.
»Du denkst also, ich hätte kein Recht zu klagen.«
»Ich wüsste nicht, warum das, was ich denke, irgendwie von Belang ist.«
»Dass ich extrem dankbar sein sollte.«
Hierauf wusste ich keine Antwort, und er wartete auch nicht auf eine, sondern fuhr unmissverständlich feindselig fort: »Ich bin froh, dass wir zumindest Gelegenheit haben, uns zu verabschieden. Ich fahre zurück zum Institut, allerdings nur, um mein Kündigungsgespräch abzuschließen. Und rektifiziert zu werden.«

Ich hatte geglaubt, dass ich dies hier wollte; aber in diesem Augenblick begriff ich, wie sehr ich mich getäuscht hatte.
»Oh.« Ich musste mich mit einer Hand auf einem Grabstein abstützen. »Oh, ja, ich nehme an, das ist sinnvoll.« Er verschränkte die Arme vor der Brust und sah mich immer noch an, alles andere als ermutigend. »Deine Varianz war hoch, stimmt's?« Ich zwang mich, ruhig zu fragen. Nein, ich würde nicht zusammenbrechen. Wenigstens nicht vor ihm.

»Die höchste, die sie je gesehen haben.« Nun klang er nicht mehr so wütend, eher gelangweilt, als sei er es leid, darüber nachzudenken. Oder traurig. Ich stellte mir ihn vor, als er aufgewacht war, so wie ich, in unserer gegenwärtigen Zeit in einem Krankenhausbett, und feststellte, wie ich, dass alles anders war.

Warum war ich nicht zu ihm gegangen; was hatte ich mir nur gedacht?
»Ich hätte gedacht, dass sie es gleich machen wollten, nicht warten.«
»Oh, das wollten sie.«

»Aber du hast dich geweigert?« Er schwieg. »Was hat dich umgestimmt?«, fragte ich, wobei ich erleichtert begriff, dass ich nichts mehr zu verlieren hatte. Meine Mutter war tot, meine Welt verschwunden, ich hatte meine Chancen bei dem einzigen Mann ruiniert, den ich je geliebt hatte, und er würde mich aus seinem Gedächtnis löschen. Was könnte noch schiefgehen? »Was hat dich umgestimmt, Liam?« Ich mochte es, seinen Namen auszusprechen; es hatte mir gefehlt. Mir kam der Gedanke, dass es nicht schaden würde, ein letztes Mal mit ihm zu schlafen, denn er würde seine Untreue vergessen und ich nie jemandem davon erzählen. Eventuell gäbe es mir die Kraft, die ich bräuchte, um den Rest meines Lebens ohne ihn zu ertragen. Und welch nette Symmetrie, dass ich ein Zimmer im Swan hatte. Ich malte ihn mir aus, nackt neben mir, und das so lebhaft, dass ich weiche Knie bekam und mich nur an einem Grabstein aufrecht hielt.

Doch der Blick, mit dem er mich ansah, war ein eindeutiger Hinweis, dass es nicht passieren würde. »Hast du es für dich nicht in Betracht gezogen?«

Ich zögerte. »Ganz ehrlich? Ich bin ziemlich sicher, dass nichts in meinem Leben jemals dem gleichkommen wird. Also, warum sollte ich es vergessen wollen?«

Meine Worte hingen für einen Moment in der Luft, während wir dort standen. Ein schwacher Wind raschelte in der Eibe, und aus weiter Ferne hörte ich den Schrei einer Krähe.

»Ich weiß nicht«, sagte er schließlich traurig. »Ich kann bestenfalls raten.«

Warum hatte ich ihn nicht im Krankenhaus besucht? Was hatte ich mir nur gedacht? Hätte ich mich zwischen ihn und Sabina drängen können, als die Erinnerungen an 1816 noch frisch gewesen waren – oder es zumindest versuchen? Aber manchmal kann man nicht zurückreisen und Dinge geradebiegen.

»Es tut mir leid«, sagte ich.»Es tut mir so leid.« Nun sah er noch trauriger aus, sofern das möglich war.»Ich hätte dich besuchen sollen. Ich war ... du weißt schon, ich war ...«
»Es ist verständlich«, entgegnete er in seinem frostigsten Ton.»Als dir klar wurde ...«
»Ja, genau.«
Noch ein Schweigen, der Wind und die Krähe. Das Gefühl von vorhin – von der geheimen Heiligkeit, die sich vor aller Augen verbirgt – holte mich erneut ein, diesmal stärker, und ein schwacher Hoffnungsschimmer regte sich. War es möglich, dass wir uns nach allem immer noch missverstanden?
»Ich meine, natürlich war ich eingeschüchtert. Du bist jetzt berühmt, das ist dir klar, nicht?« Er starrte mich an.»War nur ein Scherz! Selbstverständlich ist dir das klar. Aber ich war ...« Dies hier war schwierig, und es half nicht, dass er mich ansah, als hätte ich den Verstand verloren.»... eingeschüchtert.«
»Gerade du solltest wissen, dass ich das nicht war«, sagte er so sanft, dass ich mich schämte.»Willst du behaupten, der Grund, aus dem du spurlos verschwunden warst, ohne ein Wort, ist der, dass ich berühmt war?« Er unterbrach.»Habe ich das richtig verstanden?«
Ich zögerte.»Ganz ehrlich? Es war eher wegen Sabina.«
»Sie hat dir gesagt, du sollst dich von mir fernhalten? Wann? Wie hat sie dich gefunden?«
»Nein, ich meine, ich dachte ...«, begann ich und bremste mich.»Dass in dieser Welt ...« Wieder brach ich ab, schloss die Augen und öffnete sie wieder. Er sah immer noch verwirrt aus. »Dass ihr in dieser Welt zusammengehört. Ich dachte, du seist glücklicher. Ich meine, Sabina ist so perfekt. So blond. So ... groß.« Ich verstummte abrupt, denn mein Atem stockte.
»So groß, dass du mich selbstlos aufgegeben hast? Wie beim Fasten, nur eben für immer?«, fragte Liam mit einem Anflug von Lachen. Ich schüttelte den Kopf, konnte aber nach wie vor

nichts sagen.»Als du verschwunden warst, dachte ich, es wäre, weil du mich verachtest. Weil du gesehen hattest, wer ich wirklich war. Was sollte ich denn denken?«

Und ich schien zu wissen, was folgen würde, als sähe ich einen Korridor von Stunden, Tagen, Jahren entlang, der zurück zu diesem Moment führte, und der wiederum sollte am Ende das Gewicht einer Legende gewinnen. Wären wir nicht zufällig auf diesen Friedhof gegangen – am selben Tag, zur selben Zeit –, was wäre aus uns geworden? Liam würde lachen. Doch so war es passiert. Du wolltest dich rektifizieren lassen, ich würde widersprechen. Nein, nicht ohne erst zu versuchen, es dir auszureden. Hast du gedacht, ich würde einfach so aufgeben? Es wird eine Geschichte sein, die wir unseren Enkeln erzählen, würden wir sagen, so wie Leute es tun, aber letztlich wäre dies hier wahr, und wir würden es ihnen erzählen.

Doch all das lag vor uns; in diesem Moment brach ich in Tränen aus.

»Warte. Heißt das, dass du ... Und Sabina. Was ist mit Sabina? Warte. Kann das tatsächlich funktionieren? Was sollen wir tun? Wie schaffen wir es, dass es funktioniert?«

Er hatte seine Arme um mich gelegt und küsste mein nasses Gesicht.»Weiß ich nicht, Rachel, Liebes. Wir denken uns etwas aus.«

– ENDE –

DANKSAGUNG

Die Existenz dieses Buches bedeutet, dass ich vielen Menschen großen Dank schulde, lebenden wie toten. Und zu ihnen zählen: Patrick O'Brian, Bill Mann, Jane Austen, Sam Stoloff, Terry Karten, Fanny Burney, Carol Schiller, Adelaide Nash, Sandra Adelstein, Michele Herman, Heather Aimee O'Neill, Lew Serviss, Julia Fierro, Ledra Horowitz, Joanna Karwowska, Czesia Mann, Steve Kenny, John Donne, Kathleen Furin, Mary Lannon, Jennifer Mascia, Judy Batalion, Virginia Woolf, Scott Sager, David Santos-Donaldson, Tauno Bilsted, Nicole Fix, Colter Jackson, Karen Barbarossa, Heather Lord, Danica Novgorodoff, Dina Strachan, Valerie Peterson, Hugon Karwowski, Perlan Kacman, Charles Knittle, Geoff Marchant, Geoffrey Chaucer, Harry West, Brian Keener, Sally McDaniel, Catherine Panzner, Timea Szell und, nicht zuletzt, Jarek Karwowski.

Curtis Sittenfeld
Vermählung
€ 12,99, Klappenbroschur
ISBN 978-3-95967-114-9

Mrs. Bennets Leben dreht sich nur um das Eine: Wie kann sie es bloß schaffen, dass ihre Töchter endlich den Richtigen finden? Zumindest für Jane, die Älteste, gibt es Hoffnung: Chip Bingley, der attraktive Arzt, der noch vor Kurzem als Bachelor in der Fernsehshow „Vermählung" vergeblich nach der großen Liebe suchte, zieht in die Kleinstadt. Und gleich beim ersten Zusammentreffen knistert es zwischen Chip und Jane. Doch was ist mit Liz Bennet? Chips Freund, der ungehobelte Neurochirurg Fitzwilliam Darcy ist definitiv keine Option! Dennoch scheinen die beiden nicht voneinander lassen zu können ...

www.harpercollins.de

Harper Collins

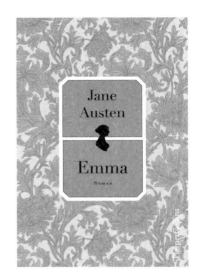

Jane Austen
Emma
€ 9,99, Taschenbuch
ISBN 978-3-95967-115-6

Emma Woodhouse führt ein behütetes Leben im Haus ihres Vaters. Finanzielle und anders geartete Sorgen sind ihr fremd - romantische Gefühle ebenfalls. Niemals würde sie heiraten wollen. Dennoch glaubt sie zu wissen, was gut für andere ist und hat beschlossen, diese Gabe einzusetzen, um alleinstehende Menschen miteinander zu verkuppeln. Dabei stiftet sie jedoch mehr Missverständnisse als wahre Liebe und erkennt aufgrund der selbstverschuldeten Irrungen und Wirrungen erst im letzten Moment, dass sie ihr eigenes Herz längst an den galanten Mr. Knightley verloren hat ...

www.harpercollins.de

HarperCollins

Jane Austen
Stolz und Vorurteil
€ 9,99, Taschenbuch
ISBN 978-3-95967-116-3

Mrs. Bernett hat nur einen Wunsch: Endlich ihre Töchter unter die Haube zu bringen. Als der alleinstehende, vermögende Chip Bingley auf das Nachbaranwesen zieht, scheint die Gelegenheit gekommen zu sein, wenigstens eins der Mädchen endlich zu vermählen. Während Tochter Jane tatsächlich rasch mit dem attraktiven Chip anbändelt, interessiert sich Elizabeth, die Jüngste, für seinen Freund Fitzwilliam Darcy, der sie jedoch mit seiner arroganten Haltung schwer vor den Kopf stößt ...

www. harpercollins.de

Harper Collins

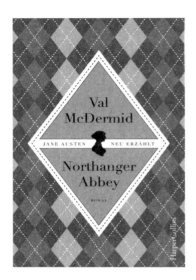

Val McDermid
Northanger Abbey
€ 9,99, Taschenbuch
ISBN 978-3-95967-097-5

Northanger Abbey war der erste Roman den Jane Austen fertiggestellt hat. Veröffentlicht wurde er erst postum im Dezember 1817. In Austens Zeit waren „gothic novels" sehr beliebt. Northanger Abbey ist eine Parodie dieser Schauerromane, ein Entwicklungsroman und eine Liebesgeschichte. Die internationale Bestsellerautorin Val McDermid hat die Handlung liebevoll in die Neuzeit transferiert. Statt Pferdegespann fährt man nun Auto, Nachrichten kommen per SMS anstatt von Dienstboten gebracht zu werden ... und statt klassischen Schauerromanen liest die Heldin Twilight. Mit ihrem unverwechselbaren Schreibstil, einer Prise Humor und viel Spannung hat Val McDermid dem Klassiker Northanger Abbey einen ganz neuen Schliff verpasst, der beweist, dass die Romane von Jane Austen zeitlos sind.

www.harpercollins.de

Harper Collins